論創ミステリ叢書

30

牧逸馬探偵小説選

論創社

牧逸馬探偵小説選　目次

創作篇

評論・随筆篇

凡　例

一、「仮名づかい」は、「現代仮名遣い」（昭和六一年七月一日内閣告示第一号）にあらためた。
一、漢字の表記については、原則として「常用漢字表」に従って底本の表記をあらため、表外漢字は、底本の表記を尊重した。
一、難読漢字については、現代仮名遣いでルビを付した。
一、あきらかな誤植は訂正した。
一、今日の人権意識に照らして不当・不適切と思われる語句や表現がみられる箇所もあるが、時代的背景と作品の価値に鑑み、修正・削除はおこなわなかった。
一、作品標題は、底本の仮名づかいを尊重した。漢字については、常用漢字表にある漢字は同表に従って字体をあらためたが、それ以外の漢字は底本の字体のままとした。

牧逸馬探偵小説選

創作篇

都会冒険

夜汽車

大戦当時の英国首相クライヴ・ジョウジ氏の大陸旅行の一隊に市伽古《シカゴ》まで追随して、大政治家の言行を通信するはずだった、紐育自由新報《ニユウヨウクフリイプレス》記者ヘンリイ・フリント君は、社会部長マックレガアの電報を紐育州バファロウで受け取ると、明日はナイヤガラの瀑布を見物して、癈兵院で演説しようという名士の一行から別れて、ひとり紐育へ引き返すことになった。

電文は簡単でどんな事件が突発したのか判らなかった。それだけフリント君は不平で耐らなかった。靴へ少し水をかけた黒人の列車ボウイを危うく殴り飛ばしそうな勢いだった。それでも、バファロウの街の遠明かりが闇に呑まれて、汽車が唐黍の畑に沿って、加奈陀《カナダ》との国境を走り出した頃には、フリント君も少しずつ、諦め始めて、隅の座席に腰を据えて新刊の『科学的犯罪の実例』を読み出した。小さい停車場の灯《ひ》が矢のように窓の外を掠めていた。月のない晩だった。狭い特別室にはフリント君とフリント君の影とが、車体の震動につれて震えているばかりだった。明日の朝七時三十二分には紐育へ着く――。

どのくらい眠ったか解らない。ふと眼が覚めると、汽車は平原の寒駅に止まって、虫の声がしていた。何時の間にか、田舎ふうの紳士がフリント君の前に座って、旅行案内を見ていた。

「ここはどこです」とフリント君が訊いた。

「ラカワナです。どちらまで?」

「ええ、紐育へ帰るんです」

「私も紐育までです、お供させて戴きましょう。どうもこの夜汽車の一人旅というやつは——」

紳士は葉巻《シガア》を取り出した。

「一つ如何です?」

十七八の田舎娘が慌てて這入《はい》って来て、向こうの席に着くと、汽車は動き出した。

「そうですか、葉巻はやらないですか、もし御迷惑でなかったら、一つ吸わせて戴きます。あ、お嬢さん」と彼は娘に声を掛けた。

「煙草のにおいがお嫌いじゃないないでしょうね」

「あの、何卒《どうぞ》お構いなく」

娘は赫《あか》くなって下を向いた。その生《うぶ》な優しさがフリント君の心を捕えた。彼女の林檎のような頬、小鳥のような眼、陽に焼けた手、枯草《ヘイ》の香《にお》いのするであろう頭髪《かみのけ》、そこには紐育の女なぞに見られない線の細かい愛らしさがあると、フリント君は思った。ラカワナに玉突き場を持っているという紳士は問わず語りに、昔この辺は黍強酒《コウンウイスキイ》の醸造で有名だったことや、それが禁酒《ドライ》になってからは下着や女の靴下なぞの製造が盛んになって、自分が今紐育へ行くのも、近く設立される工場の用だ、ということなぞをぽつぽつ話していた。話は途絶え勝ちで、フリント君は大っぴらに欠伸をした。気の置けない小都会の世話役らしいこの男の淳朴さがフリント君の気に入った。

「ここが空いてるじゃねえか」

突然《だしぬけ》に大きな声がして、無作法な服装をした青年が、よろよろしながら、向こうの客車から這入って来た。酔っているらしかった。何か喚くように言って、無理に娘のそばへ腰を下ろそうとした。サンドウィチか何かつつましやかに食べていた女は、恐怖と困惑に狼狽して急いで立ち上がろうとした。

「あ、やったな」と青年が怒鳴った。

「あら、御免下さい。私ほんとに、どうしましょう。つい、何の気なしに押したんですもの」

「何の気なしに？　へん、それで済むと思うか。そら、見ろ、こんなに滅茶滅茶に毀れたじゃないか」

上衣の隠しから彼は時計を出して、娘の眼の前へ突きつけた。よろめきながら豪《えら》い権幕で彼は怒鳴り続けた。

「どうするんだ。おい、どうしてくれるんだ」

娘は火のように赤くなった。今にも泣き出しそうにおろおろしていた。中世紀の騎士の血を承《う》けているフリント君は気がつく前に立ち上がっていた。

「君、君、何だか知らないが言葉使いに気を付けたまえ、相手は女じゃないか」

「何だと、これや面白い」

と青年はフリント君のほうへ向き直った。

「言葉なんか何の足しにもならねえ。俺はただ、時計の代を六十弗《ドル》この女から貰えばいいんだ」

「どんなにでもお詫びしますから、御免下さいな、ね、ね」

「いんや、いけない。六十弗でこの毀れた時計《やつ》を買ってくれるか、さもなければ――」

「車掌を呼ぼう、車掌を」

紳士が立ち上がった。

「まあ、お待ちなさい」

フリント君が制した。

「だって、あんまりじゃありませんか」

と紳士は中腰のまま、息もつけないほど憤慨していた。

「なんだ、そんなものがちょっと毀れたといって何だ、失敬な」

「おや、そんなことをおっしゃるなら、綺麗に形《かた》をつけて下さるんでしょうね」

「幾らだ」

「六十弗」

憤然として紳士は隠しへ手を突っ込んだ。フリント君はその手を押さえた。

「馬鹿馬鹿しいじゃないですか」

「なあに、引っかかりです。女の児《こ》が可愛そうです。それに安いもんでさあ――」

フリント君は女の方を見た。窓に額をつけて暗い外を見ていた女は、ちらとフリント君に哀願の眼《まな》ざしを送った。

「宜しい」とフリント君は蝦蟇《がまぐち》を探した。

「私が出しときましょう」

「飛んでもない、私があの時計を買おうと言い出したんですから――」

「いや、是非私に買わして下さい。私が始め口を出したのだから――」

しばらく紳士的に争った末、どっちからともなく半分ずつ出し合うことに妥協した。フリント君の三十弗に自分の三十弗を合わせて、忌ま忌ましそうに青年へ渡すと、引き換えに、紳士は問題の時計を受け取った。今毀れたものらしくなく、針など赤く錆びているその時計をフリント君が手の裡に調べていると、汽車は滑り込むように、眠っているスクラントンの停車場へ止まった。

「色々有り難うございました」

「どうもお喧《やかま》しゅう――」

一度にこういう声がした。青年と女とがにこにこ笑いながら、腕を組んで降りるところだった。善行をしたあとの快感に耽っていたフリント君は、何の気なしにそれを見送っていた。その手から時計を取りながら、紳士が叫んだ。

「遣られましたよ。御覧なさい、この時計だって前から毀れていたものです。畜生、何て野郎だろう、あの女の図々しいったらありゃしない、一つとっちめて遣らなくちゃ――」

立ち上がると一しょに紳士は二人のあとを追い掛けようとした。

「お待ちなさい、ま、お待ちなさい。相手が悪い」

と言ったフリント君の頭には、俯向いている少女のしおらしい横顔が焼き付けられてあった。

「何をしやがる」紳士はフリント君の手を払うと、動き出した列車から飛び下りた。三人揃って改札口を出て行くのが窓からちらっと眺められた。

どういう風にあの三十弗を今度の旅費明細書に割り込めて、社会部長マックレガアに請求したものかしら、という楽しい問題が、紐育へ着くまでのフリント君の頭を完全に支配していた。

襯衣

ブッシュ街の角の煙草屋を出た時、どこからともなく煤油の臭いがして来た。それを嗅ぐと紐育自由新報の社会記者ヘンリイ・フリント君は何となく尾けられているような気がした。フリント君はこの煤油のにおいが好きであった。慌ただしい夕ぐれの町に、ふとこの薬品のような香に刺戟されるといつも悪の花美しく咲く裏町の探険といったようなことを空想するのが常であった。

夜が更けていた。猶太区に牛乳のような霧が下りて、フリント君の肩から上半身をしっとり湿らせ、敷石を濡らし、家々の灯を芝居の背景のように煙らせていた。

その時、何ということなしに、尾けられているな、という感じがしたのである。煤油を嗅いだフリント君の神経が都会人らしく活動して、フリント君に警告を発したのであった。

街灯の影へまわって時計を出して見た。一時十分前だ。時計の硝子が見る見る曇るほどの非道い霧だった。フリント君はあたりを見まわした。大紐育は音もなく眠って、夜の呼吸が耳をついた。その痛いような寂漠のなかを、尾を垂れた犬が一匹向こうの町を横ぎった。人っ子ひとり見えなかった。今出て来た煙草屋が店を終わったらしく、歩道を照らしていた黄色い明かりが霧のなかに掻き消えた。ひどく不吉なものを見たように、上衣の襟を立てると、フリント君は急ぎ足に歩き始めた。

ホボケンの郊外に同じ社のケネデイが入院していた。それを訪れたフリント君は晩くなったのも構わず、紐育へ帰ったのだった。いくら待っても電車は来なかった。タクシは出払っていた。業を煮やしたフリント君は、東部を二十四丁目まで突っきって、そこから地下へ乗ろうと歩き出したのであった。

何だか非常な冒険をしているようで、フリント君は愉快でならなかった。そこはもう、一本の巻き煙草を奪るために、一つの生命を断つことを何とも思わない人々の街であった。もしフリント君が百弗あまりのケネデイの金を買物のため預かっていることを知ったら、今にも黒い影がフリント君を襲ったであろう。

何かを待ち受けるようにフリント君は歩みを遅めた。尾行されているという意識がまた返って来たのだ。立ちどまって煙草へ火をつけながら、フリント君は背ろを振りかえった。狭い道が蛇の背中のように光って霧のなかに消えているきりだった。失望の感情をフリント君はどうすることもできなかった。探偵小説に中毒しているような少年らしさがフリント君をくすぐった。実際その時、うしろの方で重い靴音がしなかったら、フリント君は声を出して笑ったに相違なかった。

二十歩と離れないところに男が立っていた。鳥打ち帽を眼深に冠って、両手を上衣の隠しへ入れたまま、フリント君を見詰めていた。

鷹のようなその男の眼を背中に感じながら、フリント君は歩き出した。走りたい欲望を押さえると膝頭ががくがくした。

同じ間隔を取って引きずるような足音が続いていた。遊戯的な好奇心なぞ、もうフリント君の頭のどこにもなかった。直覚の適中したことも忘れてしまっていた。早く少しでも明るい、人通りのある町へ出たかった。うしろを振り返ることはどうしてもできなかった。首の骨が硬直していた。一町ほど先に巡査の影を見た時、もう少しで声を出すところであった。が、考えるまでもなく、声を発することはこの際一番危険な拙劣な策だった。それよりも、咽喉が乾枯らびてフリント君は声が出なかったのである。足音は段々近づいて来るようであった。短銃を持っているとすれば、すればとは何だ、持ってるに極まっているじゃないか、コルト印の自働に違いない、もし模範型の二十二号式なら何とかして手許を狂わせることもできる、そして飛び込んで、組み付いて、そして、そして――フリント君は金の包みを下着の隠しへ仕舞い直して、うしろを振り向いた。ぶらりぶらりとついて来る男は、フリント君が立ち留まれば、自分も止まった。フリント君が速力を増せば自分も足を早めた。

　さっきからどのくらい歩いたか判らない、今声をかけるか、この瞬間か、フリント君は戦えるだけ戦う決心をしていた。霧を吸って重い着物の下に、フリント君は水でない、冷たいものの流れるのを感じた。

　ふとこの頃の追剝には、いきなり撃ち殺しておいて仕事をする遣り方の多いことを思い出した。百二十七町目の独逸人殺しにしろ、最近のベイカア事件にしろ、同じ遣り口だった、しかも同一犯人らしい、その男はまだこの深夜の紐育に自由でいるはずなのである。

　行く手に暗い町が待っているのを見ると、フリント君の足は自然に留まってしまった。うしろの足音を聞こうと、耳をすましたフリント君は、そのまま方向も考えずに右の小路へ走り込んだ。二三間先の家の間から、霧にぼかされてその男が現れたじゃないか――。

夢中だった。タクシの灯を一度見たけれど呼ぶことができなかった。手を挙げたりすると、それが最後のように思われた。身体は倦くて、神経ばかりが針のようにちくちくしていた。フリント君はぎょっとした。どこをどう歩いたものか、今、社会改良家や慈善事業の人々が警官に護衛されて視察に来る、世界の魔窟支那人街に出ているのである。ここらで殺られたらどうしたって判りっこない、しかも背後からは例の靴音が尾いて来るのである。記者の行方不明、こんな見出しを想像してみて、フリント君は捨て鉢になった。何か言ったらすぐ金を出して遣るか、隙を見て噛りつくか、二つに一つだ。――

両側の戸に赤や青の紙片が貼ってあった。奇怪な文字を書いた看板が狭いほど下がっていた。地下室から明かりの洩れてる家もあった。どこかで赤児の泣く声がした。霧は雨に変わりかけていた。気の故為か足音が近づいて来るようだった。

思い切ってフリント君は振り向いた。さっきの男、ベイカア事件の犯人がその険悪な姿を急ぎ足で運んで来る。とうとうここで遣る気とみえる、もう駄目だ、フリント君は金の包みを右手に摑んで、ともかく怪我をしない、安全な道を採ることに決めた。が、もし隙があったら、相手にぬかりがあったら――。

わざとゆっくり歩いた。足音は迫る。呼吸が苦しい。一歩、二歩、三歩、男の息づかいがフリント君の耳をかすめる。

「旦那」

震える手でフリント君は相手の胸へ金包みを突きつけた。それには眼もくれないで、

「旦那、襯衣の尻が食み出てますぜ――」

一五三八七四号

紐育自由新報《ニウヨウク・フリイ・プレス》の社会記者ヘンリイ・フリント君は、いつものように、現金係《キヤシヤア》の頭のうえの時計が六時二十三分をさすのを待って、最後のコウフイを飲みほした。

五十二番町と第四街の角、といえばあの東部紐育でも異国的な夜の生活を思いだすだろう。そこの猶太人《ジユウ》の料理店で毎晩あっさりした夕食をとることは、独身のフリント君になによりの楽しみだった。

じっさい、紐育からブルクリンと探してもこれ以上に腸やき《リブアステキ》を旨く食わせる家はなかったし、現金係の女がすっかりフリント君の嗜好にあっていた。それも、どうしようというのではなし、ただ、珈琲《コウフイ》を飲みながら眺めていればよかった。

三月ほどまえに、この家で初めて夕飯を食べた。卓子《テエブル》から立とうとすると現金係のうえの電気時計《ユニオンクロツク》が六時二十三分だった。それから毎日、社の帰りに寄って、広い食堂が一目《ひとめ》で見られる、いつもの椅子でゆっくりと食事をして、六時二十三分に帰ることにしていた。

食堂は人で一ぱいだった。国民劇場《ナシヨナル・シアタア》の切符を買う人の列が、歩道にあふれて、料理店《レストラン》の前にならんでいた。夕ぐれのあわただしさのうちに来るべき夜の享楽を暗示しているような、大都会によくある捨てがたい情緒が流れていた。フリント君は巻き煙草に火をつけながら、また腰を落ちつけて、出て行こうとする若い女を見まもっていた。下町風の粋《スマアト》なこしらえだった。黒い薄外套《ダスタア》が、細い身体《からだ》の動くたびに、ゆらりゆらりと顫えていた。

女がそとの人ごみに呑まれてしまうと、フリント君も立ちあがろうとした。

「おい、勘定だ、勘定だ」

フリント君のすぐ横の卓子にいた老紳士が大きな声を出した。実をいえば、フリント君はと、うからこの紳士に興味を感じていた。その堂々とした態度、上品な顔立ち、なんとなく、よく銀行家などにある一つの威厳を備えていた。

大きな倶楽部でよく見るように紳士は新聞を読みながら無造作に給仕人に一弗札《ドル》を渡した。それから葉巻《シガア》を吸いはじめた。その一挙一動をフリント君は劇的に讃美していた。

「これは違う、これは一弗のつりじゃないか、わしはお前に二十弗やったはずだが――」

ボウイはそれはそれはみじめな顔をした。持って来たおつりを受けとる時に、紳士は鷹揚にこういいだしたのである。それでも、ボウイは何かのお考えちがいではないか、私の受け取ったのは確かに一弗札でしたが、と柔らかに抗言した。フリント君もその保証に立ってやりたかった。

「わしは六十年間、間違いをしたことのない男じゃ。お前の名は何という?」

紳士も穏やかにたずねながら、新聞から眼を離そうとはしなかった。

「なに、ポウルか、もうよろしい、あっちへ行っておいで。そしてね、ポウル、支配人にここへ来るようにそいっておくれ」

可哀そうなポウルは青くなってひきさがった。紳士は新聞に読みふけっていた。

「どうも飛んだことで、誠に恐れ入ります」

と、猶太人らしい中年の男が礼服《タキシイド》の襟をただして出てきた。紳士はちらと見ながら、

「こんな間違いはたびたびあるのかね？」

「いえ、どう仕りまして、それで何か証拠とでも申すものがございましたら――」

「証拠？」と、紳士は初めて新聞を置いて、口から葉巻を離した。鼻眼鏡《パンスネ》の下で眼が光った。

「なに、そう大きくおとりになっては困りますが、何しろ多勢さまのことではあり、ポウルも確かに一弗札でお払い下さったと申しているものですから――」

「ははあ、わしの言葉よりも、一給仕人の言が通る場合もあることを、わしは今発見しました。よろしい、一弗でもわしはかまわん。ただ君の店の信用をわしは心配しとるんじゃ」

「さあ、そこでございます、何とかしてあなたがお出し下すったのが一弗でなくて、二十弗であったことを証明して下さりさえすれば――」

たしかに一弗札だったことをフリント君がいおうとするまえに、老紳士はにこにこ笑いながらいい出した。

「わしには妙な癖がありましてな、二十弗より小さい札はあまり持ち歩かんのです。今、銀行から新しい二十弗札を五枚出して来たばかりじゃから、やったとすればそのうちの一枚のはずじゃ、これ、このとおり――」

手の切れるような四枚の二十弗札を卓子の上にならべて見せた。

「番号が合うとるからすぐわかる。これ、五枚のうち、一五三三八七三と一五三三八七五の間に一五三三八七四号がぬけとるじゃろうが――君の店の現金器《レジスタア》の中の、上のほうにこの番号の新し

い二十弗札があればそれはわしのポケットから出たものじゃ、はっはっは、調べる気があったら、調べてみるのもよかろう」

支配人は栗鼠《りす》のように、現金係のところへ飛んで行った。老紳士のいったとおり、現金器の引き出しの上のほうに一五三八七四号の新しい二十弗札があったことはいうまでもない。

真っ赤になっている現金係の女と恐縮している支配人とを尻眼にかけながら、十九弗なにがしのおつりのうちから十仙《セント》をボウルに投げてやると、紳士は料理店を出ていった。

広小路ちかくの地下停車場へ出るために、フリント君は明るい人道を人にもまれて歩いていた。都会に生きていることを感謝したいような夕方だった。ふとそこの料理店から出てきた女を見ると、フリント君はびっくりした。あの黒い薄外套の女なのである。何かがわかりかけたような気がして、女をやりすごすと、フリント君は表の硝子《ガラス》窓から料理店を覗きこんだ。さっきの老紳士が新聞を読みながら、葉巻を吹かして、そばに立っているボウイに何か話していた。ボウイは泣きだしそうな顔をしていた。

フリント君は何だか無精に嬉しくなった。通りがかりのタキシに飛び乗ると、運転手の背中をどやしつけて彼はいった。

「おい、ここは紐育だぜ、君」

昼興行《マチネー》

社会部長マックレガアの命令――というより自分から志願して、紐育自由新報《ニウヨウク・フリイ・プレス》の社会記者ヘンリイ・フリント君は米国東海岸切っての盛り場、コネイ島《アイル》へでかけて行った。次の日曜付録から載せ始める盛り場の評判記といったようなものを書くためであったが、フリント君自身としては、たまに紙片とインクと埃の編輯局から逃げだして色彩の管絃楽《オーケストラ》のなかで、香水のにおいを嗅ぎたいと思ったのだ。あらゆる機会を利用して人間観察を志しているフリント君は、今朝部長のマックレガアに、

「君、午後からコネイ島へ行って何か変わったことを摑んで来てくれたまえ」

といわれた時、もう少しで声を出すほど嬉しかった。いったい、フリント君に言わせると、この「何か変わった話」という新聞記者の用語ほどべらぼうなものはないのである。人間の社会にそう変わった話があるわけがない。多くの場合、自己暗示という色眼鏡を通して見る一つの錯誤の現象に過ぎない。そして新聞記者は大がいこの自己暗示にかかっている。さもなければ、単に商賈《しょうこ》主義から「素晴らしい事件《センセイショネル》」を創造するだけのことだ。というのがヘンリイ・フリント君の持論なのである。

それにもかかわらず、今日こそその変わった話というやつにでっくわしそうな気がした。朝

の珈琲《コウフイ》の味で、その日の仕事のよしあしを断定してしまうほど、フリント君は予感を信用する男なのである。

ブルクリンを地下《サブ》でつっきって杉の岬《セダ・ポイント》で降りると、もうそこは世界一の歓楽公園だ。立ちならぶ見世物と食べ物屋と遊び場の間を人に揉まれて、色と音とわんわんする人いきれとにぼうっとして行くフリント君は、紐育社会記者中での腕利きというより、ケンタキイ州から一昨日出てきた調馬師のように見えた。じつはこれがフリント君の手なのである。放心したように見せかけて眼と頭とはめまぐるしく活動していた。歩いている女の素性から、食べて来た物はもちろん、大がいのいかさま勝負《ゲイム》は一眼で解ったし、すこし行くうちに、驚いたことには、掏摸《すり》を八人めっけた。

子供の時、死んだアリス叔母さんと一度来たことがあるきりなので、まるで迷宮へ這入《はい》ったようにやたらに歩きまわった。頭の上では電線車《ケイブル》が唸っていた。回転競馬《メリイ・ゴウラウンド》の囃し、客を呼ぶ声、女達の叫びが渦を巻いていた。不運な叔母さんの記憶があたりに関係なくフリント君を感傷的にしていた。

吸われるように人の這入って行く小さい劇場の前へ出た。ここを見るためにわざわざやって来たような気がして、フリント君もその薄暗い土間へ案内された。「脚見せ《レグ・シヨウ》」というずいぶんきわどい下等なもので、入場者は男、それも下品な男ばかりであった。清潔なフリント君はすぐ後悔した。が、ぎっしり大入りで、今更出ることもできなかった。それが、どういうものか、みんな正面の舞台へ向かって真ん中の通路に近い座席を占領しようと争うのだ。フリント君も人に押されて、その一つへ腰を下ろしてしまった。すぐ側の通路に金網を張った穴があって、下からえらい勢いで冷たい空気が吹き上げていた。小さな穴だけれど、その上へ手を翳すと痛いほどの力だった。なるほど涼しい、旨い仕掛けだな、とフリント君は感心した。

芝居は例の、踊りも少しは踊り唄も少しは唄う程度の、フリント君などのとうに卒業したものだった。で、半分眠りながら、夕風の立つまで時間を消すことにしていた。

きいっという女の悲鳴が耳のそばで爆発した。通路を歩いて来た若い女が、風の吹いている穴の上へ差しかかると、非常な強さで袴《スカアト》が捲くれあがって世にもあわれな姿になったのだ。フリント君は驚いた。見物人は舞台なんかそっちのけに、みんな女を見守った。夏のことだから、女だって簡単に着ている。殊にこの女は不注意にも簡単だった。乳房のあたりまで吹き上げられた女の下半身は、ほとんど裸体のまま、男達の眼の前に立っていた。大変なさわぎだった。

「どっちかへ寄れ」

「じっとしてろ」

「早く扇風機を止めろ」

「うっちゃっとけ」

公衆の怒鳴る声のなかで、反対に開かれた洋傘《こうもり》のように、スカアトで包まれて自由を失った女は只穴の上をぐるぐる回るばかりでますますその愛すべき形《フオウム》を眼の色を替えている男共へ見せたにすぎなかった。見物人はどっと笑い出した。吾に返ったフリント君は血が頭へ上るのを感じた。立ち上がると同時に女を横抱きにして穴の外へ運んだ。やんやという喝采だった。

「余計なことをするな！」と、野次った奴もあった。羞恥と興奮から女は死んだようになっていた。娘々した綺麗な女だった。フリント君の胸に顔を埋めて泣いている彼女がもし処女だったとしたら、生涯この事件が彼女の心に影響するところは一層大きいだろう。夏の午後を楽しい散歩に出る女が、誰が、こんな不幸な運命の悪戯を予知しよう。

「諸君！」

喧々囂々《けんけんごうごう》のなかに立ってこう叫び出したわがフリント君には、殉教者のような気高さがあった。

「諸君、意思よりも結果を以て裁断すべきであります。この劇場の支配人にこの婦人《レディ》を侮辱する意思が毛頭なかったとしても、婦人の受けられた精神上の打撃たるや実に、その、思い半ばに過ぐるものがあります」

自分でも旨いと思った。

「やれやれ」と誰かが言った。

「しっかり頼む」と別の声がした。

「損害賠償を取れ！」と怒鳴った人があった。

赭《あか》ら顔の支配人が舞台裏から出て来た。道具方まで出て来て群衆を鎮めた。フリント君が女に代わって支配人と交渉した。聴衆はフリント君を応援した。演芸に差しつかえて困るから、ともかく、その女に舞台裏まで来てほしい、立派に話をつけるからというので、顔を隠している女を支配人に渡し、歓呼のなかをフリント君は悠々と戸外《そと》へ出た。

今初めて太陽が照ったような心地で角をまがって劇場の裏へ出ると、さっきの不幸な女が支配人と談笑しながら、自動車へ乗ろうとしていた。フリント君を見ると、何か言って笑ったらしかったが、そのまま自分で運転して行ってしまった。支配人が葉巻《シガア》を口尻へ挟んでフリント君の眼の前へ立った。

「やい、手前《てめえ》はこの先に小屋を持ってるジムに頼まれやがったな。何だって下らねえ茶々を入れるんでえ」

「僕は――」

「何をっ、俺はな、あの女へ週七十五弗《ドル》払ってるんだ。手前だって知ってるだろう、俺がこの人寄《スタント》せを市俄古《シカゴ》の耳長チャアレイから一万五千弗で買ったってことを。こっちは資本《もと》をかけて権利を取ってあるんだ。ジムなんかの三下に四の五の言われる覚えはねえんだ」

一応誤解を解く必要があるとフリント君は思った。

「僕は――」

「何をっ！」

支配人はその機会を与えなかった。紐育自由新報記者ヘンリイ・フリント君は頤《あご》へ猛烈な打撃を受けたのである。

翌朝、フランシス婆さんの下宿の寝台《ベット》で、フリント君は歯ぎしりをした。見るがいい、商売敵《がたき》の大陸《コンチネンタル》新聞の埋め草に「英雄の末路」として昨日のことがすっかり出ている。しかも最後に英雄が気絶している。書き手が誰だかフリント君には判っていた。いつも探訪で衝突するベンソンにきまっている。フリント君はコルシカ人のように復讐の決心をした。よし、闘おう、ちょうどあの劇場の支配人がジムと戦うように――。

コン・マンといふ職業

紐育自由新報《ニウヨウク・フリイ・プレス》の社会記者ヘンリイ・フリント君は、リグレイ建物《ビル》の三階の昇降機のそばに陣どってゆっくりと巻き煙草を吹かしていた。

と言うと、莫迦に悠暢《ゆうちょう》で退屈のように聞こえるが、本人は決してそれどころの騒ぎでなかった。眼を皿のようにして、昇降機から出て来る人を物色するだけでも、並大抵ではない。フリント君はそうやって、もうものの小半日も立ちづめであった。

紐育の壁町《ウオウル》といえば、世界財界の中心地、そのまた中心にあるリグレイ建物なのだから、その煮えくりかえるような混雑も不思議はなかった。昇降機はしっきりなしに人を呑吐《どんと》して、廊下の両側に並んでる事務室の戸は、それらの血走った眼の人々によって、絶えず開閉されていた。歩いている人はなく、みんな走っていた。

「エス油《オイル》は強過ぎるよ。あれやどうかしてる」

と、料理人《コック》みたいなことを言いながら、階段を飛び上がってくる男もあった。

「テキサス灌漑が七十代とは驚いたな」

その男の足の早いのに、フリント君も驚いた。長い鉛筆を頭髪《かみのけ》へ差し、お尻を振って右往左往する女書記《ステノグ》たちの足拍子に合わせて、無線電信や、タイプライタアの音が雨のように聞こえていた。窓から怒鳴る声、電話の鈴《ベル》、報告を持って縦横に走る使い《メッセンジャ》ボウイ、フリント君はそのなかで、大時計が二時を打つのを聞いた。

その時、鶴のように痩せた身体《からだ》をモーニング・コウトに包んだ紳士が、秘書を一人連れて昇降機から出て来た。あとに続いた二人はその筋の護衛と、フリント君は見て取った。あれが有名な富豪シュメルツに違いない、待っていただけのことはあった。これであの大陸《コンチネンタル》新聞のベンソンを出し抜くこともできる、フリント君は両腕を空中で振りまわして、歓喜の声を挙げた。

「ジェイ・ピイ・シュメルツ土地不動産株式会社」と金文字の光っている事務室へ、紳士は秘書と一直線に這入《はい》って行った。

そとの廊下では三人の男が、その戸の前を行き来し始めた。

探偵が二人、あとの一人がヘンリイ・フリント君だったことは言うまでもない。

フリント君が予期したよりずっと早く、二十七分で紳士は出て来た。青白い顔が焦々《いらいら》していた。秘書が探偵に合図すると、一行はそのまま昇降機に乗ってしまった。やがてフリント君は不動産会社の戸を叩いた。

若い女が取り次ぎに出た。

「今お帰りになった、ジェイ・ピイ・シュメルツさんの店から参りましたが、ジェイ・ピイ・シュメルツさんはおいででしょうか」

「ちょっとお待ち下さい」

フリント君は女のすぐ後に続いて、ずうっと奥まで滑りこんだ。

「君は誰です」

鋭い眼をした大柄の男が机の向こうで立ち上がった。頬に弾痕があった。

「まあ、お掛けなさい」と、フリント君は笑った。

「私は新聞社の者です。そとには刑事もいます。短銃《ピストル》に手を掛けるのは不得策ですぞ」

男は机の引出しからそっと手を引いた。にっと笑って言った。

「何の御用です」

「幾らで売りました」

「何を」

「全部を」

「あなたの知ったことではありません。つまらない問答をする時間は、私にはないのです」

次の部屋から下品な顔をした老人が覗いていた。

「あ、あれが君の手品の種ですね」

と、フリント君が言った。男が振りむいて、

「やい、老いぼれ、面をひっこめろ」

と、怒鳴る間に、フリント君は机の上の吸い取り紙を取り上げた。数字が薄くにじんでいた。

「七十五万弗《ドル》か、わりに安いじゃありませんか。――さようなら」

「待ちたまえ」

出口まで男が追っかけて来た。

「これと沈黙とを交換しましょう」

こう言ってフリント君の手に押しつけたのは、千五百弗の小切手だった。フリント君はそれ

を丹念に破いた。千五百弗が無数の白い蝶々のように、窓から雑沓の街へ飛んだ。

地面床《メイン・フロア》へ降りるや否や、フリント君は自働電話へ駆け込んで、社の写真班を呼んだ。電話室を出ると、眼の前に大陸新聞のベンソンが立っていた。

「この事件は綺麗さっぱりとこっちへ渡して、君は手を引いた方が好さそうだよ、ベンソン」

ベンソンは嚔《くさめ》をする前のような一種不可思議な顔をした。

写真班を戸外《そと》の石段へ待たしておいて、フリント君は階段を降りて来たさっきの老人を捕えた。フリント君は帽子を脱《と》った。

「ジェイ・ピイ・シュメルツさんでしょう。大へんお儲けになりましたな」

「何だか知らねえが、旨《うめ》え話さ。こんな好い着物を着せられて、四五日あの男と一しょに居たら、今日五千弗くれやしてね、これであっしの用は済んだってまさあ。まるで夢ですよ」

老人はべらべら饒舌《しゃべ》り出した。

「いったいどういうわけなんです、最初は」

二人は石段の方へ並んで歩き出した。

「なあにね」と、老人は調子に乗る。

「あっしあ道路掃除人ですよ。それが、あんた、あぶれを食っちまって、バワリイの十仙《セント》食堂へ珈琲《コウフィ》を飲みに行ったと思いねえ」

「ふうん」

「先週雨の降った日だから、金曜日でしたよ。するてえと、小意気な装《なり》をしたあの男と識り合いになったんでさあ。あっしの名前を聞くと、莫迦に喜んじまって、ぼろい儲けがあるが乗らねえか、何にもしなくってもいいってんでしょう――」

「なるほど」

「で、こんな窮屈な物を着て人に会ったり、名前を書いたりしたんですよ。金になったにあ違《ちげ》えねえが、口を利いちゃいけねえてんでしょう、こいつにあ、あっしも参ったね」

石段の上まで来た。フリント君が素早く老人から離れるのを合図に写真班は任務を果たしていた。

翌日の紐育自由新報が全国の読者に与えた感興は大きなものだった。ホウレス街に大建築を建てようとしているホウレス土地不動産会社の社長ジェイ・ピイ・シュメルツ氏は、新たに設立されたジェイ・ピイ・シュメルツ土地不動産会社という幽霊会社が反古同然の株の募集を始めたので非常な迷惑を被《こうむ》った。しかし表面上、法律を以てどうすることもできないので、昨日午後二時道路掃除人のシュメルツの秘書から会社全部を七十五万弗という私財を投じて買収したというのである。

もちろん、そのあとには、まるで見たように金曜日からの一分仔什《いちぶしじゅう》と、秘書となって始めから芝居を仕組んだ詐欺師《コン・マン》ラニガンの生い立ちとが写真入りで書き立ててあったことは言うまでもない。

記者倶楽部での持て方よりも、今度こそは昂《あが》るであろう給料よりも、大陸新聞の社会記者べンソンに一杯食わせた幸福感が、ヘンリイ・フリント君を有頂天にしていた。

靴と財布

一日の仕事に急ぐ、民主的な朝の雑沓を唄った、ホウィトマンの詩を誦《くちずさ》みながら、紐育《ニューヨーク》自由新報の社会記者ヘンリイ・フリント君は、時報広場で乗りかえして下町行きの地下へ割り込んだ。

素晴らしい好天気で、太陽の光線が金いろの矢のように、立ちならぶ大建築の窓に、朝風を切って行く自家用自動車の紋章に、運転手の髭に、女たちの帽子に、洒落者の襟飾りに、さてはフリント君の頭のなかにまで音もなく射しこんでいた。

朝の紐育は民衆の行進曲そのものだった。卵と珈琲《コーヒー》の味がまだ口に残っている、フリント君は、誰にでも話しかけたいような愉快さをもって、出ようとしている下町行きに、活動写真のような素早さで駈けこんだのであった。

鑵詰の鰯《サアジン》のようにこんでいた。フリント君は学生風の青年と、事務員らしい若い女との間に挟まれて、女の読んでいる自由新聞を上から覗いていた。彼女はフリント君自身の書いた「都会冒険」を読んでいた。くすっと笑った。もちろんフリント君もほほえんだ。どうです、面白いでしょうと頭のなかで言った。

「甚だ失礼ですが――」

とフリント君の前に腰かけていた老紳士が、慇懃に口を開いた。フリント君はちょっとそれに挨拶して、また新聞へ眼を移そうとした。

「恐れいりますが――」

と紳士は言い渋った。

「どういたしまして」

「失礼ですが、あなたの靴がさっきから私の靴の上にあるのですが、もしお差し支えなかったら傍《わき》のほうへ下ろして戴くわけには参りますまいか」

半白の髭を短く刈り込んだ、五十がらみの上品な重役ふうの紳士だった。濃灰色《オクスフオウド》の英国型の背広がよく人柄に合っていた。

「ははあ、なるほど」

フリント君は可笑しいのを耐《こら》えて、わざと落ちついて下を見た。が、急には足を動かそうとしなかった。右腕を胸のところで曲げて、上半身を少し屈める、あの旧大陸ふうのお辞儀を一つして、フリント君は台詞のように言いはじめる。

「あなたは他人の靴の下に、自分の靴を発見することをあまり歓《よろこ》ばないようですね」

さっきから二人の遣り取りに注意を払っていた周囲の人々は、この時どっと笑い出した。

「おお、白百合の城に住む姫君よ！」

と誰かが弥次《やじ》った。その尾について、

「何という美《うる》わしき騎士道の王子なることよ」

みんながこっちを向いた。遠くのほうの人々は、何だ、どうしたんだと呶鳴り合っていた。

紳士はにこにこ笑っていた。

「原理から申しますれば、私の靴の位置は私の精神作用に何らの関係がないはずかも知れません。けれども、物の位置と、物の状態とは自ずから別問題であります。のみならず、私一個人として私自身の靴の行状《カンダクト》を監視する義務がありまする以上、反射的に、その義務の励行を他人の上に期待することも、いっこう差し支えないと存じます」

少しむずかしかったと見えて、笑った人は割合に少なかった。フリント君が、その選ばれる一人だったことは言うまでもない。

「そうしますと――」

と今度はフリント君の番である。何となく、フリント君は大得意だった。面白くてしようがなかった。

「そうしますと、二つの物体が同時に一つの空間を占領することは、不可能であるという物理学上の約束を無視すれば、とりも直さず、それが社交上の罪悪を構成することになりますな。いや、判りました。けれども」

とフリント君は言葉を切った。頭は眼まぐるしく活動して、古い大学ノオトの頁《ページ》を繰っていた。

見物人は、というより聴衆は、静かにあとを待っていた。永久の闇黒《あんこく》のなかを走る地下鉄道には、持って来いの余興だった。

「けれども?」

紳士が促した。

「けれども、ただ論理的にだけ言えば、純論理的にだけですよ、こういうことが言えるわけです。二つの物が一つの場処に同時にあり得ない以上、そしてそれが物理学の証明とあってみれば、この場合、その社交上の罪悪も成立する可能性がないことになります」

「問題はあなたの靴の状態であって、その位置ではありません」

紳士はその奥床しい微笑を続けていた。

「そうです。既に科学で弁証された事実に対して、個人的な憤懣を抱こうとすれば、それは状態などという漠とした気分によるよりほかありますまい」

「私は趣味として、できるだけ私の足を自由にしておきたいのです」

「諸君！」

とフリント君は、まわりの人々へ呼びかけた。ブレックス街の停車場へ車は留まりつつあった。

「諸君、人間の好き嫌いに、そう大した相違はないものであるという実例を諸君に呈して、ええと、ここはどこ？　ブレックス？」

フリント君は傍らの女に聞いた。

「私はこの電車を降ります」

笑い声を背《うし》ろにして、フリント君はプラットフォウムへ一足おろした。

「おい、好い加減に年貢を納めろ」

とフリント君の右の手を押さえたのが、後から降りて来た例の紳士だった。

「君、何をするんだ」

それには答えようともせず、紳士は背ろの警官に合図した。今の車から降りた群集が先を争っている出口のほうへ警官は飛んで行った。

「なかなか旨くやるな、お前が車中の注意を集めておいて、そのひまに、女に引っこ抜かせるなんざあ、考えてるぜ。だが、吾輩にかかっちゃ駄目さ。この頃、地下鉄道で被害が多いという投書が、警視庁へ盛んに舞いこむので、何か狂言があるんだろうと、実は張りこんでいたところさ。女も駈け出しじゃあるまい、財布を七つ抜いたと俺は白眼《にら》んだがね、すぐ判るさ」

「飛んでもない！」

とフリント君も狼狽《あわて》た。

「なに、みんなそんなことを言うよ。お前は紐育では新顔だろう。どこから来た、市伽古《シカゴ》か、市伽古のドレイク探偵を知ってるかい。あれが結婚した時は、吾輩が仲人さ」

「ともかく、この手を放して下さい。あなたは趣味として足の自由を要求したじゃありませんか。それだけの理解は、あなたに期待してもいいと思う、手と足との違いですがね」

「体裁が悪いというなら、放してやるさ、だが逃げたって駄目だよ」

「逃げる必要がない、僕は自由新報の記者です」

探偵はふんと笑っていた。そこへ警官が帰って来た。車中でフリント君の隣にいた女を連れていた。女はけろっとしてチューイング護謨《ガム》を噛んでいた。

駅長室で身体検査が始まった。女の身体から九つの財布が、警官の手によって卓上へ並べられた。その一つを摑み取って、探偵は牛のように唸った。

「やっ、これは吾輩のだ！」

女はひひっと笑った。

「太い奴だ。男の方も調べろ」

何もないはずだ。フリント君は一つの瘠せた財布を卓上から摘み上げた。

「これは――」

と気の毒そうにフリント君が抗議を申し込んだ。

「これは、私の財産の全部なのですが――」

で、その哀れな財布のなかから、自由新報社の門鑑と、ヘンリイ・フリント君の名刺とが出なかったら、この幸福な事件はどこまでも進展したことであろう。

「あなたは都会冒険のフリントさんですか」

「そうです」

「また一つ材料が殖えましたな、ははは」

「ダニエル・ドウの芝居を見たかい、大へんな評判じゃないか」

「ああ、近代座にかかってる『島の人々』だろう。いいね」

「非常に新しい、ほとんど革命的なものだってね、ほんとうかい」

「ああいう豪《えら》い作家が今までどうして知られずにいたかと思うと僕は不思議でならない」

こんな会話を編輯局や記者倶楽部《クラブ》で聞く度に、紐育自由新報《ニユーヨークフリイ・プレス》の社会記者ヘンリイ・フリント君は、いつも吐き出すように、

「馬鹿さ、僕にいわせれば、あいつはとてつもない馬鹿だよ」

芝居道《フツトライト》の王国ブロウド・ウエイに旗上げして、当時売れっ子の、見出されたる天才作家ダニエル・ドウ氏をこんな具合にこき下ろして平気でいる以上、可哀そうなフリント君は失恋のため発狂したか、よくよくの根拠があっての断定か、どっちかでなければならなかった。が、失恋するためには、恋がなければならない、フリント君はひしこ魚《アンチヨビイ》と恋が大嫌いなのである。すると、こういう批評をするためにはそれだけの力づよい理由《わけ》があるとみえる、と記者仲間で一般の取り沙汰であった。

半年ほど前のむし暑い日であった。社からフランシス婆さんの下宿の自分の部屋へ帰ったフ

リント君は、汗びっしょりの襯衣《シャツ》を着かえて、窓ぎわに立って風を入れていた。そこからはクインスボロの橋が一眼に見られて、橋の上の夕空に白々と月が懸かっていた。その向こうにマンハッタンの摩天閣《スカイスクレパア》が夢のように霞んでいた。タアナアの絵をフリント君は思い出した。とにかく、そんなような夕方だった。

ひらひらと風に吹かれて、一枚の紙が窓から飛びこんで、まるで生きているようにフリント君の胸に吸いついた。薄明かりにすかして見ると「島の人々」と表題《タイトル》が打ってあって、時、現代。所、ある島。人、島の長《おさ》。その妻、その息子、その娘、島の住民、難破船の乗組員、その他として戯曲みたいなものが走り書きしてある。

「天から降ったのだから天啓《インスピレイション》に違いない」

独り言を言いながら、読もうとしていると、フランシス婆さんの案内で一人の青年が這入《はい》って来た。彼は非常に狼狽《あわて》ていたが、フリント君の手の紙を見ると、汽笛のような叫び声を上げて飛びかかろうとした。

「僕の部屋で、そんな乱暴は許しません」

とフリント君は落ち着いていた。

「これは僕の恋人からの手紙です」

「どうぞ、その手紙、いや、紙を下さい。僕の名はダニエル・ドウというんです、あれがこの部屋へ、あの窓から吹きこむのを見ていたんです。僕は隣に下宿しています」

「初めてお目にかかります。私はヘンリイ・フリントです、よろしく。私の友達に劇に関係してる男が大分いますが、そのなかには、私と君との共通の友人もあることでしょう」

青年はもう一度汽笛みたいに叫んだ。

「あの、劇団に、あなたが、関係してる⁉」

「いや、僕じゃない、僕の友人さ」

相手の狂気《きちがい》じみた興奮にさすがのフリント君も尻ごみした。

「面白かありませんか？」

「何が？」

「何がって、それが」

青年は、フリント君の持っている「島の人々」の第一頁《ページ》を指さした。

「あ、これかい、面白いね。非常に面白い、近来稀に見る傑作です」

調子に乗って、フリント君は大げさな表情をした。

「全部持って来ますから読んでみて下さい。そして、もしよかったらどこかへ周旋して下さるわけには行きますまいか」

困ったことになったと、フリント君が黙っているうちに、ダニエルは原稿を取りに行ってしまった。紙を引っくり返して見ると、裏にも戯曲が書いてあった。「花咲く頃」として、青くさい大甘《おおあま》ものらしかった。見る気もしなかった。

その晩寝ながら「島の人々」を読んだフリント君は、その純な精神と、在来の技巧を無視した運び方とにすっかり感心してしまった。裏にべったり書いてあった「花咲く頃」は拾い読みしただけで、陳腐な拙劣極まるものだと思った。

翌日、早速タイプライタアにかけて、出来上がったのを持って、フリント君は二三週駈けずり歩いた。ようやく、近代座の舞台監督ゲルベルを摑まえることができた。面白い、すぐに上演しよう、となってフリント君は自分のことのように歓《よろこ》んだ。ダニエルは椅子を抱えて部屋中をダンスした。

「あの裏を読みましたか」

とダニエルが聞いた。

「裏はずいぶんつまらないものでしょう」

「なってないね、裏は」

フリント君は答えた。

初日が近づいてから、フリント君はダニエルを連れて稽古《リヘイサル》を見に行った。二三の劇評家も見えていた。フリント君は得意そうに作者を紹介して歩いた。やがて第一幕があいた。島の海岸の場である。ダニエルが例の汽笛のような叫び声を上げた。

「あ、違う！」

「何が？」

「違う、ありゃ違う」

「だから何が違うんだよ？」

「あれは裏です。『島の人々』って、僕の失敗の作なんです。つまらないってあなたも自分で言ったじゃありませんか」

「じゃ、君はあの、何といったっけな、そうそう『花の咲く頃』あれを売ろうと思ってたのかい。これは失敬はっはっは、さよなら――」

フリント君は飛び出してしまった。だから、近代座で連日満員の大好評、アメリカが世界に誇る、新進の脚本家ダニエル・ドウ氏の処女作「島の人々」をフリント君は稽古の第一幕の、しかもほんの始めのほうだけしか見ていないのである。

うめぐさ

紐育自由新報《ニウヨウク・フリイ・プレス》の社会記者ヘンリイ・フリント君は、三面下段の余白を白眼《にら》んで首を捻っていた。午後の陽を受けた締切り前の編輯室は戦場のように真紅《まつか》だった。ふと或ることを思いついたフリント君はくすっと笑って急いでペンを走らせはじめた。

「おうい、三面――!」と、怒鳴る声が紙型場《カピイば》のほうからしていた。

――夜だった。広い街路の片側に大きく庭園を取った宏壮な邸宅が並んで、石の階段が縞のように光線の洩れている高い玄関口に続いていた。

戸は締まっていた。が、黄色い電灯の光が音楽の音とともに戸外へ流れて、家の内部の暖かい幸福を語っていた。漆黒の闇の向こうに沈黙そのもののように自動車の列が並んでいた。ふとどこからともなく女の影が浮んで来た。そのみすぼらしい服装を箒のように夜風が吹いて、ただたどしい足取りのまま一軒の家の前まで歩道の上を彷徨《さまよ》って来た。絶え入るように咳をしていた。その咳がようやく落ち着くと、脚の力を失ってか、崩れるように家の前の闇黒《あんこく》へ倒れてしまった。冷たい風が街路樹の梢を鳴らした。

と、礼服に身を包んだ紳士が外套を片手に提げてつかつかとその家の階段を昇りかけた。内から戸が開いて、明かりと音楽と喧騒が一度に水のように流れ出た。若い女が小走りに露台《バルコニ》へ現れた。手摺りに倚って上がって来る男を待っているようだった。男は両手を拡げて女を抱擁しようとした。すぐにはそれに応ぜず、警戒するように女は家の方を見返った。

「ずいぶん待って?」

と小声で訊いたが、続けて、

「すぐ内へ這入《はい》らなければならないの。探しに来られちゃ大変だわ」

「ちょっとでもいいからお顔を見たかったんです」

と喘ぐように男が言った。

「もっと早く出て来ようと思ったんですけど——そらね、ほら——あれがそばにいてどうにもならないんですもの」

「あれって——御主人?」

「ええ」

「何かおっしゃってでしたか」

「花をくれましたの」

「その花?」

「上げましょうか?」

女は男の襟へ一輪の花を差して遣った。

「有り難う」

「あのね」と寄り沿いながら女が囁いた。

「十二時までには用意ができるわ。あなたの方は？」

「今日妻が田舎へ行ったんです。だから、私の方は何時でもすぐ出発できるんです」

「そう――」

小刻みに女は笑った。その口許に男は接吻《キッス》しようとした。女は首を曲げてそれを拒んだ。

「待って――」と甘えるように言った。

「十二時まで待ってよう――いよいよ逃げるまで。じゃ計画どおり十二時にその角でお待ちしています」

「ええ、そして二人でどこか遠いところへ行ってしまいましょうよ」

男の姿が滑るように横町を曲がって、自動車の並ぶ闇黒に吸われるのを待ち、女はいそいそと家へ這入ろうとした。華やかな音楽の音と浪のような笑い声がまた一しきり窓の外へ洩れた。

女は急ぎ足に階段を駈け上がろうとした。と、その下の暗い歩道で人影の蠢くのが眼に付いた。冷たい石畳の上でさっきの見る影もない女が立ち上がろうとしていた。

若い女は駈け寄りながら、

「まあ、喫驚《びっくり》するじゃありませんか。どうしたんです。病気？」

「――」

「ね、どうしたんですよ。どこかお悪いの？」

「――」

「こんな処に寝ていちゃいけないわ、ね、気分が悪いの？」

「ええ――うっちゃっといて下さい」

「お自宅《たく》はどこなの？」

「――」

「ねえ、お自宅はどこなのよ」

「自家《うち》なんかありません――」

邸内の笑い声がまた戸外の闇に反響して街路樹の梢を揺るがせた。霧が――牛乳のような霧が町々を立ち込め始めた。

若い女は寄り添って影のような女の腕を執ろうとした。

「内へ這入ってお休みなさいな」

その手を払って女は後退りした。若い女は羅物《うすもの》の裾を庇いながらまた一歩進んだ。

「ね、少し気分が直るまで休んでいらっしゃいな」

「いいえ。もういいんですの」

「どうして」

「でも――」

「遠慮することはないわ。火に当たってゆっくり休んでいらっしゃいな」

「いいえ、暖かい明るさは私に禁物なんです」

「あら、どうして？」

「――」

「どうしてそんな嫌なことをおっしゃるの？」

「だって――」

「だって？」

「だってこの暗い冷たい夜の路が私には一番適っているんですもの」

「まあ、嫌だ。どうしたんですの、一体」

「私が悪かったんですわ」

「あなたが？」

「ええ――良人《おっと》を捨てて――ほほほほ」

と女は啜り泣くように自嘲に似た笑いを笑った。

「そして？」と若い女は後を促した。

「――良人を捨てて情人《おとこ》のところへ走ったのが、あれが万事破滅の因《もと》でした」

言いながら風のように煙のように街路の向こう側へ消えてしまった。

放心したように若い女は立ち尽くしていた。それから何か小さく叫びながら邸の中へ走り込んだ。そして過去のすべてを振り切るように力強く大扉《おおど》を締めた。

暗い夜だった。

まるで生きているように枯れた木の葉が風に吹かれて歩道の上を走っていた。


――書き終わったフリント君はまたくすっと笑った。が、その新聞を見てどうにも笑えない男が広い紐育に一人いた。大陸新聞《コンチネンタル》のベンソンだった。しかし、ベンソンがこのうめぐさに関係のないことは、記者倶楽部の人以外誰でも知っている。

首から下げる時計

エド・ピノウツの安価な香水と、韮を焼く臭いのみなぎっている四十二丁目、用もないのに忙しそうに歩きまわる男たちと、きたないアンデイをcrêpe de chineとまがいの毛皮で器用にくるんだ女たち、セピア色の交響楽が電車線路と二階つきの乗合自動車と、女の硝子《ガラス》製の耳輪から立ちのぼって、煮豆と珈琲《コウフイ》とで今夕飯をすましたらしい巡査が、靴下の穴を気にして行くらしい意気姿の女に、白い手袋をあげて挨拶する。と、敷石の上から固い足音が一つにまとまって、けむりのように紫いろの空へのぼる。砂糖菓子のような建物の鋭角が左右から迫って、紐育《ニウヨウク》の空は木綿糸のような一線、紐育にも空はある。

降誕祭《クリスマス》前なので店は特別に夜も開けていた。で、裏町に近い猶太《ユダヤ》人の時計屋で、春から考えていた贈物の時計を買ってひどく愉快になった紐育自由新報《ニウヨウク・フリイ・プレス》の社会記者ヘンリイ・フリント君は、短衣《チヨツキ》のかくしに、ちくたく鳴っている時計の秒に足をあわせるようにして、めずらしく口笛を吹きながら人ごみを分けて歩いて行った。

珍しくフリント君に恋人ができていた。その恋人というのが伊太利《イタリイ》人で、そして多くの伊太利人と同じに彼女は素晴らしく貧乏だった。牛酪《バタ》で焼いた菠薐草《スピニチ》を何よりの御馳走と思っていたし、部屋の雨漏り——彼女は東部の倉庫街にある建物のてっぺんに部屋を借りていた——は古新聞でふさぐことにきめていたし、絹の着物といっては何度も糸を通したのが一着あるだけだった。貧乏なのはフリント君も同じだったけれど、フリント君は少しでもいい生活を知っていたし、これからもそれを夢みていた。ところが彼女ときては、自分の兄が羅府《ロスエンゼルス》で運転手をしているのを、非常な出世のように考えていて、人ごとにその兄のことを何かと自慢話にするのを忘れないほどだった。

兄の家には硝子《ガラス》の帽子――と彼女は言っていた――のついた珈琲《コウフィ》わかしもあるし、窓かけにはレイスもついている。兄の細君の靴だってこんなものじゃないし、第一「首から下げる時計」を持っているとのことだった。

その「首から下げる時計」というのが彼女の空想の全部だった。何かにつけ、彼女は「首から下げる時計」を口に出して、その碧《あお》い大きな眼を窓から外へそらすのが常だった。

「首から下げる時計」は、いつの間にか彼女の心臓の重要な部分を占めて、それがフリント君へも伝染して来ていた。望んでも得られないものの代名詞に二人はいつしか「首から下げる時計」という言葉を使うような心持ちになって行った。

愛するものを愉快に驚かすことは、この世の中での一つの大きな楽しみに相違ない。フリント君はこの幸福を味わうために、この春から一弗《ドル》一弗とこっそりお金を貯めて来たのである。それが七十五弗ほどになっていた。これで降誕祭に「首から下げる時計」を彼女へ贈ろうというのが、ながい間の貧乏なフリント君の心願だったのだ。

が、その望みも達せられた。今日、怪しいながらも大きく店を張った猶太人の宝石屋で、フリント君はその「首から下げる時計」を買ったのである。六十何弗と引き換えに、その白い金製の小さい時計を手にしたとき、フリント君は「貧しき人々」を脱稿したときの露西亜《ロシア》人のように、実に人道的に吐息をついた。金属の涼しい触覚が幸福の予感となってフリント君の全身へ散った。細い鎖が鈍く光っているのも、誠に意気だとフリント君は思った。ビロウドの小箱へ入れたその贈物を短衣の隠しへ仕舞いこんで、フリント君は誰にでも笑いかけたいような心持ちで宝石店を立ち出でたのである。

紐育の夜は眼が痛いほど明るい。着飾った男女の群が流れるように歩道に溢れていた。そのなかを善良な恋人らしいお目出度い感激に燃えながら、フリント君はどこまでも歩いて行った。「首から下げる時計」を首から下げて、あの歪んだ鏡の前で大げさに悦ぶであろう彼女の姿が、いつの間にかフリント君の顔へ満足そうな独り笑いを浮かべさせていた。フリント君は幸福だった。

「あら、ちょいと、大へんな御機嫌なのね」

という蓮っ葉な声が耳もとで小さく爆発した。つづいて金属性の笑い声が尾を引いた。フリント君は振り返った。女である。十八九の美しい女である。まつ毛の長い眼を大きく見張って、紅い頬が、魅惑的な微笑に可愛く揺れていた。ふかぶかと安物の毛皮に埋めた顔を心もち左へ傾けて、短い外套の下からは形の好い足が覗いている。

「何か私におっしゃいましたかしら――」

フリント君は敬意を表して帽子の庇に手をかけた。

「あら、いやあだ！」と女は笑った。そしてフリント君の口ぶりをそのまま真似ながら、「何かおっしゃいましたかしら、なんて――ほほほほ、寒いわね。どちらまで？」

「散歩です、ただ散歩してるんです」とフリント君はあわてて弁解した。

「いいわねえ」と女は同意した。と、

「あたしのおうちへ来ない？　すぐそこよ」

フリント君はびっくりした。そして大きな声を出した。

「何しにです？」

「あら、ずいぶんなのね。わかってるじゃありませんか。ちょいとよ、ほんのちょっとでいいわ」

「ですから、何しにあなたのうちへ来いと言うんです？」

「お遊びに――ね、いらっしゃいな」

女はぴたりとそばへ寄って来た。電灯のあかりを反射して毒々しいまでに紅のかった唇が、下からフリント君に笑いかけている。

「困ったなあ」

フリント君はほんとに困っていた。

「で知りもしない私に、なぜ遊びに来いなんて招待の言葉を下さるんです？」

「だって――」と女は身体《からだ》をゆすぶった。

「だって、それがあたしの仕事なのですもの」

万事がフリント君に解って来た。この女の仕事――フリント君は痛々しそうにその無邪気らしい眼に見入った。

「恥ずかしいとは思いませんか」

フリント君は牧師のように質問した。

「何が?」

「何がってあなたの仕事が」

「だって、だってしようがないんですもの。ね、いらっしゃいな、ちょっとでいいわ」

「いいえ、いけません」とフリント君はちょっと見得を切った。

「私には妻があります。いえ、その、まだ、恋人なんですが――」

「まあそうなの」と、女はしんみりしていった。

「幸福だわね、あなたのような方に愛される女《ひと》は」

時計のことを話そうかとフリント君は思った。が、次の瞬間にはフリント君はもう歩き出していた。時計を買った残りの十弗ばかりを、そっくり女へ握らせたのち、フリント君は人道主義的な喜びにひたりながら、ひとりあの華やかな町を歩いて行った。一人の女、哀れな妹をフリント君は救ったのである。フリント君は嬉しかった。が、その喜びもあまりながくは続かなかった。二三丁も行かないうちに、短衣のかくしから「首から下げる時計」の箱が消えていることをフリント君は完全に発見したのである。

「呪われろ!」

うしろを振り返ってこう叫んだフリント君は既に思い切りよく人道主義者を辞職していた。

ネクタイ・ピン

下宿のおかみフランシス婆さんの忠告により、紐育自由新報《ニユウヨウク・フリイ・プレス》の社会記者ヘンリイ・フリント君は今日は社を休んで、下町《ダオンタオン》のラヂオ建物《ビル》の二十七階にある、友人のヒギンス歯科医の治療室まで出かけたのであった。

甘い物の好きなフリント君は、一枚も満足な歯を持ちあわせていなかったが、そのうちでも殊に悪いやつが一つあった。給料日だというのにそれが痛んで昨夜《ゆうべ》よっぴて唸ったのだった。クインスボロ橋をこえて、朝日がフリント君の寝室へ訪れる頃になって、ようやくとろとろしただけだった。だから朝飯の食堂へ出たとき、フランシス婆さんが両手をあげて、これはフリントさんではない、フリントさんの幽霊である。わたしは靴下《ホウズ》片っぽ賭けてもいい、といったのはもっともである。それほどの歯を抜くことになったのはフリント君としても恋人と別れるほど辛かったに相違ない。ことにそのために一日でもあの編輯局の空気を吸わないということは、取り残されたような淋しさを感じさせた。

この心持ちは歯を抜いたあとまで続いた。久しぶりであった快活なヒギンスが同級生の話などするのを、逃げるようにして、フリント君は下りの昇降機《エレヴエタア》に乗った。様子のかわった口の中の感じが、一層フリント君を哀れっぽく見せていた。フランシス婆さんが見たら、それはフリントさんの幽霊の幽霊だと断言したであろう。

　昇降機はこんでいた。十八階目からか、五六人づれのタイピストが乗って来て、押すな、押すなのさわぎになった。いつものフリント君なら、早速そのきゃあきゃあはしゃいでいる、若い女のうちから好きなのを物色してみるのだけれど、何しろ歯を抜いたあとなので、牧師さんのように顔をしかめて立っていた。

　おや、とフリント君は思った。洋袴《ズボン》の右のかくしに異常な触覚を感じた。それはごく些細な、たとえば何かの拍子で隣の人の杖《ケイン》の頭がさわったようなものだったが、紐育の社会記者なら誰でもすぐ気のつく程度のものだった。また、すこし間を置いて同じ感覚が続いた。そこのポケットには手巾《ハンケチ》とマッチのほか何もいれてなかった。紙入れは上衣《コウト》の内かくしに仕舞いこんであった。フリント君はそっと襟元のネクタイ・ピンを抜いて身動きもせずに待っていた。

　一つ大きくゆれて昇降機が三階にとまろうとする時、ずずっと何か滑りこんだように感じた。いきなり右の脚と腰を前へ踏みだしておいて、フリント君は力まかせに右のポケットを上からピンで突いた。そして周りを見まわした。紳士淑女が端然として控えていた。マッチもハンケチも無事だった。

　下の床《フロア》へ着くのを待って、フリント君は一番に飛びだした。昇降口《エギジト》に立って出て来る人々の手をそれとなく調べ始めた。

　最後にずっとおくれて出て来た奥様ふうの女が左の手を庇うようにしながら、フリント君の前を通りすぎようとした。背の高い、南欧系の美人だった。フリント君は女の前へつと立った。そして帽子を脱《と》った。

「痛かったですか?」

「ひどいわ、あなた、覚えていらっしゃい」

甘えるように上目を使いながら女が言った。善良なフリント君は面白くてたまらなかった。

「あれや無理ですよ」

と彼は胸をつきだしていった。

「あれや無理ですよ、何しろ、あの地下鉄サム、御存じでしょう、あなた方仲間の顔役、あのサムは私の親友なんですからね」

「まあ」

と女は辺りを憚るように見まわした。それにつられてフリント君も辺りへ眼をくばった。女はくくと喉で笑った。

「まあ、頼もしいわね。あなたもやっぱり書物にあることをそのまま信用する質《たち》なんですね、あたしもそうよ」

「なぜって、君、あの地下鉄サムの話は僕が書くんだもの」

でたらめを言う時はフリント君の一番幸福な時なのである。

「どうです、そこらで一しょにお茶でもあがりませんか」

「だって、あたしお金を持っていないんですもの」

女は子供のように手を振っていた。

「じょうだんじゃない、僕が招待しているんですよ、さ、行きましょう」

「あなた、だって――」

「え?」

「あなただって、これがないとお困りでしょう、お返ししますから、お受けとり下さい」

言いすてて女は人ごみのなかへ紛れこんでしまった。呆れているフリント君の手に、フリント君自身の紙入れを渡したまま——。

金はそっくり這入《はい》っていた。よし、空であったにしてもフリント君は愉快だったに相違ない。えらい元気で外光のなかへ飛びだしたヘンリイ・フリント君は歯の痛かったことをけろりと忘れて、口笛を吹いていた。

「バアネイ・グウグル競馬《レイス》があった時、スパアク・プラグが三番で、こいつがバアネイの持ち馬で——」

とその頃流行《はや》ったあれを——。

トムとサム

「それでね、帰ったのが夜の十二時過ぎさ。いつものとおり、桟橋そばの御定宿《ごじょうやど》へ泊まろうと、海岸通りを東へ切れようとすると、おい、待った、この先には荷揚げ人夫の罷業《ストライキ》があって非常線が張られてる。それに罷業破りと見られると飛んでもねえ御難を食うから、まあ、止したがよかろうと言ってくれるんだから、さすが巡公《カップ》でさあ。あっしだって何も南京虫と寝たかあねえやな、そこは判りの早い朝鮮《コウレアン》のこったから、へい、合点承知之助《がってんしょうちのすけ》とばかり、バワリイまで引っけえして、昨夜はあそこの福徳旅館《ホテル・プロスペリティ》で久しぶりに女を抱きやしたよ——旦那、済まねえが巻き煙草を一本——」

この東洋人の饒舌《おしゃべり》で好い気持ちに昏々《うとうと》していた、紐育自由新報《ニユウヨウク・フリイ・プレス》の社会記者ヘンリイ・フリント君は改めて相手の顔を見直した。

ユニオン広場《スクエア》に冬の朝日が一ぱいに当たって、外套なぞ要らないような陽気だった。「土人の夏《インデアン・サンマ》」と言われる、この頃の散歩日和に、フリント君は社の出勤時間より一二時間早く下町のこの小公園まで来て、人の出る前の好い空気を吸おうと思ったのだった。運好くば例の小父さん、地下鉄《サブウエイ》サムにでも遇えばいいがと、願ったことは言うまでもない。

高い建築物の間から、紫色の空がほほ笑んで、あちこち腰掛《ベンチ》けを置いた芝生の上には鳩が遊んでいた。透き通った、水のような空気のなかを人通りは稀だった。そこへ見慣れない青年がやって来て、フリント君の向こう側のベンチに腰を下ろした。何か非常に嬉しいことでもあるらしく、大分得意そうだった。それが東洋人種の一人であると見て取った、フリント君は別種の興味を感じたのである。安っぽいが、流行《はやり》を追った仕度がどう見ても生粋の紐育っ子だった。細い眼がフリント君を偸《ぬす》み見していた。ここでフリント君が笑ったのである。すると、東洋人は待っていたように素晴らしい、小粋な紐育弁で話しかけながらフリント君の隣へ席を移したのだった。この男の予期しなかった能弁には、フリント君もいささか驚いているのである。

紙巻き《シガレット》を吹かしながら朝鮮トムは後を続ける。

「宿賃を払うと百も残らねえ、忌ま忌ましいから寝ちまおうとしてるてえと、旦那、女が這入《はい》って来ましたよ、あっしの部屋へ」

「何が這入ったって?」

「好い女の何のって、見せたかったな、旦那に。水の垂れるようなってなあ、あんなんですぜ。それが旦那いきなりあっしの首っ玉へ噛《かじ》りつきやがって、会いたかった、見たかったってえ騒ぎなんだから、旦那の前だがいささかこっちも驚きましたね」

「君は朝鮮人だと言ったが、生まれはどこだい」

「紐育のまん中でさあ——すると、どうして来なかった、お前さんが来ないもんだから、あれが無くなって妾《あたし》やこの四五日半病人さ、来たら小突いてやろうと待ち構えていたんだけれど、顔を見るとそれもできない。支那《チャイナ》のお前なんかに惚れたのが妾の因果さって、旦那、泣きやがるじゃありませんか。あっしや支那人に見えますかね」

「さあ」

とフリント君は困った。

「僕は日本人だろうと思ったがね」

「そいつの情夫《いろ》が支那で、あっしに似てるんだな、とそう思ったから、すっかりその野郎に化けちまって、お前は金を払わねえから、あれを持って来たくても、持って来られねえと、そ言ってやったんでさあ。さあ、それからが大変でしたよ、一晩かかってそのあれが何だってことを探ったんですがね」

「何だったね」

フリント君は如何なる場合にも新聞記者という天職を忘れない。

「なあに、阿片さ」

「阿片て、あの、阿片かい」

「阿片に二つあ無《ね》えやな。そんなに驚くにゃ当たらねえ。それを俺《あつし》に持って来てくれってんでさあ。この頃は厭にやかましくってね、なかなか手に入《へえ》らねえんだけれど、何しろ、五十弗《ドル》出すって泣いてるんだから、朝、起きぬけに出て、今持って行って遣ったところさ」

「阿片を持って行ったのかい」

「じょ、じょうだんじゃねえ、いいかい、旦那、向こうは自分の情夫を間違《まちげ》えるほど狂ってるんだ。ところへこっちは阿片の本場の支那面《チャンづら》下げてる、これや一狂言打てると白眼《にら》んだところが朝鮮トムの眼力さ」

と声を落として、

「あっしの友達のやっている料理屋《レストラン》へ行って、歯薬の空き罎へ地砂糖《マラセス》を詰めて行ってね、五十弗と引き換えに今置いて来てやったよ。はっはっは」

笑いながらトムは五十弗を出して、呆れているフリント君の鼻の先で、紙幣《さつ》に接吻した。

「おい、手前《てめえ》また俺の腰掛け《ベンチ》でごたく並べていやがるな」

太い、嗄れた声がした。綺麗に顔を剃って、碁盤縞の仕立て卸しを着た、中年の遊び人風の男が影のように立っていた。

「その紙幣を見せろ」

驚いたのは、朝鮮トムがこの男に頭の上がらないことであった。

「これやお前」

と男は紙幣を手にして笑い出した。

「これやお前、贋《がん》じゃねえか。利いたふうなことを言って、こんなどぢを踏むたあ何だ、ま、大事に持ってろ、そら」

渡そうとした。

「要らねえや、大方そんなこったろうと思ったんだ。贋なざあ有り難くもねえ、くれてやるよ」

紙巻きをぽんと捨てて、トムは苦々しそうに立ち上がると、ぶらりと行ってしまった。

「贋造とすると実に巧妙に出来ていますな」

と、フリント君はしんから感心した。

「贋造？　ふざけちゃいけない」

と、彼は紙幣を仕舞いながら、

「私は地下鉄サムと言ってね、あんな悪い奴を懲らすが商売でさあ。だが、合衆国政府はまだ一度も贋造紙幣を発行したことはありますまいぜ――」

上海された男

I

夜半《よなか》に一度、隣に寝ている男の呻き声を聞いて為吉は寝苦しいまま、裏庭に降り立ったようだったが、昼間の疲労《つかれ》で間もなく床に帰ったらしかった。その男は前日無免許の歯医者に歯を抜いてもらった後が痛むと言って終日不機嫌だった。

為吉が神戸中の海員周旋宿を渡り歩いた末、昨日波止場に近いこの合宿所へ流れ込んで、相部屋でその男と初めて会った時も、男は黙りこくって、煩《うるさ》そうに為吉を見やっただけだった。

彼は近海商船の豊岡丸から下船したばかりの三等油差しだという話だった。遠航専門の甲板部の為吉とは話も合わないので、夜っぴて唸っていても、為吉は別に気に止めなかったのである。

油臭い蒲団の中で、朝為吉が眼を覚ました時には、隣の夜具は空だった。彼は別に気に止めなかった。それよりももう永い間、陸《おか》にいる為吉には機関の震動とその太い低音とがこの上なく懐かしかった。殊に朝の眼覚めには、それが一入淋《ひとしお》しく感じられた。

濠洲航路の見習い水夫でも、メリケン行きの雑役でも好いから、今日こそは一つ乗り組まなくては、と為吉は朝飯もそこそこに掲示場へ飛び出した。黒板には只一つ樺太定期ブラゴエ丸の二等料理人の口が出ているだけで、その前の大卓《テーブル》の上に車座に胡座を掻いて、例《いつ》もの連中が朝から壺を伏せていた。

「さあ、張ったり、張ったり！」

と鎮洋丸をごてって下ろされた沢口が駒親らしかった。

「張って悪いは親父の頭――と」

「へん、張らなきゃ食えねえ提灯屋――か」

為吉は呆然《ぼんやり》と突っ立って、大きくなって行く場を見詰めていた。建福丸が一人で集めていた。

「いい加減におしよ、この人達は」

と女将《おかみ》のおきん婆あが顔を出した。

「今一人来てるんだよ、朝っぱらから何だね。それから、為さん、ちょいと顔を貸して――」

土間を通って事務所になっている表の入口へ出るまで、おきん婆あは低声《こごえ》に囁き続けた。

「素直にね、それが一番だよ。誰にだって出来心ってものはあるんだからさ、大したことはなかろうけれど、まあ、素直に、ね」

指の傷を気にしながら、為吉は何故か仏頂面をしていた。何か解ったような、それでいて何も解らないような妙な気もちだった。事務室には明るい午後の陽が漲って、しばらくは眼が痛いようだった。

「為ってのはお前か」

と太い声がした。返事をする前に、為吉は瞬きしながら声の主を見上げた。洋服を着た四十代の男だった。

「お前は坂本新太郎というのを知ってるだろう」

彼は矢継ぎ早に質問した。坂本新太郎というのは昨夜《ゆうべ》の相部屋の男の名だった。相手の態度から何か忌まわしい事件を直感した為吉は黙ったまま頷いた。

「太い奴だ！」

と男は為吉の手首を掴んだ。驚いた顔が幾つも戸の隙間に並んでいた。

「僕は観音崎署の者だ。ちょっと同行しろ」

超自然的に為吉は冷静だった。周囲の者が立ち騒ぐのをかえって客観視しながら、口許に薄笑いさえ浮かべていた。それが彼を極悪人のように見せた。只かまを掛けるつもりで荒っぽく出た刑事は、これで一層自信を強くしたようだった。

「さっさと来い」

と彼は自分で興奮して為吉を戸口の方へ引き擦ろうとした。

「行きますよ、行きさえしたらいいんでしょう。なあにすぐ解ることった」

「早くしろ」

と刑事は為吉を小突こうとした。その手を払って為吉は叫んだ。

「何をしやがる！　Damn You !」

刑事の右手が飛んで為吉の頬桁を打った。

「抵抗すると承知せんぞ」

「まあ、まあ、旦那」

と顔役の亜弗利加《アフリカ》丸が飛んで出た。

「本人も柔順《おとな》しくお供すると言ってるんですから――が、一体どうしたと言うんです」

「太い野郎だ」

と刑事は息を切らしていた。

「君らはまだ知らんのか。昨夜坂本新太郎が殺害されたのだ」

一同は愕然《あっ》と驚いた。最も駭《おどろ》いた——或いはそう見えた——のが為吉であった。

「それは真実《ほんとう》ですか、それは」

「白《しら》ぱくれるな！」

と刑事が呶鳴りつけた。

「本署へ引致する前に証拠物件を捜索せにゃならん。前へ出ろ！」

すると「サカモト」と羅馬《ローマ》字の彫られたジャック小刀《ナイフ》が為吉の菜っ葉洋袴《ズボン》の隠しから取り出された。

「そいつは違う」

と為吉は蒼くなって言った。

「黙れ！」

刑事は指の傷へ眼を付けた。

「その繃帯は何だ、血が染《にじ》んでるじゃないか。ともかくそこまで来い、言うことがあるなら刑事部屋で申し立てろ、来いっ」

がやがや騒いでいる合宿の船員達を尻眼に掛けて、引き立てられるままに為吉は戸外《そと》へ出た。小春日和の麗らかさに陽炎《かげろう》が燃えていた。海岸通りには荷役の権三たちが群を作《な》して喧しく呶鳴り合っていた。外国の水夫が三々五々歩き回っていた。自分でも不思議なほど落ち付き払って為吉は、ぴたりと刑事に寄り添われて歩いて行った。もうどうなっても好いという気だった。擦れ違う通行人の顔が莫迦莫迦しく眺められた。自分のことが何だか他人の身の上のように考えられた。只これで当分海へ出られないと思うとそれが残念でならなかった。

払暁海岸通りを見回っていた観音崎署の一刑事は、おきん婆あの船員宿の前の歩道におびただしい血溜まりを発見して驚いた。血痕は点滴となって断続しながら南へ半丁ほど続いて、そこには土に印された靴跡や、辺りに散乱している衣服の片《きれ》などから歴然と格闘の模様が想像された。そこは油庫船《タンク》の着いていた後であって、岩壁からすぐ深い、油ぎった水が洋々と沖へ続いていた。その石垣の上に坂本新太郎の海員手帳と一枚の質札が落ちていたのである。

時を移さず所轄署の活動となった。動機の点が判然しないので第一の嫌疑者として自然的にその筋が眼星を付けたのが、相部屋同志の森為吉であったことはこの場合仕方があるまい。が、網を曳いてみても、潜水夫を入れても坂本の屍体はもちろん所有物《もちもの》一つ揚がらなかった。で、満潮を待って、水上署と協力して一斉に底洗いをする手筈になっていた。

小刀のことや指の傷を考えると、さすがに為吉は自分の姿を絞首台上に見るような気がしてどうも足が進まなかった。彼は何よりも海を見捨て得なかったのである。道の突き当たりに古びた石造の警察の建物が彼を待っていた。異国的な匂いを有《も》つ潮風が為吉の鼻を掠めた。左手に青い水が拡がって、その向こうに雲の峯が立っていた。

海が彼を呼んでいた。

九歳の時に直江津の港を出た限《き》り、二十有余年の間、各国の汽船で世界中を乗り回して来た為吉にとって、海は故郷であり、慈母の懐《ふところ》であった。

錨を巻く音がした。岩壁の一外国船に黒地に白を四角に抜いた出帆旗が翻っていた。一眼でそれが諾威《ノルウエー》PN会社の貨物船《フレイタア》であることを為吉は見て取った。出帆に遅れまいとする船員が三人、買物の包みを抱えて為吉の前を急ぎ足に通った。濃い烟管《パイプ》煙草の薫りが彼の嗅覚を突いた。と、遠い外国の港街が幻のように為吉の眼に浮かんで消えた。彼は決心した。

「靴擦れで足が痛《いて》え――」

ひょいと踞《しゃが》みながら力任せに為吉は刑事の脚を浚った。

夢中だった。喚声を背後《うしろ》に聞いたと思った。通行人を二人ほど投げ飛ばしたようだった。そして縄梯子《ジャコップ》に足を掛けようとしている外国船員のところへ一散に彼は駈け付けた。

「乗せてくれ！」

と彼は叫んだ。船員達は呆気に取られて路を開いた。

「乗せて行ってくれ、悪い奴に追っかけられてる。どこへでも行く、何でもする。諾威船なら二つ三つ歩いてるんだ」

船乗り仲間にだけ通用する英語を為吉が流暢に話し得るのがこの場合何よりの助けだった。

「ぶらんてんか、手前《てめえ》は」

船側《サイド》の上から一等運転士《チイフ・メイト》が訊いた。

「ノウ、甲板の二等です」

と為吉は答えた。

しばらく考えた後、

「よし、乗せて行く」

猿《ましら》のように為吉は高い側《サイド》を攀《よ》じ登って、料理場《ギヤレイ》の前の倉庫口《ハッチウエイ》から側炭庫《サイドバンカア》へ逃げ込んだ。

「殺人犯だ！　解らんか、この毛唐奴《め》、あいつは人殺しを遣ったんだ！」

遅れ馳せに駈けつけた刑事は息せき切ってこう言った。

「解らんか、ひ、と、ご、ろ、し、だ！　早くあの男を返せ。あいつを出せ」

船員達は船縁《ふなべり》に集まって笑い出した。

「し、し、し、し、し」

と一人が真似した。

梯子《ジヤコツプ》が巻き上げられた。

「皆帰船《オウル・アブロウド》したか？」

と舵子長《マスタア》が船橋《ブリツジ》から呶鳴った。

「皆《オウルス・イン》います」

と水夫長《ボウシン》が答えた。

がらん、がらん、と機関室への信号が鳴った。船尾に泡を立てて航進機《スクルウ》が舞い始めた。

ちりん、「部署へ着け《スカタア・ラウンド》！」水夫達は縦横に走り回って綱《ロウプ》を投げたり立棒《ビツト》を外したりした。

二等運転士《セケンメイト》が船尾へ立った。

「オウライ」

鎖を巻く起重機《ウインチ》の音とともに諾威船ヴィクトル・カレニナ号は岩壁を離れた。

「サヨナラ！」

船員の一人が桟橋で地団駄踏んでいる刑事に言った。甲板上の笑声は折柄《おりから》青空を衝いて鳴った出港笛《ホウイツスル》のために掻き消された。

Ⅱ

船長《キャプテン》の前で一等運転士の作った出鱈目の契約書に署名《サイン》する時、何ということなしに為吉はシンタロ・サカモトと書いてしまった。

士官食堂《サルウン》の掃除と下級員《クルウ》の食事の世話とが為吉のサカモトの毎日の仕事と決められた。鉄板に炭油《タアル》を塗ったり、短艇甲板《ボウト・デッキ》で庫布《カヴァ》を修繕したり甲板積みに針金を掛けたりするのにも手伝わなければならなかった。

神戸の街が蜃気楼のように霞み出すと、為吉は初めて解放されたように慣れた仕事に手が付いてきた。舷側に私語《ささや》く海の言葉を聞きながら、美しい日輪の下で久し振りにボルトの頭へスパナアを合わせたりするのがこの上なく嬉しかった。自分に対して途法もない嫌疑を持っている日本警察の範囲から脱出しつつあるという安心よりも、自分の属する場所に自分を発見した歓喜の方が遥かに大きかった。

こんな風に自分自身に無責任な態度をとることを、永い間の放浪生活が彼に教えていた。

船員達も彼をサアキイと親しみ呼んで重宝がった。

午後から空模様が変わって来たので、為吉は水夫一同と一緒に七個《ななつ》ある大倉口《メイン・ハッチ》の押さえ棒へ楔《くさび》を打って回った。一度で調子好く打ち込み得るのは為吉だけだった。感心しながら皆色々と彼の経験を尋ねた。歯切れのいい倫敦《カクネイ》風の英語で応答しながら彼は大得意だった。そして誰も彼の逃げ込んで来た理由を尋ねはしなかった。国籍不明の彼らにとってそんなことはてんで問題でなかったのである。ただ一度船長に呼ばれて行った時、家庭の事情で伯父の家から逃げて来たと為吉は答えた。ヴィクトル・カレニナ号乗組み二等水夫シン・サアキイ、こう地位と名前を頭の中で繰り返して為吉は微笑を禁じ得なかった。

通路《パセイジ》に面した右舷《ボウルド》の一室を料理人《クック》と士官ボウイと為吉が占領することになった。下級員が仕事している間に、船尾の食堂《メス》へ彼らの食事を運んで遣るだけで、後片付けは見習《アップ》がすることになっていたので、為吉が彼らと顔を合わすのは昼間甲板で作業する時だけだった。従って機関部の人たちに遇うことはほとんどなかった。石炭と灰と油に塗《まみ》れて船底《ダンビロ》に蠢いている彼らを、何かと言えば軽蔑する風習がどの船の甲板部員をも支配していた。機関部の油虫《カクロウチ》なんか船乗り《セイラア》なぞという意気なものではないと為吉も子供の頃から思い込んでいた。で、格別の注意を払わなかったが、同室のボウイの口から甲板部の下級員が十七人、機関部《エンジン》が二十一人で、船はこれから一直線に南下して木曜島で海鳥糞を積み、布哇《ハワイ》を回って北米西海岸グレイス・ハアバアで角材を仕入れ、解氷を待ってアラスカのユウコン河をクロンダイクまで上るはずだということなどを聞き出すのを忘れなかった。それまでが今度の遠洋航路の第一期で、それからは傭船《チャアタア》の都合でどこへ行くか判らないとのことだった。電報一つで世界中どこへでも行く不定期貨物船《トランプ・フレイタア》の一つであった。

出入港には多少の感慨を持つのが、荒っぽいようで感傷的な遠航船員の常だった。それが妙なことには、今度の為吉の場合には安堵と悦びの他何もなかった。その安心が大きければ大きいだけ、彼は無意識の内に恐ろしい自己暗示にかかっていたのである。

箱のような寝台《バアス》の中で毛布にくるまって眼を閉じた時、自分に掛かっている嫌疑を思って森為吉は初めて慄然《ぞっ》とした。隠しの中で坂本の小刀を握ってみた。冷たい触感が彼の神経を脅かした。彼はどうすることもできなかった。何時からともなく自分自身が自分の犯行を確信するといったような変態的な心理に落ちて行った。こうした弱い瞬間に、根も葉もない夢みたいな告白をしたばかりに、幾多の「手の白い」人間が法治の名によって簡単にそうして事務的に葬り去られたことであろう。

が、この場合為吉は自分の無罪——よし彼が無罪であったにしろ——を主張する意地も張りも持ち合わせていなかった。その証拠さえないように思われた。それよりも海へ出たことの喜びで一杯だった。それでも彼は再び事件の内容を熟考してみようと努めた。が、無駄だった。考えれば考えるほど、果たして自分が坂本を殺したのか、殺さなかったのかその辺がすこぶる曖昧になって来た。

要するに、そんなことはどうでもよかった。今はもう日本の土地を離れ切った。そして坂本新太郎は死んだのである。その犯人として日本警察に狩り立てられている森為吉も既に存在しないのである。新生の坂本新太郎を名乗って自分は当分この諾威船を降りまい、その内に二つ三つ船を換える間に国籍も解らなくなるに違いない。末子で独身のボヘミアンの彼は日本という海図上の一列島に何らの執着をも感じ得なかった。十一浬四分一《ノット・クオタア》の汽力《スチイム》で船は土佐沖に差し掛かっているらしかった。十八度くらいのがぶりで硝子窓《ボウルト》に浪の飛沫《しぶき》が夜眼にも白く砕けて見えた。低い機関の回転が子守唄のように彼の耳に通った。為吉の坂本新太郎はしばらくしてすやすやと鼾を掻き始めた。

何時間寝たか解らない。

為吉が眼を覚ました時は、暴風も凪《しけ》ぎ、夜も明けかかって、船は港内に錨を下ろしていた。唐津港あたりに颱風を避難したのだろうと思いながら窓から覗いた彼の鼻先に、朝靄を衝いて聳えていたのは川崎造船の煙突であった。

「神戸だ！　暴風《あれ》で引っ返《けえ》したんだ！」

が、六千噸《トン》もある船が晴雨計《バロメイタア》の針が逆立ちしようと出港地へ帰航するようなことのないのは海で育った彼が先刻承知のはずだった。

一等運転士と水夫長が這入《はい》って来た。

「サアキイ、お前は殺人犯《ひとごろし》だというじゃないか」

水夫長が呶鳴った。

「大きな声を出すな」

と為吉は答えた。手は隠しの中に小刀《ナイフ》を探しつつ、がたがたと震えていた。海への執着が彼を臆病にしていた。

「はっはっは――」

と一運《チイフ》が笑い出した。

「水上警察と傭船会社《エイジエント》からの無電《ワイヤレス》で船が呼び戻されたのだぞ。警察へ護送される途中だったってえじゃないか、はっはっは」

何が何だか解らなくなった為吉の頭には、絞首台を取り巻いて指の傷と小刀が渦を巻いた。そして一方にはそこに展《ひら》けかけた自由な海の生活があった。

「今水上警察の小艇《ランチ》が橋を離れたから、もうおっつけ役人が来るだろう」

真っ蒼になって為吉は寝台の上に俯伏《うつぶ》した。一運と水夫長とが何か小声で話し合っていた。

「どうする？」

と水夫長の声がした。

「隠れるか」

と一等運転士が言った。弾機《バネ》のように為吉はその胸へ噛《かじ》り付いた。声が出なかった。

「よし、じゃ逃げるだけ逃げてみろ。何とかなる」

と一運はまた哄笑した。

「機関部の奴に預けましょうか」

と水夫長が尋ねた。

「そうだ、ボストンを呼べ、ボストンを」

水夫長は毬のように飛び出して行ってすぐ前の機関室の汽筩《セリンダア》の上から呶鳴った。

「ボストン！　真夜中《ミド・ナイト》ボストウン！」

間もなく七尺に近い黒人が油布《ウエイス》を持ったままのそっと這入って来た。

「こいつを隠すんだ、早く連れて行け」

一運は頤《あご》で為吉を指した。ボストンはちらと彼を見遣って黙って先に立った。為吉が一歩室外《そと》へ踏み出そうとすると、

「一等運転士、警察が来ました」

とボウイが走り込んで来た。右舷《スタボウド》の甲板に当たって多勢の日本語の人声がしていた。ボストンの腕の下を駈け抜けて為吉は機関室の鉄階段《タラップ》を転がり落ちた。この騒ぎで機関室にも釜前に

も誰もいなかった。水漉し《フィルタア》へ逃げ込もうとした彼は、油に滑ってそのままワイヤア式蒸発機《エヴアポレイタア》の蔭へ横ざまに倒れた。

「そこはいけねえ、すぐ見付かる」

と黒人が叫んだ。

「停泊用釜《ドンキボイラ》の上から水張りの隙間《スペイス》へ潜り込むんだ。早く！」

低い掘通《トンネル》から灰の一吋《インチ》も溜まっている停泊用釜へ這い上がって、両脚が一度に這入らないほどの穴から為吉は水管の組み合っている釜《ボイラ》の外側へ身を縮めた。火の気のない釜の外は氷室《ひむろ》のように冷えていた。掘通の扉《ドア》を閉めて出て行くボストンの跫音《あしおと》が聞こえた後は、固形化したような空気が四方から彼を包んで、水準下の不気味な静寂に耳を澄ましていた為吉は、不自然な姿勢から来る苦痛をさえ感じなかった。が、考えてもみなかった、何のためにこんなことをしているのか、それは自分でも解らなかったからである。

こつ、こつ、こつ、じい——い。

と、どこからともなく鉄板を引っ掻くような音が聞こえて来た。おや、と為吉は思った。

こつ、こつ、こつ、じい——い。

音は釜の中からするようでもあったし、釜前《ダンビロ》の通風器《ヴエンチレイタア》から洩れるようにも聞こえた。

こつ、こつ、こつ、じい——い、じい。

はっと彼は思い付いた。よく船員達が爪で卓《テーブル》などを叩いて合図する無線電信《ワイヤレス》、万国ＡＢＣの略符合《コウド》なのだ、そして確かに停泊用釜の中から聞こえて来るではないか！

どやどやと靴音がしたかと思うと、

「御覧のとおり誰も居りません、わっはっは」

という一等運転士の声がして、続いて二言三言《ふたことみこと》会話があった。一同が出て行った後、為吉は死んだようになって水管《ヴァルヴ》に頬を押し付けた。

こつ、こつ、じい――。

前よりも一層明瞭に響いて来た。無意識に彼の頭はそれを翻読した。ＳＯＳ！　難破船が救助を求める信号《シグナル》ではないか！

為吉はぎょっとした。隠しから小刀を取り出して水管を叩いた。

「ナニコトカ――」

こつ、じい、こつ、こつ、こつ、じ――い。

「Shanghai――」と返信があった。

上海？　ナニコトカと彼はまた水管を掻いた。

「Shanghai された」

上海された！　通行人を暴力で船へ攫って来て出帆後、陸上との交通が完全に絶たれるのを待って、出帆後過激な労役に酷使することを「上海する」と言って、世界の不定期船《トランパア》に共通の公然の秘密だった。罪悪の暴露を恐れて上海した人間に再び陸を踏ませることは決してなかった。絶対に日光を見ない船底の生活、昼夜を分かたない石炭庫の労働、食物その他の虐待から半年と命の続く者は稀だった。

　狂気《きちがい》のように為吉は釜から降りて音のした釜戸《ドア》の前に立った。外部《そと》からは把手《ハンドル》一つで訳なく開けることができた。

糞便と人体の悪臭がむっと鼻を打った。真っ暗な奥の薄敷《アンペラ》と麪包屑《パンくず》の間から、

「あ、為公じゃねえか」

と声がした。

「眼を隠せ！　明りを見ちゃいけねえぞ！」

とっさの間に為吉は呶鳴った。固く眼を押さえて半病人のように這い出して来たのは殺されたはずの坂本新太郎であった。

「手前生きていたのか」

「うん。歯が痛んで血が出てしようがねえから医者を起こしに出たところを摑まえられて上海された。停船《ストップ》してるじゃねえか、どこだここは？　大連か、浦塩《ウラジオ》か、どこだ」

「神戸だ」

「なに、神戸？　四五日機関が回っていたと思ったが――」

「それがよ、この俺が手前を殺《ば》らしたって騒ぎで、それで俺あこの船へぶらんてんしたんだ。すると、いいか、陸から無電が飛んで来て船は召還よ。いってえ、あの梨を剝く時手前に借りたこの小刀が好くねえ、おまけにあれで指を切ってるじゃねえか」

その小刀を逆手に持って為吉は奥炭庫《クロス・バンカア》の前の鉄梯子に腰を掛けながら、白痴のようににたにたと笑った。彼は明らかに海の呼び声を聞いたのである。自分の無罪を立証し得る悦びよりも、只死に損ないの坂本を助けるためにせっかく乗ったこの船――しかもなかなか仕事口《チャンス》のないこの頃、望んでもまたと得られない好地位を見捨てて――船を降りなければならないのが不満でしようがなかった。第一、恨みこそあれ、こいつを助け出すなんてそんな義務がどこにある。

この男は俺に殺されたことになっているんじゃないか。と彼は考えた。いや、刑事も言ったとおり確かに俺が殺したんだ。それに何だって今頃になって出て来てひょろひょろここに立ってやがるんだ。それが為吉を無精に怒らせた。いっそのこと予定通りこの野郎が死んでいてくれたら、そしたら？　そしたらこのままこの船で遠い懐かしい海外へ行けるじゃないか――いや、待てよ、今だって決して遅くはないぞ。なあに訳はない、奴はあんなに弱り切って死んだも同然だ――いや、事実死んでいるんだ。その証拠にはこの俺が下手人にされているじゃないか――、そして、そしておまけにここは法の手の届かない貨物船の釜前じゃないか――そうだ、今が絶好の機会だ――が、一体何の機会だというんだ――いや、どうせ森為吉が貰ったはずの命なんだ、それでこうやって乗れた船だというまでのことなんだ。海外、外国、そうだ、この呪われた小刀で――そうだ――教えられたとおりに――あの刑事に暗示されたとおりに――。

為吉は立ち上がった。

「逃げる前《めえ》に俺《おら》あ水が、水が呑みてえ――水――」

坂本は唸るように言った。

Ⅲ

警察の推測どおりだった。坂本新太郎は死んだのである。そしてそれと同時に森為吉という男も地球の表面からその存在を失ったのだった。

しばらくして再び神戸を抜錨《ばつびょう》した諾威船ヴィクトル・カレニナ号が大洋へ乗り出すと間もな

く、帆布に包まれて火棒《デレキ》を圧石《おもし》に付けた大きな物が舷側《サイド》から逆巻く怒濤の中へ投げ込まれた。

その甲板に口笛を吹きながら微笑して、坂本新太郎は日本の土地に永久の別れを告げていた。

古来、世界の船乗り仲間《シイメン》の不文律に従って「上海された男」坂本新太郎と自分を「上海」した坂本新太郎とは共にここに二度と再び土を踏めないことになったのである。

神々の笑ひ

「つぎは神保町――神保町、一つ橋春日町白山巣鴨大塚方面ゆきのお方はお乗り換え――神保町――もうお降りの方はございませんか。混みあいますから御順に中ほどへ願います。もしもし、恐れ入りますが、あなた次の釣り革へ移って下さい、もう二三人乗れますから。あ、その、大きい荷物はお後へ願います。お摑まり下さい。いいですか、動きますよ、はい、動きまあ――す」

という車掌の声で、電車は今神田の神保町を出たところです。麗らかな初春の午後の陽が、両側の店の窓に、ペンキ塗りの立て看板に、さては行きかう自動車の金具に、または通行人の顔のうえに、街路樹の柳の幹に、まるで金いろの矢のように踊っています。その柳の枝にも青い芽が空の映えを見せてふくらみ、うねった線路には陽炎《かげろう》がもえています。町の角に、馬糞や紙屑を捲きあげて小さな旋風《つむじかぜ》の立っているのも、桜の咲くのも遠くないことを語っているのでした。

電車は混んでいます。

鰯の鑵詰か何ぞのようにこの長方形の箱のなかへ押しこめられた人々は、めいめいの人生を一時ここへ持ちよって、この箱のなかで一つの世界を作り出しているのです。いろいろの性格と背景とをもつ未知の人々が、面と向かいあって黙りこくりながら、おなじ方向へ走って行くという、それは気味のわるい世界なのです。音と一しょに動いている世の中なのです。眼に見えない出来事を山のように積んで、電車は春の日の都大路を走っていました。

「切符を切らない方はございませんか――乗り換えのお要りの方は切っておきます」

人ごみを分けて車掌が鋏を入れに来ました。

「切らない方はありませんか」

こう言って車掌は真ん中へんでちょっと立ちどまって、野々宮さんの方をちらと見ました。この人はまだ切符を買っていないな、という眼つきです。が、野々宮さんは平気です。平気で眼をつぶっています。寝ているわけではありません。寝るどころじゃない、野々宮さんは身体じゅうで考えているのです。どうしたら切符を買わずにこの電車を降りることができるか、と、つまりその方法を野々宮さんはいろいろと思いめぐらしているのでした。

こういうと野々宮さんは非常に貧乏のように聞こえますが、事実はその正反対で、野々宮さんほどのお金持はこの東京にもそう多くはありますまい。そのくせ、あるいは、そうだからこそ、野々宮さんは一銭でも一文《もん》でも出したがらないのです。ですから、どうしても払わなければならないと解りきっている電車賃でさえ、こうして一分間でも長く持っていようというのは、如何にも野々宮さんらしい考えでして、そのあいだにでも、車掌が忘れたり誰かが切符を取り落としたりしないものでもあるまい――何ごとも世の中は頭である。浅瀬を足でわたるように、この世の中というものは「あたま」で渡るべきだ、こう自分にいいきかせて、年とともにたるんで来るその両の眼瞼《まぶた》を開こうともせず、野々宮さんは狸寝入りをつづけています。

一たい、この世がはじまって以来、けちんぼな点ではどの人物よりも有名なのが、あのシャイロックというイギリス芝居に出てくる因業爺です。そこで、このシャイロックを近代的に石炭の煙で燻しあげたのが、わが野々宮さんであるとさえいえば、野々宮さんの人がらもおよそ見当がつきましょう。兄弟の合資で手広くやっていた金融方面の店を、兄さんが死ぬと同時に完全に自分の手へ取り入れたものの何も買いとったというわけではなく、貰ったのではもちろんありません。その証拠には、兄さんの遺族が今窮迫のどん底へ落ちているのでもわかります。それでは誤魔化したのか、ときかれると、野々宮さんは悲しそうに、「水が血よりも濃い場合もあり得るということを、君、知ってるかね?」とき返すのが常でした。

が、何といっても野々宮さんは事業家なのです。ですから忙しい。ですから大概の寄付金なぞはすぐ忘れてしまいます。いうまでもなく、寄付する前に忘れるのです。ですから、野々宮はけちだと誰でも思っていますし、野々宮さん自身もそう信じて疑いません。

その野々宮さんが、この電車のなかで、前にいったような難問題の解決に没頭していますと、停留場とみえて電車がとまり、隣にいた女が降りて、あとへ腰をかけたのが背の高いお洒落な紳士です。野々宮さんは眼の隅からちょっとその新しい人を見やったきり、二三度肩を動かしてまた眼をつぶりました。紫にかすむ流れにそい、液体のような日光をついて電車は走っています。犬が電車と並んで駈け出しました。子供が犬を呼んでいます。

もうどこかな——? と野々宮さんはぽっかり眼をあけました。そして向かい側の座席を見わたしました。今はわりに空いています。何時の間にか、不必要に肥った一人の男が、これはまた小柄な同伴《つれ》の女と、何かしきりに談じこんでいます。その小声が、聞くともなしに野々宮さんの耳へ這入《はい》って来るのです。耳のいいのは野々宮さんの自慢の一つなのです。

「だからさ、それでいいじゃねえか。な、そうだろう? え、おい」

といったのは男です。女は不足らしく黙っています。二人ともみすぼらしい風体《なり》をしています。野々宮さんは耳を傾けました。

「だからよ」

と男の声は大きくなります。

「だから俺がこんなに心配《しんぺい》してるんじゃねえか。俺あ本気に心配してるんだぜ」

が、一向心配そうには見えないのです。

「それあお前さん、あたしだって知ってるわよ。けどね――」

女の声は蚊の鳴くように細いのですが、如何にいい耳とはいえ、それがどうして車輪の響きを通して野々宮さんの鼓膜へ伝わったか、不思議といえばこれは確かに不思議です。二人の話はつづきます。

「けれど？　どうしたってんだ？」

「けどねえ、あたしねえ――」

「え？」

「――」

「はっきり言いねえな、はっきり」

「――」

「お前《めえ》、まさか不満《ふく》れちゃいめえな、え？」

「あたしね、こう思うの。とにかく物が物でしょう、だから――」

「だからよ、俺がこんなに心配――」

「へん、お前さんの心配は聞き飽きたわ。それよりね、どうせこう眼が光って来たんだから——ね、そら、——ね、——してさ、さっさと——片をつけちまったほうがよかあなくって？ あたしあほんとにさっぱりすると思うわ」

「潰しにかけてか？ ば、莫迦なことを言うもんじゃあねえ。それよりあ——」

「だって——」

「黙って聞きねえってことよ。だからさ、だからよ、——な、な、好いじゃねえか。え？ そうだろう。よう、そうじゃねえか——潰しなんてお前、第一《でえ》、細工《せえく》から足が付かあな」

一体何の話だろう、と野々宮さんはそれとなく聞き耳を立てて上半身を前へ屈ませました。ともすれば大きくなろうとする声を押さえ押さえ、男と女は論判に夢中の様子です。金のかからない限り、何へでも一通りの興味を向けるのが、野々宮さんの生活信条なのです。

「なあ、すこしの間だ、待っててくんねえな。な、おい」

言いながら男は辺りへ気を配るのです。

「何時までなのさ？」

と女は焦々《いらいら》しています。

「何時まで？」男も棘々しく、

「ちえっ、極《き》まってらあ——買手がつくまでよ」

さては——と、野々宮さんはきっとなりました。さては、商売の話なのです。取り引きのはなし、事業の話、つまり儲け口なのです。と、気が付いてみると、隣の紳士も野々宮さん以上に乗り出して、向こうの会話へ注意を払っています。野々宮さんは苦々しく思いながら、その競争者を横から白眼《にら》みつけました。

前の席からは二人の声がきれぎれに聞こえて来ます。

「何時かみたいなへまはやらないでおくれ。いいかい」と女。

「大丈夫《でえじょうぶ》だよ」と男。

「で、どこにあるの、一件は？」

「首飾りか」

「しいっ！　大きな声をおしでないよ。とんちき！」

野々宮さんは鼻の奥でにやりと笑いました。これはいささか臭いぞ、と野々宮さんは全身の神経を耳へあつめて、前よりも一層緊張したのでした。

「安心しねえ、ちゃんと隠してあるから」

「いつものところに？」

「うん」

「足の付くようなことはないだろうね？」

「大丈夫」

「何しろ近頃の大仕事だったものねえ」

「うん。一万円てえでか物だからなあ」

と話をうちきった二人は、振り向いて窓の外を見ています。

野々宮さんはまた眼を閉じて、今度は一万円の首飾りを想像してみます。が、どういうものか手に取ろうとすると、ひょいひょいひょいと逃げ出すのです。よく見ると首飾りに足がついています。してみると盗んだものに相違ありません。ははあ——さては捌《は》け口に困っているな。盗んではみたものの、買手がなくて仲間割れがしそうなのか——ふうん、なるほど——と、頭自慢の野々宮さんはまたここで一つ新しい金儲けのいとぐちを見つけました。ようし、きっとやって見せるぞ——。

「失礼ですが——」

という声がします。野々宮さんは眼をあけました。飯田橋に電車は停まっています。見ると、車掌台から二人の男女が今降りようとしているところで、隣の紳士が野々宮さんへ話しかけているのです。

「失礼ですが、あの二人の話をお聞きでしたか。一万円の首飾りがどうとかしたと言っとりましたな」

「へえい!」と野々宮さんは呆《とぼ》けて、

「が、それが何だとおっしゃるんです?」

「それがですよ、それが、その、金に困って安く売ろうとしているらしいですな。きっと例の、そら、今新聞で騒いでるあの北小路伯爵夫人の失《な》くしたものに相違ありません」

「で?」

「で、私はこれからやつらを尾《つ》けてって、警官へ引き渡してやるつもりです」

紳士は立ち上がりました。野々宮さんは口を曲げていいました。

「名案ですな。たしかに御名案ですな。が、あなたのそのお話が事実とすれば、私にもまた一つの名案があるですよ。じつは今それを考えていたところなんですがね、何しろ早くしないと足が付くですから――いや、なに、足よりも――」

と、ここで野々宮さんは自分の頭をこつこつ叩きながら、降りて行く紳士のうしろから大声を浴びせかけたのです。

「いいですか、ここですよ、人間は頭ですよ、頭一つですよ、何といっても」

後　篇

「金融。簡単迅速。ただし担保は貴金属に限る。午後来談。――保険ビル十三号」

三日間、新聞へ広告を出したら、六円六十銭とられましたが、何の事業にせよ、始めはすこし資本がかかると、野々宮さんは自分自身を慰めて、十三号の事務室へ牡蠣のようにじっと息をこらしています。

恋は一人ではできないので、野々宮さんは今までこの恋というやつについぞ縁がなかったのですが、この頃の野々宮さんを仔細に観察した人は、誰でも野々宮は初恋の悩みに悶えている、と断言したに相違ないほど、それほど、野々宮さんは待つ身のつらさをつくづくと体験しているのです。何故といって、もしあの、電車で見た大男がやって来なければ、野々宮さんは一万六円六十銭という取り引きに失敗することになるからです。夜は足の付いた首飾りの夢にうなされ、午前はぼんやりと時計を眺めてくらし、午後は――この午後が大変です。廊下で足音がするたびに、野々宮さんの頬が赤くなり、給仕や事務員が戸口を出這入《ではい》りするごとに、野々宮さんの心臓は勝手に口のなかへ這い上がって来ようとします。せっかくの頭を持ちながら、この三日のあいだに、野々宮さんは見違えるほど痩せてしまったのでした。

ひょっとして——と、その大事な頭を抱えて野々宮さんは考えます。もし、あののっぽの紳士に尾行されて、二人が既に捕縛されているとしたら——いや、そんなことは断じてあり得ない。そんならそうと新聞に出るはずだし、第一、一万円の仕事をするような頼もしい泥棒が、あんな頭のないやつにとっちめられるわけがない。すると——？　すると、あの二人は普段の野々宮さんとおなじように、新聞と新聞へ出る広告をあまり信用しない人間かも知れない。仮にそうとすれば——とここまで来ると、野々宮さんは頭が痛み出すのです。

陽の入り前の強い光線が、向こう側の建物の上のほうだけを真っ赤に照らして、引けどきの雑沓が窓の下の大通りをこね返しています。事務の者が皆帰ったあと、迫る夕やみの部屋にひとり残って、野々宮さんはどこかで時計が五つ打つのをさびしく聞いているのです。

戸があいて男の声がしました。

「旦那、いますかえ？」

「時間外ですから用事なら明日にして下さい」

「新聞の広告を見て来たんですがね、旦那」

と聞いて、野々宮さんは独楽のように振り返りざま、頭のうえの電灯を捻りました。黄色い光のなかに立っているのは、正しく電車で見たあの大男です。

「来ましたな！」

と野々宮さんの声はふるえました。

「来やしたよ」

男は二三歩進みました。この瞬間、その来訪の目的が何であるか、二人にはもうはっきりと解っていたのです。

「よく来たね」

「うんにゃ、なあに、損しに来たんだよ」

「そこで、早速ですがあなたの御事業というのは？」

「なに、俺あ旦那、ただ損しに来ただけでさあ」

「え？　損しに？」

男は黙ってうなずいただけです。野々宮さんは畳みかけます。

「では、いくら損しに？」

「へん、旦那あいくら出しやすえ？」

「さあ、君は一体いくらで放しますかな？」

四つの眼が見つめあっています。

「とにかく見せてくれたまえ。物を見なくちゃ何せ話にならないから――」

時価一万円の首飾りを、男は無造作につまみ出しました。

「これだ」

「あ、それ、それ！」

野々宮さんは威厳を忘れて手を出したのです。その手を男は払うようにして、

「たまあ確かだぜ。一万だ。いくらに踏む、え、おう？」

「ふうん」と野々宮さんは小鼻へ皺をよせながら、

「三千！」

「三千たあ細けえな。ふざけっこなしにしようぜ。お気の毒だが済まねえが、五千がちょっぴり欠けても一昨日《おととい》おいで、てんだ」

「五千？」

「うん。さあ、つけるなら早く話をつけようぜ」

「五千か。四千半じゃどうですな？」

「品を見て口を利きねえ、品を」

「うう――ん」

「唸ってねえで、さ、早く何とかいいねえな、何とかよ」

「手形でいいですか」

「誰の？」

「私の――野々宮の」

「真っ平御免蒙《こうむ》ろうぜ。なまだ、なまだ、現金《げんなま》だ」

「五千――でしたな？」

「くどいや」

「よし、折れましょう」

野々宮さんは決心したのです。ここで、人間はどうしても頭ということになります。

「折れましょうたあこっちの台詞だ」

と、それから男が念を押します。

「じゃあ、手打ちだな」

「そうです。言い値に買いましょう」

「うん。金《なま》にせえ事欠かなけれあ、こちとらだって何も酔興にこんな可愛いものを――うん、よし、あいよ、千が五枚《めえ》か、いつ見ても好いな。有り難《がて》え。じゃ、そら、確かに渡したぜ。身を切られる思いたあこのこった」

「親分、あばよ」

身を切られる思いは、五千円と別れる野々宮さんも同じことです。が、と男が出て行ったあとで、じいっと掌《て》の平の首飾りに見入った野々宮さんは、今さらながら自分と自分の凄腕に驚いたのでした。そこに、代価一万円から五千六円六十銭を差し引いた純益四千九百九十三円四十銭の首飾りが、燦然としてほほえみかけているのですから。

「頭、頭！　人間はあたまだっ！」

こう野々宮さんが叫んだとき、何時か電車で隣あわせたのっぽのお洒落紳士が、駝鳥のように勢いよく部屋へ飛びこんで来たのです。

「君、君」

と大そうあわてています。

「君、今ここから太っちょの三太が出て行きましたね。何しに来たんです？」

「三太？　いや、なに、その――」

「あれは有名な詐欺師です。この間から僕が眼をつけていたんです」

「けれど、あなたは何です？　誰です？」

野々宮さんがこう訊くと、

「僕は警視庁の刑事です。篠崎というんです」

との答えに、野々宮さんはさすがにぎょっとしました。

「え？　刑事――さん――でしたか」

「何です、それは？」

篠崎刑事は野々宮さんの手もとへ眼をつけたのです。

「は、首――」

「首？　首飾りですね。首飾りですか」

「は、実は――」

「お見せなさい、どれ」

「は」

野々宮さんはすっかりしょげています。

「ははあ」

と刑事は首飾りを調べながら、考えぶかそうに言います。

「これを押しつけに、三太の奴め、あんたのとこへ来たんですね。いや、どうも非道《ひど》いやつですな」

「は」

「五六円もとられましたか」

野々宮さんはもう卒倒しそうです。

「に、偽ですか、それは？」

「贋《にせ》かって、まさか真物《ほんもの》のつもりでこれを買うやつもないでしょうぜ」

「五――五千円！」

「えっ！」と刑事も呆れて、

「あいつ、五千円取って行ったんですか。この石ころの代に五千円――ちえっ、何てまあ図々しい――」

と、野々宮さんはべそをかいて、その大切な頭を抱えて立っています。

「あたまか、へん、頭か」

「ああ、頭も何もあるもんか」

篠崎刑事は憮然として、

「いやはや、実にどうもひどいやつがあったもんですなあ！」

「は」

と、頭の事業家野々宮さんは、涙ながらの声を出します。

「は、どうぞ一つ、仇を――五千円取り返してきゃつを――」

「うん。これあこうしちゃいられない。まだ遠くへは行きますまい。これからすぐに追っかけて引っ縛って来ますから、ここで対決しましょう。金は必ず取って上げる。あ、それから、これ、この首飾りは証拠品にお預かりして行きますよ」

「は、なにぶん一つ」

刑事を送り出した野々宮さんの眼が、さっき給仕に買わせたまま、半開きのまま卓子《テーブル》に載せ

てある夕刊の上に落ちると、

「おやっ！」

という声が野々宮さんの口を洩れたのです。そこの一面に、大きな活字が行列しているのでした。

「過日北小路伯爵家を襲い、夫人居間より時価一万円の首飾りを窃取逃走せる不敵の三人組は、厳探の結果、稀代の女賊黒文字お玉を頭に、太っちょ三太並びにお玉の情夫なる偽刑事の篠原之義《ゆきよし》――」

栗鼠《りす》のように野々宮さんは窓ぎわへ走りよって、真下の街路《まち》を覗きました。首飾りを売った太っちょと、偽刑事ののっぽの紳士とが、今や得意然と道をよこぎるところです。あとから小走りに行く小さな女――。てんから警察を呑んでかかっている三人は、めいめいの受持ちが済むのをああして待っていたものと見えます。

「頭だっ！」

と野々宮さんは叫んだのでした。

「世の中はやっぱり頭だ――」

が、ふらふらと倒れる拍子に、わが野々宮さんはその大事な頭をごつんと一つ椅子へぶつけたのです。

その時でした。

「わっはっは――あっはっはっは――はははは――あっはっは」

という潮鳴りのような神々の笑いを、野々宮さんがはっきり聞いたのは。

死三題

鉋屑

午後五時。東京駅発駒込橋行きの電車は丸の内の勤め人で混んでいた。

私は車掌台へ近い座席の端に腰をかけて、夕ぐれの街の雑沓と車内に犇《ひしめ》きあっている人々とをかたみに眺めていた。新常盤橋を渡ると、電車は満員を超過してはち切れそうになったまま本石町《ほんごくちょう》でちょっと停まって動き出そうとした。と、私はふと変なものを見つけたのである。

何故そんなものが特別に私の注意を惹いたか、私はいまだに説明できない。ただ、そこらの路ばたに転がっていべきものが何かの間違いで電車内に持ち込まれていたということだけで、ちょうど退屈だった私の好奇心をそそったにすぎないと私は思う。

というのは鉋屑なのである。小さな鉋屑の一きれが、前に立っている人の外套のかくしの上にくっ付いているのが、何ということなしに私の眼にとまったのである。生木を削った幅五分長さ三寸ぐらいの白い薄い、紙のような鉋屑で、それが何かを暗示するかのように円くなってその男の横腹に付いていた。鼻のさきにそれを見かけたとき、私はすぐに真新しい棺とか白張り提灯とかというようなものを聯想して、何らの理由もなく、見てはならない不吉なものを見てしまったように、思わず顔を外向《そむ》けたことであった。

男は二十七八の勤め人ふうの紳士で、右側の隠しの上へその鉋屑をつけたまま、何かしきりに伴《つ》れと話し込んでいる。何時の間にか、呪わしい運命といったようなものとその鉋屑とを勝手に一つに結びつけて考えながら、私は何も知らずに談笑しているその男を嘲るような憐れむような心もちで下から見あげていた。前にもいったとおり私は出入口近く腰かけているので、私の前で押し合いへしあう人々のすべてが私にはそのまま完全に見えるのである。秋口のことだから皆薄外套のような毛織り物をまとっていた。鉋屑が付着するにはじつに理想的である。実際、その鉋屑は私の見ている前でたちまち四五人の人の身体から身体へと極《ごく》自然に移って行った。はじめの若紳士の外套から向こう側にいた職人の無尻、そこから横の学生の洋袴《ズボン》、会社員の洋服の裾、中年の紳士の背中といったぐあいに、停留場で電車が停まってそこらで人が動く度に、鉋屑はひょいひょいと主をかえて、あたらしい運命と違った性格へ乗りうつって行った。その一つ一つの推移を私はこっちから眼を離さずに眺めていた。電車は神田駅のガアドを潜って須田町へ近づきつつある。

　そんなふうな考え方のいかに荒唐無稽であるかを私はよく承知していたが、それでいて私はその鉋屑の行方を気にして、まるで流行病か何ぞのように眼まぐるしく転《うつ》って行くその先々の犠牲者？　を警告的に見つめざるを得なかった。人の知る知らぬにかかわらず、不運とか災難とかというものはこういうぐあいについたり離れたりするものではなかろうか、と思いながら私は躍気になって鉋屑のあとを眼で追っていた。人から人、外套から外套と、昇降口の混雑にまぎれて、鉋屑はまるで生きているようにさかんにあちこちへくっついたり離れたりした。ぎっしり人で詰まっているので床へ落ちることは決してなかった。男、女、老人、子供、みな何も知らずにその恐ろしい鉋屑を貰っては隣やうしろの人へすりつけて行った。その一つの小さな鉋屑がこうやって乗客のあいだを回っているうちにやがて電車がとまった。須田町である。

六十あまりの爺さんがさっきから左の袂へその鉋屑をつけていたが、それがあわてて人を掻き分けて降りようとした。とうとうあの爺いが背負《しょ》いこんだな、可哀そうに何にも知らずに、とこう私は思いながら背姿《うしろすがた》を見ていると、今降りようとする真際になって、袂の鉋屑がさきへ出ようとしていた女の児の袴の腰板へ付いた。おやっ、と私は小さく叫んだ。が、事務所帰りらしいその娘は、楽しい家路をいそいで鉋屑をつけたまんまいそいそと電車を降りていった。

がたん、とゆれて電車が動き出した。と、その時、うしろの窓の下で赤ん坊のような泣き声が一つ火のついたように聞こえた。同時に停止機《ブレイキ》を絞る自動車の音、つづいて多勢の罵り騒ぐ声、私はびっくり箱のように突っ立って外を覗いた。大型の貨物自動車が電車とすれすれに急停車していて、その鉄輪《タイヤ》の下から今降りたばかりの娘の着物と、——それから、薄やみにもくっきりと白く、夕ぐれの秋風にひらひらしながら射るように私の眼にはいったのは娘の袴の腰板についた鉋屑であった。

ある作家の死

「ある作家の死」を川上君が脱稿したのは十年も前のことである。その頃、川上君は信州の山奥の小学校へ勤めながら、毎晩ろうそくの光で三年間にこの千余枚の大作を仕あげたのだった。川上君はこの収穫をもって山を下り、予定の計画どおり文壇へ出ようと上京して来たが、その道に知人のない川上君は、先輩の門を叩こうにも紹介を得ようにも本屋と交渉しようにも一切どうしていいかわからなかった。実は、「ある作家の死」をふところにして二三の出版業者や雑誌社なぞを歩いてはみたのだが、もちろん相手にされるわけがない。投書で知っている——と川上君のほうだけで思っていた——某大家は何度訪問しても不在だった。川上君は文字どおり路頭に迷った。

これは十年前《ぜん》のことである。あの時、広告を見て一会社の外勤にはいったのが固定して、川上君はいまだにその会社の外務員である。陽にやけた下品な顔をして鞄をさげて歩いているのである。が、川上君は決して満足しているわけではなかった。何故といえば、「ある作家の死」さえ何らかの方法で世に出すことができたら、川上君は一躍川上先生になり、洛陽の紙価ためにあがるといったふうに名声を博することができると、川上君は信じきっていたからである。「ある作家の死」、じつにこのために川上君はこの十年というもの、あらゆる屈辱と極度の貧乏を耐えしのんできたのである。川上君のただ一つの夢は、「ある作家の死」が出版されて、重版また重版で、川上君はいい着物を着て綺麗な家に、自分とおなじにながいあいだ自分を信じていてくれる細君と何不自由のない余生を送ることであった。

「ある作家の死」は死を取り扱った小説を書いた作家が十年あまりもかかってその小説を出版したはいいが、出版と同時にその作家も死んでしまうといったような筋のもので、川上君としては全力を注ぎそして多大の自信のあるものだそうである。

で、この「ある作家の死」を出版するためにのみ、川上君はいうまでもなく、信州時代から川上君を助けてきた川上君の細君もこの十年間を惨めに生きて来たのだが、その間にもありとあらゆる機会において川上君は「ある作家の死」を世に問おうとして踠《もが》きあせっていたのである。その日の食に窮しても、川上君の細君なぞは何時か川上君が「ある作家の死」をもって文壇を風靡することを信じて疑わなかった。

とうとうその日が来たのである。或る新聞社へ出ている友人の紹介で、川上君は「ある作家の死」をものの三個月も或る出版業者へ預けきりにしておいた。すると、この本屋にいささか投機気《やまき》があったかして、顧問となっている一既成作家のところへ「ある作家の死」を送ったものである。この既成作家が口を極めて激賞した結果が、その友人をとおして本屋からの具体的交渉となったわけなのだ。川上君の悦びはいうまでもない。細君は声を放って泣いた。そして泣きながら川上君の古ぼけた一張羅を行李の底から出してくれた。それを着て川上君はがいせん将軍のように、露地の奥の長屋を立ちいでたのである。

すべての条件や相談は、まえもって友人が川上君の利益になるように取り決めてくれてあったので、川上君のすべきことは、その本屋の応接間で禿げ頭のおやじに挨拶して印判を押したり茶を飲んだりして三千円あまりの現金を受け取るだけのことだった。この三千円を受け取るときに、いかに川上君の手がふるえて、どうしてもうまく札の勘定ができなかったことや、いよいよ原稿が本屋の金庫へしまわれるのを見て川上君がほろりとしたことなぞは、別にいわなくてもよく想像がつくことと思う。そこで、装釘や挿絵の相談をうけるのを好いかげんに誤魔化した川上君は大いそぎで帰路についた。

　ふところの三千円と、家に待っている細君のことで川上君は一ぱいだった。で、何時のまにか電車路へ出て、夕方の雑沓のなかを歩いているのを川上君は気がつかなかったものとみえる。とにかく、大声で呶鳴る声がするので川上君がふと顔をあげた時、巨大な鉄板のようなものが眼の前に迫っているのを見た。電車！　と思った時には、もう川上君はきな臭いにおいのなかに転がって、一瞬間、子供の頃よく釣りに行った故郷の小川のふちを思い出したりしたが、貰ったばかりのふところの三千円の上へ重い車輪が乗しかかって、古い一張羅を着た「ある作家の死」の作家は、その作の筋書《プロット》きどおりに、十年がかりでここにめでたく死んで行った。

一つの死

とうとう死を決した彼は、崖の上に立ちすくんだ。月もない。星もない。まっ暗な晩である。事業と恋とを一度に失った彼には、世の中は空ろな辛さにすぎなかった。生きて行く必要を感ぜず、その望みもなく、第一生命の力を彼は完全になくしていた。生きていると同じような無意味さで彼は死ぬことができたのである。もちろんここへ到るまでに、彼はどんなに考えに考えぬいたことか——その結果彼は自由の選択によって死の道をとったのである。彼を生かすためには世の何ものも実に無力であるということを彼は少しの躊躇もなしにきめてしまっていた。彼は今死のうとしている。

足の下に崖がひろがっている。真っ暗な崖が彼を呑もうと待ち構えている。彼は大きな口を開けて空気を吸いこんだ。頭がしいんとして考えることもない。ただ闇黒《あんこく》だけが足もとから深く深く落ちこんでいるばかり——。彼は最後の決心をした。今だ、この瞬間だと思った。そして身を躍らせた。

と、その一刹那、子供の頃のことなぞが彼の脳裡をかすめて、とり返しのつかないことをしてしまったという後悔の感じが閃いた。やっぱり彼は生きていたかったのだ。

が、後悔する必要もなかった。飛んだと思ったらすぐ彼の足は地面へついていた。崖と思いこんでいたのがわずか一尺ほどの高さに過ぎなかったのである。下は国道にでもなっているとみえて、平たい固い土であった。その真ん中へ胡座をかいた彼は汗をびっしょりかいたまま肩で呼吸していた。ながいことそうして据わっていた。闇黒《やみ》のなかに灯がつくように、水の底から泡が浮かぶように、徐々に彼のところへ生の喜びが返って来た。それは実に潮のように押し寄せる再生の意識であった。彼は自分と自分の身体を撫で回して、ほんとに生きているという心持ちをしみじみと味わった。

　夜露に打たれて気が付いて彼が立ち上がったのはそれから大分経ってからのことだった。あらたに人生を征服しようという雄叫《おたけ》びに彼の心身は鳴り響いていた。彼は力強い第一歩を踏み出した。生きているという嬉しさが彼の感情の全部であった。その忻《よろこ》びに合わせて、彼は酔漢のように踊りながらその国道をどこまでもどこまでも歩いて行った。いろいろの計画が雲のように彼の胸へ沸き起こった。その楽しい期待に彼の五感は痺れていたに相違ない。何故かというに暗黒をついて背後《うしろ》から走って来る貨物自動車の音を彼は聞くことができなかったからである——笑いを浮かべた彼の屍体が翌朝になって発見されたことは改めていうまでもあるまい。

百日紅《さるすべり》

一

今いる借家の隣へ地面を買って、Sさんは家を建てている。それも、Sさんらしく捻ったものので、Sさんに言わせると何とかふうの茶室だそうだが、木口《こぐち》にしろ間取りにしろとにかくおそろしく凝ったものらしい。大した金だろう、とは近所の評判である。

この頃の空は青い。その青い空の下を、白い足袋をはいて葉巻をくわえたSさんが、七分どおり出来上がった家のまわりを見て歩く。もちろん、両手をうしろへ組んで、結城の裾をそよ風に吹かせてのことである。金持ちらしくていかにも長閑《のどか》な図だ。

左官がはいっている。下塗りに忙しい。大工もいる、縁へ竹を張っている。Sさんはその一人一人と話をする。三時には茶を出す。Sさんが自分で持って行く。茶は山本山、菓子は栄太楼、藤村、風月、青柳。職人にだってはんぱ物は決して出さない。なければ、ない。とこれだけ言えば、Sさんが排他的に日本趣味の人間で、そして、その嗜好を満足させ得るだけの豊富な資源を擁していることが、誰にでもうなずかれる。

Sさんの日本趣味は、そのながい間の海外生活の反動である。絢爛の極平淡へ入る、とでもいうべき境地なのであろう。実際、Sさんは長らく「あちら」にいた。何国《どこ》にいたのか、何をしていたのか、それはSさんが一切言わないから一切わからない。ただ、十年ほど前に日本の国土と知人の記憶とから、同時に夢のように消えうせたSさんは、十年ほど経った一昨年《おととし》の暮、また夢のように帰って来たという事実が、あるだけだ。日本を出るまえのSさんは、警視庁に勤めていた。これも事実である。

十年間、何国で何をしていたにせよ、Sさんは金を持って帰って来た。すくなくとも○《まる》が四つは付く桁らしい。普請を見たってわかる。外国帰りの金持ち、これがSさんである。だから、Sさんが日本趣味に耽溺しようと、木の香のあたらしい仕事場で、旦那またこれだけ費《かか》りやすが、という棟梁の言葉を、ふんふんと聞き流そうと、それはSさんにとっても世間にとってもじつに自然すぎるほど自然な現象なのである——。

さて、このSさんの様子が、今日はすこし変わっている。

どう変わっているかというと、第一、一歩も戸外《おもて》へ出ない。空は青いし、犬は遊んでいるし、職人は働いているしするんだから、それがふだんのSさんならすぐ庭下駄をつっかけて、その犬を呼んで、その職人と駄弁を弄して、その空をあおいで呵々大笑するところなのだが、どういうものか、今日は二階の一室に立てこもったきり、朝からろくに口もきかない。

Sさんは机へ向かっている。

机に向かって考えこんでいる。

真剣な顔をしている。

陰惨な眼つきをしている。

頭を抱えている。

搔いている。

頭からふけが落ちる。

そのふけをふっと吹いた。

ふけが飛ぶ。

眼で追う。

視線の落ちたところに新しい家が建ちかかっている。

背戸口だ。

何か植えたら？

百日紅！

Sさんはううと唸った。

にっと笑った。

そうしたら、もうそこに百日紅が繁って花が咲いている——のをSさんは見た——と思った。

Sさんはほほえんだ。

「そうだ！」と言った。

そして顔をしかめた。

溜息をついた。

呻いた。

喘いだ。

Sさんは悩んでいる。

悶えている。

苦しめられている。

虐《いじ》められている。

百日紅に？

まさか！

過去の亡霊に？

Well——。

二

「汽笛一声新橋を」の新橋駅は、煙と埃と人とで灰いろに汚れていた。海のようにひろがる町々の屋根に、血みたいな夕映えが反射して、それが、白く砂をつけた窓硝子《ガラス》をとおして三等待合室を一面に色どっていた。壁も時計も時間表も人の顔も、何もかも真っ赤だった。妙に苛立たしい夕方だった。

やがて、午後五時発の下り急行が改札をはじめた。旅客の列が長くつづいて、走る者、押す者、押されまいとするもの、「動く世の中」そのままのあわただしいすがただった。

「神戸行き、お早あ——く！」

という駅員の声が高い天井に吸いこまれたとき、警視庁掏摸《すり》係の進藤刑事が、息せき切って駈けつけて来た。汗じみた洋服を着て、荷物は持っていなかった。それが、ぼんやり改札口に立って、乗客の顔を覗いている同僚の佐々《さっさ》刑事を見つけると、つかつかとそばへ寄って行って、こういう人たち独特の小声と眼立たない態度とで、つぎのような会話をはじめた。

「佐々君、ずいぶん捜したぜ、君を」

「どうして?」

「僕あこれから東洋銀行の七万円を大阪支店へ持って行くところだがね、一人じゃいけないから君もつれてくようにって部長がそう言ってた」

「だって僕あ晩までここへ立つことになってるんだぜ。それあ部長も知ってるはずだ。部長自身が命令したんだから」

「何だか知らないけど二人で行くようにって言ってたよ。特別秘密公務だしそれに現金が大きいから俺一人じゃ剣呑だというのかも知れない」

「どうして?」

「つまり俺を信用しないと——」

「まさか——。で、行くのかい、此車《これ》で?」

「うん。金は腹巻だ」

「僕も行くのかい?」

「だろう、と思うね」

「部長は何て言ったい?」

「何だか知らないけどぷりぷりしてたよ」

「おきまりだ」

「ああ。全く嫌になるね。行って参ります、って言ったら、佐々君をつれ行け、って——」

「変だね、どうも」

「俺も変だと思ったから訊き返したんだ。そうしたら――」

「そうしたら?」

「くり返して呶鳴ったよ」

「何て?」

「佐々と行け、って」

「え? さっさと?――ははは、それあ君、はっはっは」

「何が可笑しい? 佐々と行け、さっさと行け――。あ、そうか、これあしくじった。はははは、いやはや」

「遅れるぜ」

「なに、大丈夫だ。はははは、じゃ、行ってくるよ」

進藤刑事が飛び込むと、改札は閉じた。進藤刑事が乗りこむと、汽車が動き出した。はてしなくつづく家々の瓦、そのあいだから顔を出している広告塔に、一時にぱっと電灯がついた。汽車は走る。

三等車の一室に腰をおろして巻き煙草を一本喫《す》った後までも、進藤刑事は今のことが可笑しくてしようがなかった。で、ひとりでにやにや思い出し笑いをした。が、その笑いは途中で氷《こお》ってしまった。すぐ眼の前に、自分と膝をつきあわしている職人体の男が、掏摸のちび八であることに、刑事は気がついたのである。

はじめ乗って来た時、そこの唯一の空席――刑事が来ることを知っていてまるでそのために取っておいたような――へ何げなくすわった刑事は、どこかで会ったような顔だな、と思って、その男をちらと見たのだった。男は何か講談雑誌に読みふけっていた。いよいよこれがあのちび八である、と当たりをつけてしまった進藤刑事には、今度はそれが別の意味でくすぐったかった。遣ってるな、箱師と洒落やがったな、だが、この俺を刑事とは知るまい、まして顔を見知られてるなどとは夢にも気がつくまい、いわんや俺が七万円の大金を——刑事はここでそっと洋服のうえからおなかを押さえてみた。ある、ある、たしかにある。厚い札束を呑んだ胴巻きが、ぴったりと皮肌《はだ》にくっついて気持ちよくふくれている。刑事はにやりとした。

ちび八といえば関東名うての掏摸のいい顔である。年は若いが、腕は達者だ。これは掏摸と刑事が一ばんよく知ってる。立って、普通の人の胸ぐらいまでしかないのがちびの名ある所以だろうが、それがまた大いに役立って、ちび八をして今日あらしめている。ちびはちぼにも通ずる——などと思いながら、進藤刑事は薄眼をあけてちび八を見つめていた。

銀行の金を自分が持って行くことになったのは昨日の午後きまったことである。金は今日の午前、行員と責任者が庁へ出頭して部長へしたしく手渡したものだ。部長以下係員数名立ち会いのうえ、一応自分はそれを数えて銀行の財布へ入れて、胴まきへ納めて、腹へ結んで、洋服を着込んで出て来たのである。ちび八がそんなことを知っているわけはない。が、何といっても用心にこしたことはあるまい。あんな顔をしていてもどこを見てるんだか知れたもんじゃないんだから——よし畜生、大阪へ着くまで十二時間、俺あ今夜まんじりともしないから！　進藤刑事はひとりで力みかえった。膝へ手をおいて正面を切った。汽車は神奈川で停まって神奈川を出た。ちび八——もしくはそれらしい男——は、新聞を読みながら居眠りをしていた。はは あ、てだな、と刑事は一そう固くなった。

窓外《そと》はもう真っ暗だった。時々石炭の火の粉が螢のように流れて行った。汽車は飛んだ。きちがいのように走った。小さい駅は無視して、大きい停車場では申しわけのように人と荷物を昇降させて、汽車はただ急ぐためにのみいそぐように、ひたすら急いでいた。刑事は一瞬間も眼を閉じなかった。その眼をちび八から離さなかった。その手はおなかから離れなかった。ちび八は鼾をかいて寝ていた。頭を硝子へぶつけてははっとして眼をさまして窓のそとを見る、見ているうちにまた眠り出す。古い狂言だ、その様子を見ながら進藤刑事はこう思って苦々しかった。

朝だ。

烟突《えんとつ》だ。

大阪だ。

一睡もしないどころか、文字どおりすこしの油断もなかった進藤刑事は、ほっとして立ちあがった。便所へ行った。腹巻を出して内部《なか》をあらためた。元どおり結んで、念入りに革帯《バンド》をしめて、しっかり短衣《チョツキ》の扣鈕《ボタン》をかけて、それから、降りる身仕度をしに洗面室へ這入《はい》った。すると、つづいてすぐに這入って来た男、刑事が顔をあげて鏡を見ると、狭いところへ割り込んでちび八が立っている。小さな身体と小さな眼とをちろちろさせて、どういうものかさかんに揉み手をしている。

「旦那」とちび八は哀れな声を出した。身じまいを中止して、刑事は向き直った。

「何です?」

ちび八は恐縮した。そしてますます小さくなった。それから、二人のあいだにつぎのような会話がつづいた。

「旦那、かぶとを脱ぎやす。実もって降参しやした」

「それあ一たい何のこってす？　僕にあよく解らんですが」

「お人の悪い！　が、正直のところこのちびも旦那にだけあ手も出ませんよ。止しあ好かった。つまらねえ賭けなんかしなけれあよかった」

「いよいよ出《い》でていよいよ解《げ》せんですな」

「旦那、白ばっくれては罪ですぜ。あっしあ謝る、このとおりお詫びをしやす、へえ」

「うん。そこへ気がついたか」

「へ？　へい、気がつきやした。旦那を狙うなんてこれあちびの眼鏡違《ちげ》え。だからね、みんなも言ってやしたよ、あの進藤の旦那にかかっちゃどんなもんでも駄目の皮だって。ところが、これがあっしの性分とでも言いやしょうか、思えあ因果な生まれつきだが、人ができねえっていうと、俺が遣ってみせよう、なんてね、ついのさ張り出るのが、へえ、旦那の前《めえ》だが、あっしの癖でござえます。馬鹿な野郎だと思し召すではござえましょうが――」

「まあいいや、それで？」

「へえ、それで何でげす。みんな口を揃えて進藤さんにあ適《かな》わねえって、こういうんでござえます。それへ、止しあいいのにあっしが突ん出て、なあに俺さまが引っこ抜いて来てみせらあ、とこうまあたんかを切ったもんだ。旦那、お気にさわったら御めんなせえよ」

「よしよし、早くあとを言え、あとを」

「みんなあ笑やがった。あっしあ意地になって威張ってやったね。向こうは大ぜい、こっちあ一人だ、できるできねえでもって、とうとう賭けになったと思いなせえ」

「うん」

「この二三日うちに、あっしが旦那の身に付いてる物を何でもいいから一つ持って行ったら、やつら銘々十両ずつ吐き出そうてんで。うん、面白《おもしれ》え、俺も男だ、もし遣りそこなったらこの頭《どたま》を円《まる》めてくれ、何かしらきっと握って来るから――てんであっしあ飛び出して来て昨夜《ゆうべ》一晩苦心しやしたがね、どうも何ともはや、恐れ入谷の鬼子母神でげす」

「どうしてだ?」

「隙がねえ。切れ目ってものが一分もねえ。親分がそ言ってやしたよ、あのお方は心眼が見えなさる。心眼とは心の眼と書くんですってねえ、旦那」

「はっはっは」

「あっしあ笑いごっちゃねえや。帰《けえ》って坊主頭になるなあいいが、一人十両で十二人一百二十両がもなあふいになるのかと思うてえと、口惜しくって、くやしくって――」

「何も泣くことはないじゃないか」

「泣きたくもなりやす。お察し下せえ」

「自業自得だ。以後気をつけろ」

「へえ」

「帰ったら仲間にそう言え、進藤の眼が黒いうちはあまり悪戯《わるさ》をするなって」

「へえ」

「現行犯でもないから今度だけは許してやる」

「ありがとうござえます」

「退《ど》け。俺はここで降りるんだ」

「旦那、進藤の旦那」

「何だ？」

「お願《ねげ》えがござえます」

「願い？　お前などから願いを受けるおぼえはない。退け」

「ごもっともでげすが、助けると思って――」

「何だ、だから何だと訊いてるんじゃないか。言え、早くいえよ。汽車はもう停まっとる。うるさいやつだな」

「後生一生のお頼みでげす。その時計の鎖についてる物を与《や》って下せえ」

「これ？　この磁石か？」

「へえ」

「何にする？」

「持ってって野郎どもに一鼻あかして一百二十両せしめようと、へえ、こう思いやすんで。すれああっしも坊主にならずに済みます」

「よくないな」

「へ？　けど――」

「俺から掏《す》ったと言おうてんだろう？　まあいい。お前の茶気に免じてくれてやろう――手を出せ」

「へ、じゃ、あの、戴けますか。済みません」

「そら」

「有り難う存じます」

「一言いっとく、真人間に立ち返れ。なあ、正道を踏んで生きてってくれ」

「済みません。御訓戒身にしみやした。これを記念に必ず心を入れかえやしょう。旦那、お降りですか」

「いいか、解ったろうな」

「よっくわかりやした、へえ」

洗面室の前を、降りる客がつづいていた。そのなかへまじって、進藤刑事も停車場を出た。俥を呼んだ。浪速区の東洋銀行へ真っすぐに走らした。

同じ時刻に、構内の便所では、掏摸のちび八が今のさっき刑事から掏ったばかりの財布をあけてみていた。

おなじ時刻に、東京の警視庁では、出勤して間もない佐々刑事が眼玉がとび出るほど部長に叱られていた。

「確かに進藤に言いつけたはずだ」

部長はわめいた。

「一人では不安だから君を同道するようにと、出がけに進藤へ命令したんだ。ちぇっ、間違いでもあってみろ。誰の責任だと思う？」

部長のこの心配は、不幸にして事実となってあらわれた。東洋銀行大阪支店で腹巻を解いた進藤刑事は、空気と古新聞紙以外の何ものをもそのなかに発見することができなかったからである。

その晩おそく、部長の手もとへ一つの小包が届けられた。進藤刑事の持って行った銀行の財布と、それから、小さな磁石とがはいっていた。財布には古新聞紙が一ぱい詰まっていた。紙きれがついていた。

「進藤の旦那さん、うまくやりましたね。今度という今度は一ぺい食いやしたよ。ごぞんじより」こう書いてあった。

それからのち、進藤刑事の姿を見かけた者は、日本には一人もない。十年ほど経て、進藤はぶらりと故国の土をふんだ。

進藤は金を持って来た。

進藤はいま家を建てている。

三

――と書きおわって、Sさんは筆を擱《お》いた。顔をあげるとあたらしい家が見える。背戸口だ。いよいよ百日紅を植えるかな。Sさんはにっこり笑った。

部長にどなられた日に、佐々刑事は辞表を叩きつけた。そして役所を出るときに、ふと見ると庭に百日紅が咲いていた。それが何故かばかに印象ふかくのこっていた。

あれから十年経った。

腹立ちまぎれに日本をとび出した佐々は、世界いたるところで腹立ちまぎれに働いた。金をつくった。帰って来た。

帰って来て小説を書いた。

それが売れた。

金がふえた。

家を建てている。

百日紅を植えようと考えている。

「先生、大分お苦しみのようでしたが、お出来になりましたか」

締め切りすぎたので居催促に次の間にひかえていた雑誌記者が、このときこういって襖をあけた。

「ええ、どうやらこうやら。これですよ。これで今月はゆるして下さい」

「百日紅というんですね。いや、結構です。ありがとうございました」

記者が出て行くと、流行作家の佐々さんは庭へおり立った。犬がじゃれつく。犬をつれて普請場へ行った。

「植えるとすると」と背戸口の土を踏んでみて、佐々さんはひとりごとを言った。

「――まず――ここいらかな」

ジンから出た話

一

Tホテルの酒場と私とのあいだへ結婚が割りこんで来たのは二月《ふたつき》ほど前のことだった。私たちの結婚は私から色んなものを引き離すのにじつに見事に成功したと言わなければならない。不定期散歩も珈琲《コーヒー》店の椅子も自分でカクテルを振ることもすべて悪癖だと細君が主張した。或る感傷的な瞬間には私もそう思ったものだ。

その私がどうしても忘れることができないものが一つあった。鳶色の皮椅子、石の壁、高いカウンタアの冷たい感触、真鍮の金具、マンハッタンの遠景のような酒壜の棚、鏡、白服、煙草のけむり――つまりTホテルの酒場なのである。

酒場の記憶が私を捉えていた。というよりは、ケネス・ケネディとの交友が私を酒場へ引き戻そうとしていたと言ったほうがいいかも知れない。それほどケネディと私とは、細君が私の運命へ這入《はい》ってくるまでは、またとない雑談の友だちだったのだ。

ながい間の海外生活から帰って来た私に、親類だの家名だの将来の方針だのという抽象名詞の干渉なしに自由に呼吸することを許してくれた場所といえば、ただこのTホテルの酒場だけだった。だから、その当時、私は朝から晩までTホテルの酒場に入りびたりになっていたものである。すると、数多い西洋人の常連のうちで、一人の背の高い、色の浅黒い中年の紳士が、間もなく私の注意を惹き出した。飛行大尉のような冒険さと荷上げ人夫みたいな無頼さとが私に対する彼の最初の魅力だったが、世界じゅうどこの端でも知っていて人間というものを横から理解しつくしているといったような皮肉な落ち着きと歪んだ微笑とがすぐに私を呪縛してしまった。

毎日四時になると彼は事務的に這入って来て、預けてある自分のジン酒と店の曹達水《ソーダすい》とを一ぱいずつ呑んで、安心したように帰って行く。偶然にも彼がくる頃には何時も私の隣があいているので、彼は必ず私と肩をならべてカウンタアで肘をぶつけあったものだが、私はむっつりやだし彼は始終鏡の奥を覗いているような様子で、顔を見合っても目礼一つかわしたことはなかった。が、彼の名がケネス・ケネデイであることは、預けてある酒壜の貼り紙を見て私は早くから知っていた。あとで彼自身が話したところによると、彼は三年まえに英吉利《イギリス》のメルブロウ卿から買った四十二本のジン酒をあちこち持ち歩いては、行く先ざきで一番気に入った酒場へ一本ずつ預けておいて呑みに通うとのことだった。その名前と渋い好みの服装と、このへんてこな癖とから押して、私は彼を英吉利の退役海軍士官あたりと踏んでいた。

ところが、ふとした機《はず》みから話しあってみると、このケネス・ケネデイという男はたくさんの金と暇と、かなりの教養とを持っているかわりに、何らの専門も仕事も市民性をも所有しない亜米利加《アメリカ》生まれの国際的な好事家《デレッタント》だとわかった。そうなると私は大いに気易に感じ出して、何時どっちからともなく両方の洋杯《グラス》をかちりと合わせたのだが、それからというもの、こういう場所での非公式交際が往々そうであるように、私とケネデイとは急に親しくなって、Tホテルの酒場を毎夜一しょに閉め出されることになった。私たちは、午後から隅の卓子《テーブル》を占領して晩《おそ》くまでしゃべりこんだ。絨毯と画《え》と乾酪《チイズ》と酒のレッテルと女のことになると、ケネデイは別人のように雄弁だった。

この状態が三月《みつき》ほどつづいた。やがて、変化が来た。夏のはじめにケネディは上海へ行くし、私のほうは、夏のおわりに結婚を名として細君が私から独身時代の自由を剝奪してしまったのだ。

だから、細君をごまかして今夜久しぶりにTホテルの酒場へ出かけてきた私が、そこのカウンタアに見覚えのある洒落た猫背を発見すると、ついいすっかり嬉しくなって、結婚とそれから細君のことを、まるで彼だけが私の言葉を聞いてくれる人か何ぞのように、洗いざらい告白したり訴えたり自慢したりしたといっても、これはべつに不思議はあるまい。

「そうですか。御結婚なすったんですか」

聞いていたケネディが言った。そして、しばらくして、切って落とすように、

「どうです、まだ奥さんを殺したくなりませんか」

氷のような口調だった。私がまごついたことはいうまでもない。彼は笑う。

「まだ奥さんを殺したくなりませんか」

「え？　殺す？　殺すとはどういう意味です？」

あたりへちょっと気兼ねして私は思わず声をひそめた。

「殺すとは殺すですよ」

ケネディは科学者のように冷やかに顔をあげた。気のせいか一そう蒼白かった。

「手を下して殺すことですか」

「そうです。いや、手を下す下さないは問題じゃない。意思の発動をもって固体の生物学的

存在を抹殺することですな。刑法学者はまた何とか独特の言い方を持っているでしょうがね
――あなたはまだ奥さんを殺したくなりませんか」

からかわれているような気がして私は黙っていた。ケネデイは時どきこんな心持《ムウド》ちに傾くことがある。いまのジンが強すぎたのかも知れない。見ると頭を抱えている。

「酔ったんですか」

「いいえ――愛人と結婚した人は何時かはその相手を殺したくなるというじゃありませんか。ねえ、あなたはまだ奥さんを殺そうと思ったことはありませんか」

「殺すって何故殺さなくちゃならなくなるんです？　わからないな、僕にあ」

「そうですね」

とケネデイは葉巻のさきを噛み切りながら、

「可愛くてしょうがないから殺して安心する場合もあるでしょうし、うるさくてやりきれないから――」

「あなたは結婚したことはありますまい？」

「あります。三度結婚しました」

「まあいい。もうよしましょう、そんな話は」

「いいじゃありませんか。あなたは普通の人の一生のあいだに起こりそうもない事件を探したり考えたりしては小説のたねにしていらっしゃる――」

「小説のたねばかりじゃない。麺麭《パン》の種ですよ」

「じゃ、なおお聞きなさい」

「え?」

私は乗り出した。

「何かお話があるんですか。そうですか。では、伺いましょう、ぜひ伺いましょう。実はいま困っているんです。明後日《あさって》が締め切りなんでしてね、それまでに何か一つまとめなくちゃ——」

「だからお聞きなさい」

「ええ、どうぞ」

とは答えたものの、ケネデイの眼に異様な光をみとめたので私はあわてて取り消した。

「もう晩い。そろそろ閉め出しの時刻です。今夜はよしましょう。また来ます、明日来ます。そのときゆっくり伺いましょう。それに、それに、あなたは大分酔っているようですから。ジンを過ごすとすぐ頭へ来ますね。タキシを呼ばせましょうか」

「逃げることはないでしょう。あなたは私を怖がっている。ははあ、するとあなたも奥さんを殺そうと思った瞬間があるんですね。そ、そんなに怒らなくてもいい。なに、これあ冗談ですよ。ただね、ただ小説家は何へでも興味を持つ義務があるというまでであ。まあま、お据わりなさい。そうそう、こいつを一つ呑《や》りたまえ。どうです、酒と麵麭の種とを一しょに供給しようというんですからこの上の親切はないでしょう——なに、奥さんが心配してる? 大丈夫ですよ。たまにあ心配させたほうが君を高価《たか》く買っていいんだ。ま、聞きたまえ、こんな話があります」

ケネデイはこういって洋杯《グラス》の底を乾した。

二

つぎはケネディイの話である。

三

上海へいけば私——ケネス・ケネディイ——は、仏租界のカフェ・ドュ・リラへ日参することに決めていて、私の椅子も私の給仕《ガルソン》も何時からともなくきまっているくらいなんですが、今年は例の俗悪な亜米利加の観光団が押し寄せて来ていて——あの連中ときたら全く鼻持ちなりませんからな——カフェをわが物顔に独占しているので、私も不愉快で居たたまれず、四五日あちこち探した末とうとう四馬路《シマロ》に感じのいい、うす汚い希臘《ギリシヤ》人の酒場を発見しました。で、「古いメルブロウ卿」を一本そこへ預けておいて、私は毎日午後の四時になると出かけて行ったものです。

私がコンスタンチン・オクチャアブリスキイと識りあいになったのは、ちょうどあなたとこのTホテルでお眼にかかったように、その暗い臭い四馬路の希臘人の酒場ででした。

オクチャアブリスキイは名前が示すとおりに十月革命を有り難がるちゃきちゃきのソヴィエット児でしたが、何をする人間か一こう判りませんでした。彼に関する私の智識といえば、彼が魚のことに詳しいのと長靴を穿かない人間を軽蔑することと、火酒《ウオツカ》へ玉葱《ルク》の汁を絞りこんで飲む癖のあることだけでした。そのオクチャアブリスキイが或る時私に訊くのです。

「あなたは奥さんがおありですか」

と。私はあわてました。全然ほかのことを考えていたからです。もちろん、いいえと答えましたが、答えてから一層狼狽《あわて》て付け加えました。

「いや、あるにはあったんですが――三人ほど」

すると、オクチャアブリスキイのやつ、いきなり、

「殺したんですか」

と狂気《きちがい》めいた眼を光らすじゃありませんか。私はぞっとしました。が、オクチャアブリスキイは声だけの笑いを笑って、

「愛人と結婚した人は何時かは相手を殺したくなるといいますが、ほんとでしょうか」

乗しかかるように私の視線を押さえて来ます。

「ははは、私にはあなた方露西亜《ロシア》人のようにそんな繊細な感情の文書《ドキュメント》は判りませんよ」

私は話題を外《そ》らして引き上げようとしました。

「数字と鉄と瓦斯油《ギャソリン》のほかあらゆる文学的叙述は亜米利加人には乾酪の一種としかひびかないのです」

「問題は叙述じゃない。細君を殺すか殺さないかという――」

「とにかく、もう大分晩いから今夜はよしにしましょう。また来ます、明日来ます。あなたは酔ってる。黄包車《ワンボウツ》でも呼びましょうか」

「逃げることはないでしょう。あなたは私を怖がっていますね。なぜです？　あなたも奥さ

んを殺そうと思った瞬間があったんですか。え？　殺したんじゃありますまいね。そ、そんなに怒らなくてもいい。なに、これあ冗談なら冗談でいいです。ただね、ただ私もあなたも生まれた国を捨ててこうやって放浪している。その動機は何です、ま、そんなことはどうでもいいとしたところで、旅行者は何へでも興味を向ける義務があるといいたいまでです。さ、お据わりなさい。そうそう、こいつを一つ呑りたまえ。どうです、酒と土産話とを一しょに供給しようなんてこの上ない親切でしょう――え？　酒場が閉まる？　いいじゃないですか。まあ、聞きたまえ。こんな話がある」

オクチャアブリスキイはこういって椅子を進めた。

四

つぎはオクチャアブリスキイの話である。

五

漁業期だった。鉄砲の名手のタリヤ村々長グレゴリとびっこの妹ナアスチヤと私――コンスタンチン・オクチャアブリスキイの三人が、カムチャッカのペテロパフロフスクの港を出たのは午後の四時頃だった。小さな帆前船だったが私のかぶっている土人頭巾《カムレイカ》を吹きとばしそうな風だったので、船は漁船のあいだを縫って間もなくアヴアチヤ湾へさしかかった。左にベイリング海、右に果てしもない砂浜を見ながら、ここから私とグレゴリとが櫂をとって晴れわたった空の下を舟をいそがせた。水平線に高く雲の峰が立って、白亜の岸に落葉松《からまつ》の林が規則ただしく斜めにつづいているのが遠く小さく見えていた。

タリヤ村へは九時に着いたがまだ明るかった。村長の家から土人のアルヘイプが海岸へ迎えに出ていた。丘の一本路を上りきると、白樺の疎林にかこまれて青塗りの小屋があった。それが村長グレゴリの家だった。這入るとすぐの部屋の隅に暖炉《ペイチカ》が燃えて、古い長椅子《スカメイカ》にお婆さんとナアスチヤの姉とが押し黙ってかけていた。この娘は肺病だそうで、私たちと一しょに夕方の外気が流れこむと絶え入るように咳をした。私はここですこし休んでから、グレゴリから鉄砲を借りて、アルヘイプを案内に立てて見わたすかぎりの野原を西北へとって歩き出した。アルヘイプは火酒《ウオツカ》の隠し飲みをして、ともすれば遅れがちだった。私はときどき立ちどまって草の葉をむしったりしながらアルヘイプを待たなければならなかった。宵闇が私の踵に這い寄っていた。

雑木林を抜けると宝石のような楓果《レビイナ》に夕陽が映えていた。黒土のうえに熊の足跡がつづいていた。うしろから蹄の音がした。襞のついただぶだぶのルパアシュカを着た大男が馬上から挨拶して私たちを追いこして行った。印象的な風格の人だった。あれは誰だときいたら、温泉の客だとアルヘイプが答えた。私たちはパラトンカの温泉へ行く途中であった。

峠へ出ると眼の下から湯気があがっていた。下りるにしたがい、それが周囲五町もある湯の沼だとわかった。パラトンカの温泉場である。沼へ張り出してささやかな旅館が建っていた。入口に紅鮭の皮が乾してあった。そのまわりに羽虫のむれが飛んでいた。

板の間に三尺平方ほどの穴が切り抜いてあって、そこから梯子づたいに降りるともう下は腰きりの湯だった。身を屈めて床下を潜り出ると、私はひとりでに沼の中心近くに立っていた。四方の山のたたずまいをうつして、沼は濃《こ》みどりに静まり返って、湯気の靡くところを見ると、それでも風があるらしかった。底の小砂利が美女の爪のように一つ一つ光っていた。それほど透きとおったお湯だった。どこかで手風琴《ガルモユア》が鳴っていた。私は食慾を感じて沼を出た。

名ばかりの食堂で寄せ魚《ザクシユカ》をつついていると、私は暗い隅から私に射られている一つの視線を感じた。衣裳箱《スンツウク》に腰かけて先刻の馬上の大男が私を見つめているのだった。私はちょっと不愉快になった。すると、

「こんな晩には人間は話し相手が要ります」

こう言って男が立って来た。見るとギリヤアク族が穿くような海豹《ネリバ》の皮で作った不思議な長靴《トルボス》をはいている。そして、

「ことに私みたいに四六時中悪魔の笑いを背負っている男には、せめては聞いて下さる人を発見するだけが唯一の休息なのです」

私の返事も待たずに男は向かい側の椅子へ身を落とした。どしんと大きな音がした。男は奇怪な格構《かっこう》に背中を丸くして見せて、

「どうです、私の背中は罪の重荷に曲がって行く。苦しいです、全く苦しい」

これで解ったような気がした。この男はどこの酒場にでもいる洋杯《グラス》のうえの蝿なのだ、酒をねだっているのだ。こう思ったので、私は黙って卓子のうえの火酒の壜を押してやった。ところが男は大げさに両手を振って拒絶しながら、眼を細くして顔を突き出した。

「あなたは奥さんがおありですか」

私は狼狽《あわて》た。全く別のことを考えていたからだ。が、失われた心もちの平衡をとり戻すとすぐ私は正直に答えた。

「ええ。ペテロパフロフスクの家にいます」

それを聞くと男はさもさも心配そうに、

「殺しはしますまいね」

と声を低くした。私が相手になるのをよして黙っていると、男は赤い咽喉《のど》の奥まで見せて笑って、念を押すように訊いた。

「恋仲でしたろうな?」

私は知らん顔していてやった。

「愛人と結婚した人は、あとでその細君を殺したくなるそうですが、ほんとでしょうか」

私は莫迦ばかしくなって食事半ばに立ち上がった。

「さあ——ともかく今夜は大分晩いからお話はまた明日にでも伺いましょう。あなたはかなり酔ってる。お部屋は二階ですか。おつれしましょうか」

「何もそんなに逃げることはないでしょう。あなたは私を怖がっていますね。何故です? はははあ、あなたも奥さんを殺そうと思ったことがあるんですな。殺したんじゃないでしょうね。そ、そんなに怒らなくてもいいじゃありませんか。冗談ですよ、これは冗談ですよ。ただね、ただ私もあなたも町を出てこんな北のはずれの山の中へ来ている。その動機は何です? ま、そんなこたあどうでもいいが、温泉場の客は何へでも興味を向ける義務があるというだけです。

さ、おかけなさい。そうそう、こいつを一つ呑りたまえ。どうです、酒と身の上話とを一しょに供給しようなんてこんな御馳走はありますまい――え、もう一度沼へ這入る？　そんな必要はない、断じてない。沼は何時でもある、まあ、お聞きなさい。私じしんの話です」

こう言って男は私の皿からヤカタの果《み》を一つ摘みとった。

六

つぎは男の話である。

七

西比利亜《シベリア》のアルダン高台が長い裾を引いてオホツク海へ落ちるところに、アヤンという小さな港町がある。私――その男――は、長らくそこの駐屯軍付き軍医をしていたが、天主の会堂で見そめあった土地の郵便局長の娘のオリガという可愛い女と結婚して、みんなに祝福されながら一軒の家を持ったのは、革命前の或る年の冬だった。

妻のオリガは金の聖像《イコナ》のような毛髪とフレップの果《み》のような黒い瞳とを持った小さな小さな女だった。私はいつも妻を高く差し上げて部屋を歩きまわることを最大の娯楽にしていた。朝聯隊へ出る時と夕方帰って来たとき、私は必ず妻を片手で抱きあげてその笑い声を聞くことにしていた。私は妻をマアレンカヤ――小さきもの――と呼び、妻は私を大きな熊《ボリシヨイ・メドヴエヂ》とよび馴れていた。二人のあいだには日夜子供らしい口のきき方が、それもきわめて自然に交わされて、平凡な、ありがたい泪ぐましい新婚の日が経って行った。

同僚や上官の手まえもあるので私は妙な気兼ねをして、離れともない雪の朝の床を早くから起き出なければならなかったし――その頃の露西亜の軍隊では何かにつけ新婚の人をいじめるふうが盛んだった――、家に待つマアレンカヤのことを思いながら心ならずも将校倶楽部で夜おそくまでつきあいの酒杯を傾けなければならないこともあった。これがマアレンカヤには最初の不服だったろう。私はどんなに私の立場を説いて了解を得ようとしたことだろう。が、すべては徒労だった。マアレンカヤは男の世界については何一つ知らなかったし、また知ろうともしなかった。ただ一図に私を責めて、はては結婚前から私に情婦があったのだなどと言い出すようになった。その情婦のために自分は何時かは捨てられるものとマアレンカヤが思いこむようになったのもその頃からのことである。

マアレンカヤがどう思おうと、私の仕事と社交とは時としてやはりマアレンカヤを悲しませたり怒らせたりしなければならなかった。それがだんだん私には平気になった。慣れっこになっていった。それでも私たちは幸福だった。マアレンカヤはいじらしいマアレンカヤで、私は彼女の大きな熊だった。ただ一つ私にとって気に入らないことがあった。それは、私の大嫌いな筋子《イクラ》が彼女の大好物であることだった。がしかし、それは私たちのあいだで旨く折り合いがついていた――私の見ているまえではマアレンカヤは筋子を食べない、彼女の口に筋子のにおいがする時には私は接吻しない、と。

こうして私たちは人に羨ましがられて暮らしていた。そのうちに長いながい冬籠もりが過ぎて雪解けの下から青草が芽を吹きはじめた。春の訪れのよろこびは北の国の人だけにめぐまれた実感である。私は重い外套を脱ぎ、マアレンカヤは白い花を胸へ飾った。私の勤務も調子よく行って近く昇進の噂さえ隊内に伝わっていた。

或る日、外出先から帰って来た私のポケットから一本の女の髪《ヘヤ》ピンが出て来なかったら、私の公生涯も私たちの結婚生活もそのままとんとん拍子によく行ったに相違ない。どうしてそんなものが入っていたのか私はいまだに判らないが、ともかく、その時、上衣のポケットからピンが一本ころげ落ちたのである。しかも、黒い長い毛髪が絡みついていたのだ。マアレンカヤは燃える黄色のかみの毛をしている。私はぼんやりしてしまった。

ぼんやりしながらマアレンカヤの泣き声と玄関の戸の締まる音を聞いた。父親の郵便局長の家へ走りこんだきり、彼女は一週間ほど私のところへ帰らなかった。

帰ったときは一つの条件を一しょに持って来た。私に軍職を退《ひ》いて田舎へ引っこめというのである。すこしの畑と小さな家とを父の局長が買ってくれるという。私は黙っていた。黙っていたら、彼女と彼女の親類たちが奔走して、間もなく私たちはマジャリンダの岬に近い淋しい部落に引き移っていた。

林檎の花が果になって、空気は牛乳のように濃かった。これはマアレンカヤの心もちの健康を恢復するのに充分だった。いもしない私の情婦のことなぞはけろりと忘れて、彼女は日ましに快活になった。食がすすんだ。よく唄をうたった。そして日向へ出ては眠った。マアレンカヤが見るみる肥り出したのはその頃からのことである。

一度肥満し出したマアレンカヤはまるでうそのように肥って行った。全くその速度は奇蹟的だった。はじめは毬のように、つぎは犢《こうし》のように、それから象のように、マアレンカヤはふくれて行った。はち切れそうに丸くなって行った。規約を破って私の眼のまえで筋子を食べるようになった罰だと私は言ってやった。が、彼女はまだ自分の美貌に自信あるもののごとく、私のいうことなんか頭から受けつけないで、小鳥のように――自分ではそのつもりだろうが、私には海獣の遠吠えのように聞こえた――笑ってばかりいた。そして、ますます肥って行った。で、彼女じしんが気がついた時には、もう小さき物《マアレンカヤ》がマアレンカヤではなくなっていた。彼女の切なる懇望や脅迫を無視して、私は疾《と》うのむかしに彼女を抱いたり差し上げたりすることを辞退していた。いくら大きな熊だって白象を持ちあげることはできまい。

　この私の拒絶がどんなにマアレンカヤ――私はもう彼女をこう呼ぶことをよさなければならない。物語は事実に近いことを第一とするから――を泣かしたことか、それはいうまでもあるまい。筋子くさいげっぷをしながら彼女は一日でも二日でも梅雨のようにじめじめ泣いていた。私はそれを見ながら、その姿のどこかに昔のマアレンカヤの俤《おもかげ》を発見しようと努力したが無駄だった。小さな女を愛して結婚した私が、肥った女を筋子のつぎに憎むのもどうすることもできなかった。

　醜くなった自分がわかると同時に、彼女の胸へまた私の情婦がよみがえって来た。おお、彼女はどんなに私を罵り、辱め、哭《な》きわめいたことか。そして、そのためどんなに私が苦しみもだえ、情けないその日その日が私たち夫妻を呪ったことか、それは天主のみが知りたまうことだ。

　昼夜の別なく言われれどおしに言われているうちに、暗示の力が私の心理に働き出した。弁解も抗争も彼女の固定観念には歯が立たないと知ると、私はすっかり諦めてさっぱりした。そうしたら変なもので、私自身でさえ私に情婦があるような気がし出して来た。眼をつぶると若い美しい女の顔がうかぶ。むかしのマアレンカヤである。私はこれに改めてワルワアラという名をつけて、私の恋人として心臓の奥ふかくしまいこんだ。なつかしいワルワアラ、可愛いワルワアラ——ワルワアラのことは片時も私の頭を離れたことはなかった。

　私にあたらしい恋人ができた以上、妻が狂暴になって行くのに無理はなかった。私は一しんにワルワアラのことを思いながら妻のあらゆる狂態を耐え忍んで、恋する者の受ける当然の迫害を甘受した。そのあいだに、私のこころは計画的にうごいていたのである。

　途で拾った黒い毛髪が私の肩に付着して、彼女のまえへ運ばれた。「愛するワルワアラへ」と書いた紙片のついた花束が、注意ぶかい間違いによって彼女のもとへ届けられた。女文字を真似て私が書いて私が投函した私あての手紙が、私の留守に彼女の手へ這入った。村の娘に頼んでたびたび電話をかけてもらった。私のポケットから色んな物が出て来たことももちろんである。甘い無意味をつらねたワルワアラの手紙、名も知らない若い女の写真、恋する者だけが大切にするあらゆる小さな愚かしい品々がいつも妻の手によって発見された。妻が食ってかかるたびに、私はひややかにかまえて、心のなかで、ワルワアラよ、お前は一たいどこにいるんだ、とつぶやいていたことだった。

　月のいい晩だった。となりに寝ている妻がまだ睡っていないことをそれとなしに確かめると、私はさもさも寝言のように声をつくって、一言はっきり言ってやった。

「ワルワアラ！」

これだけで充分だった。妻が健康状態でないことも私は知っていた。はたして彼女は、狂気そのままに取り乱して、何か早口に言いながら、寝台を跳び下りて裸足のまま部屋を出そうにした。窓から這入る月光で彼女の動作を薄眼をあいて見守って、私はなおも寝たふりをしていた。出口で彼女は一瞬間ためらった。

「ワルワアラ、お膝へのんのちていらっちゃい。ね、ワルワアラ、かあいいワルワアラ！」

むかしよく妻と話しあった子供の言葉を私はもう一度口に出してみた。結果は覿面《てきめん》だった。妻が弾丸《たま》のように家をとび出したのである。

「おい、俺あ今何か言ったかい」

こういって私が床の上に起きあがったとき、窓の下を河のほうへ行く鯨のような妻のすがたがちらと見えた。できるだけゆっくり着物を着て、私はあとを追った。

霧のような月あかりのむこうにマジャリンダの河が帯のように光っていた。妻は急いでいるつもりだろうが、肥り返ってよろよろしているので、私は普通に歩いても、すぐ追いつきそうになる。追いついては何にもならないからぶらぶら離れて行った。そして、口だけは声をはずませて、

「おい、どこへ行くんだ。風邪を引くよ。ね、帰ってお寝」

と優しく言いつづけた。妻は無言だった。草の根につまずいて泳ぐような手つきをしながら河をさしてよろめいていた。はあはあいう声が私にも聞こえた。一度もふりかえらなかった。

八

男の話がすむと、私——コンスタンチン・オクチャアブリスキイ——がびっくりしたことには、さっきからそばの卓子で聞き耳を立てていた軍帽《フラアシユカ》の男がやにわに立って来て、その男の腕を押さえた。保安部《ゲ・ペ・ウ》の役人だった。と、この時、二階から軽い足音が下りて来て、若い美しい女が男に寄りそった。男は立ち上がって軍帽と私へその女を紹介した。

「妻のオリガです。女主人公マアレンカヤです。どうぞ皆さん、こいつの健康を祝してやって下さい」

言いながら上を向いて笑った大きな熊《ボリショイ・メドヴエヂ》は、浦塩斯徳《ウラジオストツク》の新聞「赤い星《クラスナヤ・ズヴエツダ》」紙に毎日曜短篇を寄せている人気作家のクズイミン・パルシコフであった。

が、この話がどんなに私のこころを騒がせたか、パルシコフは知るまい。次の日の朝早くペテロパフロフスクの家へ帰った私は、その真夜中から独身にかえって、すぐに国を出た。今はこうやって保安部の手の届かない上海の希臘人の酒場で、あの時の若い女がマアレンカヤではなく、じつは初めから実在していたワルワアラであったことを、私は信じていたいばかりだ。

九

というのがオクチャアブリスキイの話なんですがね、どうです、小説になりますか。その晩一しょに四馬路の酒場を出たきり、私は二度ときやつにあいませんよ。ええ、決してもうその酒場へ姿を見せませんでした。どこの家の戸袋《クロセット》にも古い骸骨があるように、愛人と結婚した人は早晩何かの理由で——あるいは何らの理由もないという理由で——その細君を殺さなければならないようになるだろうという一つの原則《セオリイ》は、パルシコフも証明するでしょうし、オクチャアブリスキイも立証するでしょうし、私——ケネス・ケネデイ——も証言します。え、なに、私の妻？　三人あった家内？　はははは、みんな死に別れましたよ。あ、それはそうとこれあ大変な時間だ。それこそ奥さんが心配していらっしゃる。おい、ボウイ、勘定！

十

その夜つれ立ってTホテルの酒場を出て風のなかを町角で別れたきり、私は二度とケネデイにあわない。Tホテルの酒場へも彼は再び姿を見せなかった。

パルシコフやオクチャアブリスキイという人物の存在を私は信じていいものだろうか。とにかく、愛しようが足りないせいか、私はまだ細君を殺したいところまで行っていないことを告白しておきたい。

助五郎余罪

一

慶応生まれの江戸っ児《こ》天下の助五郎は寄席の下足番だが、頼まれれば何でもする。一番好きなのは選挙と俠客だ。だからちょぼ一仲間では相当な顔役にもなっているし、怖い団体にも二つ三つ属している。

「一つ心配しやしょう」

天下の助五郎がこう言ったが最後、大概の掛け合いは勝ちになる。始めから棄て身なんだから暴力団取締りの法律なんか助五郎老の金儲けにはすこしも影響しない。その助五郎が明治湯の流し場に大胡座をかいて、二の腕へ刺《ほ》った自慢の天狗の面を豆絞りで擦りながら、さっきから兎のように聞き耳を立てているんだから事は穏やかでない。正午《ひる》近い銭湯はすいていた。ただ濛々と湯気の罩《こ》めた湯槽《ゆぶね》に腰かけて坊主頭の若造と白髪《しらが》の老人《としより》とが、何かしきりに饒舌《しゃべ》りあっている。

「それで何かえ」と老人は湯をじゃぶじゃぶいわせながら、「豊住さんの傷は大きいのかえ?」

「投げられた拍子に石ころで肋《あばら》を打ちゃしてね、おまけに溝板を蹴上げて頤《あご》を叩いたもんでげすから、今見舞いに寄ってみたら、あの気丈なお師匠《しょ》さんが蒲団をかぶってうんうん唸ってやしたよ。通り魔だか何だか知らねえけど、隠居の前《めえ》だが、はずみってものあ怖えもんさ。師匠も今年やちょうどだから、なあに、あれで落としたってわけでげしょう、なんてね、あっしあお内儀に気休みを言って来ましたのさ」

「四二《やく》かい？」

「お手の筋でさあ。だがね、東京の真ん中でせえこう物騒な世の中になっちゃあ、大きな声じゃ言われもしねえが、ねえ、ご隠居、現内閣ももうあんまり長《なげ》えこたあるめえと、こうあっしゃ白眼《にら》みますよ。いえ、まったく」

「国乱れて乱臣出づ、なかと言うてな」と老人は妙な古言《こげん》を一つ引いてから、「箱根から彼方《むこう》の化物が、大かたこっちへ移《す》みかえたものじゃろうて」

「違《ちげ》えねえ」

坊主頭は大きく頷《うなず》いた。湯水の音が一しきり話を消す。助五郎は軽石を探すような様子をしてふいと立ち上がった。二人の遣り取りが続く。

「宵の口に町を歩いてる人間が、いきなり取って投げられるなんて――」

「まず妖怪変化《へんげ》の業じゃろうな」

「なにさ、それが厄でさあ。もっとも、相手は確かに人間さまだったたってますがね、さて、そいつがどこのどいつだか皆目判らねえてんでげすから、世話あねえ」

「師匠は何かい、身に恨みでも受ける覚えがあるのかえ？」

老人はこう言いながら湯船へ沈んだ。

「お熱《あつ》かござんせんか」と若造が訊いた。つづいて背後《うしろ》の破目板の銓《せん》を捻った。そして、

「なにしろ、これだからね」

と両の拳を鼻さきへ積んで見せた。

二三人這入《はい》って来た。湯を打つ水音に呑まれて、二人の声はもう助五郎の耳へは入らなかった。

助五郎も聞こうとはしなかった。自暴《やけ》のように陸湯《おかゆ》を浴びた彼は、眼をぎょろりと光らせたまま板の間へ上がって行って籠の中から着たきり雀の浴衣を振るって引っ掛けると、蠅の浮いている河鹿《かじか》の水盤《すいばん》を横眼で白眼みながら、ぶらりと明治湯の暖簾を潜り出た。

助五郎は金儲けのにおいを嗅いだ。張るの殴るの取って投げたという以上、これは明らかに彼の領分である。詳しいことを聞き出して手繰って行けば案外な仕事になるかも知れない。夏のことだから氷屋がある。その店頭《みせさき》へ腰を下ろした助五郎は、一本道の明治湯の方へしっかり気を配りながら坊主頭の若い衆を待ち受けた。

二

坊主頭の話というのはこうだった。一昨日《おととい》の暮れ方、乗物町《のりものちょう》の師匠として聞こえている笛の名人豊住又七が、用達しの帰り、自宅の近くまで差しかかった時、手拭いで顔を包んだ屈強な男が一人やにわに陰から飛び出して来て、物をもいわずに又七を、それも、まるで猫の児かなんぞのように溝の中へ投げつけるが早いか、どこともなく風のように消えてしまったというのである。又七師匠は何方《どちら》かといえば小柄な方だけれど、ともかく大人の人間をああ軽々と抛り出したところから見ると、曲者は非常な大力でことによると、お狐さんの仕業ではあるまいか——そういえば横町の稲荷の前で、一度師匠が酔っぱらって小便をしたことがある。が、多くの世の名人上手がそうであるように、師匠も芸にかけては恐ろしく傲岸で、人を人とも思わず、時には意地の悪い、眼に余るような仕打ちもあったそうだから、そこらから案外他人《ひと》の恨みを買ったのではないかとも思われる。何しろ、四二の厄だから——。

助五郎を刑事とでも思ったものか、若い衆はこうべらべら饒舌り立てた。

助五郎は面白くなった。そうして刑事になった気で歩き出した。助五郎は江戸っ児だ。寄席の飯を食って来ている。刑事に化けるくらいの茶気と器用さは何時でも持ち合わせている。

三

「師匠、在宅《うち》かえ？　署の者だ」

艶拭きのかかった上がり框へ、助五郎は気易《きやす》に腰をかけて、縁日物の煙草入れの鞘をぽうんと抜く。

「あの、署の方とおっしゃいますと——刑事さんで、まあ、このお暑いのに——」

一眼で前身の判る又七女房おろくが、楽屋模様の中形の前を繕いながら、老刑事助五郎へ煙草盆を斜めに押しやる。

「いや、もう、お構いなく」と助五郎は一服つけて、「おや、今日は稽古は？」

と、初めて気が付いたように六畳の茶の間を見回す。権現様と猿田彦を祭った神棚の真下に風呂敷を掛けて積んである弟子達の付け届けの中から、上物の白羽二重が覗いているのが何となく助五郎の眼に留まった。おろくは少し狼狽《あわ》て気味に、

「旦那さんは何ぞ御用の筋があんなすって、どこぞへのお戻りでもござんすか」

と話の向きを変えようとする。

「なあにね」助五郎は笑った。「つい其処《そこ》のお稲荷さんまでお詣《めえ》りに来やしたよ。あんまり御無沙汰するてえと、何時こちとらも溝水を呑まされねえもんでもねえから」

「あら、旦那――」おろくはちょっと奥へ眼を遣った。

「お内儀、とんだ災難だったのう」

「あの、もう御存じ――」

「商売商売《しょうべえしょうべえ》、蛇《じゃ》の道や蛇《へび》さ」と、助五郎は洋銀の延べを器用に回しながら、「人気稼業の芸人衆だ。なあ、誰しも嫌な口の端《は》あ御免だからのう、お前さんがひた隠しなさろうてなあもっともだけれど、眷族《けんぞく》さまにしちゃちっと仕事が荒っぽいぜ。時に、御病人はどんなですい?」

「おろく」襖の彼方から又七の嗄れ声がした。

「何誰《どなた》だえ?」

「あの、警察の――」とおろくが言いかけるのを、

「者でがす」と引き取って、

「お眼にかかってお見舞《みめ》えしやしょう」

ずいと上がり込むとがらり境の唐紙を開けて、

「ま、師匠、そのままで、そのままで」

笛の名人豊住又七は麻の夜具から頭だけ出して、面映《おもは》ゆそうにちょっと会釈した。あの晩から熱が出たと言って、枕もとにはオポピリンの入った湯呑み茶碗なぞが置いてあった。肝腎の

咽喉《のど》を痛めているので、笛の稽古は休んでいるとのことだったが、それでも秘蔵の名笛が古代錦の袋に包まれて手近く飾られてあるのが、如何にもその道の巧者らしく、助五郎にさえ何となく床しく感じられた。

事件の性質が稚気を帯びているのと、何しろ「乗物町さん」の名前に関することなので、はじめのうちは又七も苦り切っているばかりで容易に口を開こうとはしなかったが、次第によっては握り潰さないものでもないという助五郎の言葉に釣られて、やがてその夜のことを逐一話し出した。

が、既に若造の口から引き出して来たこと以外、そこには何らの新しい事実もなかった。下谷七軒町の親戚の法事へ行った帰り、この先の四つ角へ差しかかると、自働電話のそばに立っていた男が突然《いきなり》躍り掛かって来て、はっと思う間に自分の身体は、板を跳ね返して溝へ落ち込んでいた。と同時に、狼藉者は雲を霞と逃げ失せて、肋と頤へ怪我をした又七は、ようよう溝から這い出して、折柄《おりから》通りかかったあの若造に助けられて自宅《うち》へ帰り着いたというのである。

弟子や近所の手前は急病ということにしておいて、又七はそれからずうっと床に就いている。傷は大したことはないが、その時受けた驚きとあとから体熱が出たのとで、見るから衰えているようだった。一歩も人に譲らない体《てい》の人物だけに、この出来事が彼の自負心に及ぼしたところは大きかったとみえて、てんでどこの何者の仕業とも判らないのが実に残念で耐らないと彼は幾度も口に出した。けれどもすぐその後から、

「痩せても枯れても笛の又七でございます。やくざめいたこんな間違《まちげ》えでお上へお手数を掛けようなんて、そんなけちな了見はこれっぽちもございません」

と暗に助五郎の来訪を迷惑がるような口吻《くちぶり》を洩らして、それとなく逃げを張るだけの用心も忘れなかった。

助五郎は黙っていた。脚を二つに折って、きちんと揃えた膝頭へ叱られる時のように両の手を置いたまま、彼は外見《よそめ》だけは如何にもしんみりと控えていた。が、両の眼を何げなさそうに走らせて、部屋の造作や置物、調度、さては手回りの小道具へまで鋭い評価と観察を下すのに忙しかった。おろくが茶を持って這入って来た。

豊住又七というこの笛の師匠が、その芸に対する賞讃と同じ程度に人間として、色々悪い評判のあることは、助五郎も以前以前《まえまえ》から聞き込んでいた。自信が強過ぎるとでも言おうか、万事につけて傍若無人の振る舞いが多く、この点でも充分遺恨《うらみ》を含まれるだけのことはあったろうが、その上に、又七は有名な吝嗇家《けちんぼう》なばかりか、蓄財のためには可なり悪辣な手段を執ることをも敢えて辞さないといったようなところがある、とは専らの噂であった。

「道理で」と助五郎は考える。「普請こそ小せえが、木口《こぐち》といい道具といい――何のこたあねえ、鴻の池又七とでも言いたげな、ふうん、こいつあちっと臭《くせ》えわい」

ふとおろくと話す男の声が、茶の間の方から助五郎の鼓膜へ響いて来た。又七はつくねんと蒲団の上に腕組みしている。助五郎は耳をすました。

「ええ、もう大分好いんでござんすけど――」と答えているのはおろくの声、男は見舞いに来たものらしい。

「へっへ、それや何よりの恐悦で」と、頭でも叩くらしい扇子の音。つづいて、

「でもね、お師匠さんの竹がしばらく聞かれねえかと思うと、へっへ、あっしゃこれで食も

通りませんのさ、いや、本心。へっへっへ」

「まあ、望月さんのお上手なことったら」

「いや、本心でげす。何しろ、久し振りで此方《こちら》の師匠が雛段へ据わったのが、あれが、こうっと——四日前の大浚えでげしたから、まだ耳の底に残っていやすよ。へっへっへ、和泉屋の若旦那も、あれでまあどうやらこうやら名取になったようなわけで、まずあの人が肩を入れたからこそ、へっへ、あれだけの顔が揃ったというもの、そこへお師匠さんまで出張《でば》ってくんなすったんでげすから、若旦那も冥加に尽きるなかと申してな、へっへ、下方衆《したかたしゅう》はもう寄ると触るとその噂で——いや、本心、へへへへへ」

望月、さては長唄下方の望月だな、と助五郎は小膝を打ちながら、それにしても和泉屋の若旦那というのは？　四日前の大浚えとは？——さりげなく又七へ視線を向けると、又七は煙たそうに眼を伏せて、出もしない咳を一つした。

饒舌るだけ喋ってしまったらしく、表の男はなおも見舞いの言葉を繰り返しながら、そそくさと出て行った。と、急に気が付いたように、助五郎も立ち上がった。鬼瓦のような顔が、彼の姿をちょっと滑稽に見せていた。又七もおろくも別に止めようとはしなかった。それどころか、かえって内心ほっとしているらしかった。別れの座なりを二つ三つ交わした後上がり口まで行った助五郎は、づかづかと引っ返して来て、何を思ったものかやにわにお神棚の下の風呂敷を撥ね退けた。

「ほほう、お内儀、見事な羽二重が——和泉屋さんから届きやしたのう」

おろくは格子戸の方へ眼をやって、取って付けたように叫んだ。

「あれ、また倖屋の黒猫《くろ》が！　しいっ！」

「はっはっは」笑い声を残して助五郎はぶらりと戸外《おもて》へ出た。「ははは、何もああまで誤魔化そうとするにも当たるめえに」

四

「望月の旦那え」

「へえ――おや、お見それ申しやして、へっへ、何誰さまでげしたかな」

「いや、年は老《と》りたくねえだよ。俺《おいら》はそれ、和泉屋の――」

「おっと、皆まで言わせやせん。あ、そうそう、和泉屋さんの男衆久《きゅう》さん――へっへ」

「その久さんでごぜえますだ」洗い晒した浴衣の襟を掻き合わせながら、又七の門を出た助五郎は足早に下方《したかた》の望月に追い着いて、

「家元さん、そこまでお供致しますすべえ」

眼でも悪いのか、しょぼしょぼした目蓋《まぶた》を忙《せわ》しなく顫わせながら、小鼓の望月は二三歩先に立って道を拾う。

「お店へはこの方が近道かね？」

相手を出入り先の下男とばかり思い込んで、望月は言葉遣いさえも一段下げる。

「へえ」助五郎は朴訥《ぼくとつ》らしくもじもじした。

「ああ、これから美倉へ出て――」

「へえ、美倉橋を渡りますだ」

と言いながらさては浅草の和泉屋かと、助五郎は釣り出しを掛けて置いて後を待った。望月は好い気で、「橋を右へ折れて蔵前か、へっへっへ」

蔵前の和泉屋、すると、あの質屋看板の物持ち和泉屋に相違ないが、そこの道楽息子が最近長唄の名取になったところで、それが杵屋であろうと岡安であろうと、別に天下の助五郎の興味を惹くだけの問題でもなかった。

決して物盗りではなく、また単なる力試しでもないことは大勢の通行人の中から又七だけを選んだことで充分解るとしても、要するにこれは芸人仲間の紛糾《いざこざ》から根を引いての意趣晴らしに過ぎないかも知れない。もしそうとすれば、わざわざ出て来た助五郎は、正にとんだ見込み外れをしたわけで、ここらであっさり手を離した方が案外利口な遣り方でもあろう――が、ともすれば、瓢箪から鯰の出たがる世の中である。それに、ここまで来て手ぶらであばよは助五郎の世話役趣味がどうしても許さなかった。何よりも、あの不自然な又七夫婦の態度、すこし過分な、羽二重の熨斗《のし》、四日前の大浚え、それから暗打《やみう》ち――助五郎はにやりと笑った。一つの糸口が頭の中で見付かりかけた証拠である。足を早めて望月と並びながら、ずいと一本突っ込んだ助五郎には、もう持ち前の江戸っ児肌が返っていた。

「のう、家元さん、四日前にゃよく切れやしたの、え、おう?」

「――」望月は眼をぱちくりさせて立ち竦んだ。

「いやさ、絃《いと》がよく切れたということさ」

と助五郎は重ねて鎌を掛けた。

「え？」

「まあさ」と助五郎は微笑んで、「竪三味線は杵屋の誰だったっけ？」

「雷門。へへへへ」望月は明らかに度を呑まれていた。

「雷門、てえと竹二郎師匠かえ？」

「へえ」

「蔵前へ近《ちけ》えな」

「へへへ、和泉屋さんの掛かり師匠でげす、へえ」

「ふうん」助五郎はやぞうで口を隠しながら、

「のっけから切れたろう——一番目は？」

「八重九重桜花姿絵《やえここのえはなのすがたえ》」

「五郎時宗、お定《き》まりだ。こうっ、ぶっつり来たろう」

「恐れ入りやす、へっへ、何せ最初《はな》からあの仕末なんで、下方連中は気を腐らすは、雷門は頭《つむじ》を曲げるわ、和泉屋さんはおろおろするばかり、へっへっへ、仲へ立った私のお開きまでの苦労と言ったら——して、あなた様は何誰で？」

「誰でもええやな」

助五郎は空を仰いで笑った。が、すぐ、

「家元、大薩摩紛《まげ》えのあの調子で、一体どこが引っ切れたのか、そいつがあっしにゃ合点が行かねえ」

「へっへ、御もっともで」望月は伴れの人柄をもう読んだらしく、苦しそうに扇子を使いな

がら、

「へえ、切れやしたの何のって、へっへ、まずあの」と一つ咳払いをして、「里の初《しょ》あけのほだされやすくたれにひと筆雁のって、そのかりいので、へっへ、ぶつりとね、へえ、雷門の糸が——どうも嫌な顔をしましてな」

「それやそうだろう」

「それからまあ高調子でどうやらこうやらずうっと押して行きやしたがな、二上がりへ変わって、やぶうの——う、うぐう——いいす、のとこでまた遣りやした。へっへ、それからのべつに」

「切れたのけえ」

「へえ」

「笛は？」

「御存じでげしょう」

「乗物町か」

「へえ」

「何故入れた？」

「他にござんせん」

「うん、して和泉屋の咽喉は？」

「お眼がお高い——へっへ、あれからこっち円潰《まるつぶ》れでさあ、いや、本心」

それを聞くと助五郎はくるりと踵《きびす》を回《めぐ》らして、元来た方へすたすた歩き出した。喫驚《びっくり》して後見送っている望月を振り返りもせずに——。

「こりゃ乗物町の細工が利いたて」

助五郎は思わず独り言を洩らした。

「昔なら十両からは笠の台が飛ぶんだ。へん、あんまり業突張《ごうつくば》りが過ぎらあな」

五

和泉屋の晴れの披露目とあって、槙町亀家の大浚えには例《いつ》もの通り望月が心配して下方連を集めて来たまでは好かったが、笛を勤めるのが乗物町の名人又七と聞いて、思い掛けない光栄に悦んだのが事情《わけ》知らずのその日の新名取和泉屋の若旦那、またかと眉を顰めた者も多かったなかに、たびたび同じ段に座って又七の意地の悪い高調に悩まされた覚えのある雷門の杵屋竹二郎は、自分の弟子の地ではあり、これは困ったことになったとは思ったものの、取り替えてもらうわけには行かず、第一あれだけの吹き手には代わりもなし、仕方のないところから和泉屋を説き伏せて白羽二重一匹に金子《なま》を若干《いくら》、その日の朝のうちに乗物町へ届けさせたのだった。笛に調子を破られては手も足も出ないので、又七の普段を識っている相下方の連中は、吾も吾もと付け届けを運ぶことを忘れなかった。するだけのことを済ませばよかろうと、竹二郎は怖《おつか》な喫驚のうちにも幾分の安心をもって舞台へ上ったのだったが、和泉屋からの贈りはそれで好いとしても、彼自身の名前で何も行っていないことに、竹二郎は気が付かなかったのである。付いこれが豊住又七をこじらしたものとみえて、その夜の笛は出からして調子が高かった。付いて行くためには、他の下方はもちろん、唄の和泉屋まで急に加減を上げなければならなかったほど、それほど約束を無視したものだった。が、それはまだよかった。はらはらしながら竹二郎が、撥《ばち》を合わせて行くうちに、一調一高、又七の笛は彼の三味を仇敵《かたき》にしていることが解って来た。そして、満座の中で何度となく彼は糸を切らせられたのである。しかも、新しい名取の声は、旱《ひでり》の後の古沼のように惨めにも嗄れてしまった——。

それから四日経って又七の遭難。

こんなことには慣れているだけ、助五郎にはすべてが判った。和泉屋だって雷門だって世間態《てい》もあれば警察もこわい。で又七代理と偽って和泉屋と雷門の二軒へ据わりこんだ助五郎は大枚の金にありついて、一月《ひとつき》ほどは豪気に鼻息が荒かった。

あとから小博奕《こばくち》で揚げられた時の、これは天下の助五郎脅喝余罪の一つである。

民さんの恋

一

「ひゃ――あっ」

声というよりは音、それも損《こわ》れた笛のような音が、君香の口をついて出たのである。つづいて、

「兄さん、な、何をするの?!」

と甲高に叫びながら、君香は床屋の椅子から土間へとび下りた。首へ巻いた白い布《きれ》を持ちそえて固く押さえた咽喉元《のど》から、絵具のような血が吹き出して、指から手の甲へ、棒縞の明石の胸から早くも博多のひとえ帯へまで――それからぽたりぽたりと毛のちらばった土間へ落ちるというよりは、走った。血が走ったのである。君香は鏡のほうへよろめいた。一瞬間である。手を離して傷を見た、見ようとした。糸のような一線《すじ》をえがいて左から右への剃刀の痕、気丈な君香姐さんだけにわれと鏡をさしのぞくと、まるで水瓜《すいか》のように口をひらいて赤いところ、白い脂肪、小紋みたいな粒々、ごぼっと血が出た。そのとき、君香は、

「ひい――いっ」

といった。そして崩れた。沈むように倒れた。鏡のまえの棚、椅子の腕、その台、とこう順々に手をかけて、その手が滑って、君香は円くなって床にうつ伏したのである。何か言ったが、咽喉から空気が洩れて言葉をなさない。香水や油の瓶の落ちる音、やがて、静かだ。夏の

午後の床屋である。ぴたりとしずかになった。

　君香を剃《あた》っていた親方は、いままで白痴のように、血を舐めた刃を眺めて立っていたのだが、この時、大声をふるわして同じところで足ぶみをはじめた。

「や、や、やあ――ど、どうしよう、どうしよう！　これあ、と、とんでもねえ。お、おい、医者、姐さん、君香姐さん――医者だ、医者だ、医者だ！」

「剃刀《そり》をおきなよ」

　番を待っていた印半纏がこう声をかけた。親方が刃物を持っているので、居あわせた人はみな壁ぎわに立ちすくんでしまったのである。

「床屋が気が狂った！」

　これがみんなの頭へぴんと来た。だから、目白押しに並んで出口のほうへいざっていたのが、それが、親方が剃刀を置いたとなると印半纏は走り寄って君香を抱きおこした。角帽が口唇《くちびる》を白くしていった。

「医者はどこです？　僕が行ってくる」

「横町の先生が一番近《ちけ》えだろう、なあ民さん？」

　俳諧の宗匠が下剃り奴《やっこ》の民さんを見る。ぼんやり立ったまま民さんはうなずいた。棕櫚箒《しゅろぼうき》をさげている。掃いていたところ。

「横町って？」

　片足戸外《そと》に角帽が訊く。師匠が答える。

「すぐそこの。ほうらい足袋の看板が出てる――」

「あ。よし来た」

袂をつかんで角帽が駈けて行ったあと、

「駄目らしい」

と印半纏は君香の上半身を膝へよせたまま、上を向いて、

「何しろ、お前《めえ》血が——おやおやひでえ血だ」

「駄目かい」

とよう声が出たのは洋食屋の出前持ちである。

「親方、どうしたってんだい、一たい」

「手が、手が滑りやがった——この手が」

親方は手を見る。その手も顔も真っ蒼である。血だらけの君香を取りまいて、親方、宗匠、出前持ち、印半纏、下剃りの民公《たみこう》、この五人が立っている。黒土にまみれた何かの花のように、君香姐さんが肉を包んだ絹物《おかいこ》のかたまりそのままに床に円くなっているだけ。硝子《ガラス》戸ごしの陽に万年青《おもと》が蒸れて、九段の坂をきしんで行く電車のひびきが、鉄瓶の音と一つにからまる。蹴りだした褄下《つました》から、これはまた薄桃《ときいろ》の湯文字、立て膝しても見せない太いところがちらと——。さて、ふだんなら、一言、「あら!」とでもありそうな景色だが。

「手前《てめえ》、人殺しだぞ、間違《まちげ》えにしろ」

印半纏がくってかかるのも、親方は上の空に、

「鈴の家さんへ誰か——おうっ、民、お前行ってこい、君香姐さんが怪我あしましたってな、そういうんだぞ」

「怪我じゃあるまい、死んだんだろ。あんた、済まんが交番へ」

という俳諧宗匠の言葉に、出前持ちは自転車を引きつけて、

「承知しやした」

と富士見町の交番へ。民さんは、と見れば、これは相かわらず渋々と新道通りの鈴の家へ、重そうな板裏を引きずって行くところ。早二三人の人だかりが、間口二間《けん》の名だけ素晴らしい美髪巴里館《びはつパリーかん》の前に、ものずきな輪をかきはじめて、時ならぬ物々しさが空気を罩《こ》める。

二

「ほうんね、たまげましたて。君香そん何しなさったね」

新潟生まれの鈴の家の女将《おかみ》が、小丸髷をがくつかして飛びこんで来たのと、巡査が洋剣《サアベル》を鳴らして群集——もう群集になっていた——を分けたのと、ほとんど同時だった。その前に角帽が医者をつれて来ていたが、そのときはもう鈴の家の君香は巴里館の床のうえで死んでいた。

女将と朋輩とが、そのまわりにべたべたとすわって、みんな一しょに饒舌《しゃべ》り出した。そしてみんな一しょに泣き出した。ことに故人が可愛がっていた半玉《はんぎょく》は、屍骸に取りすがって、離そうとしても離れなかった。一同それが悲しいといってまた一そう大きい泣き声を立てたので、そこで、半玉はいよいよしっかり死人に抱きついていた。

今晩槇町の亀家で富士見町のおさらいがあって、君香は賤機《しずはた》の唄役をつとめることになっていたが、久しぶりに昼の身体をもちあつかって、行きつけの巴里館へちょっと剃りに来て、こ

こでこの奇禍にあったのだという。あえて奇禍というが、それに相違あるまい。莫迦話に笑いながら君香の咽喉許を剃っていた親方が、すつうっとなめらかに、そして早く深く剃刀を引いたばかりに、君香は生命《いのち》をおとしたのである。いわば、親方の右の手が勝手に動いてあっという間に君香の咽喉を掻っ切ったまでなのである。

印半纏は新聞を読んでいた。宗匠と出前持ちはへぼ将棋に夢中だった。角帽は戸外を見て煙草を吹かしていた。民さんは棕梠の箒で、君香の椅子の下と親方の足のまわりを掃いていた。そうしたらこのさわぎになった——民さんは棒のようにつったって君香の屍体を見おろしていたが、つとしゃがんで、崩れた前から奥を覗こうとすると、

「民さん——」

というりんとした宗匠の声に、にきびだらけの顔を赤くして背を伸ばした。

親方は、それこそほんとの気ちがいのように、眼を据えて、部屋の隅で巡査の訊問に答えていた。巡査はつづけさまにうなずきながら、

「ははあ、まあ早くいうと過失致死ちゅうやっちゃな」

などといっては、しきりに鉛筆を舐めた。

そのうちに本署の人が来た。鈴の家の若い者や出入りの仕事師も見えた。それらの人の手で君香の屍体は一まず本署へ運ばれた。白い仕事着を脱いだだけで、帽子もかぶらない親方が、何にもいわずに行列のあとにしたがった。一行は煙草屋の角をまがって行った。

あとには刑事さんが一人残って、いろんなことを訊いたり、親方の煙管《キセル》で一服つけたり、ついでに無精鬚を剃ったりしていたが、

「旦那、そいつでさあね、姐さんが殺《や》られたのは」

と印半纏がいうと、刑事さんはすぐその剃刀をふところへしまいこんだ。あの時の驚き、事件の一伍一什《いちぶしじゆう》、みんなはまだ大声でそんなことを口々に饒舌り立てていた。戸外からも人が這入《はい》って来て傾聴していたので、めいめいどうかして自分のまわりに一ばん多く人を集めたいものだと苦心しているようだった。宗匠と角帽が、やはり甲乙なしに雄弁だった。

証人とあって、その人たちの名前や住所を一とわたり手帳に控えると、刑事さんは今度は裏の茶の間を覗いたのち、さっさと出て行こうとした。

「あのね、親方さんはね、君香姐さんに惚れてたのよ。あたいちゃあんと知ってるわ」

半玉の声である。刑事さんは戸口で立ちどまる。

「何いうのえ、滅多な口を——」

女将がたしなめる。半玉はきかない。

「だってそうなんですもの。いつかお湯の帰りなんかしつこい冗談をいってずいぶん姐さん困ってたわよ。嫌い、あの親方」

刑事さんはうなずいて出て行った。民さんはまだ町の真ん中に立って、煙草屋の角を見送っていた。

「こうなると髪床《かみどこ》へもうっかり行けません」

宗匠がいっていた。

「親方あ男やもめだからなあ、あの白い肌をじいっとこう見つめていて何だかふらふらとしやがって——ね、つい、やっちまったかも知れねえ、へっへっへ」

印半纏が首をちぢめた。

「お母そん、ちゃと剃って参ります、いうてなあ、さっき格子をあけよったあの妓《こ》の姿がまだ私の眼から消えませんて。何ぼ人間は老生不常やいうたて、ほんね、まあ――そういえば、今朝あんた、大けな茶柱がぽっくり倒れましたよって、私はまあ、ほんね、何ぞなくてくれればいい、なんての、今の今この妓たちと話しとりましたところでしたて」

女将はそそくさと下駄を突っかけて、鈴の家連中を促した。

「親元そんへ電報かけにあ――ままみなそん、おやかましゅう」

三

群馬県の田舎から上京して、富士見町の巴里館へ下剃りの年期を入れるまで、民さんは東京と横浜でいろんな家に奉公して来た。が、それも六年まえのことである。その時、十一の鼻たれ小僧だった民さんは、床屋でお正月を六つ迎えて、いまは十七の若者になっていた。

造化のいたずらなんかと気取っていうほどのことでもないが、これが昔なら、さしづめ、

「因果応報の恐ろしや、お女中衆の悪血が凝《かたま》って地獄の夢に生《な》されましたる木槌《さいづち》野郎、身の丈が三尺と一寸、頭の大《でっ》かいことお堂のごとく、身体の小ちゃいこと藤豆の種だ。それでいてものもいえば、字も書く。只今ちょうど歌舞伎十八番のうちは供奴《ともやっこ》の所作ごととござあい。木槌さんやあい――あいよう、さあさあ、あれじゃ、あれじゃ、代は見てのお戻り、評判じゃ、評判じゃ」

まずこんなように、嗄れ声の一本調子にどなり立てられて、奥山《あさくさ》か、御維新まえなら両国の小屋掛けにちょこなんとおさまってもいようという怪物――さよう、まさにその怪物に近いのである。

お堂というほどでもないが、頭がいやに大きい。まさかに藤豆の種でもあるまいが、身体はばかに小さいのである。その証拠として、十七になってもまだ一尺はあろうという高足駄をはいて巴里館の土間を拾っていた。

さて、今度は民さんの顔だが、これがまた大へんなものだった。というのは、絵にかいた大黒天そっくりなのである。さしわたし一尺ほどの大福餅に、何のことはない、赤ん坊の眼と鼻と口をつければ、それがすなわち民さんの顔であると、こうまでいえば、これで民さんという人の押し出しも大ていわかろうというものだが、この民さんの出現が近所界隈の評判になって、巴里館には一時客が立てこんだものである。まったく、民さんは人気者で愛嬌者で、そして、親方の信用をも相当に受けていた。

ところが、年をとるにつれて、民さんはむっつりやになってしまった。二日も三日も何にも言わずに働いているようなことも珍しくなくなった。つまり、何かしら悲しくなったのである。たまらなく自分が哀れになってきたのである。豆大福のように、その顔ににきびが一ぱい吹き出したのもその頃からであった。春は、皮肉にも民さんを除外しなかったのである。

或る日、民さんの鼻の下と頤《あご》のところにこわい毛が二三本生えているのを見つけて、大げさに驚いたのは親方であった。この親方は早くから女房に死に別れて、それからずうっと独身でいたものだから、お化けの民さんが夜中にしくしくしく泣き出したりすることなどもあった。その民公が、いつの間にか大人になったものだから、親方は今さらのようにびっくりしたのである。さらに気になるのは、民さんがながいこと鏡を見つめて、横顔や笑顔をうつしてみたり、何よりも、急にお洒落になって、三日に一度はお仕着せの袷《あわせ》の襟を拭いたり、商売ものの白粉《タルコム》をそれとなく広い顔へ塗りこんだりしていることだった。先さまはまるきりご存じなかろうが、いうまでもなく、民さんには恋人が出来たのである。

場所が場所だから、定連《じょうれん》には芸者衆が多かった。そのなかで、民さんの心をとらえたのは、一本になったばかりの売れっ妓、鈴の家君香だったのが、まじめな民さんはこういう社会の女にまことがあろうとも思えなかったし、第一に相手は売り物だし、それに自分がこの不具《かたわ》——と、ここまで考えてくると、民さんは即座に世の中が呪わしくなって、いつでも自殺することができそうな気がした。そんなこととは知らないから、よせばいいのに、

「民坊や、お前、会社員さんにでもなってどっさり儲けたらあたしを呼んでね。大事にしてあげるわよ。後朝《きぬぎぬ》のわかれも、なんてね、そんなのは水臭いやねえ。あたしの家の長火鉢のむこうへ据えてさ、兄さんためになる人ですからちょっと行《や》らして下さいな、ってあたし手をついていうの。そうすると、お前成駒屋さんみたいにくねらせて、こう——」

などと、君香は椅子のうえでお尻を動かして見せたりした。民さんは眼を据えて黙って見ていた。

ひょっとするとどうかして君香にわきがのにおいが漂っていることがあった。ほんのすこしだったが、これが民さんに未知の肉の神秘を嗅がせるに充分だった。いろいろな会話を小耳にしては、民さんは、床のなかで、いろいろとあらぬ空想に耽ったりした。その結果、もし君香

に男があるとすると、その男は生かしておけない、いや、それよりもあの女を生かしてはおけない――というようなことになったのである。

民さんは夜中に起きあがった。はずみに、となりに寝ていた親方の足を踏んだ。と、自動的に、親方の右手がつつっとうごいたのである。民さんは不思議な気がして、もっと踏んでみたが、するとそのたびにぐっすり眠入《ねい》っている親方の手が、ひとりでに動いた。うすぐらい電灯の下で民さんはにっと笑った。それから毎晩、足を踏む――しまいにはただださわる――というAの刺激によって親方がその右の手を動かすというBの反射運動を、民さんは根気よく繰りかえして築きあげた。でこの頃では、それが、完成されたる習癖として、無意識にそして正確に親方の神経のなかに生きていたのである。そうして民さんは機会を待った。

その機会は今日来たわけである。

まだ親方は警察から帰らない。君香のかけていた椅子から両足を空《くう》にぶらさげたまんま、民さんは欠伸をした。と、夢のように電灯がついた。

山口君の場合

食べて来たおみよつけのにおいを口のなかで転がしながら、いま通り過ぎた女の尖った鼻を思い出して、山口君は朝の温泉町を歩いて行った。石段々の一本道、両側に土産物を売る店が並んで、立ち迷う霧のなかに谷々から上がる湯の煙が白かった。遠くつらなる山脈の中腹に一ところだけ円く小さく陽が照って、点《つ》けっ放しにされたスポット・ライトのようだった。

おみよつけも女の鼻も綺麗に忘れて、山口君はそのスポット・ライトを眺めていた。眺めているうちに陽がかげって山全体が紫にかわった。山口君はぞうっとした。背中が寒くなった。耳がしいんとした。万事窮す、そんなような気もちがして、不思議にも山口君はにっと笑った。そして急いで引っ返した。宿へ帰って部屋へ通るまで、どうしたことか、山口君は笑いつづけていた。夏の山は気まぐれ天気、この頃から大粒な雨が落ち出した。

山口君の呼鈴《ベル》に応じて女中が敷居ぎわに手をついたとき、山口君はそそくさと荷物を片づけていた。

「僕、帰りますから、帳場へそう言ってお勘定して下さい」

「あら、どうかなさいましたんでございますか」

「いや、ただ」

「でも——」

「いいんですよ」

「でも、生憎この雨でございますから――」

「じゃあ晴れてから出かける」

「まあ、左様でございますか。では――」

女中はおりて行った。あとで山口君は机へ向かった。そして、古風なようだが、遺書《かきおき》を書き出した。

山口文二郎《ぶんじろう》は江東《えとう》銀行青山支店の出納係である。ふだんからあまり身体の丈夫でない山口君の、ただ一つの望みというのは、支店長の小倉氏のように金に糸目をかけない生活をすることだった。この慾望が夜となく昼となく山口君を呵責《さいな》んでいるうちに、とうとう山口君は病気になってしまった。べつにどこが悪いというのでもないが、要するに方々が痛んで四肢《てあし》がだるくて、仕事が嫌でやたらにお金がほしかった。お金のほしいのは今始まったことではないが、身体の工合の変なのはこの頃めっきり眼に立って来た。で、思いきって医者に診せると、医者はさんざん山口君を弄《いじ》くったあげく、

「ふうん」

と鼻から専門的な呼吸《いき》を吐《つ》いて首をかしげた。山口君がどきっとしたことはいうまでもない。どきとして訊いてみると、医者は何とも発音しないで、その代わり眼をつぶって考えこんでしまった。山口君はあわてた。泣きそうになった。泪声で追及すると、医者は気の毒そうに転地をすすめた。それが唯一の途だといった。病名その他については独りで秘密を味わうように、口をつぐんで何も語らなかった。

この、事大的な医者の態度は山口君を脅かすに充分だった。暗示を受けやすい性質《たち》の山口君は、ここで、自分は命旦夕《めいたんせき》に迫っているのだといったような勝手な結論を引き出したのである。一年、半歳、三個月、一月、いや、ことによると一週間とは保《も》つまい——刑の執行を待つ死刑囚の心理、それがただちに山口君の心もちだった。世界最終の日の近いことを知った人のように、山口君は世の中のすべての礼譲と約束を無視して、やぶれかぶれになったのだった。

もちろん、そこには小倉支店長に対する不満もあった。というのは、山口君はこの銀行にこれで十年の余も勤めているのだが、地位はいまだに平の出納で、給料も、上がったとは言えないほどしか上がっていなかった。然るに——と山口君は自分だけで議論する——然るに彼小倉は、支店長として貰うものは左程でなくても、銀行の大株主の一人として実にしたい三昧の日を送っている。何という不公平であろう——と、こうなってみると、全くのところ山口君は、そこいらにざらにある個人的動機に発足した安直な、簡単な左傾人物であったというのほかはない。

左傾的な銀行の出納係しかもお金を欲しがってうずうずしているのが、自分の生命《いのち》を何日とかぞえて自暴自棄になった。その結果は言わなくても判ろう。病気保養を名として銀行から二週間の暇を貰った山口君が、この山間のI温泉へやって来たとき、一万円という金が銀行の金庫から消え失せて山口君と一しょに避暑に出たのである。

何から何まで一流の粋をあつめた山口君は、富豪の御曹子——じっさい山口君は色白の美男子だった——のように扮《つく》って、さて、いかにも堂々として第一等の温泉旅館へ自動車を乗りつけた。ながらく夢想していた生活がはじまったので、山口君は金を湯水のように使い出した。

が、謹厳で小心な山口君のことだ、使うといってもべつに芸者買いをするというわけではない。ただめちゃめちゃに食べたり飲んだり――ソウダ水のことである――人に呉れたりして、盲めっぽうに金をまき散らしただけのことであった。

「君、すこしですけど――」

女中や何かの顔を見次第、山口君は恥ずかしそうにこういって十円紙幣《さつ》を押し出した。貰ったほうはびっくりした。贋造じゃないか、などと失礼なことを考える者もあったくらいだった。

こうして、山口君は旅館随一の客になりすました。有名な温泉の、第一の旅館の、一ばんいい部屋を一人で占領して午前は散歩、午後は午睡《ひるね》といったぐあいに何にもしないでごろごろしていた。小倉のやつ、ざまあ見やがれ、山口君は心の底で万歳を唱えた――が、ちっとも幸福ではなかった。それというのは、山口君は死を待っていたからである。

ところが一こう死なない。死なないばかりならばまだいいが、身体の調子がだんだん快《よ》くなって、自分でも驚くほど、食もすすめば安眠もでき、体重も日ましに増えて行くようだった。山口君は魔誤《まご》つき出した。

死ぬときまっていたからこそ、ああして一万円持ち出してみたものの、さもなければ、土台正直者の山口君がこんな大それたことを敢行するはずはない。健康が回復するにつれて、一時麻痺《しび》れていた山口君の良心は非常な力で山口君をいじめ出した。その良心のまえに平伏して、山口君が涙をながして謝ったときは、時期既に遅かった。打ち出した芝居の真ん中に立って、山口君は途方にくれたのである。

そんなこととは知らないから宿の者をはじめ町の人々は山口君を御前様々とばかり奉る。奉られては仕方がない。金の出る一ぽうだ。それが山口君には苦しかった。山口君は金が惜しくなり出したのである。

金が惜しくなったのは人間社会に里ごころのついた証拠だ。夢からさめかけたしるしだ。常識が芽を出して狂熱を押さえつけようとする時だ。夜半、眠りをよそに、山口君は自分のしたことを考える――考えれば考えるほど、山口君はたまらなくなる。

ここで断わっておかなければならないことは、山口君は犯罪そのものを悔いているというよりは、むしろ犯罪に伴う刑罰、もしくはそれから起こる社会的失脚と埋没とを怖れ戦いているのであった。だから、はじめ、最近死ぬであろうという予想のもとに何らの逡巡なく犯行を敢えてし得た山口君が、死にそうもないとなってようやく罪をおそれ、逃亡の機会もないと覚って罰を思い、その罰から免れられないと知って急にあわて出したのは、まことに当然の経路と言わざるを得ない。死から幸福、幸福から懐疑、懐疑から昏迷、それから恐怖――そして、そのつぎに来るものは死である。可哀そうな山口君はとうとう予定どおり死ぬことにした。この白昼、山口文二郎は自殺しようとしているのである。

小倉支店長あての遺書は文学的叙述をくわえて素敵もない名文になった。「罪の子となるまでの弱い私の告白」、何かの雑誌で見たことのあるこの文章のところどころが山口君の頭に去来して、この際大いに役に立った。おかげで生まれおちてから村の小学校時代、笈《きゆう》を負うて上京したのち商業学校当時の苦学力行、それから在勤中の心もち、恩に報いるに仇をもってすることのいかに心ぐるしいか、先立つ不孝の罪を田舎にいるたった一人の母へよろしく伝えてもらいたいこと――これらの思想を優しい美文で綴って原稿紙十一枚半におさめつくすことができたのである。

山口君は読み返さなかった。読み返さずに封筒へ入れて、宛名を書いて切手を貼った。それをふところにして戸外《おもて》へ出た。自分で投函しようというのである。あやぶまれた天候はほんん降りにかわって、太い雨が銀に光って温泉の町全体を一つに押し包んでいた。山も空も見えなかった。一ように鉛いろの世界だった。山口君の最後の日である。

出て来るときに一万円のほかに自分の貯金五百円ほどもそのまま引き出して持って来ていた。これは正直に働いて溜めた金だが、ここへ来て既に一週あまり、さっき宿の支払いをすましてみると、その五百円が三銭になっていた。これで遺書を郵送するために三銭切手を買ったからほんとの無一文になった。そこで、金一万円は厳封して部屋の眼に立つところへおき、従容《しょうよう》として死に帰ろうというのが今の山口君の計画なのである。

「え？　ちょっとそこまで——なに、買物です」宿の傘を借りて、雨のなかを山口君は角のポストのあるところまで来た。そして、前後に人のいないのを見すまして——居てもさらに差し支えはないはずだが——遺書を、宛名のほうを上にして、ポストのなかへ、落と——そうとするところで、山口君ははっとした。あらためて、今度は命が惜しくなったのである。刑罰がおそろしくなったのである。生きて、逃げていたくなったのだ。——が、その山口君が、というよりは山口君の神経がはっとした瞬間に、山口君の手がふるえて、手紙は、実に勝手に、そして完全に、ポストの底を打ってしまったのだ。軽い、どさっという音がした時、山口君の心臓は山口君の口のなかへ跳びあがって来た。

大雨だった。雨の音がひどかったから、山口君の泣き声は誰の耳へもはいらなかった。ポストのまえに立って、傘を傾けて、山口君はさめざめと泣いていたのである。とんでもないことをしてしまった、どうしても生きていたい、こういう感情が沸き立つにつれ、山口君は初めて人間になったような気がした。今までの心持ちや生活はそっくりうそだったのだ――一万円が何だ、小倉に負けてはならない、小倉に殺されてはならない――山口君は、なるたけ人眼につかないようにポストの周囲《まわり》をぶらつきながら、郵便脚夫の姿を待ち構えた。もう、文字どおり必死のいきおいだった。

大雨だった。篠つく雨をおかして郵便屋があつめに来たのは、山口君にとっては一年間、じっさいは一時間の後だった。

「君、君！」

山口君は駈けよった。郵便屋はポストの前にしゃがんで鍵をがちゃがちゃいわせながら、ばかに黄黒い顔を上へむけた。

「？」

「手紙を入れたんです。間違って入れたんです。命――お願い――か、返してくれたまえ」

郵便屋は知らん顔してポストの底から平べったい紙づつみ――一つ一つがさも重大な要を持っているように小さく四角張っている――を、つまらなそうに鞄のなかへ浚えこんでいる。山口君は一生懸命だった。

「後生だ！　返してくれたまえ。間違って入れたんだ。ね、ね、君、あ！　それそれ、それだっ！」

白い西洋封筒に自分の筆跡を発見すると、山口君はきちがいのようにわめき立てた。

「そ、それだ！　返して、返して、ねえ君、ね！」

郵便脚夫は無言のままその手紙を鞄へ押しこんでぴょこりと立ちあがった。

「駄目ですよ。そんなことはできませんよ」

こう言って歩き出そうとした。山口君は追いすがった。

「売ってくれたまえ。では、一万円で売ってくれたまえ。金は、いますぐ持ってくる」

「――」郵便屋は気味わるそうに山口君の顔を見た。「そうですね。一万円ならお売り致しましょうか。けれども旦那さま、奥方はじめ皆さまがお探しになっていらっしゃいましょうから、お帰館あそばしたほうがおよろしゅうございましょう、はっはっは」

「君、ぼ、僕《ぼか》あ狂気《きちがい》じゃない。ただ、その手紙――」

「あなたさまが狂人《きちがい》？　と、とんでもない。誰が何と申してもあなたさまは狂気ではござりませぬ――ま、御めんなさいよ、急ぎますから」

だんだん小さくなって行く郵便屋のうしろ姿を、町はずれの橋の上に立って、山口君は何時までもいつまでも見送っていた。

大雨だった。宿へ帰った山口君は、はじめて人間になったような気がした。今までの感情や生活はそっくりうそだったように思われた。そうして一万円の包みを床の間へおいた。

「あの、自動車が参りました」

女中が顔を出した。山口君が答えた。

「え、今行きます」

まったく、山口君は今行こうとしている。部屋を締め切った山口君は、コップへ水をついで歯磨きのチューブみたいな物を押して銀鼠いろの堅練りのくすりをそのふちへなすりつけた。それを水のうえに落として一気に呑みこんだ。そしてウイスキイをあおった。手拭いを引っつかむと、特浴室の戸をあけて駈け込んだ。ぱちん、なかから錠がおりた——。

大雨だった。

午後三時、I町を出た郵便列車がI河にさしかかったとき、この豪雨で鉄橋がこわれて、汽車は郵便物を積んだまんま、河の底に沈んでしまった。前夜からその日へかけてI町で書かれた手紙のすべてがこの椿事の犠牲であった。

夕刊の三面はこの事故のほかに、もう一つの事件を報じて賑わっていた。

江東銀行の青山支店へ三人組の強盗がはいって番人を脅迫して金庫を開かせ一万円さらって逃げたということがこのほど記事解禁になったという。それは今から一週間あまり前、丁度山口君が避暑に出た日の真夜中の出来事であった。犯人はまだ逮捕されない。その筋には見当さえ立っていないとのこと。

隅のほうに小さく出ていた見出しには、これは気のつかない人も多かったろう。

「富豪の息子温泉で猫いらず自殺。原因不明——（I電話）」

東京G街怪事件

「先生、急病人です」

こう言って助手を先に立てて四五人の男が、どやどやと診察室へ這入《はい》って来た。医学博士堀泰三は書き物をしていたペンを措いて、回転椅子をまわして扉口《とぐち》のほうを見た。

巡査と自由労働者体《てい》の男とが二人がかりで中年の紳士を抱いて運び入れていた。あとから病人の伴《つ》れらしい小柄な紳士が蒼白《まっさお》な顔に恐怖と狼狽の色をうかべてついて来た。

こんなことには慣れているので堀氏はちょっと助手に顎をしゃくって、黙って手術着の扣鈕《ボタン》をかけた。その間に病人の身体はぐったりと寝台の上に置かれた。異常な静寂だった。

「どうなすったんですか」

職業的な沈着で寝台の上へ屈みながら博士が訊いた。巡査が口を開いた。

「今そこのG街四丁目の交叉点を横切ろうとしていきなり卒倒したんです」

「元気よく大股に歩いて来ました。この人と何か話して笑いながらね」労働者がいった。「それが電車道の真ん中で急に蹲踞《しゃが》んで動かなくなったから、驚きましたよ」

町角にぼんやり立って往来の群衆を眺めているとふとこの奇怪な出来事が眼に映ったのだ、と労働者はつけ足した。

「あなたは?」博士は小柄な紳士を振り返った。「お連れですか」

「そうです。友人です。それより、早く診てやって下さい。病人はどうでしょう？　単なる一時的な発作でしょうか」

「手当てをお願いします」

巡査も威厳を作って博士を見た。博士は、今まで患者の胸部に置いていた手を離して、誰にともなくしずかに言った。

「手当てはありません。これは死んでいます」

一瞬間、みんなは呼吸が止まったようだった。博士が繰り返した。

「突発死です。恐らく倒れた時に絶命したものでしょう。お気の毒ですが如何とも致しかねます」

「癲癇《てんかん》でしょうか」

助手が口を出した。

「いいえ、私は親友で平常をよく知っておりますが、そういう素質はおろか、持病一つない壮健な身体でした」

小柄な紳士が証言した。

「倒れた時強打して内出血でも起こしたのではないでしょうか」

助手はまたこう言って博士を見詰めた。博士は死人の口を覗いたり脱脂綿で口辺の汚物を拭き取ったりしていたが、つと背を伸ばすと、切って落とすように、

「毒物作用、まだよく判らないが、シアン化カリウムらしいな――ポタシアム・シアナイドという、あれだ」

「えっ！」助手が驚きの声を上げた。「それなら即死ですな」

「うん。そうらしいね」

巡査は急に緊張して、一隅で連れの紳士を訊問し出した。それによって判明したところでは急死人の名は菅沼基一、年齢五十一、職業といっても目下は何にもしないで資産だけでかなり裕福に暮らしている。独身。親戚も同姓の従弟一人で四谷で歯科医を開業している。小柄な紳士は菅沼の唯一の友人で、名を森脇富雄、四十八、会社員。

事件前後の情況だが、これはまたすこぶる簡単。二人は連れ立って二時間ほど散歩したのち、G街四丁目の交叉点で向こう側へ渡ろうとして電車軌道の真ん中へさしかかった時、今まで上々機嫌で快活に歩いていた菅沼が突如しゃがんで地上へ寝転んでしまったというだけのこと。蹲踞んでから寝ころんだ――この点は自由労働者も森脇も一致の証言をしている――のだから、内出血を招致するほど強く打ったとも思われないし、第一シアン化カリウムという毒は即座に致命的の効果を持つものだから、菅沼はその倒れた場所で毒を呑んだか呑まされたかしたものでなければならない。二人はそれまでどこへも立ち寄らずにただ漫然と散歩していたのだ。

こうしてG街四丁目をちょっと裏へ入った堀病院へ一時菅沼の屍体を預けた巡査は、森脇と労働者を同行して所轄署へ引き上げて行った。あとで堀博士は照明鏡で死人の口中を調べていたが、やがてピンセットで挟み出したのは、護謨《ゴム》のような黒茶色の小さな凝固物だった。博士がそれを掌へころがして見ているうちに、会心らしい笑みがその謹厳な顔にみなぎった。

東京一の商店街散歩街のG四丁目で白昼、しかも交叉点の真ん中、衆人環視の中で起こったこの怪死事件は、その日の夕刊を賑わすに充分だった。最近のことだからまだ誰でも知っているであろう。

そこで必然的に二つの説が立った。自殺と他殺。自殺説は、何らかの理由で菅沼が電車道路の中央で毒を仰いだものだろうと憶断したが、故人の財産性格日常生活等を見ても自殺の理由となり得べきものは一つとして発見できなかったし、それよりも自殺ならば何もああいう場合と場処を選ばずに、普通の自殺のようにこっそりと目的を達しそうなもので、思慮ある中年の紳士がこんな奇矯な自殺方法をとろうとは思われない。第二に他殺説だが、これには差し詰め現場に居合わせたという理由で森脇富雄を被疑者と認めることができる。しかし森脇と故人との間は親愛以外の何ものでもなかったし、森脇は菅沼の死によって何らの利得をも受けるものではないから、森脇を加害者と白眼《にら》む他殺説もその根柢は甚だ薄弱なものだった。

口唇内外の汚物検査の結果は毒死、しかもやはりシアン化カリウムによる直作用と確定した。これを服用すれば必ずその場で即死するのだから、菅沼はどうしても現場で死の二三秒前に毒を呑まされたに相違ない。したがって森脇の取り調べは一層峻烈を極めた。が、果して森脇が毒殺したものならば、そもそも何のために人の出盛る時刻にＧ街四丁目の真ん中で行ったか。いかにして毒物を与えたか。何故もっと眼立たない遣り口をとらなかったか。菅沼が倒れた前後、電車は遥か向こうに停まっていて、その付近には森脇のほか誰一人いなかったということも忘れてはならない。死の前二時間、二人がどこへも立ち寄っていないことは事実である。通行人自動車織るがごときＧ街四丁目の謎の死事件！　全市民の探偵的興味は今や沸騰点に達した。菅沼の死は自殺か、他殺か。他殺なれば犯人は誰か。

森脇富雄か、否か。

頁をはぐる前に、皆さん一人で考えるかお家の方か御友人と話し合って一二の可能的解決をつけて御覧になるのも一興でしょう。賭けでもなされればなお面白いと思う。

作　者

その夜晩《おそ》くまで堀病院の診察室に電灯がともっていた。

屍体はさっき所轄署から受け取りに来て持って行った。その時検事の一行も堀博士の意見を聞きかたがた出張して来たが、博士は何も暗示のようなものを与えることはしなかった。新聞記者も押しかけたが、これには博士は怒ったように黙りこんでいるだけだった。

助手と二人きりになると、博士は初めてにっこりした。

「ねえ君、なかなか狡猾な遣り方だが、近頃こんな簡単な犯罪も珍しいね」

「え？　犯罪？　するとやっぱり、あの、他殺なんですか」

「もちろんだとも！」

「誰です、犯人は誰です？」

「まあそう急《せ》きたまうな。今すぐ判るよ」

「どこへいらっしゃるんです？」

「歯医者へ行くんだ。歯が痛んでやりきれないからね。君も来たまえ」

博士は不審そうにしている助手を伴れて自用の自動車に乗った。

「四谷愛住町の菅沼歯科医院へ」

夜の空気を衝いて明るい町筋や真っ暗な横丁を幾つとなく出たり入ったりして、自動車は走って行った。

出て来るすこし前に、博士自身警察へ電話をかけて、訊問中の森脇富雄についてきいてもらったのだが、故人は歯がわるくて最近では虫歯に悩まされていたとのこと。のみならず従弟の好《よしみ》から四谷愛住町の歯科医菅沼直二郎に係りつけて、最後にはこの五日前にも一度療治に行っているまで判明したのだった。

菅沼歯科医院はすぐにわかった。

堀博士と助手が応接間兼控室へ通ると、間もなく和服姿の菅沼歯科医が出て来た。三十そこそこの神経質らしい青年だった。

「ちょっとG街の警察まで行かなければなりません。治療でしたら近辺の他の歯科医を御紹介しましょう」

立ったままでこう言った。

「いや、治療ではありません」博士は微笑んだ。「治療なら始めからあんたのところへは来ませんよ。シアン化カリウムで殺《や》られては敵《かな》いませんからねえ」

予期した以上の反応があった。無言の叫びに口を開けて、菅沼歯科医は椅子の背を摑んだ。その手を離せば今にも倒れそうだった。

「どうしました、ご気分でも悪いんですか」

博士が覗き込んだ。

「いえ、ただあなたが突然にあまり怖ろしいことをおっしゃるものですから――」

「菅沼さん」博士は押さえつけるように、「何も恐ろしいことはないでしょう。あんたが御自分でやったことじゃありませんか」

「何を言うんです、とんでもない！」

「御安心なさい。私どもはその筋の者ではない。したがってあんたをどうこうしようというのじゃありませんが、一応お話ししてその上で承りたいこともあり――」

「とにかく私は外出しなければなりませんからいずれまた――」

「Ｇ街警察署へ出頭なさるところだとおっしゃいましたね。よろしい。出頭なさい。あんたの計画した通りに、お従兄菅沼基一氏の遺骸を空涙で引き取っていらっしゃい」

「な、何ですとっ⁉」

「菅沼さん、あんたは故菅沼氏の法廷遺産相続人でしたね」

「そ、それがどうしたと言うんです？」

「いや、よくもああ巧妙な仕組みを考えられたものですな。五日前に菅沼氏がむし歯の治療に見えた時、あんたはシアン化カリウムを膠《にかわ》で包んで歯の洞《うろ》へ入れてその上から一時仮の塡物《ワデング》をしておきましたろう。どうです？」

歯科医は眼を光らせてううむと唸った。今は、三人とも立ち上がっていた。

博士は続ける。

「あの一時の塡物《つめもの》はよく脱《と》れる。それをあんたは見越していた。菅沼さん、あんたの望んでいたとおり、その塡物が今日Ｇ四丁目の交叉点を歩いている時菅沼氏の歯から剝がれて、膠皮《こうひ》の小粒が口中へ転がり出た。飯粒かなんかと思って菅沼氏がそれを嚙んだから耐《たま》りません。即死です！　あんたの現場不在《アリバイ》はこの場合何らの証明になりませんぞ」

「あっ！」

と呻くが早いか菅沼歯科医は身を躍らして隣室へ駈け込んだ。それっというので博士たちが続いた時、薬品の罎のかち合う音がして、歯科医は既に床に俯伏《うつぷ》していた。

「死ぬのはよい」抱き起こして耳近く博士が叫んだ。「あんたの自殺するのは仕方がない。が、あんたのために、一しょに散歩していた森脇さんがえらい嫌疑を受けとりますぞ！」

「済みません。机の、机の抽斗《ひきだし》に遺書があります――御面倒でも、警察へ、どうぞ――」

これが断末魔だった。

そばに小さな瓶がころがっていた。博士が拾い上げて貼紙《レッテル》を読んだ。

「シアン化カリウム――」

「同じ刃に伏したわけですな」

撫然として、助手が言った。

事《こと》露見の場合を思ってあらかじめ作っておいた遺書《かきおき》、それには自分の財政的窮場を救うために遺産を目的《めあて》に従兄を毒殺する旨が細々《こまごま》と認められてあった。その次第は堀博士の推定と完全に一致していた。

遺書を持ってG街警察署へ急ぐ自動車のなか。

「素人には容易に手に入らない劇毒を使用している点でわしは最初から薬剤師か医者の方面を白眼んだのだが、屍骸の口から虫歯の塡物を発見してから、これを調べて一層確信を得たのだ。どうだ、わしの炯眼《けいがん》は。人殺しの医者なんか廃して私立探偵でも開業するかな、はっはっは」

「結構です。そうなればさしづめ私はシヤロック・ホルムスに対するワトソンで大いに先生の探偵談を書かして頂きましょう、はははは、探偵小説が流行《はや》っているそうですから、きっと当たりますぜ、これは」

砂

一

刑事部屋の戸があくと、筒っぽのもじり外套を着た若い男が、受付の巡査につれられて小腰をかがめて這入《はい》って来た。小春日のうららかな窓ぎわの畳で、将棋をさしたり雑談にふけったりしていた刑事たちが一せいにちらと視線を送った。男は角刈りの頭をつづけさまに下げながら、手早くもじりを脱ごうとした。居合わせた主任が、読んでいた新聞を押しやって、そのままでいいという手つきをした。男は、それでも外套をぬいでしまって、また一つ叮嚀にお叩頭《じぎ》をした。

「何かね？」

主任がきいた。男はまぶしそうに、

「へえ。手前はO町通りの三笠屋旅館の番頭でございますが――」

といいさして主任の顔を見上げた。主任は黙ってあとを促した。

R県N町の警察署。避寒地だけあって冬とはいいながら、三方に起伏する連山に、一方にひらけた海にあるいはそのあいだに櫛比する家々のうえに、ことに、綿雲をうかべた蒼穹には一しお早春の色が動いていた。梅日和、そんなような日の、まだ午前中だった。

三笠屋の番頭の話というのはこうだった。

前日の午後五時少し過ぎた頃、洋装の若い女が一人、小さな手かばんをさげて来て三笠屋へ投宿した。色の青い、面長な女で普通よりも幾分背が高いかと思われるほか別にこれぞといって特徴はなかったが、世慣れた態度といい、ひとり旅といい、それに横柄ではないが普段人を使いつけているらしい口のききぶりとで、帳場ではまず東京の職業婦人と踏んだのだった。じっさい、五時二分にN駅へ着く下り列車があるのだから、それで来たものと思って、服装も、三流どこの三笠屋あたりの女客としては珍しい洋服なところから、店としてはまず上玉と扱って二階南向きの六畳間へ通した。宿帳が済むとすぐ幾らかの茶代まで下りたので、帳場では一そう大事にして夕飯の膳にもいささか念を入れたくらいだったが、女は碌に箸もつけずに下げたのだった。給仕に出た女中にそれとなくきかせてみると、女は丸の内の勤め先から二三日休暇を貰ったので久しぶりに黄塵を離れて景色のいいN町へゆっくり一人で遊びに来た、二日ほど厄介になるかも知れない、というようなことだった。こちらに散在する名所旧跡のことをきいたりして他意ない様子だった。

それが、ちょっとそこまでといい残して女が宿を出たのは、夕食後二時間ほどしてから、つまり夜の八時すぎだった。ところが真夜中近くなっても帰らないので、番頭が部屋へ上がって見ると、持って来た小かばんが一つころがっているきりだから、宿屋としては当然の不安を感じてそのかばんをあけてみた。しかし、ハンケチ、鼻紙、楊子、歯磨き、手拭い、石鹸、ちょっとした化粧道具やら旅行案内、婦人雑誌など、普通の女が小旅行に持って出そうな物がきちんと納められているほか、何ら怪しい点はなかった。で、三笠屋では、そのうちに帰るだろう、とこう思って昨夜は表戸の潜りに桟をせずに寝に就いた。

ところが、今朝になっても女は帰って来ない。宿料はわずかなものではあり、ささやかながら手荷物も預かってあることだから、店としては大した心配はないが、投身《みなげ》でもされた時のために、一応こうして届けに出たのだった——。

「へえ。手前のほうでも駅へ聞きあわせたり、もしやと思って浜へ男衆を出してみたりしましたが、さっぱり行方が知れませんので、へえ」

番頭は恐れ入ったように頭を掻きながら、ふところから分厚な宿帳を出して、主任の前へ開いた。主任はうるさそうに宿帳に記された最後から二番目の名前を指した。

「これかね、その女というのは」

「へえ。昨日のお泊まりはそれとそのあとの男の方とお二人でした、へえ」

「東京市赤阪区青山×町×丁目×番地、寺尾幸江、二十五歳——ふうむ、偽名だな、これは」

主任は顔を上げた。

「いかんじゃないか。女の一人客にはもう少し注意を払うようにいってあるじゃないか。何かね、何かその、遺書ふうの物でも残してあったかね」

「いえ。そんなものは見当たりません、へえ」

「つまり、君が来るまで帰っていなかったというんだな」

「へえ。ゆうべ八時頃に出ましたきり——」

「もう帰っとるかも知れん」

「へ？」

「もう帰っとるかも知れん。うちへ行ってみなさい」

「しかし旦那——」

「よしんばまだ帰らんにしたところで警察としてはどうもできんね。もう少し待った上でいよいよ帰らんければ、改めて届け出るんだな」

「しかし、何ですかこう蒼い顔をして、無理に気を引き立たせようとしてるところが見えたもんですから、手前どもでも嫌に気になりましてな、へえ」

「どこか相識《しりあい》の家へでも行って泊まったんじゃないかな。だが、泊まる家があるくらいなら、はじめから女ひとりで何も宿屋へ行くにも当たらんわけだな」

主任はしばらく考えていたが、

「この宿帳の住所を照会してみてもいいが、どうもにせらしい。部屋や持ち物はそのままにしてあるんだろうな?」

番頭は黙ってうなずいた。主任は重ねて、

「出た時のなりをできるだけ詳しくいってみなさい」

「へえ」と番頭は首のうしろを叩いて、

「何ですか手前どもには一向わかりませんが、黒いぴらぴらした物を着て、ぼくぼくの黒い外套を着て、鼠色の帽子をかぶって、踵の高い靴をおはきのようでした、へえ」

「うむ。モダン——」と主任は詰まった。

「モダン・ガール!」

むこうの刑事の群から誰かが大声にいった。それで気がついたように、主任はそのほうを向いて、何気ない口調で投身者の有無をきいた。

「昨夜から浜は静かだね?」

「ええ。何もありません」

「誰かちょっと捜査願いを繰ってみてくれないか、新しいところを」

ちょうどこの時、手近の机の上で電話のベルが鳴った。主任が受話機をはずした。

「あそう、本署だ。君は？　楠本君？　海岸通りの派出所？　うんうん、うん——なに？　女の手？　砂から、砂のなかから女の手が出てる？　S別邸の裏だって？　よし、そのままにしときたまえ、すぐ行くから」

刑事達が鳴りをひそめている異様な緊張と沈黙の底で、主任はかちりと受話機をかけて、青ざめた三笠屋の番頭と視線をあわせた。

二

前夜O町通り三笠屋旅館へ投宿した自称当時東京市赤阪区青山×町×丁目×番地居住寺尾幸江（二五）が、N町海岸通りS別邸裏D浜の砂丘のかげで死後八九時間を経過した他殺死体となって発掘されたのは、それから間もなくだった。

現場は高さ一間《けん》半周囲九十五尺ばかりの砂丘が、海岸通りに近い松林へ崩れるように裾をひいている陽溜まりで、死体の埋没してあった個所にも、三間とは離れずに磯松の木が海から吹く風のために町のほうへ斜めに傾いて立っていた。夏は海水浴でいわずもがな、春から秋へかけても、このD浜は団体の遠足や散策の杖をひく風流人で相当に賑わうのだけれど、何しろ季節が季節だから、黒ずんだ浪が白く砕ける海岸線には、近く人のあるいた模様は愚か、いつもの白砂長汀の趣はどこにも見られなかった。ただこの突発的な悲劇の舞台としていかにも適わしく、ことあたらしく眺められるだけだった。

　浪打ち際から二十間の余も引っ込んでいるので、年に何度という大荒れでもない限りは、現場まで海水の来ることは滅多になかった。と同時に、浜からは小砂丘で隔てられた形で、浜の一部でありながらちょっと孤立した地点を作っていたから、浜を遊び場にして駈け回る近所の子供たちでも足を踏み入れることは絶えてなかった。殊に、すぐ傍に浜と海岸通りとを結びつけてアスファルトの小路が通じているから、こんなところへ這入り込む必要は、まず誰にもなかったのである。砂丘の町寄り、すなわち死体発見の現場から始まって、海岸通りに面しているＳ氏別荘の裏手まで、アスファルト道の片側に沿うて、砂地に松の疎林が続いていた。換言すれば、海岸通りから来てアスファルトの小道路をとり、Ｓ別荘裏の松林と小砂丘との間へ出れば、取りも直さずそこが現場だということになる。この場合、この歩行線を辿った人が砂を踏まなければならない距離は僅々五間弱、アスファルト道路を松林のはずれで捨てて、現場に至る間の砂丘の裾に過ぎないという点も、この際、観察に入れておかなければならない。

　当初の発見者は主家に不平を抱いている酒屋の小僧だった。というと大袈裟に響くが、事実は、海岸通りの酒屋の小僧が毎日主人に叱られるところからこの朝やけを起こして、御用聞きに出た時お得意回りをすっぽらかして、人眼につかない砂丘の蔭へ寝に這入ったのだった。何ということなしに——多分あまりに親しみ深いために——付近の人にすら忘れられているような小さな場所というものは、得てどこにでもある。犯人もここをその一つとにらんで女の死体を埋めたものらしいが、今朝に限って酒屋の小僧がふらふらと迷い込んだというのも、古いやつだが天網恢々疎にして洩らさずという言葉どおり、何がなし不気味なほど摂理の力といったようなものを感じさせるに十分であった。

とにかく小僧は、そこの日向の砂の中から白い細い手が一本、空を指すように突き出ているのを見つけて、一度は何もかも忘れて仰天したが、つぎに、事件の発見者として中央に立ち得る幸福を予感して即座に元気づいた。怖ごわ近寄って見ると、どうやら女の手らしい。二三尺離れた砂の間からも黒い布が覗いていた。これだけ見届けた小僧は、線香花火みたいに跳び上がって、追っかけられるように海岸通りの派出所へ駈け込んだのである。

急報に接したN警察本署からは、松永刑事係主任が腕っききの刑事二名を連れてオウトバイを飛ばした。疑問の女客の失踪を届けに来ていた三笠屋の番頭が、便宜上の証人として同行を求められたことはもちろんである。

海岸通り派出所の制服巡査が二名で現場を警戒していた。さびしい松の砂原に立っている巡査の姿に注意をひかれてか、アスファルトの小道にもう四五人の人だかりがしていた。松永刑事係主任は、その横手のアスファルトの道でオウトバイを乗りすてて、刑事と番頭を従えて、足跡のないところを選んでS別邸の裏を迂回して現場へ進んだ。

一眼で女のと判る白い小さな手が、手首から先を砂上に現して半開きのまま硬直しているところは、まるで不思議な植物がしっかりと根を張って生えているようで、明るい陽の光が隈なく満ち渡っているだけに、それは一層グロテスクな光景であった。

「えらいことをやりやがったもんだね」

「ばらばらにして手だけを埋めたのかしら――それとも死体かな」

「そんなこたあ掘ってみれあ判るさ」

「死体です」

刑事の一人が自信あるもののごとく断言した。

「これ、ここに黒い衣服の端が見えています」

こういって彼は砂上の手から三尺ほど海へ寄った一点を凝視した。

「矢島君」と主任はその刑事を呼びかけて、

「いつ頃埋めたものだろう、君見当がつくかね」

「そうですね」

矢島と呼ばれたその刑事は、しゃがんで横からその地点をすかして見ながら、

「いずれ検視をすればおよそ判明することでしょうが、砂の色がここだけ少し違いますから、そう古いことではありますまい。さあ、まず昨夜の夜中か今朝早く埋めたものでしょうな」

こんなことをいいながら、周囲の証拠状況を消すことを恐れて銘々足を動かさないで突っ立ったまま、忙しく眼だけを動かしていた。

傍のアスファルト小道路の最近点と死体埋没の現場とを五間弱ほどの一線に結びつけて大きな足跡がついていた。それは一足分の、つまり一人の靴の跡で、並みはずれて大きいほか、何の変哲もない物だったが、見逃せない点といえば、死体埋没の地点まで来て消えていることと、ことにこっちへ向いている跡だけで、立ち去った足跡がその列にはもちろん、どの方面にもないことだった。約言するに、この足跡の示すところによれば、その主はアスファルトの小道路からここまで来て、ここからはどこへも行っていないことになる。するとその人は今でもここ

に、この砂の上に立っていなければならない。しかし、その足跡の終わっているところには誰一人居はしないのだ——矢島刑事はぞっとして今更のようにあたりを見まわした。

いうまでもなく、ほかにも足跡はある。小さな草履のあとは発見者たる小僧のであろう。靴の跡も二三入り乱れて現場近くまでついていたが、それらはS別邸裏の松林の中を通っているので証言と検証——靴底を合わせてみた——とによって完全に海岸通り派出所詰めの警官のものと認定することができた。本署の人たちのはまた別に一列をなして砂の上に走っている。してみると、この、現場へ来て消えているばかりで立ち去った形跡のない大きな靴あとこそは、この場合、第一に有力な手懸かりと睨まざるを得ない。矢島刑事は何事かしきりにうなずいていた。

近所から鍬を借りて来て、巡査が砂をほると、すぐに黒いドレスに黒い外套を着た若い女の死体が出て来た。血にまみれて、それに砂がついてちょっと人相は判然しなかったが三笠屋の番頭は叫び声を上げて失踪中のゆうべの女客に相違ないと証言した。主任は狼狽の中にも落着きを見せて、一人の巡査を近くにいる臨時雇いの警察医の私宅へ走らせ、ほかの一人をして本署へ通話せしめて署長と応援の刑事を呼んだが警察医や署長の来るのを待たずに、取りあえず矢島刑事らとともに死体を検査してみた。すると、矢島刑事が、死体の左手首に金の腕時計の巻いてあるのを発見した。矢島刑事は何事か低声《こごえ》で主任に相談してその許可を得て、手早く腕時計をはずして、大事そうにハンケチで包んで自分のポケットへ入れたのだった。

三

「左側上背部ヨリ心臓ニ至ル貫徹傷ヲ以テ致命傷トス。他ニ外傷ナシ。凶器ハ鋭利ナル小刀様ノモノト思考ス。身体他ノ部分ニ異常ヲ発見セズ死後九時間ヲ経過シタルモノト認ム」

警察医が久しく空位なので臨時に雇ってある若い開業医志田医学士の死体検案書の要領は、右の数項に尽きている。すこし離れたT港の裁判所から予審判事の出張を仰いで、現場の検審を行ったが何ら新しく得るところはなかった。そのうちに長距離電話で照会しておいた東京青山×町署から、被害者の住居並びに身元に関する回答があった。

「同名ノ者ハ同町同番地ニ居住セズ。当該人相年齢及ビ着衣ノ者、モシクハソレニ類似ノ者ニ対スル捜査願イマタハ失踪ノ届ケ出ハ当署所管内ニオイテコレヲ受理シタルコトナシ」

つづいて警視庁からも返事が来た。

「御照会ノ人物、及ビソレニ酷似スト思惟スルニ足ルベキ者ノ捜査事務ハイマダ本庁ニオイテコレヲ扱ワズ」

松永刑事主任は全く途方に暮れてしまった。

もちろん、死体を死体室に収容すると同時に、参考のため一般刑事の自由な検察に任せたのだったが、その結果は、徒に刑事たちのあいだに種々な異説を生ぜしめたのみで、捜査方針さえまだ確立していないような有様だった。三笠屋から届いた女の持ち物からも何ら手懸かりと見るべき物は獲られなかった。それでも、刑事たちは八方に飛んで、各々その信ずる方面に向かって活躍を開始した。ただ矢島刑事だけは、どういうものかいつもにも似ずぼんやりして、刑事部屋の窓から暮色の迫る戸外の景色を眺めているばかりで、一歩もそとへ出ようとはしなかった。

　女が身につけていたらしい金が財布ぐるみ紛失しているところから、盗賊の方面へ眼をつけた刑事が、やがて、最近に町へ入り込んだ浮浪者の群から風体の怪しいのを二人ばかり揚げて来たが、あまり重要視しなかったとみえて、主任はあっさりしらべたのち違警罪としてひとまず留置場へ抛り込んだ。しばらくして、停車場へ行っていた刑事が、ちょっと気になることを聞き込んで来た。これは無意識的にはじめから一部の刑事達の頭にあったことだが、それは午後五時二分着の下りはこの先のP駅から出る列車で、もちろんT港以南の旅客とも聯絡の便はあるが、どっちかといえばN町から見てより西南、関西方面の客が多く、東京から直接来る者ならば必ずや一汽車前の四時七分着のを選ぶであろう、と。したがって、問題の女は或いは東京者ではなくて関西方面の者かも知れない――ところが、この刑事が駅前の車宿で聞いて来たところによると、女は確かに東京から直接の下り四時七分着で下車したもので、その証拠には、挽子の一人が、改札口を出た女を乗せて、命ずるがままに海岸通りを一回りして停車場へ帰っている。なお駅内待合室掃除夫の証言では、それらしい女が四時半頃から次の下り五時二分まで待合室に待っていて、その列車の下車客と一緒に町へ出たとのことだった。してみれば、女はやはり東京もしくは東京方面から来たものだが、何ゆえか人力で海岸通りを一巡したり、また駅で一汽車おくれた下車客を待ったりしたのである。

　捜査方針が確立していないとはいうものの松永主任の心中にはひそかに有力な容疑者が濃い

影を投げていた。それは昨夜女のあとから来て三笠屋旅館に投宿したという北川伊助と名乗る香具師《やし》ふうの男であった。女が来ると間もなく北川が這入って来て、同じく二階の一室へ通ったが、八時頃女が外出すると、北川も散歩に行くといって宿を出て十二時前後に旅館へ帰ったという三笠屋の話から、主任の眼には彼が怪しく映ってしようがなかった。しかもゆうべ外出する前に、北川は女中を摑まえて、別室の幸江のことをおかしいほど根掘り葉ほりきいたという。のみならず、北川は今朝一番の汽車でN町を去っている。これらのことは、昨夜はこの二人しか客がなかったので、三笠屋でもよくおぼえていた。それに、一番列車は乗客がすくないので、停車場の切符売場と改札口とを調べた結果、北川と人相衣服を同じゅうする男がW市までの切符を買ったことまでも突き留めることができた。すなわち、松永主任の命を受けた敏腕の刑事二名が今やW市へ急行しつつあるゆえんである。

夕焼けがN町のすべてを真紅に彩っていた。矢島刑事はここで何か主任と打ち合わせてから、ぶらりと警察の門を出た。

砂の上に男の足跡だけあって、殺された女の足跡がないことは何を語っているか。それは、死骸の靴の中に一粒の砂もなかった事実とともに、男が女を抱くか担ぐかして現場まで行ったことを示している。そうとすれば、この時すでに女は殺害されていたものと見なければならない。被害者が大柄な女であり、かつまた死人は重いものである以上、その身柄を単身かくも容易に運んで行った男は、論理上大男と見なければならない。宜なるかな、砂に残っている靴跡は非凡に大きい。しかしいくら大力でも、夜中でも、人里離れたところではない、そう遠くから死骸を持って行くということは、体力も周囲の事情もこれを許さないと考えることができる

——人生のことすべて然りであろうが、殊に犯罪では、事後の小細工は往々にして矛盾と破綻を示し、そこから予期しない破滅を来す場合が多い。犯人が智的さを誇っていればいるほど、その逆を取ってほごして往けばいいということになる。幾つかの条件に照らして何人かの嫌疑者を仮想し、抵触するところに従って順次排除して行って最後に犯人を推定するのだ。あるきながら矢島刑事は思わず会心の笑みを洩らした。

咽喉《のど》が乾くか、最初に行った駅前の車宿で矢島刑事は挽子の手からコップに水を貰って呑んだ。そこから三笠屋へ立ち寄ったが、そこでも冗談口を叩きながら、また番頭にコップに水をついでもらって、うまそうに飲みほしていた。

それから海岸通りへ出た矢島刑事はすっかり当てがはずれたとみえて、何かひどくしょげ返って臨時警察医志田医学士の家へ駄弁を弄しに上がり込んだ。独身の志田氏は、婆やも留守だとみえて、自身気軽に迎え入れた。

「どうです、今朝の事件は眼星がつきましたか」

志田氏は世間話のように呑気そうだった。

「駄目ですな。五里霧中というところです」

矢島刑事はこういって自嘲するように笑いながら、応接間の椅子に腰を下ろした。そして、思い出したように、

「どうも咽喉が乾いてたまらない。恐れ入りますが水を一杯、どうぞ」

「今お茶を入れますよ」

「いいえ。水のほうがいいんです」

「そうですか、では」

間もなく志田氏は、コップになみなみと水をついで自分で持って来た。が、受け取った矢島刑事は黙ってコップをみつめていたが、やがて窓のほうへ向けて夕方の残光にすかした。

「何かごみでも入っていますか」

こう志田氏がきいた時、矢島刑事はとんとコップを卓子の上へ置いて、向き直った。

「志田さん」

「何です」

「ねえ志田さん往きの足跡を帰りにそのままうしろ向きに踏んで来るなんざあ、ちょっと大出来ですね」

志田医学士は顔色を変えて起《た》ち上がった。

「なぜ、ついでに、背行《あとずさり》しながら一つ一つ足跡に砂をかけて消して来なかったのです？　ゆうべは月夜でしたからよく見えたでしょう」

「あなたのいうことは僕には一こう――」

「わからないというんですか。お待ちなさい。今説明します。私はさっきから方々で水を飲んで来ましたが、それはコップに着いている親指の指紋を見るためでした。御覧なさい、志田さん、ここにこんなに判然あなたの拇指紋が出ていましょう。これこそ私が探していたものです。同じ拇指紋が女の腕時計に付いていましたぞ」

志田氏は大笑した。

「はっはっは、それは何も不思議はありますまい。今朝私が検視した時につけたのでしょう」

「ところが志田さん、お気の毒ですがその腕時計はあなたが検視にいらっしゃる前に、ち、ちゃ、んとはずしてしまって置いたんですよ」

「――」

「しかも時計面の指紋は血液で付着しています」

「――」

早くも観念したとみえて、志田医学士は黙って頭を下げた。

翌日の新聞は、N町D浜美人砂埋め事件の犯人逮捕を報じていた。

被害者は本名寺田幸子という東京の一病院の看護婦長で、志田医学士との間に永らく紛糾していた痴情関係を解決するために、昨日N町の志田のところへ来たのだったが、最初俥で志田の家の前を通った時は錠が下りていて留守の様子だったから、きっと上京したものと思い、停車場へ引っ返して次の汽車まで待ってみたものの、その汽車でも帰らないので三笠屋旅館に一泊して翌る朝押しかけるつもりでいたところ、八時頃に気が変わって行ってみると、志田はちょうど在宅していた。そこで両人の間にどんないきさつがあったか、とにかく、激怒にわれを失った志田は、幸子を背後から抱いてただ一突きに手術用のメスを刺したのだった。それからの志田の行動は一々矢島刑事の言葉で説明されている。人なみ以上に体の大きいこと、従って力もあれば足も大きいこと、背ろ向きに同じ足跡を踏んで立ち去るなぞという智恵を見せたところ、財布を取り捨て盗みが目的のごとく作った点、現場の海岸に近く住んでいた事実、そして最後に、拇指の指紋が符合していたことなどが、すべて志田の発覚を決定的に運命づけたものであろう。或いは、矢島刑事には、はじめから眼星がついていたのかもしれない。

爪

誰にだって我慢のできない場合と事柄というものがある。佐太郎にとっては、確かに今がその一つだった。と言ったばかりではわかるまいが、今夜という今夜、しかもあともう十分という時にさし迫っているのに、相棒の仙二郎は悠々とそこの椅子に腰うち掛けて、そしてどうだ、あろうことかあるまいことか、例によって爪を磨いているのだ。腰うちかけてといやに古風な言い方をしたが、仙二郎の態度は全く腰うちかけてと時代張りに形容したくなるほど、それほど泰然として落ちつき払っていた。

夜のカフェに佐太郎仙二郎の二人の不良青年が珈琲《コーヒ》一ぱいでこう晩《おそ》くまで一隅の卓子《テーブル》を占領しているんだから、よしんばそのうちの一人が楊子と懐中鑢《やすり》と紙ナプキンとで両手の爪掃除をはじめたところで、単にそれだけのことで、他の一人が何もそんなに感情を害するにも当たるまいと思う人があるかも知れない。じっさい、こういう場面《シーン》は場末の夜のカフェや酒場にはよくある都会的な、もの淋しい、やるせない情景の一部で、一人が爪をみがく、一人がぼんやりそれを見ながら、二人ともこわれかかった蓄音機の安木節に聞き惚れている、そのうちに時間が来て邪慳《じゃけん》に締め出しを食って夜の街へほうり出される——だけのことなのだろうが、ところが今夜はそう簡単にはいかない。すくなくとも、佐太郎仙二郎は生易しい不良ではないから。そして今夜も普通の晩とは——これは二人だけの大秘密だが——いささか類を異にしているから。

驚いてはいけない、佐太郎仙二郎は最近郊外を荒らしている二人組強盗なのだ。

しかも今夜は、これから十分以内にこの近処の或る質屋へ押し込もうという計画で、そのためにこそこうして宵の口からこのカフェに時間をつぶしていたのである。その質屋は十分経てば店を閉める。閉める前に踏み込もうというのが二人の申し合わせだったはずだ。それなのに――見るがいい、いま仙二郎は夢中になって爪を掃除している。佐太郎たるもの、いかにも頼りなく、ばからしく、焦々《いらいら》して来て、心中あに不平なきを得んやではないか。言わば仙二郎はただ爪をみがいているだけのことなんだが、この場合、こうやって何もかも忘れて爪を気にしている仙二郎の呑気な姿を目前に見ると、いつものことながら佐太郎は許しておけないようなこころもちになり出した。何というおしゃれな、何というへえからな、何という女くさい、何という――佐太郎はとうとう堪忍ぶくろの緒を切った。

「おい、仙二、止せよ。爪なんか汚《きたね》えたっていいじゃねえか。手前《てめえ》みてえに始終爪ばかり気にしてるやつもありゃあしねえ。全く手前は強盗」佐太郎ははっとして首を引っ込めた。「にしちゃあ爪や手が綺麗すぎらあ。強盗にそんなほっそりした白《しれ》え手ってえのはあるべきはずのもんじゃあねえ。仙二、嫌なことをいうようだが、お前がもし捕まることがあれあその手のおかげだぞ。押し込む時に面だけ隠したって手を記憶《おぼ》えられちゃあ何にもならねえ。手から足がつくってのも変だけど、お前のお手てなら好い眼印にならあ。女にもちょっとねえものなあ、はっはっは」

手というよりも「お手て」といいたいほどの仙二郎の両の手を憎らしそうに見つめたのち、

佐太郎はそっと自分の手へ視線を移した。と、これはまた皮肉にも何という相違だ、大きくて骨太で、垢だらけで、爪なんか伸び放題、そこへもっていって真っ黒に埃《ごみ》が溜まっている。仙二郎のに較べるとまるで人種がちがうようだ。が、佐太郎は考えた、強盗に美しい手や爪は絶対に不必要である、かえって仙二郎なんかは、その手が特徴になって何時かは揚げられることもあろう、ことに、仕事を前に控えて悠暢《ゆうちょう》に爪を磨くようになるのも生じっか綺麗な手を持っているからで、こうだらしがなくなっては人間もおしまいである、など、など、など――と。

叱りつけるように仙二郎を促して、佐太郎は先に立ってカフェを出た。貧弱な爪掃除道具を、それでも大事にポケットに納《しま》いこんで、仙二郎は黙々として尾《つ》いて来た。

目的の質屋へ着くまで、佐太郎は懇々と強盗として爪に気をとられることの愚かさ、男として手を綺麗にすることの女々しさを説き聞かせた。そして、そんな手を有《も》っていることは現場に証拠を残して来るようなもので実に危険きわまるとも言った。強盗は強盗らしく物凄い手をしていればそれでいいのだとも主張した。しかし、これは何となく、人なみ外れて汚い自分の手を弁護しているようで、佐太郎もさすがに面映《おもはゆ》かった。

質屋は雨戸を下ろそうとしていた。

そこへ二人が這入《はい》って行った。店には番頭一人いた。それへ佐太郎が拳銃《ピストル》をつきつけた。番頭は始めぽかんとして、次に蒼くなって声を立てそうにした。佐太郎がぐいと拳銃を近づけたら、番頭は正座して膝へ手をおいて、一つお低頭《じぎ》をして、二人を見た。二人とも覆面していたから人相は判りっこない。奥はもう寝たと見えてひっそりしていた。

こうやって佐太郎が番頭を押さえているうちに、何時ものとおり仙二郎が靴のまま上がり込

んで、手近にある金箱を開いた。番頭のそばを通る時、仙二郎は、

「ちょいと、御免なさいよ」

と言った。そうしたら、

「へえ」

と番頭が頭を下げた。佐太郎はつい莫迦莫迦しくなって、

「余計なことを言うな」

と呻いた。もちろんこれは仙二郎に言ったのだったが、番頭は自分のことと感ちがいしたらしく一層堅くなって眼を見張った。

番頭は眼を見張って、金を掴む仙二郎の手を凝視《みつ》めている。佐太郎はぎょっとした。

「あの手だ、畜生、手を見てやがるな。ちえっ、厄介《やっけえ》な手だ！」

と思った。

その手で、仙二郎がポケットへ金をさらえ込むのを待って、二人はそろそろと戸口へ後ずさりし出した。するとこの時、仙二郎の眼が店の隅にある一つの箱へ落ちた。それはついさっき質ぐさにでも取ったらしい素晴らしい掃爪術《マニキュア》の一式具《セット》だった。仙二郎は狂気《きちがい》のようにその箱をつかんで佐太郎の顔を見た。現金以外の品物を持って行くことは二人のあいだの禁制だったからだ。が、この場合、たとえどんなことがあっても仙二郎がこの箱を離さないであろうことは、佐太郎にもよくわかった。で、仕方がないから佐太郎は黙って、箱を抱えた仙二郎を箱と一しょに落としてやった。

「詰まらねえものを詰まらねえところへ出しときやがったもんだ。しかし、発見《めっ》けた以上は

しようがねえ。仙二のやつ、あとでうんと油を絞ってやれ」

こういう肚だった。

戸外《そと》へ出るが早いか、二人は暗黒《やみ》をえらんで走った。うしろに番頭の叫び声を聞いたようだったが、その時はもう大分離れていた。手早く八十円ほどの金を山分けにして、二人は別々の巣に別れた。別れぎわに明日の晩八時に裏町の居酒屋で会おうと約束した。仙二郎は後生大事に爪掃除道具の箱を持って電車に飛び乗った。爪の美しい仙二郎——佐太郎はつくづく情けなくなった。いや、不安をさえ感じた。

この不安な気もちは翌《あく》る日一ぱい続いた。

ことに、あの番頭が、仙二郎が金をつかむ時、その仙二郎の手をまんじりともせずに見つめていたこと、これが佐太郎には気になってしようがなかった。払ってもはらっても忌まわしい幻想が佐太郎のこころを捉えて、ともすれば冷たい戦慄が走るのだった。二人とも平凡な職工服を着て顔はすっかり覆面していたんだから、そこらに抜かりのあるはずはないが——とこう考えて来ると、白い美しい仙二郎の手、貝細工のような薄紅がかかったその爪、佐太郎は心の底から仙二郎の手を呪わざるを得なかった。

「仙二郎がふん縛られれあ手の特徴からに決まってる。仙二郎がふん縛られれあ俺もあぶねえ」

佐太郎は生きた心地はなかった。それにつけても、と自分と自分の手を見ては、その汚さ、その大きさ、その強盗の手らしさに幾分の誇りと、改めて、無理にも安心を得ようとするのだった。

生まれて初めて持った煩悶のうちに、佐太郎と町のうえに夜が来た。

八時になるのを待って、佐太郎は和服を着て行きつけの居酒屋へ出かけて行った。仙二郎が姿を見せ次第、手と爪のこと、それから昨夜の箱の一件とで眼玉が飛び出るほど怒ってやろう、こう思って佐太郎は期待と決心に燃えていた。仙二の畜生、今度という今度こそ、面《つら》あ出すが早《はえ》えか、頭からどなりつけて——。

ところが、八時はおろか、いつまで経っても仙二は面を出さない。居酒屋はだんだん立て混んで来るが、仙二郎は一こうやってこないのだ。力味返っていた佐太郎も、そのうち完全に張り合いぬけがして、そのかわり何となく淋しく、同時に耐らなく恐ろしくなり出した。

「仙二が約束をすっぽかすなんてことは今までにねえこった」佐太郎は胸騒ぎを禁じ得ない。

「ひょっとすると、これあ、俺の心配してた通り、あの手が眼印になって揚げられたかな。いや、そうに違《ちげ》えねえ。ほ、これあこうしちゃいられねえぞ」

佐太郎はどきんとした。高飛びという考えが、反射的に頭を過ぎた。

「そうだ、今夜すぐにも荷をまとめて——」

佐太郎は腰を浮かした。と、入口の戸があいて人が這入って来た。仙二——かな？　と佐太郎がそっちを見た。そして、ぎくっとした。刑事《でか》らしい男を先に、ゆうべの質屋の番頭が来るではないか、さすがの佐太郎もこれにははっとした、と思ったら、そこは度胸で、つぎの瞬間、佐太郎はもう平然としていた。居酒屋の老爺《おやじ》と刑事が二三問答をした。それによると、ゆうべの強盗犯人は眼星は元より一人の嫌疑者も出ていないとのことだった。仙二は無事とみえる、佐太郎は内心にやりとした。

「あっ！　こ、この男ですっ！」

という声がした。振り返ると、刑事と一しょに客を検《み》て歩いていた番頭が、恐怖と頓驚をまぜこぜにして、佐太郎を指さしている。佐太郎は立ち上がった。そして、刑事の腕を首に感じた。

「間違いありません！　たしかにその男です。その手、その爪、そんな汚い手はそうざらにあるもんじゃありません。わたしはよく見覚えがあります。その手で拳銃を持ってました。ええ、確かにそいつです」

佐太郎はぼんやりと自分の手を見下ろして、早くも手首に縄が掛かっているのを知った。運命の不思議さが、ここに佐太郎から釈明の自由を奪ったのだ。

その晩、仙二郎はあたらしい掃爪術の道具にうつつを抜かして佐太郎との約束をすっかり忘れたのだった。満期出獄改心した佐太郎は今だ人に言いいいしている。

「手からついた足でさあ、あんなつめらねえ目にあったことはありませんや」

赤んぼと半鐘《はんしょう》

1

もう絶望の人、晋吉だった。声が咽喉《のど》にひっかかりでもするように、彼はつづけさまに咳払いをした。

「どうしても——どうしても診て下さるわけにはゆきませんか。ほんの——ほんのちょっとでいいんですけど」

晋吉の眼の下に禿頭《とくとう》の紳士が立っていた。おそろしく背が低いので、立ってはいるのだが、まるで椅子に掛けているように見えた。この医院の主《あるじ》で、小児科専門の都築医師である。くどい！　といったようにかすかに眉をひそめて都築は忙しそうにそこらの書類を手に取ったり置いたりしていた。晋吉のほうを見ないように特に気を付けているらしかった。どこかで赤ん坊の泣き声がしているようだったが、晋吉の錯覚かも知れなかった。

「それがその、いまも申し上げるとおり、これから旅行に出るところでしてな。もうすこし早いと何とか時間の都合もついたのですが、なにしろ今じゃあ——すぐに停車場のほうへ行っても間に合うかあわないかで、じっさい今度だけはお断りしたいですなあ」

「しかし、そこんとこを何とか——一汽車延ばすとでもいうようなことに願って、ぜひ一つ——」

「駄目ですねえ」

「駄目ですか」

「駄目ですねえ。どだい、あんたが無理ですよ。そうなるまでうっちゃっておいて、医者の手に負えんようになってから医者のところへ持ってくる。そして、さあ直せ、さあ直せ、だ。もしうまく往《ゆ》けばいいが、手遅れの場合には、まるで医者の手落ちかなんぞのようにいわれるんだからかないません。とにかく今日は時間がないし、それにお話を聞くと私にもどうもできないようですから――」

都築は小児科のほうでは達者な手腕を持っていたが、人物は片意地で評判の変わり者だった。だから今晋吉が、息子の角太郎が瀕死の重態だといって迎えに来たに対しても、旅行に出るところだからと動かないばかりか、こんなことまでずばずばといってのけたのである。普段ならずいぶん暴慢な、腹の立ついい草だが、今の晋吉にはただ都築の声が聞こえたばかりで、いっている意味の判ったことは、どうしても往診するわけに行かないという点だけだった。上ずった声が晋吉の口を出た。

「あの、こんなにおねがいしても――」

「困りましたなあ。もう汽車の時間が迫ってるんですからねえ」

晋吉は思い切っていった。

「薬価その他のお礼は、申すまでもなく十二分に――決してその、御迷惑はかけませんが」

「そんなこと問題じゃないですよ」

そして都築は、面談も打ち切るために、胸の鎖を手繰って時計を見た。

「では、はなはだ勝手ですが、これで」

2

自分があるいているというよりも、地面のほうで足の下を動いて行くという感じだった。土と石ころとが、はじめはゆるく、つぎにやや早く、それから急湍のように流れて行った。その晋吉の狭い視野へ、車輪・女の足・犬・巡査の靴・電車軌道・紙屑・生垣といったようなものが順々にはいって来て、順々に背ろへ通りすぎて行った。それは美しい色彩と陰影の速力で、晋吉のまわりは物と人と日光と街の音響とで、沸き立っていた。が、晋吉の耳は音波のすべてを拒絶し、晋吉の眼には涙が風に吹かれて、ほこりを吸って、顔の上半をへんにこわばらせていた。

この真昼間の町を、晋吉はべそをかいて走っているのである。

家へ――赤ん坊の角太郎が死にかけている家へ――いや、きっともう死んでしまっている家へ――そう思うと一そう足が躍った。

晋吉は印刷工で、失業と肺病とがかれを弱気にしていた。晋吉と妻のおみよがこの町へ移って来てから、かれこれ一年にもなるけれど、彼は近所の銭湯と自宅とのあいだを、それも三日に一ぺん五日に一度往復するほか、そとへ出ることはなかった。だから、隣家の人などと口を利くこともなく、この一年の月日は晋吉をすっかり恐人病患者にしていた。全く彼が人の顔を恐れ、憎んだことは、はたの人には可笑しいくらいだった。ことに未知の人と対座することは、どんな場合にも、晋吉にとってはこの上ない苦痛だった。こんなふうだからすこし病気がよくなっても仕事にありつけるわけはなかった。妻の実家から零細な金を仰いで居食いしている貧乏のどん底で、角太郎が生まれたのだったが、この角太郎がまたひどくひよわで、まるで病気をするために生まれて来たように次からつぎと色んな病気をして、昼夜泣きづめに泣いていた。そんなこんなで、「生活難から親子心中」などという新聞記事を見るたびに、晋吉が眼をぎょろつかせて異様に考えこんだりすることも珍しくなかったが、思い切っては何もできない晋吉だったし、ことに晋吉が「小僧め」と呼んでいる角太郎のことを思うと、晋吉は結局ぼんやりといつでも愉快になることができた。

「なあ小僧め、ちゃんがいまに何とかすらあ、なあ、小僧め」

生活のことでおみよと激しい口論でもすると、きまって晋吉は角太郎を抱いてこんなことをいった。そうするとおみよもにこにこし出して、角太郎は泣きわめき、晋吉とおみよはときどき罵りあいながらも、角太郎を中に川という字に、ともかく暮らしてきた晋吉一家である。角太郎は晋吉おみよの所有する全部だった。そこへ今度の角太郎の病気だ。

3

角太郎の病気はいつものことだったが、疫痢とか何とかいうんだろう、うっちゃっておいたのが、というよりも、うっちゃって置かざるを得なかったのがよくなかった。

「ちょいとお前さん、変だよ角坊の様子が」おみよが顔色をかえてこう叫んだ時は、もう角太郎は小さな手を握りしめてあっぷ、あっぷをしていた。そこで当然医者を呼ぶことになったのだが、例の恐人病がわざわいして、こんな非常時にもおいそれと駈け出す晋吉ではなかった。晋吉が行くべきか、おみよが行くべきかについて一論判あったのち、「角坊が可愛くはないのか。見殺しにしてもいいのか、この人鬼め！」というおみよの金切り声ではっとして、ほとんど無意識に晋吉は家を出たのだったが、この町について何らの智識を持ち合わさない彼には、医者がどこにいるのか一こう見当がつかなかった。都築医院へ駈けこんだのは交番の巡査に教わってである。

ところが都築は来てくれない。旅行に出る真際で時間がないというのが直接の理由で、またそれもうそではないらしかったが、晋吉のひがみのせいか、貧乏人だから相手にしねえのだというように取れてしようがなかった。

もう絶望の人、晋吉だった。家へ帰るつもりで急いでいたのだが、どこをどう歩いたものか、気がついてみると見なれない横町に立っていた。で、そこから家へ帰るのがまた一仕事だった。焦ればあせるほど、都築に対する憎悪が晋吉のあたまのなかに燃え上がってきて、晋吉は歩調に合わして、遠くの都築へむかっておみよの言葉をくり返した。

「角坊が可愛くはないのか。見殺しにしてもいいのか。この人鬼め！」と。

やっとのことで晋吉は自分の家へ着いたが、這入《はい》ろうとして気がつくと、ふだん挨拶したこともない近所のおかみさん達が来ていて、しきりにおみよの泣く声がする。そのただならぬ様子で角太郎が死んだらしいことは晋吉にもすぐに解った。が、晋吉はどうにもそのままはいって行く気になれなかった。医者を呼びに行ってひとりで帰って来る無能さがつらかったと同時に、それよりも、それらのおかみさん連と自分の家で顔を合わせなければならないことを思うと、晋吉はすっかり縮み上がって、半ば無意識にこっそり往来へ引き返してしまった。

　角太郎の死と、人への恐怖とで顛倒した晋吉の頭に、復讐の考えがひらめいたのはこの時である。かたきうち――角坊のかたきうち、それは、生まれて以来晋吉の思いついたことのうちで一番優れた考えのような気がした。都築に、ちょうど角太郎と同じくらいの赤ん坊があるらしいことを思い出した晋吉は、その児を殺して、親の都築に嘆きを見せてやろうと決心したのだ。これから行けば医者のやつは旅行に出たあとだ――晋吉は飛ぶようにかたきうちの計画と一しょに都築病院へ急いだ。

　晋吉は黙っては入って、足音を忍ばせて二階へ上がった。と、意外にもそこの一間が真っ黒な煙を吹いている。火事へ来合わせたのだ。どうかしてセルロイドの玩具へでも火が移ったものらしい。すでに部屋一杯に渦まく焔の底で、それこそ火のつくように泣き立てる赤ん坊の声がしていた。助けようと思えば幾らも助けられたけれど、かたきうちに来た晋吉である。そっと下へおりて家へ帰った。

4

　家へ帰るとおみよが急いで出て来た。

「遅かったねえ。角坊の様子はどう？」

「角坊って？」

「お前さん、お医者さんとこにいたんじゃないの？」

「え？　うん。だが角坊は――」

「角坊はお医者が来て連れてったよ。さっき、どうせお前んとこのおかげで汽車に乗り遅れたからとかって都築さんてお医者が見えてね、なに、こりゃあすぐ直るって笑ってたけど、ここよりは病院のほうがいいからって車に乗せてったよ。あとが妙に寂しくて困っていると、でも、親切なもんだねえ。騒ぎを聞いて御近処の人が来てね、今までいてくれたよ。で、どうだい角坊は？」

が、晋吉はべたべたと崩れてぽかんと口をあけたきり、蒼白く化石してしまった。遠く近く半鐘の音がしていた。

舞《ぶ》馬《ま》

1

植峰――植木屋の峰吉というよりも、消防の副小頭《ふくこがしら》として知られた、浅黒いでっぷりした五十男だった。雨のことをおしめりとしか言わず、鼻のわきの黒子に一本長い毛が生えていて、その毛を浹々《しょうしょう》と洗湯《せんとう》の湯に浮かべて、出入りの誰かれと呵々大笑する。そうすると、春ならば笑い声は窓を抜けて低く曇った空に吸われるであろうし、秋ならば、横の露路に咲いたコスモスのおそ咲きに絡まる。

「入湯の際だがね、このコスモスてえ花は――」と峰吉はやたらに人をつかまえて講釈するのだ。コスモス――何という寂然たる病的な存在だろう。こいつを土に倒しておくと、茎から白い根が生える。まるで都会の恋人の神経みたいだな。と、もし峰吉に表現の能力があったら言ったかも知れない。そして、湯に浮かんだ一筋の毛をゆらら、ゆららと動かすことによって、窓から映っている蒼空の色を砕く。とにかく、俳境のようなものを自得しつつある峰吉だった。だから、峰吉は峰吉以外の何ものでもなかったし、またこの眠っている町の消防の副小頭以外の何ものでもあり得なかったのである。

さて、この植峰の峰吉がお八重の前借《ぜんしゃく》を払って、お八重を長火鉢のむこうに据えてから三年ほど経った。長火鉢はおっかあ――一ぱんに植峰のおっかあと呼ばれていた死んだ峰吉の女房の手垢で黒く光っていたが、お八重ははじめのうち、それをひどく嫌《いや》がった。なぜ嫌がったかというと、これによって峰吉が前の妻を思い出すことを懼《おそ》れるほど、それほどお八重は峰吉に惚れて――愛という相対的なものよりも惚れるという一方的な感情のほうを問題にする人たちだった――いたのか、あるいは、そうして惚れているらしく見せかけようとしたお八重のこんたんか、どっちかだったろう。こういうといかにもお八重が近代的なうそつきで、どんな若紳士の恋のお相手でも勤まりそうに聞こえるけれど、言わばこんな技巧は、お八重が無意識のあいだに習得した手練手管の一つなのであって、早くいえばお八重は、投げ入れの乾《ひ》からびている間《あい》の宿《しゅく》、といった感じのする、埃の白っぽい隣の町で長いこと酌婦奉公をしていた。

　このお八重である。長火鉢のことはそれでよかったが、もう三年にもなるのに、峰吉の落胆にまで子供がなかった。もっとも子供は前の女房にもなかったので、峰吉は半ば以上諦めてはいたものの、それでも祭の日なんかに肩上げのした印袢纏を着て頭を剃った「餓鬼」を見ると、峰吉は、植峰の家もおれでとまりだなあと思ったりした。この、子供がないがために、養子とも居候《いそうろう》ともつかない茂助が、お八重のはいるまえから、植峰の家にごろごろしていたのだが、茂助は茂助で、いまは十八から十九になろうとして、お湯屋の番台のおとめちゃんを思って、一日に二度も「入湯」して、そしててかてか光る顔ににきびを一ぱい吹き出さしていた。

「えんやらや、やれとうのえんやらや――」といったわけで、茂助もいい若い者だった。それで峰吉の光で、消防のほうでも梯子を受け持っていた。十長、機関、鳶、巻車、らっぱなどという消防関係の男たちがしじゅう植峰に出入りしていたが、みんな意気振れば意気ぶるだけ田舎者ばかりで、ほんとに話せないねえとお八重はすっかり姐御気取りで考えていた。

　と、お八重に子供が出来たのである。まだ生まれはしないけれど、自慢なほど痩せぎすなお八重のことだから、早くから人の眼についた。おいおい、もす——もすは茂助の略称である——途法もねえ野郎だ、おめえだろう、おかみさんをあんなにしたのは。だの、もすさんも親方の面《つら》に泥を塗って、どうもはやえらいことをやらかしたもんだ、しかし、ああ落ちついてるのが不思議だなあ、などという声が、十長、機関、鳶、巻車、らっぱのあいだに拡がって行って、それがお八重の耳にも、茂助の耳にも、最後に峰吉の耳にも這入《はい》った。お八重はくすくす笑っていたし、茂助は色男めかしてにっこりしたし、最後に峰吉は、黒子の毛を引っぱりながら、重ねておいて四つにするという古い言葉を思い出して、ちょっと、正月の餅のようだと感じた。三人とも何にも言わずに解りあっていたのだ。もすの子だなんて、そんな馬鹿げたことがあるもんか、と。

　が、このあられもない風評にそそのかされでもしたようにお八重は不必要にも一つのあそびを思いついた。じっさいそれは遊びとしかいいようのない計画で、いや、計画とまでのはっきりした形をさえ取らないさきに、お八重はもうその遊びをはじめていた。というのは、お八重は、自分が峰吉の眼をかすめて茂助と親しくしているようなふうをせっせと見せ出したのである。もっともこれは、こうすることによって、うちの人——お八重は二十も年の違う峰吉をわざとらしくうちの人と言っていた——の気を引いてみようとした、つまりやはり単なる遊びに過ぎなかったものか、またはもっともっと峰吉に大事にされたかったのか、つまりより以上に真剣な心もちを包んでいたのか、あるいは、万が一ほんとにお八重が茂助という少年を知っていたのか、つまりその大それた交渉をおおっぴらに現しはじめたのか、そのへんのことは神ならぬ身の峰吉にはさっぱり判断がつかなかったが、そこは老年に近い峰吉としては、お八重の腹の子に対する擽《くすぐ》ったい悦びに混じって、茂助の顔を見るたびに覚える真っ黒な動物的な親密——この小僧がお八重をおれと共有しているかも知れねえのだからなあ——からくる一種へんな感心の気もちを味わわなければならなかった。峰吉がとしよりだったから、こんなところを低徊していたのかも知れないし、一方から言えば年寄りなればこそ、そうして副小頭なればこそ、ここを一つぐっと押さえることができたのかも知れない。それは、これが植峰の峰吉にとってこの上ない悲壮な、英雄的な感激だったのでもわかろう。火のないところにけむりは立たぬ。町内で知らぬは亭主ばかりなり——なあに、おれあ知ってる。知ってて眼をねむってるんだ。まあ、待て待て、と洗湯の湯の表面に黒子の毛を浮かべて、そもそも何度峰吉が自分じしんに言いきかせたことか。思えば、苦しいこころで笑っている植峰の親方ではあった。

そんなこととは知らないから、茂助は依然として「やれこうのえんやらや」の茂助だった。ときどき三里ほどの夜の山道を歩いて、遊廓のある町へ行ったり、その町から帰って来たりする途中も、茂助はずうっとお湯屋の番台にすわっているおとめちゃんのことを思いつづけた。親方のおかみと何かあっても、恐らくは平気でこうであろう茂助は、何もなくても平気でそうだった。ただ変化と言えば、にきびが熟して黒くなったり、穴があいたりしただけだった。

2

で、きょうというこの日である。

茂助が風呂から帰ってきたとき、茶の間は真っくらだった。いつものとおり縁側から上がって、濡れ手拭いを釘へかけて、茂助は茶の間へ這入って行って電灯を捻った。すると、茂助があっけにとられたことには、例の長火鉢のむこうにお八重が横ずわりに崩れて、暗いなかにひとりで酒を呑んでいる。

「あ！　びっくりした。何だ、おかみさんだね。どうしたんだね、灯もつけずに」

「誰だ、もすさんかい。何だ、もすさんだね。暗くってねえ、済みませんでしたよ」

「ああれ、また酒だ」

「またってのは何だよ、または余計じゃないか。何年何月何日にあたしがそんなにお酒を呑みました？——まあさ、お据わりよ、もすさん」

「え。ちょっと——親方は？」

「そこにいるじゃあないか」

「そこに？　どこに？」

「そこにさ。ははは、見回してらあ。正直だね、お前さん」

「親方さ。どこにいるんだね」

「だからそこにいるって言ってるじゃないか。お前だよ、お前があたしの親方なんだ」

「なんとか言ってらあ。うふふ、おかみさんは人が悪くてね、おれちなんか敵《かな》わねえね」

「誰がこんなに人が悪くしたのさ。おすわりよ。一ぱい呑ませて上げよう。ね、お据わりったらお据わり」

「いやだなあ」

「いいからさ。じれったいねえ。子供なら子供らしく貰って飲んだらいいじゃないか」

「おかみさんにかかっちゃあ子供――」

「子供じゃないか。どこへ行って来たの？」

「え？　ちょっとざあっと一風呂浴びて来ました。親方は？」

「お湯屋のおとめちゃんだね、もすさん。浮気をするときかないよ。沢庵やろうか」

「うん。冷酒《ひや》には沢庵が一番いいね」

「生意気言ってらあ――けどね、おとめちゃんには親方が眼をつけてるんだろう？　横から手を出すと目にあうよ、もすさん」

「そんなことはありませんよ。親方はおかみさんに惚れ切ってますからね。首ったけ――てんだ。ようよう！」

「何がようようだい。けど、お前さんほんとにそう思う？」

「そう思うって何を」

「いま言ったことさ。うちの人があたしに、って」

「うん。そりゃあそうだとも！　お八重が、お八重がってどこへ行っても言ってますよ。御馳走さま――これ何て酒だね。腹へしみるね」

「ほんとにそうかしら――」

「うん。いやに腹わたへしみらあ」

「そんなこっちゃないよ」

「え？」

「あたし何だか親方に済まないよねえ」

「おかみさん、おら、一まわりそこらを歩いてくるよ」

「お待ちよ。お待ちったらもすさん、お前この頃、へんな噂を聞くだろう？　お前とあたしのことさ。おなかの子がどうとかこうとかって、莫迦莫迦しい——お前みたいな子供の子なんか、考えてもいやなこった。親方んだよ。いいかい、覚えておくれよ、誰が何を言ったって親方んだからね——」

お八重はすこし芝居がかって、ここでがっばとばかり泣き伏した。

「知ってるよ。泣かねえでくれよおかみさん。親方が帰ってくるとおれが困るからよう——泣き上戸《じょうご》だなあ」

「泣き上戸だって、嫌だよお前の子なんか！　いやだ、いやだ、いやだあっ！」

「だからよ、困るなあ——」

「どうしてくれる、もすさん、さ、どうしてくれるのだい」

「だっておかみさん、おまえ今親方んだって自分で言ったくせに、自分でそ言っときながら——知らねえよ、おらあ」

「知らねえ？　知らねえ？　ほんとに知らねえか。ああ、薄情野郎め、知らねえか、ほんとに」

「困るなあ、困るなあ」

「なら、なぜ困るようなことをしたんだ？」

「何を？　何だと？　なぜ困るようなことをした？　どこを押せばそんな音《ね》が——この——」

「およしよ、もすさん、そんなに飲むの」

「いいじゃねえか。おらあ今夜飲んで飲んで――」

「何だい、そんな顔してあたしを白眼《にら》んでさ。どうしようっての。あたしを殺す気なの？」

「ふん、だ！」

「あたしは殺されてもいいけれど、おなかの子はお前んじゃないからね。親方んだからね」

「知ってますよ。はいはい、わかってますよ」

「もすさん、もっとこっちへお寄り」

「赤《あけ》えかい、顔、おれの」

「色男！　もっとこっちへお寄りってば」

「嫌だ――こうかね」

「もすさん、ふふふ、お前とんだ子供だねえ」

「知らねえよおらあ、そんなこと」

「いいじゃないか」

「親方は？」

「知らねえよおらあ、そんなこと。ははははは」

「何とか言ってらあ――」

茂助はてれてこう言った時、植木屋だけにちょっと洒落た柴折戸《しおりど》をあけて、売り物の植木が植わっているなかを、家のほうへ歩いてくる下駄の跫音《あしおと》がした。特徴のある、引きずるような歩調が、峰吉の帰ってきたことを知らせていた。

「あ！　親方だよ」

お八重は突っ立った。そして、

「おかみさん、何をするんだね」

と茂助があわてているうちに、すうっと手を上げて電灯を消してしまった。

くらい茶の間の縁側のまえまで来て、足音が訊いた。かすれている峰吉の声だった。

「お！　暗《くれ》えな」

と、それから、

「誰もいねえのかよそこに」

「はい」

障子のなかからお八重が答えた。

「お帰んなさい」

「おお、お八重か。もすは？」

「あのね――」

「うん」

「電気をね――」

「うん」

「――直してもらってんの」

「電気が消えたのか」

「ええ。故障なの。だからね、もすさんに直してもらってたの。もう点《つ》くわ」

「そうか――もす！」

「へ。今つきます。もうすぐ」

仕方なしにしばらく電灯をがちゃがちゃやったのち、茂助は頃あいを見てスウィッチを捻った。暗いあいだに、お八重がそこらの酒や小皿を片づけた。これでよしと見て、

「つきました――お帰り――」

茂助が障子をあけると、庭には松の枝に月がさすきりで、誰もいなかった。

3

その晩、それから間もなくだった。娘のいる近所の湯屋が火事になって、二三軒にひろがって朝まで燃えつづけた。

「はい、点きました――お帰り――」

さっき、こういって障子をあけて見ても、いままで声のしていた親方がどこにもいないので、茂助もお八重もいささか怖いような気がして、それからは障子を開け放して、二人とも縁側に出て何ということもなく話しこんでいた。

すると、夜中に近くなって、また峰吉が帰ってきたが、すぐ寝るというので、めいめいその仕度にかかった。すりばんが鳴って、湯屋から植峰へかけての空が真っ赤になったのはこの時である。峰吉は副小頭、茂助は梯子の係として、装束を固めて逸早《いちはや》く本部へ駈けつけて行った。そこから勢ぞろいして火元の湯屋へ繰り出したのだが、その夜は乾いた北西が吹いていて、どうにもならなかった。で、比較的大きくなって明け方に及んだ。

ところが、さわぎはこれだけではなかった。というわけは、湯屋の焼け跡から二つの焼屍体が発見されたのだった。一つは湯屋の娘おとめちゃんで、他の一つは茂助だった。だから、こうして茂助を殉職消防夫として死後表彰することになったのである。

怪火だった。火の気のあるべきはずのない物置から発火したとあって、放火だろうと警察が活躍していた。おとめちゃんの死んだのは逃げおくれたからで、これは気の毒だがまず致し方ないとしても、茂助は、事実世評のごとくおとめちゃんを助けに這入って死んだものなら、恋仲だろうが何だろうが消防夫として火事で死んだ以上は、町としてうっちゃってはおけない――よろしく町葬にすべし、表彰すべしというので在から茂助の伯父伯母を呼んで、ちょうど火事から三日後の今日が、そこでこの茂助の町葬の日なのである。

午後三時、町の有志をはじめ消防夫一同が役場のまえに集まって、行列をつくって智行寺へねりこむことになっている。

いそがないと間にあわない。植峰では、副小頭の峰吉が、お八重を急《せ》かせて羽織袴をつけていた。縞の銘仙に、紋の直径が二寸もある紋付を着て、下にはあたらしいめりやすが見える。こうして見るとうちの人も立派な男ぶりだと思いながら、お八重はうしろから袴の腰板を当てている。そのくせ弟のように思っていたもすさんの葬式だもの、これが泣かずにおられようかといって、眼を真っ赤にしているのだ。泣きながら、なぜ自分は茂助の子なんか生むようなことになったんだろう。しかし、このおじいさんが茂助のように力づよくあたしを可愛がってくれたら――そうだよ、きっとこれからはもっともっと眼をかけてくれるよ。そうしたら、これはおとっつぁんの子なの、えええ、おとっつぁんの子ですともさ――峰吉は火事以来黙ったまんまだ。

「ねえ、おとっつぁん」

お八重がいう。

「もすさんの死んだ時どうだったのさ」

これは何度となくお八重が発した質問である。

「なに、どうだったといったところで」

峰吉ははじめて口をひらいた。

「うそ、うそ、うそ！　それあうそだ」

「おれあ見ていたわけじゃねえから——」

「——？」

「それ御らん。あんた、何も言えないじゃないか」

「それが、だからよ、おれあ見てたわけじゃなし——」

「お湯屋のおとめちゃんが死んでお気の毒さま」

「何を言ってるんだ」

「けどねえ、おとめちゃんともすさんとは惚れあってた仲なんですからね」

「だからよ。心中だろうってみんなも言ってるじゃねえか。止せ。面白くもねえ」

「そらね、二人が心中したというとすぐ怒る」

「てめえこそもすのこととなると嫌にしつこいじゃねえか。そのわけをあとで聞くからな、返答を考えとけ」

「わけも何もあるもんか。一つお釜のご飯を食べてた人が死んだんだから――それに、心中でもないものを心中だなんて！」

「こら！　口惜しいかよ、お八重」

「くやしかないさ。口惜しかないけど――おとっつぁんもあんまりじゃないか。死人に口なしだと思って――」

「だからよ、誰も心中だとは言い切ってやしねえ。心中のようなものかも知れないと――」

「ようなものもあるもんか。ふん！　自分が殺しといて」

「これ、お八重、何をいう？」

「おとっつぁんが殺したんだろう？」

「誰をよ？」

「もすさんをさ。火をつけたのもおとっつぁんだろう？」

「しようのねえ女《やつ》だ」

「そら！　もうそんな蒼い顔をしてる！　ねえ、おとっつぁんが殺したんだ。ほかの人に聞けば、もすさんはあの晩纏《まと》いを持ってお湯屋の屋根へ上がってたってけど、梯子がまといを持って屋根へ上がるわけはないじゃないか」

「やかましいっ！　纏い持ちの源が手に怪我して――」

「うそをお言いでないよ、うそを。あたしはね、源さんにききましたよ。手に怪我をしたのは火事の最中で、最初《はな》行った時に、お前さんが源さんからまといを取って、もすさんに渡して、もすや、今夜おまえこれを持って俺と一しょに屋根へ来いって――」

「そうよ。そうすると、屋根へ火が抜けたんだ。なあ、見るてえと下におとめちゃんが燃えてる。いいか、よせってのに、もすの野郎が覗きこんでて動かねえから、もす、さあ来い、下りべえと俺が言った拍子に、あの水だ、滑りやがる——」

「へん！　そこを一つ突いたんだろう」

「誰を？」

「もすさんをさ、滑るところを」

「何を言やがる！　助かるものなら助けてえって下の娘を覗いてやがるから、おれが——」

「突いたんだ。ついたんだ、やっぱり突きおとしたんだ！」

「ばか言え！」

峰吉は土いろをしていた。一生懸命だった。袴へ片足入れたまま、羽織の袖をひろげて茂助の滑る真似をして見せた。それは、いまにも泣きだしそうな不思議な顔だった。

「こうよ——いいか——こう滑って、足をはずして——こう回ってな、な、こう——いいか、こう——」

「突き落としたのかい」

「そうじゃねえってのに！　ただこう右足が左足に絡んでよ——いいか、こう転がってよ——」

「もういいじゃないの。何だなえ、嫌だよ、へんな恰好をして——わかったっていうのに」

お八重はとうとう笑い崩れた。きょとんとして、峰吉が首すじの汗をふいていると、いきなり御めんと障子があいて、巡査が顔を出した。

「あ！　旦那！」

峰吉は尻もちをついた。

「何です、にぎやかですねえ。あ、これね、署長があんたへ渡すようにと――なに、表彰文だよ、校長さんに書いてもらったんでね、あんたが式で読むんだそうだ。や、では」

巡査が行こうとすると、お八重が、

「あの、旦那」

と呼びとめた。峰吉はぎょっとして表彰文を読み出した。

「何だね」

「いえ、あの、お世話さまでございました」

巡査が立ち去ると、あとは峰吉の大声だった。

「消防組梯子係故《こ》石川茂助君は、資性温順にして――資性温順にして、か、何だこれあ――職に忠《ちゅう》、ええと、職に忠――忠、忠、と――」

ちゅう、ちゅうが可笑しいといってお八重は腹を抱えた。で、峰吉は、汗と涙で濡れた顔を、できるだけ「滑稽」に歪めて、黒子の毛を引っぱりながら、いつまでもちゅうちゅうちゅうちゅうとつづけていた。

一九二七年度の挿話

きちんとしたことは、そのきちんとしているがために、近代人にたいする美学的魅力を失いつつある。一九二七年は歪んだものを愛する。だから、つぎのようなへんなはなしも、現代のお伽話として多分の実在性を主張し得るであろう。ありそうもないことが批判を超越して存在するところに、神秘機械時代としての一九二七年以後の特性があると信じたいのだ。

2

「おい。今日は何にもしないで、夕方から支那料理をたべに行こうじゃないか」

「あら！　支那料理？」

こういって、小宮夫人は、その支那料理という字が聯想させる露骨な食欲を、ちょっと軽蔑するような顔を見せた。それがいささか小宮君には不満だったらしい。かれは支那料理を弁護する個人的義務あるもののごとく、るるとしてこんなことをいい出した。

それによると、今夜これから小宮君夫妻が食べに行こうとしている家は、小宮君の友人の岸村――これはこの話を書いている私の名だ――が最近発見した「かくれたる支那料理店」で、もちろん一ぱんに知られている日本化した支那料理ではなく、そうかといって、悪食《あくじき》の部に分類さるべきほど大陸的でもないところの、いわば模範的支那料理で、紳士——この場合では小宮君——が、淑女——この場合では小宮夫人——を同伴して行っても、一こう恥ずかしくないどころか、およそ味覚の美を生活要素の第一義として尊重する——これで小宮夫妻が子供のない、若夫婦ということがわかるであろう——くらいの都会人なら、誰でも一度は訪問して、敬意を表すべき必要がある——というのがその論旨の大略であった。感激しやすい性質の小宮君は、ここで当の論敵なる夫人へむかって絶叫した。

「必要がある！」

「まあ！　大へんなことになったのね。で、どこなの？　その支那料理は」

「横浜だ。場処はすっかり岸村にきいてある」

横浜は、小宮君夫妻の住んでいる鎌倉からは東京よりも近いし、それに晩飯の仕度をする手数がはぶけるので、夫人も最後ににっこりして、小宮君のいわゆる模範的支那料理を食べに行く決意のほどを表明した。

その夜、小宮君夫妻が横浜に姿をあらわすにいたるまでに、じつはこういういきさつがあったのである。どうも近代の結婚生活において、事件《トラブル》はつねに男の側から起こるようだが、これもその実例の一つにすぎない。何故なら、横浜へ支那料理——いかに模範的であろうとも——をたべに行くということそれ自身が、この、あまりにも組織立った無風帯の世の中では、立派に一つの冒険《アドヴエンチユア》であり得るのだから。

では、なぜそんなことが冒険なのか。それは——いや、探偵小説はおしまいへ行って合点のいくものだそうだ。

とにかく、小宮君夫妻は横浜へ出かけた。

事件の発端である。

3

ここで、小宮君夫妻という一つの存在——まったく二人は一つの存在としかいいようのない夫婦、とよりも結婚による恋人の延長だったが——について、すこしく説明することにしよう。
1　小宮君はアウキペンコばりの彫刻家で、夫人は小宮君の芸術の誰よりもの理解者だ。
2　二人ともいわゆる「困らない小市民階級」の出身で、したがって感じのいいアトリエを建てて制作三昧に日をおくっていること。
3　夫妻でながらく仏蘭西《フランス》へ行っていて、このあいだ帰ってきたばかりのこと。
4　健康と有閑と洒落気をもてあまして、美食の巡礼を仕事の一つにしている。
5　夫妻ともにおそろしくものずきなこと。
そして私——岸村——とは年来の交友である。以上。

横浜へ行く汽車のなかで、小宮君が言った。

「俵は左傾思想をもってるね。いやにおれに議論を吹っかける」

俵というのは小宮君のモデルだ。小宮君はいま秋の季節《シイズン》をまえにして「憩い」と題する彫刻の制作をいそいでいるのだが、仕事に疲れた若い労働者がふと手を休めてほっとしている刹那の無心さがその着想で、この狙いどころを表現するために、小宮君は、上半身、ことに両腕の筋肉が病的に発達している男を、夢中になって物色した。一たい小宮君はおかしいほどの凝りやだが、かれの説によると、からだの他の部分に比較して胸と肩と腕がずばぬけて逞しい男ほど、いまのこの資本主義経済をあらわしているものはないそうで、この不均整こそは現代の「工業」とその把握力を示す何よりの寓意だというのだ。それはそれでいいが、この擬人を見つけだすまでに、小宮君はたのみる眼も気の毒なほどこころと金をつかわなければならなかった。それはそのはずで、いくら現行社会制度の所産でも、わが小宮君の求めるようなそんな筋肉の不具者がそうざらにころがっているわけではない。最も自然な着手として、小宮君は労働者のむれへそのモデル捜査の眼を向けたのだったが、それとてもべつに適確な方法があってのことではなし、さすがの小宮君も、路傍の男に肉体の一見を申し出て横面を張られるほどの熱狂者《ファナテック》でもなかったから、たまに「これは！」と思うのを見かけても、これは！　と思うばかりで、小宮君はどうすることもできなかった。で、すっかり悄気《しょげ》ていた。

するると、人の顔を見るたんびに頼んでおいた、その多くの顔の一つだった横浜の額椽屋《がくぶち》が、間もなくひとりの男を引っぱってきて、これはどうですというのだ。見ると、なるほど、背の低いくせに肩巾が三尺もあって、着衣の上からでもすでに小宮君の要求を満足させてくれた。なんでも一度額椽の運搬に頼んだことのある自由労働者だが、いま失業で困っているとのことだったので、こころみに裸体《はだか》にしてみると、その上半身のすばらしさは小宮君の眼を見はらせるに充分だった。三角形の尖ったほうを下にしたといおうか、それとも職業的拳闘家を誇張したと言おうか——小宮君はもう制作が出来上がったようにうれしがって、早速その日から相場以上の給料で「据わって」もらうことにした。この男が俵だった。

で、俵は毎日鎌倉のアトリエへ通っている。おかげで「憩い」も七分どおり完成したが、姿態《ポウズ》は、化物のような俵が膝を抱いて石にかけて、何げなく空をあおいでいるところで、もっとも小宮アウキペンコの作だから、半円や多角の面がいろいろに構成されているばかりで、素人には一こう得態がわからないほど、革命的なものだそうだ。

俵は長く外国航路の船に水夫をして、すこしまえに神戸で下船したばかりだと何時か自分で言った。あるとき小宮君が「憩い」の作意を説明すると、俵は異様に眼を光らせて、このわたしが資本主義の犠牲の見本ですなどとモデル台のうえから小宮君をにらんだりした。こういう俵である。これが左傾思想をいだいている――と汽車のなかで、小宮君が夫人に言うのだ。

「そうお?」と小宮夫人はすべてを軽くあつかう。

「いいじゃありませんか。すこし考える労働者の人は誰だって多少左傾的だわ」

「しかし、仕事がすまないうちに怒らせちゃあしようがないからね――まあま、君、そう言わずに、っておれあしじゅう謝ってるようなもんだよ」

「ふふふ、あなたのあやまるところが見たいわ――けど、そういえば、あたしも俵について一つ気味のわるいことがあるのよ」

「何だい? 言ってごらん。何だい?」

「ええ。もうすこし確かめてからいうわ」

「何だろう? いったっていいじゃないか」

「なんでもないのよ――あとで」

「そうかい。だが、いやに気になるなあ」

「気にしないでいらっしゃい。ね、あたしの思いちがいかも知れないから――。さ、あなた、横浜よ」

4

豚がどんな形をとってあらわれたか、あるいは、いかなる扮装のもとに野菜が小宮君夫妻に面接したか――その日の支那料理に関しては省略することにしよう。

ただ、あまりにも模範的だった証拠には、夫人が眉をひそめたほど小宮君が非芸術的に詰めこんで、これ以上どんな食物のことでも話題にのぼすだけで、わが小宮君を即座に殺すに足ると思われるくらいだったといっておきたい。

この、小宮君が食――ことに支那料理である――をすごしたという一事は、あとになって事件と重大な交渉をもつんだから、このさい特筆大書する必要があるのだが、同時に、小宮君は大して丈夫な胃の所有主《もちぬし》でもないことを忘れてはならない。新進の彫刻家ともあろうものが、咽喉《のど》まで支那料理を押しこんで肩で呼吸《いき》をしているところへ、夫人は真っ向から冷静に批評した。

「ずいぶん散文的ね。支那料理も、あなたも」

小宮君も何か一つ気の利いたことを言ってこれに反撥したかったのだけれど、過食後の頭脳はよほど機智から離れていたし、第一、口をひらくのがひどくおっくうだった。で、つい黙っているうちに、理不尽にも夫人はさっさと自分の勝ちにきめてしまった。

「もうこれで当分支那料理はいいでしょう？」

そこで小宮君が告白した。

「支那料理のしの字もいやだ」

「まあ！　そんなに上がっといていやだなんて——あなたらしいわ。それ御らんなさい。なんでもそうなのよ。気まぐれね」

「苦しい！」

「苦しいたって死にはしないことよ。動ける？」

というさわぎで、いつもの倍だけ——つまりその半分が小宮君の収容した支那料理の重量に当たる——重くなった小宮君は、甲斐甲斐しい夫人の助力によって、無事にその家から救い出された。

そとは呪縛的にうつくしい港の夜だ。

消化機関の負担は、つねに歩行によって幾ぶん緩和される。よしや支那料理に腹ふくるるとも、小宮君夫妻はいやしくも都会の近代人である。あかるい灯を見れば、おのずと口笛が出るし、アッシュの洋杖《ステツキ》と高踵《ハイ・ヒイル》がおどろうというものだ。

小宮君の煙草《パイプ》に火がついた。

散歩だ。

弁天通りへ出た。あそこはちょっと異国的である。英語の看板が並んで、青ペンキ塗りの建物の胴に大きく横文字が出ているところなど、そして、そこらの空地の雑草に花が咲いていたりして、それがいつも小宮夫妻に何ということなしにふと加奈陀《カナダ》ヴィクトリアの裏町なんかを思い出させるのだった。歩道の敷石がこわれているのも古めかしくてなつかしかった。大きな飾り窓に埃が白く積もって、最近に品物をとりのけたあとであろう、そこだけ板の目が出ていたりした。滑稽なほど派出な着物や、おなじような極彩色な瀬戸物や、盆、小箱、鏡台のうえの道具、赤い鳥居の訪問板、青銅まがいの大飾灯《シャンデリヤ》、そのほかおもちゃだの版画だの、およそ外人の観光客相手の日本趣味として考え得られるすべてのものが、その暗い横町の一区域にごたごたとあつまっていて、ある店では、アメリカ人らしい老夫婦をつかまえて小僧が英語をあやつっていたり、眼の碧《あお》い船員たちが海のむこうに残してきためいめいの女のために針さしの箱をえらんでいるのも見えた。小宮君夫妻は、なんらの必要もなしにすっかり国際的になって、旅行者のような無責任なよろこびとものずきとでそれらの人と物を眺めながら、何度となく同じ町筋を往《い》ったりきたりした。

　いよいよ帰ることになって、通りから別れて狭い往来へ曲がったときだった。そのへんは街灯のかげもよく届かない素人家《しもたや》ならびだったが、そこの一軒の古道具屋が小宮君の眼にとまった。というよりも、もっと正確には、その古道具屋の店さきに投げ出してある黒光りのする大きな木箱が、小宮君の注意をひいたのだった。箱は巾が約二尺五寸、長さ四尺、深さは三尺もあろうかと思われる比較的どっしりしたもので、遠眼には灰色か黒に塗ってあるように見えたが、そばへよってみると、ただの白い木で張ったばかりで、その板のおもてが手汚《てあか》と時代で塗料を被《き》せたように光っているにすぎないことがわかった。上部《うえ》は厚さ四寸ほどの覆《ふた》があくように出来ていて、全体がいかにも頑丈なつくりだった。

　さて、小宮君には古い薄よごれたものなら何にでも愛着をもつという習癖があって、それが不思議に根強いために、小宮君に襯衣《シャツ》をとりかえさせることは夫人にとって何時も一大事業だったが、この時も、夫人が気がつくさきに、小宮君はもうその正体の判然しない一大木製箱の方向へ足を進めつつあった。ことによると、それも支那料理の影響だったかも知れない。

「およしなさいよ。そんなもの素見《ひやか》すの」

「いいじゃないか、見たって」

こんな押し問答が二三よろしくあってから、夫妻はならんで箱の前に立った。近くで見るとそれほど大きくもなく、覆の上面が蒲鉾のようにゆるやかに弧をえがいている。それが小宮君の線に対する好みに投じたとみえて、かれはいきなり店の奥を覗きこむようにして、大声に「おい」と言った。夫人は小宮君のうしろで首をちぢめてくすっと笑った。

「はい」と返事は案外にも近いところでして、その、椅子だの卓子《テーブル》だの絨氈《じゅうたん》だの壁かけだのトランクだの床《フロア》ランプだの寝台だの、おもに西洋の古物――それはあちこちの西洋人の家や、四五日ずつ波止場にとまる各国の不定期貨物船《トランプ・フレイタア》からでも払い下げになる物が多いらしく、東洋における紅毛人《こうもうじん》の苦闘を語っているようで、ぷうんと潮のにおいがしていたが――金具の錆びたトランクの山のかげから、色のあお白い若い男が顔を出した。それを見て、小宮君はびっくりした。といっても、それは勝手に驚いた小宮君のほうの罪であって、なにも西洋古道具屋の若主人が人なみ外れておそろしい面相をしていたわけではない。いや、五燭だか十燭だか電灯がばかに暗くて、小宮君には主人の相貌なぞがよく見えるはずはなかった。が、まぎれもなく日本人である。それで、小宮君は口のなかであっと叫んだのだ。小宮君は日本人が出てくることを予期していなかった。無意識のうちに、ここをダアバンかどこかの物語的な町はずれとでも観じて、黒の丸帽をかぶった猶太《ユダヤ》人のおじいさんがあらわれるに相違ないと――こういうと、記述のために記述を弄しているきらいがあるし、小宮君が夢幻性の自己暗示に富むように聞こえる傾向もあるが、また、支那料理のおかげでいくらかその気味もあったのだが、これを要するに、なるほど一癖ありげな、前世紀の妖怪じみた店であったとさえ言えば足りる。あるいは、こんなふうに神秘めかして観察するだけ、すでにそこに支那料理のほとぼりがまだ働いていたのであろう。とにかく、生命が弛緩していた。魔がさしたのだ――とこれは、あとで小宮君が述懐したところである。どうも只ならない。

「はい」と古道具屋の主人が言った。「どうぞ――」

何がどうぞだかはっきりしなかったが、小宮君は夫人の忍び笑いを無視して、そしてそうすることによって一時に勇気を得て、

「売り物だね？　売るんだろう？　これさ。これあ君、いくらだい？」

とステッキのさきで件《くだん》の木の箱をこつこつ叩いて見せた。

「は。お売りします。うり物です」

若い主人は、若いくせに道具屋らしくゆっくり歩いて、小宮君のまえまで出てきた。箱をなかに向きあって立っている。小宮夫人は面白そうに笑ってばかりいた。夫人が笑うときは、正確に小宮君が躍気になる時である。だから、小宮君と若い主人との問答は、夫人を除外してとんとん運んで行った。

「幾らです？」

「は。お値段は――と、ええと――」

「わからないんですか」

「いいえ。わかっております。ええと――」

「何にするものです？　一たい」

「この箱ですね？」

「この箱。うん」

「これあなんですよ。スンツウクですよ」

「スン――何？」

「――ツウク。スンツウクですな、つまり」

「え？」

「スンツウク」

「何だい、そのスンツウクてのは」

「そうですね。露西亜《ロシア》の箱ですね、つまり」

「箱はわかってるが、何がはいってたんだろう？」

「さあ。露西亜の――つまり、スンツウクですね、やっぱり――箱、でしょうかね、ははは」

「露西亜のスンツウク――そうだね、衣裳箱じゃなかったかな？」

「つまり、その、着物ですな、あいつを入れとくんでしょうな、つまり」

「だからさ、だから衣裳箱だろうって言ってるじゃないか。これ、いくら？」

「ええ。四円――五十銭、四円五十銭です。とにかく旦那、この金具だけでも、そいからこの木がね、丈夫なものでしてね、えええ、こうやって陽に当てて抛《ほう》り出してあるんですが、狂いってものが来ねえね。奥さん、ちょいと——ほら、ね、旦那、底がまた丈夫だ。どうです？　このスンツウクが四円五十銭じゃあ掘り出し物ですよ、いいえ、今のはなし」

「なあに、ちょっと形が面白いから——」

「そうですとも！　形の面白いことにかけちゃあこのスンツウクが第一でさあ。つまり、何てったって、これだけの品が四円半じゃあ可哀そうですがね、ま、旦那だ、まけときます」

「いくらに負けるんだい」

「へ？　ですから、つまり、四円五十銭」

「それあ言い値じゃないか。内部《なか》は？　これ、開くんだろう？」

「ええ、あきますとも！　このとおり」

「じゃ、その鍵をつけてね、いますぐ送れるといいんだが、今夜はもう駄目だね」

「そうですね、今夜はもう——」

「あしたじゅうには届くね？　鎌倉だが」

「は。つまり、できるだけ早く明日じゅうに——なんでしたら、もしついでがありましたら、今夜にでもチッキにして——有り難うございます」

まさか買いはしまいとたかをくくっていたのが小宮夫人の落ち度で、小宮君はとうとうそのスンツウクなるものの所有権を、四円五十銭で獲得してしまった。鍵といっしょに明日——ひょっとしたら今晩——持ってくるというので、鎌倉の家を書きのこして、小宮君夫妻は古道具屋を出た。

「何になさるの？　あれ」

「買物は効用を考えないところがいいんだ――しかし、かなり古い物だね」

「手あかで真っ黒じゃあありませんか」

「なかは綺麗だよ。鍵もかかるしさ」

じっさい、そとはスラヴ族の手ずれで黒く光っていたが、内部はちり一本おちていないスンツウクだった。堅固な錠前がついているから、大事なものを入れておくのに便利だし、あのままでアトリエの飾りにもなると、小宮君は――小宮君らしく――買ったあとから用途を思案したりした。

「きっと露西亜人が困って売ったのよ」

「そうだろう。モスコウ帝室劇場のプリマドンナが横浜の寄席へ出ていて――」

「そうじゃないわ。ザアルの陸軍中将が羅紗を売りあるいてて――日本にきてる露西亜人はみんな名家の人たちね」

「あのツンスウクにも名家のにおいがするよ。出どころをきいてくりゃよかった」

「ツンスウクじゃないわ。スンツウクだわ」

こんなことを言って道具屋の店を離れながら、ふとうしろを振りむいた夫人は、ぎょっとしたらしく立ちすくんだ、小宮君は気がつかなかったし、夫人も何もいわなかった。で、二人はそのまま鎌倉へ帰った。

5

支那料理と衣裳箱《スンツウク》。

ふたたび言う。近代の結婚生活において、事件はどうも男の側から起こるようだ。なぜといえば――いや、探偵物のやまはつねに最後にある。この小宮君夫妻の場合も、まず、そうだったといわなければならない。

で、支那料理と衣裳箱である。

6

どういうものか、その晩間もなくスンツウクが届いた。これはべつに不思議はない。便宜をはかって早く持ってきただけのことである。というのは、小宮君夫妻が自宅へ帰ってしばらくすると、ちょうどつぎの下りがついた時刻だったが、チッキで一しょに汽車へのせてきたといって、運送屋の使用人らしい男が、スンツウクを小宮君方へ運びこんだのである。

「今夜でなくてもよかったのになあ、いや、御苦労、ご苦労」

小宮君はこういって、それでも、もちろんよろこんで、男にスンツウクをアトリエへ入れさせた。そして訊くと、鍵を忘れてきたというのだ。道理でしっかり鍵が下りていて、スンツウクはあかなかった。仕方がないから明日にでも送ってよこすようによく言いつけて、小宮君は男へ心づけをやったりして返した。スンツウクはこうして見ると一そう古雅な、農民的な感じがして、単に置物としても小宮君のアトリエによくあっていた。小宮君が得意で饒舌だったことはいうまでもない。錠がかかっているのに鍵がなくて開けられないのが残念だったが――。

で、寝についたのは真夜中すぎだった。

夫人は横浜行きでくたびれていたとみえて、頭が枕をうつが早いかぐっすり眠り出したが、小宮君は、ここでもう一度支那料理の影響を受けなければならなかった。食べすぎが祟って、どうしても睡魔が取っつかないのである。そこで、床のなかで大きな眼をあけた小宮君は、夫人の熟睡をこころからうらやみ憎みながら、階下《した》の時計が一時を打つのを聞いた。半を報ずるのも聞いた。そして、やがて二時――と思われる頃、小宮君は急にへんな感覚をもち出した。下に何か生き物がいるような気がしてしようがないのである。たしかに、足音のようなものが耳へつたわってくるのだ。女中は病気で田舎の自家《うち》へ帰してあるから、家じゅうに夫妻のほか人のいるわけはない。が、錯覚にしてはあまりにひしひしと打ってくるし、事実、何ものかの存在が空気をとおして現実に感じられる。それはちょっと説明のできないこころもちだった。べつに音というほどの音がしたのでもなかったが、いわゆる気はいである、それを小宮君は、感電体に電波がはしるように受けとったのだった。小宮君はそっと寝室を出て、階段の上からしたを覗いた。

アトリエに電灯がついている。

こわいというよりも不思議だった。ふしぎというよりも馬鹿にされている気持ちだった。泥棒――この考えが最初に小宮君のあたまへ来た。泥棒に相違ない。しかし、どこから這入《はい》ったろう？　信じられない。が、もちろん絶対に不可能とは断言し得ない。毎夜戸締りをするのは小宮君の役だし、今夜も念入りに見てまわったはずだ。ことによると、横浜から帰って来た時に、留守のあいだにすでに忍びこんでいたのかもしれない。いうまでもなく強盗であろう。

いや、「あろう」とは何だ? 強盗にきまってる! しかも持凶器強盗――小宮君は新聞の三面記事を想像して、この、いままでにどことなく他事《ひとごと》のようにぴったり来なかった重大感が、にわかにはっきりした形をとって自分たち夫婦のうえへ覆いかぶさるのを意識した。同時に、恐怖が胸をついて、それが下へさがって、そのために脚に力がなくなった。小宮君は一段一段手を使って梯子段をおりた。騒がれてはたまらないから、夫人は起こさないことにした。自分がとび出して近処の人を呼ぶにしても、交番へ駈けつけるにしても、強盗を二階へ上げては何にもならない。こう思うと、小宮君は――これは小宮君じしんがおどろいたのだったが――比較的大胆になった。ふところ手でもして、にっこりして、快活に強盗を迎えよう。そして、平然と雑談する機会をもとう。そして身の上ばなしでも聞いてやろう。そして何でも持たして出してやろう。それには、まずびっくりさせないように気をつけて、平和のうちに顔を合わせて、煙草でも出してやろう――これは、まさに一つの禅機である。小宮君は必要にうながされて悟りをひらいた。

が、あいにくなことには、そこらに煙草がなかった。小宮君は、このさいおおっぴらに探すことはどうかと思われたし、妙に身体がこわばって動くのが容易でなかった。で、かれはアトリエの扉《ドア》のそとに立って、ながいこと考えこんだ。「おれはここの電気を消して寝たかしら?」この返事ができなかった。さっぱり思い出せないのである。とは言え、事実は事実だ。小宮君が思い出す、出さないにかかわらず、アトリエにはかんかん灯《あかり》がついているのだ。とたんにアトリエのなかで音がした。同時に小宮君は決死のいきおいでドアをあけた。

と、まん中に子供が立っていた。

鳥打ち帽子に菜っ葉服を着た男の子で、それが、小宮君が闖入したときはぼんやり未成の「憩い」を眺めていたが、あわてて振りむけた顔にはちゃあんと覆面をしていた。

「何だ、誰だ、どこから来た？　お前は？」

子供の泥棒とわかったので、小宮君は強くなりそうなところを、一そうへんてこに不気味に感じて、これだけ言うのが大変だった。子供は無言で小宮君のほうへ近づいてくる。辟易してはならない――こう思って小宮君が押さえようとすると、子供は上手に小宮君の袖の下をくぐって廊下へ逃げ出した。言うまでもなく小宮君は追っかけたが、じつにすり抜けることの上手な子供で、鬼ごっこみたいに駈けまわっているうちに、家のどこかでぱたんという扉《ドア》のしまる音がした。その時はもう夫人も起きてきたので、夫妻は手わけして家じゅうを探しまわったが、なかから戸じまりしたまんまで一つも外れていないんだから、まだ家の中にいるに相違ないのに、明け方までかかってもどうしても見つけることができなかった。

7

これが三晩もつづいたそうだから、小宮君夫妻も、ばかばかしいもばかばかしいし、気味もわるいことは悪いし、何しろこんな困ったことはないというが、そうだろう。すなわち、小宮君は昼は俵をモデルに「憩い」に精を出して、夜は夫人と二人で一ばんじゅう菜葉《なっぱ》服の子供を追いまわすんだから、小宮君には憩いも何もあったものではない。子供はじつに逃げるのが巧妙で、最後はいつもぱたんという戸《ドア》の音で消えてしまう。どこかの部屋の戸なんだろうが、それが、どこを見てもいないのだ。台所から色んなものがなくなる――夫人はそう言っていた。

8

さて、例のスンツウクだが――

あれきり横浜の古道具屋から鍵を届けてよこさないので、葉書で問い合わせてみると、案外にも、鍵はあの晩一しょに持たして出したとのことだった。どうもおかしい、気になるというので、三日ほどしてから夫妻立ちあいのうえで、小宮君がいろいろ針金を細工してスンツウクをあけてみると――麵麭《パン》屑やらミルクの罐やら御飯粒やらが散らかっている底に、なっぱ服をかぶった紅毛の女が眠っていた。子供のように小さな女だったのである。そとから錠がおりていたので、まさかスンツウクのなかとは小宮君夫妻も気がつかなかったろう。女は半分気絶していたが、小宮夫人が女同士に親切に看病して、名をきいたらナタリヤと答えた。小宮夫人はこのナタリヤに見おぼえがあるという。俵がモデルにくるようになってから、よくアトリエのそとをうろついていたそうだし、スンツウクを買った晩も、古道具屋の店を出たときに、ちらと見かけたそうだ、すこしせむしの、愚鈍らしいムウジクの女だった。私――岸村――は二三箇月旅行していたが、このあいだ鎌倉へ帰って、久しぶりに小宮君夫妻を訪問すると、取り次ぎに出たのが小さな露西亜人の女のナタリヤだった。

「何です、あれは？　女中ですか。ヘンなやつをおいてますね」

私がこういうと、夫妻がかわるがわる今までの話をしてくれたわけだが、あとは小宮君がひとりで引き受けた。

「僕らがナタリヤを背負いこむようになったのは支那料理のおかげさ。だから、岸村君にも責任がある。ナタリヤは君、俵の女房なんだよ。俵が船に乗っている頃、沿海州かどこかで一しょになって日本へ来たんだそうですがね、俵のやつ間もなく女がいやになったらしい。僕とこへモデルに来るようになってから碌に家にも寄りつかないのさ。ナタリヤはすっかり困ってね、もっともより以上に困ることはナタリヤがまだ俵を愛してることだが、とにかく食べるに困って、先祖伝来だというんでこれだけは手離さずにいたスンツウクを売り払ったわけだが、君、露西亜人が死人の手あかで光ってるスンツウクに惹かれることはむしろ不思議な気がするくらいだがね。異国にいるだけ一そうそんなものに郷土的なこころもちが加わるんだろう。ナタリヤはもと売春婦だったそうだけれど、家のほこりはもっていた。それがこのスンツウクだったのさ。で、誰が買うだろうという妙な好奇心から、ひまさえあれば売った店のまわりを歩いていたんだ。ところが、そら、何度もこっそり俵を迎えに来て、僕らの顔を知ったんだね、その僕らが買ったのを見たものだから、うちへ帰って急いで男装して、食糧を持って、暗いし人眼のない店頭《みせさき》だからわけはない。こっそり入りこんで、なかから鍵をかけたんだ。たびたびパルチザンなんかに襲われたから、その時の用意にもと、内部へ潜んで中で錠をおろすように作ってあったんだそうだ。運ぶ時はすこしは重かったろうが、あんな不具《かたわ》みたいな小《ち》っぽけな女だからね、誰も気がつかなかったのさ。え？　何だってそんな莫迦な真似をしたんだって？それが君、泪ぐましいんだよ。俵がさっぱり寄りつかないもんだから、それに僕とこへモデルに来てることは判ってるしするから、ああやってもう一度俵に近づこうと思ったんだそうだが

――だから、昼はモデル台の上の俵が何か言うのを聞くだけさ。夜はスンツウクから出て「憩い」を眺めてよろこんでいただけさ。俵かい？　毎日来るよ。話してやったが一しょになるのはどうしても嫌だそうだ。それで君、へんなもんだね、昼アトリエで俵を見ても、ナタリヤのやつ、つんとしている。お嫁にはやれず、女中の口もなしさ、そうかといっていつまでもうちにおくわけにも行かず、困ってるんだよ、じっさい」

小宮君夫妻らしい困り方である。

十二時半

1

海岸へ出る小径《こみち》には砂に雑草が繁って、その根に虫がすだいていた。うしろに月を宿した雲が、白く高く空に流れて、ほんのりとした夜の光のなかに、ゆくての渚に寄せては返す浪がしらが銀に砕けるのが見える。ゆく秋の淡いかなしみが、うちつづく小松林に、遠く消える道に、そして肩を並べて歩く二つの人影のうえに漂って、あるかなしかの風が渡るたびに、松の梢が忍び泣くような音を立てた。

海鳴りが近づくにつれて、一歩一歩と砂は深くなる。美喜子の歩行《あし》はともすれば遅れがちに、絡むように民夫によりかかってくるのだった。

民夫は、待ちあわせるように立ち停まって、夜眼にも白い美喜子の手をとった。それは氷のような冷たさだった。民夫は驚いて、うなだれた美喜子の顔を覗きこんだ。

「おや！　ずいぶん冷えていますね。寒いんじゃありませんか。どうです、もう帰りましょうか」

しかし、美喜子は黙ってかぶりを振っただけだった。

「いいえ、いいんですの」

と言うように――。

二人は口をつぐんで、また浜のほうへ辿った。こうして一しょにいながら沈黙に落ちていると、全く別のことを考えているようで、それが美喜子にはたまらなく悲しかったが、また何時か夢で通ったことのある道を、今宵恋人とともにさまよっているような気がして、海辺の夜は魔術のようにかの女のこころを捉えていた。

磯を洗う浪の音が、規則正しく間をおいて聞こえる。民夫はさっきからそれに音楽的な旋律《リズム》を感じているのだった。彼としては、それはごく自然である。須賀民夫は、独逸《ドイツ》帰りの新進提琴家《バイオリニスト》であった。

「砂の上は歩きにくいですね」思い出したように民夫がいう。「一歩あるいて半歩戻る――人間の生活や意志も、ちょうどこんなふうに、すこし進んだかと思うと、同時に半分はあとへ返っているのかも知れませんね」自らを嗤うこころもちが言葉の底に沈んでいる。美喜子はそれを打ち消すように、声をあげて笑った。が、わざとらしい努力が痛々しいほど見えすいていた。

「まあ！　民夫さんたら今晩ずいぶん哲学的なのね。嫌ですわ、あたし、そんなことおっしゃっちゃ――何ですか、心細くなるんですもの」

「ははは。けど、べつにそんなつもりで言ったんじゃありませんよ。しかし、僕はこの頃気が弱くなっていることは事実です。何によらず物ごとが悲観的に思われてしようがない」

「――それは、あたしだってそうですわ」

ふたりの恋人は、またふっと黙りこんで、黒く濡れている浪打ちぎわを、行軍のように足を揃えて歩き出した。

夜の海岸線は、半暗《はんあん》のなかにゆるい円をえがいて遥かに走っている。漁船の灯であろうか。

右手の小さな半島のさきに、ほたるのような明かりが二つ三つ、暗い海に浮かんでいた。

2

芝山美喜子は、彼女を取りまく熱烈な讃美者の一人のある作家が批評したように、「夜の湖」を思わせる女だった。

夜の湖――それは澄みきった理智をたたえた平静な相《すがた》である。降るような星屑を映して、月の光、岸に立つ樹々の影、四季さまざまのうつりかわりを、夜毎の寂莫《しじま》とともに鏡のようにそのままに受け入れておっとりと動かない夜の湖――美喜子はしずかな女であった。

去年音楽学校を出たばかりの彼女ではあったけれど、その才能と美貌と後援者の勢力とは、すでに美喜子を有数なソプラノ歌手として社会的に認めさせて、いろいろの因襲や閥の多い楽壇でも美喜子だけはとかくの風評もなく、しごく平穏に声楽家としての生涯《キアリア》に乗り出しかけたところだった。

夜の湖は美喜子のどこにでも見られた。かの女の瞳は、感情を包んで黒く深く輝く夜の湖だった。その髪は夜の湖の濃さを偲ばせ、その態度《こなし》は夜の湖のもつ節度と内省に満ち、そしてその口唇《くちびる》には夜の湖をわたる生あたたかい暮春の香のなやましさがあった。

教養のある美女で、ことに派出な舞台に立つ身である。

芝山美喜子の出現は、つねにそうした恋愛遊戯の相手をあさり歩く一部の紳士たちにとって、いいようのない驚異とよろこびであったに相違ない。蟻の甘きにつくように、たちまちにして美喜子は、有閑階級のあらゆる男達にとりまかれている自分じしんを発見しなければならなかった。じっさい音楽家仲間の男をはじめとして、批評家、文士、ひろく音楽愛好者など、主として芸術のことにたずさわる人々が毎夜のように美喜子の応接間に集まって美喜子はいつもその一座の女王であった。が、かの女にとっては、社交はどこまでも一片の社交で、多勢のなかで誰をも同じ眼で見、何人《だれ》にでもおなじように振る舞っている美喜子は、そのうちの一人とすこしでも深い交渉をもつようなことは決してなかった。ある小説家が美喜子を夜の湖にたとえたのは、この彼女の謎のような神秘的な性格をさしたものだった。

が、夜の湖は、いささかの風にも漣《さざなみ》を立てるであろうし、暴風雨《あらし》になれば大洋のような狂瀾怒濤を起こさないとも限らない。美喜子がちょうどそれだった。

というのは、美喜子のしずかさは内に動と熱を含んだ冷静だった。夜のみずうみの底に何が沈んでいるかわからないように、彼女はそのこころの奥ふかいところに、人の知らない強いものを有《も》っていたのである。これは恐らく自分でも気がつかなかったろうが、夜の湖のように、いいいぼんやりと茫漠として見えたのは、もって生まれた美喜子の外皮に過ぎなく、かの女は、じつは内部《なか》に火のような鋭さを蔵していた。

こうと思ったら、何事でも、どんなことでも、平気で即座にやってのける――これがほんとの美喜子だった。この、何ものをも打ち砕いて進もうとするところに、そしてそのためには如何なる思い切ったことをも敢行するのが、美喜子の真の性質であったことは、美喜子がじぶんで驚かなければならないほど、だんだんに芽を出しかけていた。

こころの火が、煙を吐いて外へ燃えぬこうとしていたのである。言いかえれば、それは恋の美喜子であった。

その火を美喜子が最初に意識したのは、彼女が、当時独逸から帰ったばかりのバイオリニスト須賀民夫と、ある演奏会で同席したときだった。

夜の湖に風が立ったのである。

二人のあいだ柄は、交際からすぐに恋にかわって、いつしか楽壇雀や新聞のゴシップに謳われるようになっていた。

ところがここに、美喜子と民夫の恋に、美喜子の側に思いがけない邪魔が現れたというのは、美喜子の伯父であり保護者である芝山清蔵氏が、ふたりの関係に猛烈な反対を示したことだった。一たい美喜子は孤児で、父と母が、大きな遺産をのこしてほとんど同時に死んでからこの方、幼い彼女はその財産とともに独身の伯父清蔵の家に引き取られて、ずうっとその保護のもとに成長してきたのだった。だから、伯父とは言え、清蔵氏は美喜子にとって第二の父であったが、清蔵が美喜子の財産を管理していることについては、世間にいろいろと面白からぬ取り沙汰をするものがあった。

清蔵氏は、芝山清蔵というよりも芝清《しばせい》と言ったほうが通りがいいであろう。

もう七十に手の届く年配だが、関東の実業界に重きをなしている辣腕家で、ながらく独力で芝山信託を経営してきたほか、四五の会社にも関係して相当の財をつんでいる。しかし、人のうわさによれば、近年財界動揺の痛手をうけて、色んな方面に小さくない穴をあけたので、それを埋めるために相場に手を出した結果、ますます苦境におちいって、いまは二進《にっち》も三進《さっち》もいかなくなっている。それでも、芝山信託がどうやら持ちこたえているのは、芝清が、手をつけてはならないはずの美喜子の資産に手をつけて、そのほうから融通しているからだとのことだった。

そうすると、芝清の清蔵が、躍起になって美喜子と民夫の仲を割きにかかったわけもおのずから頷首《うなず》かれる。つまり清蔵老人は、なにも民夫の人物を排斥したわけではなく、恐らく、結婚によって美喜子を自分の保護の下《もと》から引き離そうとする男には、誰にでも、野犬のように歯をむき出して吠えついたことであろう。いま美喜子と彼女の財産に行かれてしまっては、資財を仰ぐ途が断たれてしまうし、第一、これまでに美喜子の財産を食ってきた莫大な金額がここですっかり明るみへ出ることになるので、焦ればあせるほど深みへはまった清蔵は、美喜子が年頃に達して声楽家という華やかな生活をはじめるようになるとおおぜいの若紳士を彼女のまわりに集めて、美喜子の注意がひとりへ向かないようにとしむけたのだった。が、こうして美喜子の結婚ばなしを一月延ばし一年のばしにしてきた清蔵の努力も無駄だった。美喜子に、須賀民夫というものが現れたのである。

この間の消息は、あとで所轄署から検事局へ送付した覚え書きにも見えているし、予審調書にも参考として詳しく付記してあるが、とにかく、美喜子と民夫の仲は切っても切れない強い愛によって継《つな》がり、清蔵氏はまた全力をあげて二人の間をへだてようとしたものらしい。

そして、ここに忘れてならないことは、芝山美喜子が恋のためには何ものをも焼きつくし、その妨げとなるものは何でも思い切って滅ぼして進むという、めずらしいほどの灼熱的な女性だったという一事である。

3

芝山清蔵氏は、本邸は東京にあるが、たいていはこの湘南の町に住んでいる時のほうが多かった。

海岸から松原の砂を踏んで往来に出ると、そこの町かどに、まわりに芝生を広くとった蔦の絡んだ宏壮な洋館が、海に向かってヴェランダをひらいている——これが、この事件の起こった芝山別邸である。

美喜子と民夫のあいだで具体的に結婚の相談が進みかけたこの頃、清蔵老人の反対も一段とはげしくなって、この問題のもつれのために、美喜子はもう二週間ほど別邸のほうに泊まっている。

民夫もこっそりこうして同じ町へ来て、海岸のホテルに滞在して、毎日隙を見ては抜け出てくる美喜子と会っているのだった。

美喜子と清蔵氏は、日夜劇《はげ》しい口論をつづけていた。ことに今夜は、晩餐のあとで清蔵が美喜子に、以後民夫とあうことを禁じたために、美喜子は蒼白《まっさお》になって言い争った。そして、その揚句、ぷいと家を飛び出して、いつもの松林で民夫と待ち合わせて、こうやってふたり、夜の浜辺を言葉もなく往きつ戻りつしているのである。

もう九時を過ぎて、かれこれ十時に近かった——。

ここでちょっと芝山別邸の召使をあげておこう。それぞれ事件に関係があるのだから——。

事件の当夜、芝山方にいた者は独身の主人清蔵と美喜子以外に、左の七名である。

運転手吉村浩太郎、書生の石岡五郎、爺やとそれに小間使お貞ほか三人の女中。

5

もう九時を過ぎて、かれこれ十時に近かった——。

やみに、白い花のように浪の崩れる弧線にそって、美喜子と民夫は、長い間だまって歩いたのち、どっちからともなく立ちどまった。

圧迫的な沈黙を破って気を引き立たせるために、民夫は足もとの小石を拾って海へ抛った。石は、まるで小動物かなんぞのように二三度水面に撥ね上がって、そのたびに白いしぶきが月に光った。美喜子もふと笑い興じて、民夫の真似をして石を投げてみた。かの女のは民夫の三分の一も遠くへは行かなかった。二人はしばらく子供のように嬉々として、すべてを忘れて石の投げっこをした。

が、淋しさはすぐに、前に倍した力をもって若いふたりの上に返って来た。

夜光を受けて蒼い美喜子の顔を見つめながら、民夫が言った。

「ねえ、美喜子さん、僕もおんなじことを繰り返すようですけれど――それで、伯父さんは私たちの結婚には飽くまでも反対だとおっしゃるんですね?」

美喜子は眼を伏せた。

「そうなんです。それに、それぱかりじゃありませんわ。この頃では、ことに今晩なんか、もう絶対にあなたとお会いしちゃいけないなんて言うんですもの」

「どうも僕には判らないなあ。どうしてそう僕は伯父さんに信用がないんでしょう?」

「あら! 伯父は何もあなたを嫌ってるというわけじゃありませんわ。誤解なさらないで下さいな。ね――」

「しかし、それなら――」

「ええ。ですけど、世間の人のいうとおり、伯父はあたしよりもお金を手離したくないんでしょうよ、きっと」

「だが、それではあんまり伯父さんて人が解らな過ぎる!」

「ええ。ですから、あたし、もう決心しましたわ」

「決心? 決心とはどういう決心です? まさか僕と別れる――」

「いいえ、いいえ! 民夫さん。今になってあなたとそんなことになるようなら、あたし何もこんな苦労は致しません」

「では、どういう決心ですか。それを聞かせて下さい」

「あの、それだけは後生ですからお訊きにならないで――明日になればすっかり判ることですから」

「明日わかる？　では待ちましょう。しかし美喜子さん、くれぐれもお頼みしますが、軽率《かるはずみ》なことはなさらないで下さい。僕は――僕は――何時までも待ちますから――」

「ええ。あたし思ってることさえ決行してしまえば――」

「あなたにはどんな思い切ったことでも遣ってのけるようなところがあるから、僕はあなたを信じているとともに、それだけまた何だか心配ですよ」

「大丈夫ですわ。あたしただ今晩考えてることがあるんですの」

「あした判るというそのことですか」

「ええ」

「あなたは伯父さんとよくこの問題について御相談なすったんでしょう？」

「ええもちろんですわ、毎日。ですけど、もう相談じゃありませんわ。喧嘩ですの」

「じゃあ、お家の人はみんな知ってますね？」

「女中達？　みんな知ってますとも。伯父の頑固なのに呆れてあたしに同情してくれますわ」

気がつくと、二人は何時の間にか家のほうへ歩きながら話していた。あんまり晩《おそ》くなってはという心もちが、ふたりを無意識のうちに帰路に就かせていたのだった。

別邸のまえで別れるとき、美喜子は痛いほど民夫の手を握って、素早い接吻《キス》を求めた。

清蔵氏はまだ起きているらしく、居間と思われる階下の一室から、窓掛《ブラインド》をとおした光が庭の立樹に流れていた。

6

あくる朝早く、ホテルにいる民夫のところへ電話をかけたのは、書生の石岡だった。

それはじつに愕《おどろ》くべき報道であったと言わなければならない。

昨夜、芝山清蔵氏が惨殺されたというのである。

しかも、劇動《ショツク》はこれだけではなかった。

言葉もなく電話口で喘いでいる民夫の耳へ、気も顚倒しているらしい石岡の声が、水の底からでも聞こえるように伝わってきた。

「お嬢さんが嫌疑者として拘引されました、美喜子さんが」

民夫は、ぐわんと一つ脳天を殴られたような気がして、

「え？　な、なに？　み、美喜子さんが——？」と問い返したつもりだったが、声は出ずに、そしてもう一度送話器へ呶鳴った時は、石岡はすでに電話を切ったあとだった。

警察へ——これが一番さきに民夫の頭へ来た考えだった。

7

警察へいそぐ途中で、民夫ははっと気がついたことがあって、思わずその場に足が立ちすくんだ。

ゆうべ帰りぎわに美喜子が言った「決心」ということばである――あたし、もう決心しましたわ――その声が、今は恐ろしい意味をもって民夫の耳のそばで鳴った。明日になれば判る！ 彼女はそうもいった。

すると――すると、美喜子は昨夜から決心していて夜のうちに伯父清蔵を殺したのだろうか。とんだことをしてくれた。なるほど、邪魔をするものは何でも打ち破ってゆこうとする彼女の性質から言えば、あながち不可能のことではないかも知れない。

しかし、それも事による！

あの美喜子が殺人罪――しかも第二の父のように思ってきた年老いた伯父の血で白いしなやかな手を染めようとは――余人にはともかく、民夫にはどうしても合点《うなず》けなかった。

が、この頃の伯父と美喜子との間の成り行きといい、早い話が昨夜の決心云々《うんぬん》の言といい、深く美喜子の性格を思い合わせるにしたがって、まだ警察の門を潜らないさきから、民夫はもう半ば以上美喜子の罪を認めて、天地が一つに合《がっ》して自分がその間に押し潰されるような感じだった。

間もなく民夫は、古い警察の建物のなかで、司法主任の警部補と向かいあっていた。

「御心中お察しします」

民夫が、気ちがいのように美喜子を弁明するのを黙って聞いていた司法主任は、最後に口をひらいた。

「が、私どもとしては、あの方を充分な容疑者と認めた上で留置したのです。お気の毒ですが証拠があるのですから仕方がありません」

「しかし、考えてもみて下さい。あの女が、殺人なぞとそんな途方もない大罪を犯し得るかどうか、常識で――」

「外見では判りませんよ。それに、さっきから何度も申し上げるとおり、当方としても信ずべき証拠があればこそ、職務上の権限を行使しているだけのことなのですから――」

「証拠？　その証拠というのは何です？　何です？　だ、誰か、美喜子さんが伯父さんを殺すところでも見た者があるとでも言うんですか」

「いいえ。そういうわけじゃありませんがね、じつは書生の証言があるのです」

「石岡ですか。石岡が何をいいました？」

「こうなのです」と主任は心もち椅子を引いて、「ゆうべ十一時頃だったそうです。石岡が窓の戸締まりを見に芝山さんの居間へ這入《はい》って行くと、芝山さんと美喜子とが大論判をしていた。何でもそれは夕食後からのつづきだそうで、その時美喜子は恐ろしい形相をして芝山さんを白眼《にら》んでいたというんです」

「それだけですか。それなら私から申し上げますが、二人は私と美喜子さんとの問題で――」

「いや。その辺のことも一切調べが届いております。で、じつはあなたにも御出頭を願おうと思っていた矢先でした。須賀さん――とおっしゃいましたね、変なことを聞くようですが、あなたは別にそれとなく美喜子を唆《そそのか》したというような覚えは――いや、もちろんありますまい。あっては大変ですが、しかし、そのほんのちょっとした暗示ですな。冗談でもよろしい。伯父さんさえなければ――というようなことを言ったことはありませんか。あるでしょう？」

「莫迦莫迦しいことを言わないで下さい」

「ま、よろしい。それはそれであとのこととして、そこで、昨夜の石岡の話ですが、石岡はそのまま玄関わきの自分の部屋へ帰って寝た。すると一時間半ばかりして、居間の扉《ドア》がばたんとしまって、美喜子が二階へ上がって行くのが聞こえた。それがつまり十二時半だったが、石岡はべつに気にも留めずに、いつの間にか眠ってしまったというのですな」

「どうして十二時半ということが判ったのでしょう?」

「時計を見たんだそうです」

「それで」と民夫も幾分か落ち着きを取り戻して、「それで、美喜子さんは何といっています?」

「もちろん犯罪は否定していますが、あなたのことで伯父さんと喧嘩したこともすべて認めました。ただ、自分は十二時に部屋へ帰った、その時伯父さんは憤然として居間じゅうを歩き回っていたといっていますがね、まあ追々《おいおい》に自白するでしょう」

「十二時といい十二時半と言い、どうしてそう時間が重大なんですか」

「それはですね、検死した医者が言うには、凶行の行われたのはどうしても十二時半から一時までの間に相違ない。そこで石岡は美喜子が居間を出たのは確かに十二時半だったといい、美喜子は十二時頃だったろうという。ところが石岡のは時計を見たというんですからね。これに信をおけば、殺人の行われた十二時半まで美喜子は被害者伯父と二人きりで現場にいたわけで、何といっても逃れる術《すべ》はありますまい」

民夫は空《くう》の一点を見つめて、司法主任の説明を聞いていた。

今朝方、清蔵の屍体を発見したのは、いつものとおり居間を掃除しに行った小間使のお貞だった。清蔵氏はその机の前に、俯向《うつむ》けに倒れて、一本の短刀が背中から心臓を貫いて突き立っていた。お貞の悲鳴を聞きつけた石岡が直ちに手配をして居間に錠を下ろし、警官の出張を仰いだのだった。

短刀には指紋は一つもなかった。

外部から侵入した形跡は絶対にない。

ゆうべは運転手の吉村浩太郎は車庫の二階に眠り、爺やは湯殿のつぎの小部屋に、女中たちは女中部屋に寝について、石岡はじめ使用人一同は十一時前後から朝まで眠りこけていたものらしかった。そこで内部の者としてただひとり残っているのは美喜子だけである。彼女と芝山清蔵が最近毎日のように言い争っていたことは召使の口から容易に知れたし、それに石岡は時計を見て美喜子が十二時半――これが犯行の医学的推定時刻に完全に一致している――まで殺害の現場にいたという証言をしているのである。

美喜子としては、予定どおりにその「決心」を実行したまでのことかも知れない。民夫はそう思わざるを得なかった。

8

そう思いながらしょんぼりと警察の門を出た民夫は、直接石岡のいうところを聞いてみようと考えて、そこからすぐ海岸に近い芝山別邸へ向かった。

玄関に立って呼鈴《ベル》を押すと、出てきたのはその書生の石岡五郎だった。

「どうもとんだことで御座います。警察のほうへいらっしゃいましたか」

石岡は朝からの昂奮に疲れて、いつもの元気に似ず蒼い顔をしていた。いが栗頭の無骨な青年である。

「え。いま寄って来ました。じっさい、びっくりしましたよ。君らも大変でしたね」

民夫は上がって玄関に立った。

「お嬢さんはまだ帰れないでしょうか」

こういって、石岡は心配そうに民夫を見守った。

「駄目らしいですね。もう当分帰される見込みはありますまい。そのうちには自白するでしょう？」

「自白？　そうするとやはりお嬢さんのやったことでしょうか」

「どうも残念ながらそうらしい。警察は問題なしにそう見てるようです。君はどう思います？」

「さあ――」と石岡は頭を掻いて、「わたくしには判りません。警察の人が色んなことを訊くもんですから、知ってることだけは言っておきましたが、ひょっとしてお嬢さんに不利なことでも滑らしはしなかったかと、実は今もそれを心配していたところです」

「いや。そんなことはありますまい。また仮にあったとしても、事実は事実ですからね。君としては仕方がないでしょう」

「ええ。あんまり五月蠅《うるさ》く訊くもんですから――」

「そうでしょう。ところで私も君の証言を聞きたいと思ってやって来たんですがね。ええと、立ち話もできないな。どこかそうそう、——君の部屋へ行って話しましょう」

民夫は玄関わきの唐紙を指さした。石岡は気軽に先に立って自分の部屋へ這入って行った。

「さあどうぞ。どうも汚いところで恐れ入ります」

「いや。なあに、結構」

と石岡の机のそばへ胡座をかいた民夫は、ふとそこにあった腕時計を取り上げて、ぼんやりそれをおもちゃにしながら言い出した。

「ねえ君、石岡君。警察の人が君にいろんなことを訊いたのは、検死のあった前ですか後ですか」

「前です。警官がくるとすぐ私たちが訊問されたので、死骸の検査はそれからよほどあとでした」

「そうですか」と民夫は紐皮の脱《と》れた石岡の腕時計を無心にひねくりながら、「たしかに前ですね」

「ええ。前です。でも、何故ですか」

「いや。なぜってこともありませんがね、ちょっと不思議に思ったまでです」

「不思議に？　何をです？」

「つまり偶然の一致ですね」

民夫は顔を上げて石岡を見た。

「偶然の一致？　何のことです？」

石岡はきょとんと眼を円くしていた。

「そうです」と民夫はしずかに、「君は、美喜子さんが十二時半に伯父さんの居間を出て、二階の自分の部屋へ上がって行ったといったそうですが、あとから検屍した医者の証言によれば、その十二時半が凶行の時間だとのことです。偶然の一致じゃないでしょうか」

「そう言えば、そうですね」

「それとも君は、十二時半に芝山さんが殺されたことを最初から知っていて、何らかの理由でそれに結びつけて、美喜子さんが十二時半まで階下《した》の居間にいたといったんですか」

「冗談じゃない！　旦那さまが十二時半に殺されたなんてあとからお医者に聞いたんです。はじめからそんなことが判っていれば、お嬢さんがその十二時半に居間を出たなんて、いくら馬鹿でも言いませんよ。だから私は、うっかりとんでもないことをいってしまったと思って後悔しているところと申し上げたじゃありませんか」

「ふうむ――じゃ、どうして美喜子さんが二階へ上がったのが十二時半だったと証言できるんですか」

「それは、警察の人にも言ったとおり、そのとき何の気もなしに時計を見たんです」

「なるほど。君はこの部屋でうつらうつらとしていた。すると、居間の戸が開閉してお嬢さんの跫音《あしおと》が二階へあがった。で、おや！　何時だろう？　と思って枕頭《まくらもと》の時計を見た、とこう言うんですね？」

「そうです。その通りです！」

「いや。判りました。この時計ですね？」

民夫は、手の腕時計を示した。

「そうです。その時計です」

「たしかにこの時計ですね？」

「ええ。もちろんです！」

すると、低い太い声で民夫が言った。

「石岡君、君は見かけによらないうそつきだね！」

「え！」

石岡はちょっと顔いろをかえた。そこを民夫が畳みかけた。

「君はうそつきだ！　君の証言は全部うそだ！　見たまえ！　この時計をよく見たまえ！」

と民夫は、石岡の眼のまえへ時計を突き出して、

「見たまえ――そら！　この時計はこのとおり十二時五分過ぎのところで停まってるじゃないか」

「どれどれ――や！　ううむ！」

覗いた石岡は、さっと土気色をして呻いた。民夫は、隙をあたえずに肉薄して行った。

「いいか、時計は十二時五分過ぎでとまっている。それに、今はまだお午まえだから、これは昨夜からこうだったのだ！　すると君はどうして十二時半という時間を美喜子へこじつけたか？　それが殺害の時間であることを、君ひとりが知っていたからだ！　なぜ？　いうまでもない。君が芝山さんを殺したんだ！」

動物的な叫びとともに起《た》ち上がろうとした石岡は、すぐ民夫に押さえつけられていた。

9

さすがの石岡も警察では綺麗に泥を吐いた。彼は、自分がひそかに恋している美喜子が、民夫へ、献身的な愛を寄せているのを見て、かなわぬ恋の恨みに自分で芝山清蔵を殺し、その罪を美喜子へなすりつけて民夫との仲をこわそうとたくらんだのだった。

で、十二時に美喜子が二階へ上がってから主人の居間へ忍びこんで、机に向かっている清蔵氏をうしろから刺したのである。

短刀は前日近処の金物屋で買ったものだった。

美喜子が「決心」といったのは、明日にでも全財産を伯父へ譲って、身体一つになって自由に民夫のもとへ走ろうという意味だったそうである。

即日釈放された美喜子は、そのまま家へもよらずに、民夫とつれ立ってゆうべの海岸へ出た。

まひるの海は紺碧のいろを溶かして、砂にたわむれる浪にもよろこびのささやきがあった。遠く近く、海草を採る船が呼びかわしている。その声が晴れわたった空の下に、のどかに拡がって消えた。

昨夜と同じ砂を踏みながら、民夫がその探偵の一伍一什《いちぶしじゅう》を物語ると、美喜子はにっこりしてきいた。

「最初どうしてあたしじゃないとお思いになって?」

「短刀に指紋がないと聞いた時です。手袋でもはめたものらしいが、あなたにしちゃすこし悪智慧がありすぎる」

「でも、石岡はどうして時計を巻くのを忘れたんでしょうね?」

民夫は笑い出した。

「時計は立派に動いてたのを僕がとめたんですよ。あいつ、時間のことばかり言うので怪しいと思って、ちょっと細工をしたんです——ほかのことを話しながら、こっそり機械へピンを差しこんで、十二時五分すぎのところへ針をもって行って停めたんです。そうしておいて時計を突きつけたところが、恐ろしいものですね、身におぼえがあるからはっと思ったらしくすぐに逃げ出そうとしました。自白したも同然じゃありませんか」

「まあ！」

「ちょいとした手品《トリック》が案外利いたわけですが、これは私の新案ではありません。亜米利加《アメリカ》の警察あたりでは三等法《サアドデグリイ》といって古い手ですよ、ははははは」

「まあ！　あなたったらずいぶん人のわるい！　ですけど、石岡は今頃きっとどうして時計がとまってたんだろうと不思議に思ってますわね」

「いいじゃありませんか、あんな男のこと」

「ええ。でも、あたしただ伯父さんがお可哀そうで——」

「伯父さんはほんとにお気の毒です」

ふたりはちらと眼を見あって、あわてて悲しげな視線を沖へ外《そ》らした。

ヤトラカン・サミ博士の椅子——A Hindoo Phantasy——

1

マカラム街の珈琲店《コーヒー》キャフェ・バンダラウエラは、雨期の赤土のような土耳古《トルコ》珈琲のほかに、ジャマイカ産の生薑水《しょうが》をも売っていた。それには、タミル族の女給の唾と、適度の蝿の卵子《たまご》とが浮かんでいた。タミル人は、この錫蘭島《セイロン》の奥地からマドラスの北部へかけて、彼らの熱愛する古式な長袖着《キャフタン》と、真鍮製の水甕と、金いろの腕輪とを大事にして、まるで瘤牛《ジイプ》のように山野に群棲していた。それは「古代からそのままに残された人種」の一つの代表といってよかった。彼らは、エルカラとコラヴアとカスワとイルラの四つの姓閥《ケイスト》から出来あがっていた。そして、そのどれもが、何よりも祖先と女の子を尊重した。祖先は、タミル族に、じつは彼らが、あの栄誉ある古王国ドラヴィデアの分流であることを示してくれるのに役立ったから、彼らはその祭日を忘れずに、かならずマハウエリ・ガンガの河へ出かけて行って、めいめいの象と一しょに水掃礼を受けた。が、女の子を歓迎したのは、そういう民族的に根拠のある感情からではなかった。女は、彼らにとって、家畜の一種としての財産だったからだ。女の児が生まれると、彼らはそれを、風や雑草の悪霊から保護して育てて、大きくなるのを待ってコロンボの町へ売りに出た。この、タミル族の若い女どもを買い取るのは、おもにそこの旅客街のキャフェだった。女給にするのだ。ことに、ポダウイヤの酋長後嗣選挙区にある、ポダウイヤ盆地産の女は値がよかった。何故といえば、イギリス旦那《マスタア》の「文明履物《かわぐつ》」のようなチョコレイト色の皮膚と、象牙の眼と、蠟引きの歯、護謨《ゴム》細工のように柔軟《やわらか》な弾力に富む彼女らの yoni とは、すでに英吉利《イギリス》旦那の市場においても定評がなかったか？

2

We beg to inform Travellers to Ceylon that we issue, under special arrangements with the Governments of Ceylon and of India and Burma, tickets over all Railway Lines, and keep complete and detailed information of everything pertaining to travel in Ceylon, India Burma――

こういう、暑い夜の冒険を暗示する旅行会社の広告文書である。この小冊子的煽情に身をあたえて、せいろんへ、せいろんへ、せいろんへ、山高帽《ボラア・ハット》をへるめっとに更えた英吉利人が、肩からすぐ顔の生えているじゃあまんが、あらまあ《オウ・マイ》と鼻の穴から発声する亜米利加《アメリカ》女が、肌着を洗濯したことのない猶太《ユダヤ》人が、しかし、仏蘭西《フランス》人だけは長い航海を軽蔑して、本国で葡萄酒のついた口ひげを叮嚀に掃除しているあいだに、各国人を拾い上げたお洒落な観光団が、トランクの山積が、写真機が、旅行券が、信用状が、せいろんへ、せいろんへ、せいろんへ――誰が言い出したともなく、一九二九年の流行《モウド》は、この新しく「発見されたせいろんへ」と、ここに一決した形で、いまのところ、せいろんは、すべての意気《シック》な旅行の唯一の目的地になりすましている。が、この島は何も今年出現したわけではなく、ドラヴィデア王国の古世から実在していたので、その証拠には、エルカラとコラヴアとカスワとイルラから成る多美児《タミル》族が、カランダガラの山腹に、峡谷に、平原に、カラ・オヤの河べりに、白藻苔《セイロン・モス》の潰汁《かいじゅう》で、和蘭更紗《オランダさらさ》の腰巻《サアロン》で、腕輪で、水甕で、そして先祖の伝説で、部落部落の娘たちをすっかり美装させ、蠱化《コケツト》させ、性熟させて、ようろっぱの旦那方が渡海してくるのを、むかあしから、じいっと気ながに待っていた。

錫蘭島――東洋の真珠――は、その風光の美と豊富さにおいて、他にこれを凌駕するものなし。赤道を北に去ること四百哩《マイル》にして、中部以南はいささか暑きに失する嫌いありといえども、それも、つねに親切なる涼風に恵まるるため、決して他国人の想像するほどにてはあらず。ことに、一歩北部連山地方にいたらんか、その温候は四季を通じて倫敦《ロンドン》の秋を思わしめ、自然の表情、またこの山岳部にきわまると謂うべし。途中、古蒼の宗教都市カンデイあり。史的興味と東洋色の極地を探《たず》ねて、遠く白欧より杖を引く人士、年々歳々――うんぬん。

コロンボ市はもちろん、カンデイ市および丘郡《ヒルごおり》のニュウラリアには「こんなところにこんな！」と驚く壮麗なホテルがあって、それぞれ穏当な値段で訪問者に「旅の便宜」をあたえている。だから、せいろんは、いまでは、時計ばかり見て急ぐ寄港者よりも、欧羅巴《ヨーロッパ》の公休を日限《にちげん》一ぱいに費やそうという長期滞留の旅客のほうを、はるかにたくさん持つ。以下はこの錫蘭島の呈供する吸引物《アトラクシヨン》のほんのすこしの例――豪華な見物自動車。十一人で十一個国語を話し、しかもあんまり貰い《チップ》を期待しない奇蹟的案内者組合。日光と雨量。植物帝国《ジャングル》への侵入。象。豹。野牛。自然豚《ワイルド》。鹿。土人娘。これらへの鉄砲による突撃。アヌラダプラとポロナルワの旧都における考古学の研究。幾世紀にわたるせいろん人《セイロニイズ》独得の灌漑術。旅行記念物《メメントウ》の蒐集。宝石掘り。青玉石の洪水。鼈甲《べっこう》製品の安価。真鍮と銀の技能。そしてタミル族の女。

一つの注意――日中正午前後は、ちょっとの外出にも、東印度帽《ソラ・タビイ》――ソラという樹木の髄で作った一種の土民笠――をかぶるか、または洋傘《こうもり》をさすかして、正確に太陽の直射を拒絶すべきこと。あなた自身の利益のために。

旅行季節――十一月の後半から三月中旬までを最適とす。四月と五月は炎暑。六月、九月は南西の貿易風。十月、十一月は北東貿易風。同時に降雨期。

特別の注意――東洋旅行にたいがい付属する数々の不便不快は、せいろんではすくない。西ようろっぱにおけると同じに、生命も財産もきわめて安全である。白い治下に黒い暴動などあり得るわけはない。旅行者の発見するものは、心臓的な歓迎と、微笑と、鄭重だけだ。だから、白人の旅行者は、一そう気をつけて、黒い神経にさわるような言動はいっさいつつしんでもらいたい。態度の優美は「大いそぎの文明国」でよりも、かえってこの「怠慢な東洋」で完全に実行されている。で、みんな静かに、しずかに動き回ること――うんぬん。

と、これらのすべては、前掲旅行会社が白い人々に対して発している心得《ノウテス》やらお願い《レクエト》やらだが、そこで、欧羅巴の旅行団は、このことごとくを承知したうえで、せいろんへ、せいろんへ、せいろんへ、すうつ・けいすの急湍が、かあき色膝きりずぼんの大行列が、パス・ポウトが、旅人用手形帳《トラヴエララアス・チエツキ》が、もう一度、せいろんへ、せいろんへ、せいろんへ――無作法な笑い声のあいだから妖異な諸国語を泡立たせて、みんなひとまず首府コロンボ港で欧羅巴からの船を棄てた。

すると、同市マカラム街の珈琲店キャフェ・バンダラウエラでは、タミル族の女給どもを多量に用意して、この「旦那」方の来潮に備えていたのだ。

多美児族の女達は昼は、暗い土間の奥から行人に笑いかけたり、生薑水を捧げて卓子《テエブル》へ接近したり、首飾りを手製するために外国貨幣をあつめたりした。そして、夜は、籐駕籠《バランキン》に揺られて英吉利旦那のもとへ通ったり、ひまな晩は、馬来竹《マライ・ラタン》で笊を編んで、土人市場のアブドの雑貨店へ売り出した。

3

「あら！　ほんと」

「あすこに」

「どこに」

「また来てる」

キャフェ・バンダラウエラで、タミル種族の女給たちが、こんなことを言いあった。

マカラム街は「堡砦区《フオウト》」と呼ばれるコロンボ市の中心に近く「奴隷の湖」をまえにしている欧風の散歩街だった。コロンボは、この王冠植民地《クラウン・コロニイ》の王冠で、そして、それは、前総督ヒュウ・クリフォウド卿によれば「東洋のチャアリン・クロス」でもあった。各会社大客船の寄港地。貨物船による物資の集散。濠洲、あふりか、支那、日本への関門。そうです。十六世紀に、葡萄牙人《ポルトガル》がここの海岸へ城塁《ベタア》を築きました。それを、あとから和蘭の征服者が改造しました。そしておらんだ人は、いま市場区のあるところを自分たちの住宅街ときめて、市内湖に浮かぶ「奴隷の島」で、土民を飼い慣らしました。が、いぎりす旦那が見えるようになってから、治世は一変しました。英吉利旦那は、和蘭の城邑《バアジヤア》さんなんかとはすっかり肌あいが違って、ものやさしいことが好きで、不思議にも、奴隷牧畜が嫌いでした。で、堡砦《フオウト》は土へ還って、そのあとに、停車場と郵便局と病院と大学と教会と、リプトン製茶会社とＹＭＣＡ会館とが、植物のように生え出しました。市場区はいま、あらゆる東洋的な土器と石器と竹器と、平和と柔順と汗臭《かんしゅう》との楽しい交歓《よろこび》の場《にわ》でしかありませんし、むかしの「奴隷島」では、馬来《マライ》人の家族とあふがん族の家庭が、椰子《やし》の葉で葺いた庇の下で、ぼろぼろのお米を噛みしめて、一晩じゅう発達した性技巧を弄して、そのお米の数ほども多い子供を生んで、つまり、一口には、皆がみな、いぎりす旦那の御政治をこころの底から讃《ほ》めたたえて、この区域から立ち昇るＷＡＲＮという感謝の声々が、一つ一つ、忠実な銀蠅に化けて、あるものは「奴隷の湖」を越してマカラム街に櫛比《しっぴ》する珈琲店の食卓へ、またはホテル皇太子《プリンス》の婦人便所へ、他の一派は、丘の樹間に笹絹《レイス》のそよぐ総督官舎の窓へと、それぞれに答礼使の意図をもって、ぶうん、ぶうんと飛行して行った。

　そのマカラム街には、赫灼《かくしゃく》たる陽線がこんな情景を点描していた——。

紺青《こんじょう》に発火している空、太陽に酔った建物と植物、さわると焼傷《やけど》する鉄の街灯柱、まっ黒に這っているそれらの影、張り出し前門《ファサアド》の下を行くアフガン人の色絹行商人、交通巡査の大日傘、労役牛の汗、ほこりで白い撒水自動車の鼻、日射病の芝生、帽子のうしろに日覆布《ひおおい》を垂らしたシンガリイス聯隊の行進、女持ちのパラソルをさして舗道に腰かけている街上金貸し業者、人力車人《リキシャ・マン》の結髪《シイニヨン》、ナウチ族の踊り子の一隊、黄絹のもも引きに包まれた彼女らの脚、二つの鼻孔をつないでいる金属の輪、螺環《コイル》の髪、貝殻の耳飾り、閃光する秋波《ながしめ》、頭上に買物を載せてくる女たち、英吉利旦那のすばらしい自用車、あんぺらを着た乞食ども、外国人に舌を出す土人の子、路傍に円座して芭蕉の葉を盛ったさいごん米と乾《ドライ》カレイを手摑みで食べている舗装工夫の一団、胸一ぱいに勲章を飾って首に何匹もの蛇を巻きつけた蛇使いの男、籠から蛇を出して瀬戸物喇叭《ラッパ》で踊らせる馬来人、蛇魅師《スネイク・チャアマア》の一行、手に手に土人団扇《うちわ》をかざした紐育《ニューヨーク》の見物客、微風にうなずくたびに香《にお》う肉桂園、ゆらゆらと陽炎《かげろう》している聖《セント》ジョセフ大学の尖塔、キャフェ・バンダラウエラの白と青のだんだら日除け、料理場を通して象眼のように見える裏の奴隷湖、これらを奇異に吸収しながら、そのキャフェまえの歩道の一卓で生薑水と蝿の卵子を流しこんでいる日本人の旅行者夫妻、それから、すこし離れて、横眼で日本人を観察しているヤトラカン・サミ博士と、博士の椅子。

4

とうとう、好奇心の誘惑が、ヤトラカン・サミ博士を負かした。

この黄色い人種は、いったいどんな口を利くだろう？——こういう興味がさっきから、好学の老博士を、しっかり把握していたのだ。博士は、白い旅客に話しかける時のように、こっちからこの日本人に言語《ことば》を注射して、その反応を見ることによって試験してやろうと決意した。

日本人は、松葉のように細い、鈍い白眼で、博士と博士の椅子を凝視していた。それは、何ごとにかけても充分理解力のあることを示している、妙に誇りの高い眼だった。博士はふと、まるで挑戦《チャレンジ》されているような不快さを感じて、急に、その、腰かけている大型椅子の左右の肘掛《アウム》のところで、二本の鉄棒を動かしはじめた。椅子の下で、小さな車が、軋んで鳴った。ヤトラカン・サミ博士は、歩道の上を、椅子ごとすうっと日本人のそばへ流れ寄った。

ヤトラカン・サミ博士の椅子は、あの、欧洲戦争に参加した国々の公園などで、時おり、足の悪い、あるいは全然脚のない癈兵が、嬉々として乗りまわしているのを見かけることのある、一種の locomotive chair だった。椅子の脚に、前後左右に回転する小さな車輪がついていて、そして、ちょうどその安楽椅子の両腕の位置に、すこし前寄りに、まるで自動車の発止機《ブレイキ》のような棒が二本下から生えている。で、座者は櫓《ろ》を漕ぐように交互にこの棒を動かして、自在にその椅子車を運転することができるのだった。

いま、ヤトラカン・サミ博士は、非常な能率さで博士の移動椅子を移動して、日本人たちの卓子へ滑ってきている。が男の日本人は、旅行ずれのしている不愛想な表情で、博士と博士の椅子を一しょに無視した。

そして彼は、ジャマイカの生薑水の上に拡げたコロンボ発行のせいろん独立新聞《ゼ・セイロン・インデペンデント》——一九二五・五・九・木曜日という、その日の日付のある——を、わざとがさささせて、いそいで、活字のあとを追いはじめた。

これは、脚のわるい印度《インド》乞食だろう。

誰が、くそ、こんなやつの相手になんかなるもんか——。

その日本人の動作が、こう大声に表明した。

しかし、ヤトラカン・サミ博士は、その脚部に、何らの故障をも持ってはいないのである。博士の歩行椅子《ロコモテヴ・チエア》は、言わば博士の印度的貴族趣味の一つのあらわれにしか、過ぎなかった。

The Ceylon Independent

市当局と輿論——昨日の定例市会で市議マラダナ氏の浄水池移転問題に関する質問に対し市長は委員会を代表して、うんぬん。

チナイヤ河口に屍体漂着——二十四五歳の白人青年。裸体。

拳銃《ピストル》のあとと打撲傷。

殺害のうえ碇泊中の汽船より投棄か。

即時バラピテ警察の活動。うんぬん。

授業時間問題のその後——コロンボ小学児童父兄会が朝の始業時間に関して、市学務課に陳情書を提出したことは本紙の昨夕刊が報道したとおりだが、同会実行委員はこれのみでは手ぬるしとなし本日市庁に出頭口頭をもって、うんぬん。

——こうして新聞を読んでいる、日本人の旅行者の男へ、博学なヤトラカン・サミ博士は、はじめ日本人が梵語であろうと取ったところの、つまり、それほど自家化している、英吉利旦那のことばを、例のうす眠たい東洋的表現とともに、ふわりと、じつにふわありと投げかけた。

「旦那、ちょっと、手相を見さしてやって下さい。やすい。安価《やす》いよ——」

と。

5

ヤトラカン・サミ博士は、ひそかに人間の生き方を天体の運行と結びつけていた。

こんなぐあいに。

はるか西の方バビロンの高山に道路圧固機《ステイム・ロウラア》の余剰蒸気のようなもうもうたる一団の密雲が沸き起こった。

それが、白髪白髯の博識達があっと愕《おどろ》いているうちに、豪雨と、暴風と、鳥獣の讃美と、人民の意思を具現し、日光をあつめ、植物どもの吐息を吸い、鉱石の煽動に乗じて、何時の間にか、絢爛《けんらん》大規模な架空塔の形をそなえるにいたった。これは、何千年か昔のことでもあり、また、毎日の出来事でもあるのだ。

が、この雄壮な無限層塔の頂きには、ばびろにあと、アッシリヤと、埃及《エジプト》と、羅馬《ローマ》と、そうしてドラヴィデア王国の星たちが美々しく称神の舞踊をおどりつづけ、塔の根もとには向日葵《ひまわり》が日輪へ話しかけ、諸国から遊学に来た大学者のむれが天文の書物を背負い、不可思議な観測の器械を提げて、あとから後からと塔の内部の螺旋階段を昇って行った。が、それは、要するに、バビロンの架空塔だった。だから、ついに大異変《キヤタストロフ》は来た。はるか西境ばびろんの高山に、道路圧固機の余剰蒸気のようなもうもうたる一団の密雲が横に倒れた。塔の頂上は大地を叩扉《ノック》して、心霊の眠りを覚ました。何千年か昔のことでもあり、また、昨日、いや、毎日の出来事でもある。天文と、観測と、碩学大家どもと、彼らの白髪と白髯は、豪雨と、暴風の、鳥獣の苦悶と、人民の失望と、日光の動揺と植物の戦慄と、鉱石の平伏と一しょに、宇宙へ四散した。神通は連山を股いで慟哭し「黒い魔術」は帰依者《きえ》を抱いて大鹹湖《だいかんこ》へ投身した。空は一度、すんでのことで地に接吻しそうに近づき、それから、こんどは一層高く遠く、悠々と満ち拡がった。

そうして、この、物理の懊悩と、天体の憂患と、犬猫の狼狽と、人智の粉砕のすぐあとに来たものは、ふたたび天地の整頓であり、その謳歌であり、ひまわり《サン・フラワア》どもの太陽への合唱隊だった。が、そこに新生した蒼穹は、全く旧態をやぶったすがただった。白髪白髯の博識たちがあっとおどろいているうちに、山から山へ、何時の間にか脈々たる黄道の虹が横たわっていた。暗黒と光明の前表は、鹹湖にも、多島海にも、路傍の沼にも、それこそ、まるで水草の花のように浮かんで、なよなよと人の採取を待つことになった。これは、つまりは星が映っていたのだ。が、この新発見に狂喜した人々は、はじめて、希望をもって上空を仰いだ。そこには、あの架空塔の倒壊事件以来、羊や山羊や蟹や獅子や昆虫の類に仮体して、山河に飛散していたもろもろの星が、すっかりめいめいの意味をもって、ちゃあんとそれぞれ天空の位置に嵌《は》め込まれていた。そしてそこから、さかんに予現の断片を投下しながら、彼らは一つにつながって、太陽と月輪の周囲を乱舞し出した。遊星の軌道《ゾデアク》は一定した。星は、かれらが一時逃避した無機物有機物によって、双魚座、宝瓶宮、磨羯宮、射手座、天蠍座、天秤座、処女座、獅子宮、巨蟹宮、両子宮、金牛宮、白羊座、と、この十二の名で呼ばれることになった。こうして星座が出来上がった。同時に人は、自分の手のひらをも見直した。すると、驚くべきことには、星座はそこにもあった。一つひとつの星の象徴が、皮膚の渦紋となって人間の掌《たなごころ》にありありと沈黙していたのだ。双魚線、宝瓶紋、磨羯線、射手線、天秤線、獅子紋、白羊線等、すべて上天の親星と相関聯して、個人個人に、その運命の方向にあらゆる定業を、彼の手のひらから黙示しようと犇《ひしめ》き合っていた。怖れおののいた人々は、じぶんの掌の線や紋と、それと糸を引く頭上の星とを、たとえば金牛線と金牛宮、処女紋と処女座と言ったふうに、対照し、相談し、示教を乞い、そのうえ、草木の私語《ささやき》に聴覚を凝らし、風雨の言動に心耳をすまし、虫魚の談笑を参考することによって、自己の秘願の当不当、その成否、手段、早道はもとより、一吋《インチ》さきの闇黒《あんこく》に待っている喜怒哀楽の現象を、すべて容易に予知し、判読し、対策し転換を計ることができると知ったのである。あらびやん占星学《アストロジイ》は、印度のアウルヤ派の正教に進入して、ここに、この手相学《パアミストリイ》を樹立していた。そして、それはいま、タミル族の碩学ヤトラカン・サミ博士に伝わっているのだ。これは、何千年か昔の出来ごとであると同時に、また、この瞬間の現実事でもあった。ヤトラカン・サミ博士は、おそらくは英吉利旦那の着古しであろうぼろぼろの襯衣《シャツ》の裾を格子縞の腰巻の上へ垂らして、あたまを髷《シイニヨン》に結い上げて、板きれへ革緒をすげた印度履物を素足で踏んで、例の移動椅子に腰かけて、それを小舟のように漕いで、そうして、胸のところへ、頸から、手垢で汚れた厚紙《ボウルがみ》の広告をぶら下げて、日がな一日、毎日毎日このマカラム街を中心に、このへん一帯の旅客区域の舗道を熱帯性の陽線に調子を合わして、ゆっくりゆっくりと運転し歩いていた。

その広告紙には、博士が、話しかけながら、日本人の旅行者夫妻にも見せたように、こう英吉利旦那の文字がつながっていた。

「倫敦タイムスとせいろん政府によって証明されたる世界的驚異・印度アウルヤ派の手相学泰斗《たいと》・ヤトラカン・サミ博士・過去未来を通じて最高の適中率・しかも見料低廉。特に博士は、婆羅《バラ》・破鬼《シヴア》に知友多く、彼らの口をとおして旦那・奥方《ミセス》の身の上をさぐり出し、書物のように前に繰りひろげて見せることができます。あなたは、ただ黙って、博士の眼の下へあなたの手のひらを突き出せばいいのです。うんぬん」

ヤトラカン・サミ博士は、この、売占乞食《うらないこじき》に紛らわしい風体《いでたち》でもう、何年となく、せいろん島コロンボ市の、ことにマカラム街の珈琲店キャフェ・バンダラウエラのあたりを、一日いっぱいうろついて、街上に、白い旅客たちの旦那と奥様《ミセス》たちを奇襲して、その手相に明らかにあらわれていると称して、ひどく猥褻なことを、たとえばあの、Kama Sutra や Ananga Ranga に出て来るような、閨技の秘奥や交合の姿態などを細密に説いて、旦那がたをよろこばせ、若い夫人達の顔を赫《あか》くするのを、半公認の稼業にしているのだった。だから、一般の市民《バアジャア》の眼には、博士は、立派な「狂気《きちがい》の老乞食」に相違なかった。が、きちがいでも、乞食でも、これが博士の興味の全部であり、生き甲斐を感ずるすべてであり、そうして、不本意ながら食物のために必要な零細な印度銀《ルピイ》を得る唯一の途だったので、博士としては、じつに愉快な、満足以上に満足な仕事だったろう。なかでも、白い美婦人の手をとって彼女の性生活を言い当てたり、あたらしい秘密の刺激をあたえたりするときは、老年の博士自身も、どうかすると、その大椅子の上で、ふと異常な興奮を感ずるようなことがないでもなかった。この、ヤトラカン・サミ博士の椅子車というのは、腰かけるところも、両脚も、うしろの寄り掛かりも、素晴らしく大々とした珍しいもので、ちょうど女がひとり、股を拡げてしゃがんで、上半身をまっすぐに、両手を前へ伸ばして、まるで、ヤトラカン・サミ博士を背後から抱擁しているように見える、特別の拵えだった。どこからどこまで、巾の広い、分の厚い、頑丈な、馬来半島渡来の竹籐《ラタン》で籠編みに出来ていて、内部は、箱のようになっているらしかったが、表面は、全体を雲斎織《ドリルス》で巻き締めてあって、上から、一めんに何か防水剤のような黒い塗料が被《き》せてあった。そして、それに、小さな車輪と、運転用の鉄の棒とが付いていた。博士は、まるで躄《いざり》のようにこの椅子車に乗ったまま、自分で動かして、外国人のいそうなところは、ピイ・ノオ汽船会社の前でも、デヒワラ博物館の近くへでも、どこへでも出かけて行った。椅子の背中には、鍋、燐《マッチ》、米の袋、缶入りのカレイ粉などが、神式の供え物か何ぞのように、何時も大げさに揺れていた。これらが、そして、これらだけが、博士の生活必需品の全部だった。煙草は、いぎりす旦那の吸いがらを路上で拾って喫《の》んだし、夜は、肉桂園《シナモン・ガアデン》へ移動椅子を乗り入れて椅子の上に円く膝を抱いて、星と会話し、草や風と快談して毎朝を迎えた。ヤトラカン・サミ博士は、屋根のある一定の住居《すまい》を拒絶していたのだ。そこで、太陽と一しょに椅子のうえで眼をさますと、博士はまず、アヌラダプラの月明石階段の破片である、その一個の月明石《ムウン・ストン》の頸掛けへ一日の祈念を凝らし、それから、長い時間を費やして、丹念に鼻眼鏡を磨く。言い忘れていたが、博士は、これも、ひとりの英吉利旦那からの拝領物であるところの、硝子《たま》の欠けた鼻眼鏡をかけているのである。それが、博士の性格的な風貌と相俟《あいま》って、博士の達識ぶりを、一段と引き立たせて見せていた。

言うまでもなく、ヤトラカン・サミ博士は、あうるや学派に属し、印度正教を信奉する多美児族、エルカラ閥の誠忠な一人だった。で、博士は、脚袋《ズボン》と上衣に分離している英吉利旦那の服装を、飽くまでも否定していた。これは、博士ばかりではない。このとき、本土のカルカッタでは、盟友マハトマ・ガンジ君が洋服排斥の示威運動を指揮し、手に入る限りの洋服を集めて街上に山を築き、それを焚火して大喚声を上げたために、金六片《ペンス》の科料に処せられているではないか。それなのに、ヤトラカン・サミ博士が、この服装《なり》でマカラム街の珈琲店キャフェ・バンダラウエラの前などへ椅子を進めると、同じタミル族のくせにすっかり英吉利旦那に荒らされ切っている女給どもが、奴隷湖の見える暗い土間の奥から走り出てきて、まるで犬を追うように大声するのである。

「また来た」

「どこに」

「あすこ」

「あら！　ほんと」

ヤトラカン・サミ博士は、これを悲しいと思った。

博士が、いぎりす奥様をはじめ白い女客に、手相にまぎれて猛悪な性談をささやくことが大好《ハビイ》きなのは、ことによると、この同胞の女達への復讐のための、博士らしい考案だったかも知れない。もっともタミル族の女給どもは、老博士を、というよりも、いつも博士の椅子を嘲笑したのだが、しかし、この椅子の存在なくしては、博士自身の存在もあり得ないのである。

6

ヤトラカン・サミ博士は、自分の手相術を擬似科学の歴史で綺麗に裏打ちしていた。

こんなぐあいに。

Palmistry, Chiromancy, または Coirognomy——すべて手相学である。この手相学は、手の平の線と、その手の持つ顔や感情を研究することによって、手の所有者の性格と運命を知り出すという神秘学の一つで、もとカバラ猶太接神学者の一派と、印度の婆羅門宗に起こったものだ。カバラ学者すなわちカバリストの接神論《セオソフィイ》は、えすらあるの苗《びょう》である、ヤコブ家長の十二人の子から流れ出ている創世説《コスモゴニイ》に、その根拠を置く。つまり、手相学は、占星学に負うところ多いのである。が、中世にいたって、一そうこの手相学を体系化したのが、一五〇四年に、みずから手相を判断して自分の暗殺を予言したコクルスだった。こうして、十九世紀末から現代にかけて、ことに婆羅門アウルヤ派の手相学は、多くの信仰者を作って、昔の盛時にかえった感がある。しかし、いぎりす旦那の故国では、ヤトラカン・サミ博士のように手相見をもって職業とすることは、おもにあのジプシイを考慮に入れた浮浪人法によって、厳禁されているのだ。

ヤトラカン・サミ博士は、すでにこういう華々しい手相学を、もう一つ、アウルヤ派の宗教原理で一そう深遠なものに装幀することにも、見事に成功していた。

こんなぐあいに。

婆羅門主義は、唯一無二の婆羅を信心し、吠陀《ヴエダ》を奉って進展してきた宗教である。したがって、ほんとの婆羅教は単神論《モノセイズム》なのだが、これが、その分派であるところの印度教になると、いつの間にか賑やかな多神論《ポリセイズム》に変化している。この印度教の教義は、一種の三位一体論である。ヤトラカン・サミ博士らのいわゆるTrimurtiだ。言いかえれば、婆羅門宗においてはたった一つだった本尊が、つまり、その中心思想がヤトラカン・サミ博士の印度教では、三つの形にぬかれて顕現している。婆羅と、美須奴《ヴイシヌ》と、邪魔《シヴア》と。

婆羅は、創生を役目とする。

美須奴は、保存を司る。

邪魔は、破壊を仕事にする。

と、いったように、理窟で、こうはっきり三座に区別されているくらいだから、じっさい信

仰する場合には、めいめいが、このなかのどれか一つを選び取って、それを自分の吠陀として
いるに過ぎない。で、事実は、やはり一神教なのである。要するに、印度四階級中最高の地位
を占める僧侶階級《ブラマン》のうちである。学者は生産の婆羅を採り、他の人々は温容の美須奴に走り、
また別派は、破壊の大王《マハ・デヴァ》である邪魔について言いようのない苛行を潜りながら、ひたすら転身
をこいねがう。そして、これら三つの神性《デイテ》が、それぞれの婆羅門にとってVedaであるところ
に、全印度教を通じての確実な単一《ユニテイリアン》教会が出来あがっているのだ。ヤトラカン・サミ博士が、
その一つの邪魔派を標望する練達の道士であることは、いうまでもないのである。

こうして、Siva は破壊の吠陀である。破壊は、いま実在するものを一たん無に帰して、その
かわり、そこに全くあたらしい実在を築こうとする第一の着手だ。だから、ヤトラカン・サミ
博士は、こころから震えおののき、剃刀を遠ざけ、月光石《ムウン・ストン》を崇め、板っぺらの沓《くつ》をはき、白髪
の髷を水で湿し、手相見の紙看板を首にぶら下げ、大型移動椅子を万年住宅として、つつしん
で、これに近づかなければならない。——

ヤトラカン・サミ博士の耳へは、草木と、風雨と、鳥獣と虫魚と、山河とが、四六時ちゅう
邪魔神の秘密通信を自然の呼吸として吹き込んでいる。

こんなぐあいに。

印度の大地も、婆羅門の社祠《しやし》も、学者たちの墓蹟も、タミル族の民族精神も、女給に出てい
るその娘どもも、彼女らの美しい yoni も、いまはすっかり、じつにすっかり英吉利旦那の
「文明履物《かわぐつ》」によって、見るも無残に踏み躙《にじ》られていることは、何とあっても吠陀のよろこび
たまわぬところだ。ことに、豪快倨傲の破壊神邪魔にとっては、一日も耐えられない汚辱に相

違ない——が、この旦那方は銀《ルピ》を持っている。聯隊を教練している。そして、十字架と病院と学校事業と社会施設とで、交換に、同胞から労力と資源とを、それからThank youを奪《こ》り上げているのだ。もっとも、何時までもこうではあるまい。しかし、いまはまだ、すこし早いのだ。カルカッタの若者マハトマ・ガンジもおなじ意見である。まだ早い。まだ、すこうし早い。だから、それまでは静かに、しずかに動き回って、手相術《パアミストリイ》と、白人の女への猥言と、この椅子車と——それはいいが、ヤトラカン・サミ博士の一生のうちに、博士が、「ついにその椅子を蹴って踊り出る日」が、一たい来るだろうか。

せいろん政庁のいぎりす旦那達は、とうの昔から、博士の名を赤いいんくで台張《ブック・アプ》してある。そして、「きちがいの老乞食」と言い触らして、例の便利な浮浪人取締法を藉《か》りて、絶えず合法に看視しているのだ。

だが、ヤトラカン・サミ博士は、乞食で一向さしつかえなかった。事実、婆羅門僧の修行には四つの階梯がある。道者たらんとするものは、まず学生を振り出しに、つぎに家庭人として生活し、それから隠士《レクルウス》に転化し、第四に、そして最後に、森へ這入《はい》って、茎類《ハアブ》を食し、百姓どもの慈善を受けて乞食にならなければならない。この羨むべき境涯にいたって、はじめて婆羅門アウルヤ学派の知識と名乗り、次の世に生まれ変わりたいと思うものをも、自由自在に望むことが許されるのである。ヤトラカン・サミ博士は、ただ、森林の乞食のかわりに、市街の乞食をえらんだだけだ。森には、白い美女がいない。しきりに彼女らの恥ずかしがる言葉をささやいて、ひそかに復讐の一種を遂げることが、森林ではできない。そういう快を行《や》る機会がないのだ。が、コロンボ市の旅行者区域マカラム街あたりをこの椅子で「流し」ているかぎり

――ヤトラカン・サミ博士は、こんど生まれかわる時は、どうかして、その、奥様たちのブルマスに化身したいものだと、いつも、こんなに突き詰めて考えているくらいだった。

そして、あの、うまく乞食の域にまで到達したときに、森へ行かずに、コロンボ市中に踏みとどまっていたからこそ、ヤトラカン・サミ博士は、これは、もう十何年も前のことだが、月明の肉桂園で散策中の英吉利奥様を強姦し、邪魔の力を借りて一晩じゅう彼女を破壊しつくし、その屍体を馬来籐《マライ・ラタン》の大型籐椅子《バスケット・チェア》へしっくりと編み込んで、それを車にいや、住居に、いま楽しく、こうしてマカラム街付近を乗りまわすことができるのではないか。

じっさい、ヤトラカン・サミ博士の椅子のなかでは、いつか行衛不明になった何代目かの総督夫人《レディ・カヴァナ》が、じっと腰を落とし、股をひろげ、膝を張り、上半身をややうしろへ反り、両腕を伸ばして、忠実に、じつに忠実に、あれからずうっと博士の体重と思想と生活の全部を、背後から支持しているのだ。

7

作者は一九二九年の五月九日、せいろん島コロンボ市マカラム街の珈琲店キャフェ・バンダラウエラの歩道の一卓で妻とともに生薑水をすすりながら、焼けつくような日光のなかに躍る四囲の印度的街景に眼を配っていた。そこへ、車のついた椅子に乗った、白髪赫顔の老乞食が近づいて来て、手相を見せてくれと言った。その、あらゆる天候によごれ切った、皺のふかい顔と、奇妙なかたちの彼の椅子とを見ているうちに、私のあたまをこんな幻景《ファンタシイ》が走ったのである。

碁盤池事件顛末

一

　昭和四年十月二十一日午前七時二十分ごろ東京府下牛引町藤野間二八五番地、養鶏場原とく方へ、とくの孫である藤野間小学校五年生泰《たい》二郎（十一）を、登校の途《と》誘いに寄っていた同級生の同町小原台七三番地先農堀住吉次長男初雄（十三）は、なかなか泰二郎が出て来ないので、子供ごころにもじりじりして門口に立って待っていた。

　この二人は大の仲好しで、小原台から藤野間小学校へ行くのに原の家はすこし回り道であるにもかかわらず、初雄は毎朝泰二郎に声をかけて誘い合わして通学する習慣になっていたので、この朝も、初雄は門外から大声に呼ばわって迎いに来たことを知らせたのだが、泰二郎は何時ものとおり、家を出る真際になって仕度に手間取って、祖母のとくに急《せ》きたてられながら、容易に出て来なかった。始業にはまだ間があるけれど、初雄は段々退屈してきて、原家の前の藤野間街道を往《い》ったり来たりして見るともなしにそこらを見回していた。ここですこしこの原養鶏場付近の地理を説明する必要がある。後段に現場見取図を挿入しておいたから、それを一覧すれば判るが藤野間新道は、一昨年開設された藤野間ゴルフ・リンクへ通ずるため、以前からあった小道を倶楽部の手で開鑿《かいさく》したもので、そのゴルフ場は、新道の北に当たって、東側に広大な緑の展開を見せている。そして、ゴルフ場を貫いて流れ出ている上束《つか》川が、ちょうど原の家の前面で、街道から一間ほどの緩い傾斜をもって下った低地に、近所の人が碁盤池と呼んでいる小さな貯水池を作り、そこからまた川となって、束橋の下で新道を横切り、原養鶏場南隣の大垣煉瓦工場に沿って真西に流れ去っているのだが、土地の人は、このつかね橋を境に、それから下流を上束川に対して下束川と呼び慣らしている。

さて、初雄だが、泰二郎の出て来るのが遅いので、初雄はいよいよ待ち草臥《くたび》れて、何気なく路上の小石を拾っては、しきりに斜め前の碁盤池へ向かって投げていた。そこは約一間地面が低くなっていて、元は沼だったので、一面の湿地に雑草が生えている。その中央に池があるのだが、初雄が石を投げると、岸の葦ががさがさと揺れ動いて、その別れ目に何だか白い物が隠見した。それは白木の樽のようにも、白絹の風呂敷包みのようにも見えたが、可なりの大きさで、石を受けて水が動くたびに、その波紋に乗って岸近く葦の間を浮游していた。初雄は、妙なものがあると思って、道路の端まで出て来て覗くようにした。すると、道のその側から池へ下りる斜面にかけて商売物らしい真新しい野菜の類が散乱していたが、初雄は池のほうにばかり気を取られて、これには気が付かなかった。気がついても、子供のことだから別に不思議に思わなかったのかも知れない。とにかく、道路の縁に爪立つようにして、初雄が池を見ているところへようやく泰二郎が鞄を下げて出て来た。

「初ちゃん、何を見てるの？」

「あすこに変なものが浮かんでるよ」

風が吹いて葦が分かれると、その包みのような物は泰二郎にも見えた。二人は、少年らしい好奇心から、崖を駆け降りて池の傍まで行ってみようとしたが、登校の時間が迫っているのでそれは中止して、そのかわり、また交わる代わる石を拾って池へ抛《ほ》った。青く澱んだ水がどぶん、どぶんと音を立てて、その生白い物は汀ちかく踊った。そのうちに、泰二郎の投げた大ぶりの石が、どさっと命中して、その白くむくんだ物は、船のように激しく動揺しながら、つうと池の真ん中へ浮かび出た。ふたりは何やら急に恐ろしい気がして、わっ！　と叫んで学校の方へ走り去ろうとした。

十月二十一日だから、狩猟が解禁になって間もなくである。ちょうどこの時、猟銃を肩に犬を伴《つ》れてここを通り掛かったのが、日本橋に洋服店を経営している奈良信英（五十二）氏であった。愛犬のノルゲは、始終物を投げてそれを啣《くわ》えて来る猟犬の仕込みを受けていたので、泰二郎が池へ石を投げるのを見かけると、猛然と石を追って窪地へ駈け下りた。と思うと、同時に池の周囲をくるくる走り出して、慌ただしく吠え立てた。奈良が激しく叱咤して呼んでも、ノルゲは例《いつ》ものように柔順に帰って来ようとはしない。かえって、池の中央を望んでますます猛烈に吠えながら、葦の間をほとんど半身水に浸《つか》って、今にも游《およ》ぎだしそうにしている様子がどうも只事でないので、奈良も不審を起こして池のそばへ行ってみた。そして、あの、碁盤池胴体事件として世間を驚倒戦慄せしめた、首も四肢《てあし》も無い、胴だけの女の惨死体を発見したのである。

二

藤野間の碁盤池に女の怪死体が浮いたという報知は、眼が覚めたばかりの牛引町へ眠気ざましのように拡がって行った。怖い物見たさに町民は朝の仕事を放り出して吾もわれもと藤野間をさして集まって来たが、現場は早小学校前の交番の高橋巡査が機智で、最寄りの消防組と在郷軍人が出て遠く垣を作って一歩も寄せつけなかった。二時間ほどして十時ごろに、急を聞いた警視庁から中林刑事部長、倉敷捜査課長、上郷鑑識課長以下の刑事巡査鑑識技師等十数名の一行が二台の自動車を飛ばして乗り込んで来て、さきに現場を固めていた岩下牛引署長、藤野間署員と合し、直ちに検視を行うとともに、一方捜査本部を藤野間分署に置いてここに俄然、捜査の幕は切って落とされた。

まず、竿をもって、傷つけないように屍体を岸へ引き寄せ、一同立ち会いのうえ鑑識課技師をして検視せしむるに、その結果、単に鋸様の凶器で頸部肢体等十四五回に渡って挽き離したもの、水中にあったのは比較的短時間らしいが死後約二十四時間を経過していると認め得ること、などが判明したにとどまり、死体からは、何ら直接の手掛かりとなるべきものは獲られなかった。強いて求めれば、胴の長さ及び形状から押して、身長五尺三四寸の大柄肥肉の女に相違ないこと、腰部の発達や乳頭《ちくび》の色から観て処女でないことはもちろん、かなりの性的経験を持った者に相違ないこと、そしてあたかもこの論拠を一層確定させるためのように、死体が花柳病に罹っている事実を指摘することができた。両脚が付け根から切断されていたのみだから、かかる検案を妨げなかったのである。が、いうまでもなく、首がないのでどこの何者とも判らない。胴体は即刻、死因及び年齢の鑑定依頼とともに、解剖に付するため東京帝国大学の法医学教室に移送された。

風に靡く葦のあいだに蒼白い胴だけの死骸が、何か一個の独立した動物のごとくぶくぶく浮いている光景は惨鼻《さんび》とか妖異とかいう月並みの形容を超越して、一種の他愛ない莫迦莫迦しさ

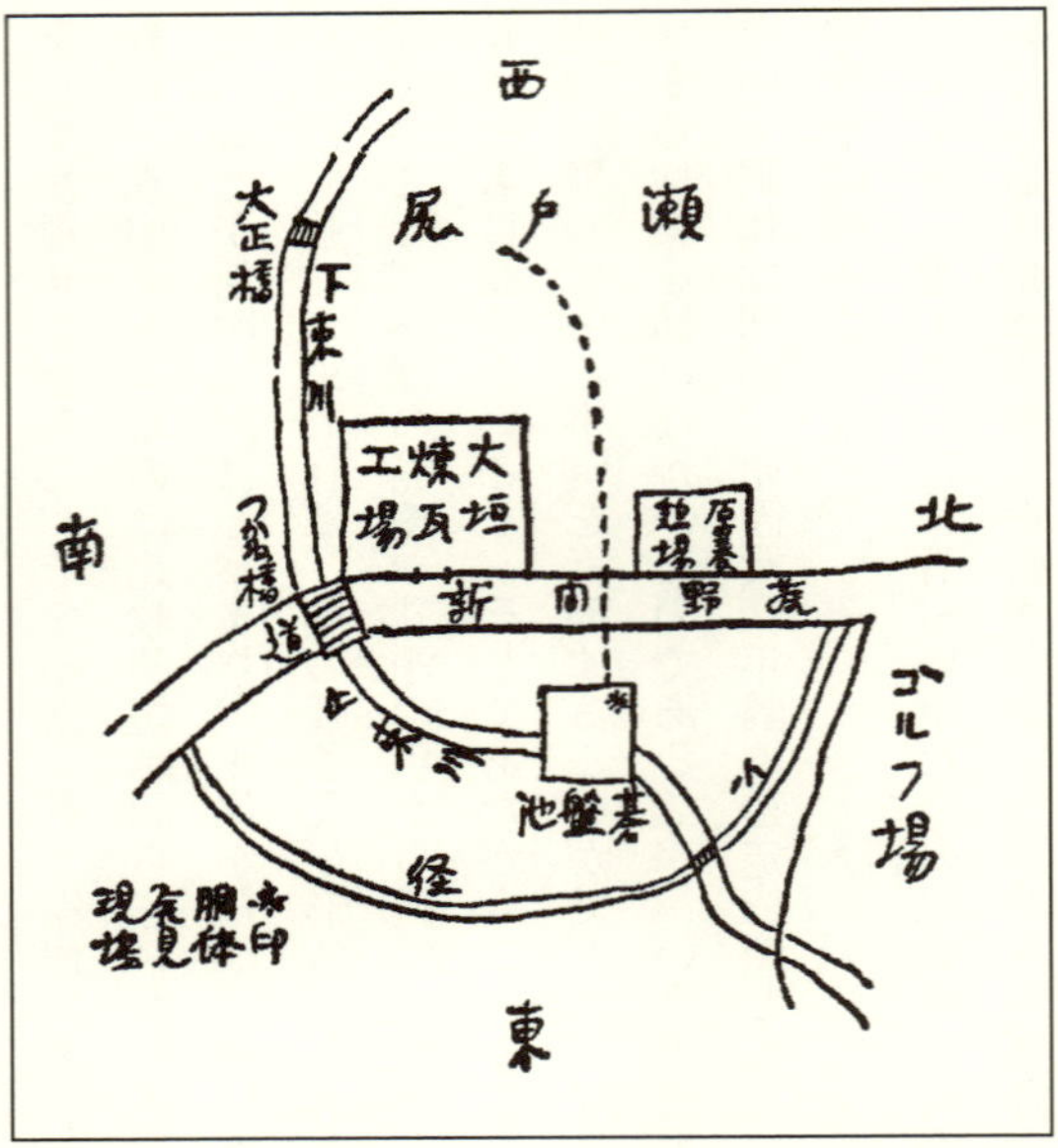

さえ漂わしていたが、それだけにまた、その恐怖感は根強いものがあったろう。多年の経験を誇る老巧の刑事連すら、この時だけは実に嫌な気がしたといっている。

時を移さず捜査本部は、牛引署の鈴木警部を捜査主任に大活躍を開始していた。このさい被害者の身許を突き留めることが最大の急務だったが、第一の現場臨検では、この点に関しても、また犯人の手懸かりにも、何ら眼星い物的証拠が挙がらなかったので、碁盤池は元より、付近に散在する大小の池、沼、河川の類は、水溜まり一つも見落とすことなく、大々的に人夫を雇い、地元の応援を得て捜索してみたが、この方も失敗に終わって、ついに頭部、手足その他何物も発見するに至らなかった。が、岩下牛引署長は、これでこの浚渫捜査を投げ出したわけではなかった。というのは、死体はゴルフ場内の上東川から流れて来て碁盤池に停滞していたのか、それとも始めから発見の現場に投入されたものか、その投棄場所に関して種々の異論が生じて、これが捜査会議の席上刑事の間に大問題となったのだった。碁盤池というのは、もと上東川が、下東川になる少し手前のこの低地で氾濫して、常に沼沢状の湿地を呈し、夏期は蚊軍の発生地となり、ゴルフ場が出来、文化住宅が建ちして近年めっきり開発に向かい、土地としても種々宣伝策を講じて東京人の吸引に努力している際、この藤野間の沼地は、第一不衛生でもあり美観を損ずるとあって、新道開通と同時に、過半は町費、他は一部有志の寄付に俟って上東川の水を一ヶ所に溜め、そこから下東川となって流下するように作った一種の堰であり、貯水池なのだ。だから、周囲も底もセメントで固めて、五間平方の真っ四角なところから、誰がいい出したともなく碁盤池と呼んでいるので、じっさい碁盤のように、正方形の小さな池だが、それでも何時の間にか汀に葦が生え繁って自然の風致を見せていた。が、要するに、崖上の藤野間街道を二三度通ったくらいでは、大概の通行人が気がつかないほどの小さな池である、故に、この人眼に付かない碁盤池の所在を知っているのは、付近の者か、池の設鑿《せっさく》に当たった少数の町会有志、請負い者、技師、雇傭人夫等この池に関して特別に深い印象を蔵しているものに限られるということになる。このことを考慮に入れて、一時その方面へも嫌疑を向けてみたが、しごく漠として何ら具体的な光明は摑めなかった。そこで、胴体の投棄場所を、発見現場の碁盤池を起点として、それから上流にゴルフ場まで逆のぼる上東川一円と白眼《にら》んで、その東西二三丁内に必ずや凶行現場があるに相違ないという一つの仮定を立てた。そしてこの仮定の下に、鈴木警部は部下の刑事に命じて、如何なる途からこの碁盤池へ達するのが最も自然でかつ便宜であるかを実地に調査させてみた。刑事は、各自思うところにしたがい、八方から池を眼ざして進んだが、その結果、警視庁捜査課の矢沢刑事の辿った順路が、地勢からいって、一番容易であることが認定された。それは、大垣煉瓦工場の横手から原養鶏場との中間を通り抜けて、藤野間新道を横断し一直線に池畔に下りる道である。（図解点線）ところで、この方角を真っすぐに逆行すると、煉瓦工場の裏から下束川の右岸西北一帯を占めて松林の散在する広大な原っぱに出る。ここは俗称瀬戸尻と呼ばれる分譲地である。

ことによると、この人通りも稀な野原で凶行が演じられて、然るのち胴だけを上束川へ捨てたのが池へ流れ込んだか、或いははじめから池へ投棄したものではあるまいか。そうすると、首と凶器もどこかきっとこの界隈の水底に沈んでいるに相違ない。この見込みに勇躍した岩下牛引署長は、自ら指揮の下に二十二日午後、改めて上束川の水をゴルフ場の出口で堰きとめ、消防署から自動車喞筒二台の出動を求めて水を涸らし、再び徹底的に池底河床の大捜査を行った。が、排水量一万八千余石を涸らし、五十名の刑事連が長靴姿で総動員して、石をおこし泥土を分けて針一本も見逃さない緊張した捜査もついに空しく、泰山鳴動して鼠一匹飛び出さない結果に終わった。もちろんこれより先、碁盤池を中心にした陸上一帯は、死体発見と同時に血眼の刑事達によって一寸刻みに隈なく捜査されたのだがその時まで何ひとつとして挙がらなかったのである。

三

するとここに、捜査本部の藤野間署に、宇賀井という風変わりな老刑事がいた。宇賀井は現代の科学的捜査法をいささか白眼視している江戸時代の岡っ引きといったような男だったが、今年二十五になる娘があって、それが丙午で縁遠くて困っていたところから、普段から干支九星とか、六曜とか十二直とかいうことを人一倍気にするようになっていた。一体が今どきちょっと珍しい迷信家めいた質《たち》だったが、この宇賀井が最初から捜査に関与していて、この男の癖として引き揚げられた死体に合掌したりしていた。そしてふっと思い付いたのは、女の厄年ということである。これほど残虐な殺され方をしたのだから、必ず大厄の女《もの》に相違ない。宇賀井刑事は、何ということなしにそう考えてみた。女の大厄年というと、誰でも知っているとおり十九歳、三十三歳、三十七歳の三つである。このうち、肌の荒《すさ》み方等から観て、十九というのは少し若過ぎる気がするし、どうせ痴情沙汰が動かないところとすれば、三十七ではどうも年増に失するように思われる。そこで、宇賀井刑事は、胴だけの死体をまず三十三歳の大厄の女と踏んでおいて、早速自宅へ帰って昭和四年御寿宝《じゆほう》というのを繰ってみた。それによると三十三の女は明治三十年生まれの四緑である。この四緑の十月中における凶日を見ると、発見の日の二十一日がその一つなのだ。一般の暦にも、二十一日は四緑の先負とあって、あんまり好い日ではない。これでいよいよ殺されたのは明治三十年生まれ当年三十三歳の女に相違ないという確信を得て、宇賀井刑事は心中私《ひそ》かに期するところあった。非科学的な話のようだが、この宇賀井刑事の見当は見事に的中したばかりか、そのために被害者の身許から犯人逮捕に至る経過を大いに早めたことは見逃せない事実である。

事件発生と同時に、捜査本部は、直ちに所轄の牛引署をはじめ、隣接の各署について時日、年齢、状況等から被害者に該当する家出人捜査の願書を調査したのだったが、それらしい届け出は一つも受理していなかった。こうなると、各刑事の見込みを尊重してその不断の忍耐と潜水艇式の地味な活動に待つよりほか仕方がない。ここに捜査は一変して静的な形を採るに至ったが、三十三歳という年齢を頭に置いて女の身分を推定するに当たり、宇賀井刑事は考えたのである。女の手足に特徴があるために、発覚を恐れて切断したものであろうが、男を知り尽くしたらしい皮膚といい、現に花柳病を患っていることから観ても、これは醜業婦もしくはそれに類似した客商売の女に相違あるまい。そして死体は決して遠くから運んだものではなく、必ず牛引町のどこかに住んでいた女であろう。その日から宇賀井刑事は、町中の銘酒屋、飲食店、カフェ、旅館等を一々虱つぶしに、三十三歳の女で最近行方不明になっているものはないかと片っ端から調べて回った。が、何らの反響も現れない。宇賀井はすっかり失望してこの見込みを打ち切り、新たに捜査方針を立て直そうかと思ったが、どうも三十三という年齢が気になって諦めが付かなかった。そこで今度は一つ思い切って範囲を拡げ、商家、素人《しもたや》といわず軒並みに三十三歳四緑の女を訪ね歩いて居ますと言えば、奥様だろうが女中だろうが、顔を見て確かめないうちは引き下がらなかった。果然この宇賀井刑事の努力が報いられたのである。死体発見後四日を経過した二十五日の夕刻だった。一日の捜査に疲れ切った刑事が、同じ牛引でも藤野間とは反対の西南部にあたる角石という踏切にさし掛かったとき、ふと見ると、そこの四辻に、米味噌醤油等日常品の雑貨を売る笹屋という荒物商がある。いわゆる三河屋である。たばこの看板も掲《あ》がっている。宇賀井刑事は、お顧客《とくい》筋を手繰ってみるのも面白いと思って、ずいと這入《はい》ってバットを一箱買いながら、店番をしていた主人らしい若い男にそれとなく訊くと、その裏手の俗称桐畑に独りで住んでいる三十三くらいの高村さんという女のピアノ教師が、この四五日来顔を見せないという。雀躍《こおど》りした宇賀井刑事がなおも追究すると、出入り商人は自分のおとくい先のことは話したがらないもので、ことにこの場合は何か係り合いになるとでも思ったものか、笹屋の主人は、高村さんなら、自分のほうは割りに新しい顧客だが、向かいの牛乳屋さんは高村さんが桐畑へ引っ越して来る前から行きつけだから、何かとよく様子を知っているようだといって、体よく逃げてしまった。なるほど、笹屋の真向かいに勉強舎という牛乳屋がある。宇賀井刑事はその足で牛乳屋の戸口を潜りながら、ピアノの先生とはすこし柄が外れているようだと思って、あまり気乗りもしなかった。

四

こういう大事件の場合、警視庁から応援に来ている刑事と、地元の刑事とのあいだに、反目とまでゆかなくても、各独立の見込みを固守して、競争状態を呈することは珍しくない。捜査本部としては、その間の拮抗を操って効果的に導いて行かなければならないのだが、この時も、土地の宇賀井刑事が、牛引町の各方面を熟知し、顔の売れているのを幸い、こうして主として人的関係から捜査の歩を進めつつある最中に、警視庁捜査課の矢沢刑事は、全く別の途から、同じ山の頂上をさして専心《ひたすら》いそいでいた。

二十二日の午後、帝大法医学教室の古畑医学博士から解剖の結果が報告されて、死因は頸部に細紐様の物を巻いて絞殺したものであること、推定年齢は三十二、三歳とあってこれは宇賀井刑事の厄年説と完全に一致したといっていいが、死後すくなくとも三十時間は経過していて、水中に在ったのはほんの二時間余に過ぎまいという鑑定意見が参考として追加してあった。

これによると、十九日の午後十一時ごろに殺害して、二十日一日死体をどこかに隠匿し、二十一日の早朝五時前後に投棄したものであろうと推測することができる。前にいったとおり、矢沢刑事は、碁盤池に到る最短最便の途を発見して、瀬戸尻という分譲地に重大性を与えた人である。じっさいこの瀬戸尻を凶行の現場と見ることは、捜査本部でもほとんど一致した意見になっていたのだが、一昼夜以上も死骸を隠しておいて、二十一日の朝、発見の二時間前に捨てたものとすれば、如何に淋しい場所とはいえ、付近には工場も人家もある。この全過程を野外で行うことは到底不可能だといわなければならない。殊に朝の五時にどこからか運んで来たに相違ないというのが、矢沢刑事の神経を電流のようにぴりりと動かした。思い出したことがあるのである。それは、はじめ碁盤池に臨検したとき既に認めたのだが、ちょうど原養鶏場の前、藤野間新道から池のほうへ下りようとする、一間ほどのゆるい斜面に、街道の端から低地へかけて、まだ新しい野菜物がおびただしく散乱していたことだ。大根、きゃべつ、小松菜の類で、洗ったばかりの商売ものらしいのが、きれぎれになって散らばっていた。想像すると、朝、市場へ積み出す途中、ここで車から転がり落ちたのを、あわてて拾い上げて行った跡のように見えるのである。これだけでは何の変哲もないが、その時その車の底に積んで来た胴体を、野菜の山が崩れるのに紛らして、誤魔化しながら池の中へ落とし込んで平然と立ち去るということは考えられないだろうか。矢沢刑事はさっそく碁盤池へ出かけて、もう一度その箇処を審べてみた。現場付近は手がつけてないから、散らばった野菜もそのままになっている。刑事は、原とく方はじめ近所の者について、問題の朝、この藤野間街道で野菜を積載した車を見かけなかったかと訊いてみた。田舎は朝が早い。五時といえば皆起き出たころである。すると、大垣煉瓦工場の技手で前夜宿直に当たっていた碇山某という青年が、起き抜けに工場まえの井戸で顔を洗っていると、野菜を積んだトラックが藤野間街道を東橋の方から疾駆して来て、ちょうど、碁盤池の北上あたりの新道で後部の野菜が転がり落ち、しばらく停車して運転手や若い衆が大騒ぎして拾い集めたのち、再びゴルフ場の方角へ走り去ったのを見たといい出た。が、もちろんトラックの番号などは見覚えていない。ただ碇山は、トラックが走り過ぎたかと思うと、間もなくがやがや人声がするので工場の門から覗いて見ると、運転手達が落ちた野菜類を積み直して出かけるところだったというのだ。喜び勇んだ刑事は、直ちに牛引署の登録を台に、トラックを所有している管下の八百屋を調査すると、三軒の青物問屋がトラックを持っていることが判った。そのうち、牛引町山戸一三六番地の岡島という問屋が、隣の坪井町の青物市場へ荷を入れていて、毎朝トラックで藤野間新道からゴルフ場の横を通って野菜を運ぶことまで判明した。

この野菜問屋の主人岡島貞三（三十八）は独身の奮闘家で兄から資本の融通を受けて経営しているとのことだったが、早速矢沢刑事が出張してそれとなく取り調べると、貞三は顔を真っ赤にして酷く昂奮していた。

「兄貴のことでおいでになったんでしょう。旦那の前だが、兄貴にも泣かされますよ。困りものでさあ。いい年をして若い女なんか妾にしやあがって。兄貴の金だって、この私が付いていなかった日にあ近ごろの様子じゃあどんなことになるか知れたもんじゃありません」

と大変な勢いで、かんかん怒っている。これは何か深い事情があるなと思ったから、刑事は、遣り損なった場合は自分が責任を負おうととっさに決心を固めて、野菜を積んだトラックのことなどは曖《おくび》にも出さずに、ただ捜査本部の藤野間分署まで同行を求めたのだった。

貞三は、不思議そうにまじまじと刑事を凝視《みつ》めていたが、何ら抗弁もしないで、仕事着のままその場から引っ立てられて行った。

五

現場に何一つ手懸かりがないというのは、無いのではなくて、見方探し方が誤っているのだ。視線の角度さえ変われば、見えなかったものまで見えて来るものである。フランスか何国かの探偵の格言にこんなのがあったと思う。とにかく、発見後、中一日を置いた二十三日に捜査本部総出でもう一度碁盤池付近の大捜査をやったところが、ちょいとその視線の角度が変わったというのだろう。重大な手掛かりと目すべき物が二三発見されて、捜査本部は急に色めき立った。矢沢刑事の辿った、瀬戸尻から碁盤池へ出る一直線の道を、煉瓦工場の裏で南へ折れると、図のとおり下束川が流れている。そこに、大正橋という名ばかり大きな、粗末な橋が架かっているのだが今までの捜査では、何ということなしに、誰もこの橋を一足股いでその向こう側を調べた者はなかったとみえる。迂濶なようだが、こういうことはよくあるもので、橋の袂まで行きながら、これをひとつ渡ってみようという気が起こらなかったのだ。いわば、ただ気がつかなかったので、犯人にとっては、この橋一つがくろがねの、というところだったが、そこがいわゆる視線の角度が変わったせいか、二次の現場捜査に加わった牛引署の刑事の一人が、何気なく大正橋を渡って下束川の向こう岸へ出てみると、そこに二三本痩せ松が立っている。その根方の雑草《くさ》むらに、新聞紙に円めた女の腰巻と、傍らに金の入れ歯が一個落ちているのを発見した。腰巻は、白メリンスに手拭いを手巾に截って接いで付けたもので、継ぎ合わせてみると、巾一寸ほど端のほうが裂き取ってあったが、中央に稲の穂を二三本大きく染め出し、隅に、角石酒米商笹屋とあって、笹屋からお顧客へ中元に出した手拭いである。金冠は牛引町本町通りの柴山歯科医が鑑定して、非常に困難な、特徴のある細工だというので、ＪＯＡＫへ依頼してラジオで放送し、心当たりの歯科医から手懸かりを得ようとしたが、この方は、交渉に暇取っているうちに日が経って失敗に終わった。が、もう一つ、藤野間新道とゴルフ場の合接地点から窪地へ下りて、一本橋で上東川を渡り、碁盤池を右に見ながら東橋から南寄りの地点へ上る小径がある。新道の迂回を避けて、低地を横断している近道である。路といっても、御用聞きの小僧なぞが草を踏みしだいて通った跡がわずかに続いているだけなのだが、この小径が池へ最も近接しているところで、妙な物が発見された。それは、手の指へでも巻いていたものかい、い、すっぽり脱け落としたらしく、結び目もそのままに円くなっている繃帯だったが、解いてみると、それが腰巻についていた笹屋の手拭いを裂いたものであることが、模様布地等完全に一致するところから鑑別された。これによって当然、犯人は手指に負傷しているものではあるまいかという推定が立てられて、直ちに刑事の群が飛んで、牛引中の薬屋と外科の開業医を片っ端から歴訪し二十日に手に怪我をした者が薬を買いに来なかったか、また外科医へは、手当てを受けに来たものはなかったかと訊き回ったが、これは何ら眼星い結果を齎《もたら》さなかった。しかし、腰巻に付いている笹屋の手拭いだけで十分である。早速捜査本部から角石の鉄道踏切に近い笹屋へ刑事が派遣されて、その手拭いを示して取り調べると、確かに昨年の中元にこの店から顧客さきへ配ったものであると分明したのでその配り先をたしかめ、即刻二三の刑事が手分けして一々その家を回り、念のために手拭いの一覧を乞うて歩いたところが、そのうち、笹屋の小僧に案内された刑事の一人が、同店の西裏に当たる前記の俗称桐畑という住宅地に建っている、洋館めいた一軒の粗末な借家に来てみると、内部から固く戸が閉まっていていくら呼んでも返事がない。

「留守かな」

と刑事が呟くと、小僧がいった。

「この家はこのごろいつもこうなんです」

締め切りで旅行にでも出ているのだろうと刑事が思ったとき、家の中でラジオが鳴っているのが聞こえた。表へ回って標札を見ると、「高村満世」とある。何をする家かと訊くと、小僧が答えた。

「ピアノの先生です」

「女主人だな。どんな女だ?」

「三十余りの大きな女です」

「独り住まいか」

「そうです」

「女ひとりで淋しいところにいるな。何日から戸締めだ?」

「十九日の晩おそく、男の人が使いに来てビールを三本届けました。その時は楽器やなんか鳴らして大騒ぎをしていましたが、二十日の朝、何時もの時間に御用聞きに行くと、戸がしまっていました。昨夜さわいで寝坊をしているんだろうと思って、後からまた行ってみましたが、やっぱり戸が閉まっていて、それからずっとそのままなんです」

「大家はどこだ？」

「岡島さんです」

「青物問屋の岡島か」

「いいえ、兄さんの昌助さんのほうです」

六

牛引町山戸六番地に、質屋と恩給年金の立替え業を営んでいる岡島昌助（四十四）という男がいた。同所一三六番地の野菜問屋岡島貞三の兄である。

が、この岡島昌助に関しては、桐畑の謎の家の女主人高村満世との関係から、宇賀井刑事が先刻すっかり洗ってあったので、これがそっくり役に立ち、捜査本部は非常に助かったのだった。宇賀井刑事は、高村方の出入りの牛乳屋勉強舎の者から聞き出したのだが、それによると、満世はピアノ教師というのはおもて看板で、べつに弟子といってもそんなに来ている様子はなく、可なりだらしのない生活をしていたようだった。で、内実も相当苦しかるべきはずなのが、事実はその正反対で、どんな別途収入があるのか、莫迦に派手な暮らしをして近所の眼にもつき、寄り寄り評判になっていた。もっとも、性格も締まりのない女で、台所から見えるところで裸体《はだか》で寝ながら、平気で御用聞きと応対したりなどして、かえってこっちが面喰らうようなことも多々あったという。つい先ごろまで牛引町の映画常設館共楽館にピアニストとして勤めていたのが、桐畑へ移って来てからは、音楽教授をするとの触れ込みで、内々は大家の岡島昌助の妾になっているとの噂が高かった。それが旅行をするという話もなかったのに、突然二十日の朝から戸閉めになっているので、界隈でも不審を懐《いだ》きはじめている。勉強舎のおやじは、これらのことをべらべらと饒舌《しゃべ》り立てたのち、先に立って宇賀井刑事を問題の家へ案内した。なるほど、家内から錠が下りているが、よく調べると、風呂場の雨戸が一枚戸外から釘付けになっている。宇賀井刑事は、すぐに戸を叩き毀して踏み込んでみようかとも思ったが、一応捜査本部へ報告してからと考え直して立ち去ろうとすると、やはり、戸内でラジオが鳴っている。戸に耳をつけて聞くと、午後七時の諸官省公示事項と中外商業のニュースである。妾をしている女が、こういう硬い放送に興味を持つとはちょっと変だと宇賀井は感じた。これはラジオが勝手に鳴っているのではあるまいか。刑事はもう八分どおり被害者の身許は判明したものと勇気百倍して、そこから直ちに共楽館へ回り、主人に会って高村満世のことを質《たず》ねてみた。すると、この共楽館の経営者というのが物堅い男で、雇傭者全部から身許保証のようなものを一札入れさせていたので、さっそく満世の分を呈出させて見ると、高村満世、明治三十年生まれ、本籍岡山県吉備郡小南村大字小南、安次郎三女とある、なおその時共楽館の主人がいうには、満世は、私立日本音楽院出身で、牛引町へ来るまでは、新宿のシネマ・プラザに長く楽手をしていたことがあり、共楽館を辞める時は以前から関係のあった映写助手斎藤粂太郎と同棲するといっていたという。刑事は、その斎藤の人相を詳しく聞いたのち、

「その男も、館のほうは、高村さんと一しょに止したわけですな。その後ちょいちょい見えますかね？」

「斎藤君ですか。いいえ。ええ、そうそう、そういえば、二十一日のお正午ごろ、ちょっと楽屋口へ顔を出して、主任弁士の安坂華声に五円貸金《かし》があるから取りに来たといっていましたが、ちょうど華声君がいなかったので、また来るといって急いで出て行きました。それきり参りません」

「何か変わった風は見えませんでしたか」

「そうですね。小指に繃帯をしていたようです。もう始めたのかい（夫婦喧嘩のこと）と冷やかしましたら、黙って笑っていました」

宇賀井刑事は宙を飛んで捜査本部へ帰った。

七

本部では、最初の嫌疑者として矢沢刑事が引き揚げてきた岡島貞三が、極力犯行を否認していた。貞三は、兄昌助のことを馬鹿野郎と罵ったが、それでも、いくら馬鹿でも昌助が妾の満世を殺したものとは考えられないと、さすがに昌助をも弁護していた。そこへ宇賀井刑事の情報が這入ったので、急に活気を呈して、ともかく一隊は岡島昌助を拘引し、一方岩下署長、鈴木捜査主任以下総出で桐畑の高村方へ雨戸を破って踏み入ってみると、無人の家の奥六畳の間に惨劇のあと歴然たるものがあり、在宅を思わせる犯人の小細工か、ラジオが掛けっ放しになっていて、慄然と膚に迫る鬼気が漂っていた。それから、ほとんど徹夜の家宅捜索を開始したのだが、明け方近くになって、母屋と割り板つづきの物置の土間で、糠味噌の甕の中から、糠と頭髪にまみれて凄惨言語に絶した満世の生首を発見したのは、矢沢刑事だった。より驚くべきことは、満世の首が、格闘のさい犯人の手から噛み切ったものらしく、第二関節から喰いきった男の左手の小指を啣えていたことだった。こうなると、小指が完全なだけでも、岡島昌助の無罪は立証されたわけだが、なおも昌助は、蒼くなって犯行を否認しつづけた。如何にも一時は満世を妾にするつもりで自分の家作にまで引き入れたが、その後、当人があまりだらしがないのと、それに、従兄弟と称する悪いやつが二人も付いているのに恐れをなして段々敬遠主義を取り、近ごろではほとんど断絶の形だったと主張した。したがって、二十日の朝以来戸が閉まっているということは、噂には聞いたが、見にも行かなかったというのだが、資産家といわれている昌助である。一旦食いついた満世が、いいなり次第そう簡単にこの弗《ドル》箱を離したかどうか、問題はこの一点に懸かって来た。

するとこの時、宇賀井刑事がひそかに、シネマ・プラザ時代の高村満世の身辺を調査するように新宿の警察へ依頼してあった、その回答が来て、満世には、その当時既に、田口重篤（二十九）というコックを職業とする不良青年の情夫があり、目下田口は、牛引町本町通り二丁目カフェー・ノンキに料理人として住み込んでいることが判明した。ここで捜査本部は、岡島兄弟の訊問を中止すると同時に、突如事件は急転直下して解決に向かったのである。しかし、刑事がカフェー・ノンキへ出向いた時は、田口は既に、前借りまでして高飛びしたあとだったが、急遽近県の警察へ手配方依頼を打電すると、翌々日の早暁、田口は洲崎署の手によって、洲崎遊廓第二金大黒楼において寝込みを襲われ、格闘の末逮捕された。共犯の元共楽館映写助手斎藤粂太郎（三十五）は、郷里秋田県塩入町なる実家で潜伏中を捕縛されたが、果たして同人は、左の小指を第二関節から失っていて、局部が化膿し帰郷以来同地の公立病院に通って手当てを受けていた。これは重罪犯人は犯行後大概一度は故郷を訪れるものであるという奇妙な通癖を利用して、うまく壺にはまったのである。

　牛引署に護送された両人は、小指をくわえた満世の首を見せられると、さすがの凶漢も一堪りもなく自白した。それによると、田口が情婦《おんな》のあとを追って牛引町へ来てみると、満世にはもう斎藤というものができている。それで始めは、普通の三角関係だったのだが、そこへ金のある岡島昌助が現れて、満世を横奪《よこど》りしてしまったので、田口と斎藤は協力して昌助に当たり、何とかして満世を取り戻そうと、満世が桐畑へ移って昌助の妾となってからも、引き続いて三人の間にいざこざが絶えなかった。凶行の十九日夜は、最後の談判のつもりで二人が押しかけて行くと、酒になり酔った揚句《あげく》満世が、お前さん達がいるもんだから岡島さんが怖がって寄りつかない。そうして人の生活の邪魔をするやつは二人とも死んでしまえといったので、かっとなって、二人がかりで絞め殺したというのである。が、死体の処置に窮して、田口の発案で同家にあった鋸を持ち出し、首と手足を切断して首は物置の糠味噌の中へ埋めた。翌二十日は、戸閉めで同家を出て、手分けして下束川の下流へ四肢を投棄した。凶行の時は夢中だったがあとで気が付いてみると、斎藤は左の小指を絞殺の際満世に嚙み切られていた。同夜は両人こっそりまた被害者の家に落ち合ってラジオなどかけながら夜の更けるのを待ち、胴体を被害者の腰巻に包んで伴《つ》れ立って家を出たが、捨て場所に困って一晩中散々歩き回った末、二十一日の午前五時ごろになったのでもう場所選びはしていられないと、折から大正橋の袂にさし掛かっていたので、そこで胴を腰巻から取り出し、矢沢刑事の白眼んだ途をとって、大垣煉瓦工場と原養鶏場の間を抜けて碁盤池へ投棄したのだった。その時、松の根へ腰巻を遺棄したのと、田口が胴体を池へ捨てる間、低地の小径に立って通行人を見張りしていた斎藤が、被害者の腰巻から裂いた小指の繃帯を、知らないうちに落としていたことが、ついに発覚を招く端緒となったのだ。西欧の格言に「殺人者は必ず思わぬことで失敗する」とあるのは、まさにこのことをいったものであろう。ただ、腰巻と一緒に発見された金歯だけは、元からそこにあったものか事件とは何ら関係のない物だったし、また、岡島貞三方のトラックが、碁盤池付近で野菜を落として大騒ぎしたというのも、要するにそれだけの事実に過ぎなかった。

一週間ほどして、牛引町を離れた下束川の下流で、内務省浚渫作業に従事していた、同省河川課雇人奥平清之によって、防水ハトロン紙に包装した上から電灯のコードでぐるぐる巻きにした女の片脚が引き揚げられたが、同時に棄てたという他の肢体及び切断に使用した鋸は、ついに発見に至らなかった。その辺まで流下してしまえば、水勢が強いので、疾うに海へ押し出されたのだろうということだった。ラジオが鳴っていたと聞かされて、犯人は、確かにスイッチを切って出たと主張したが、もしそれが思い違いでないとすれば死の家で自然《ひとりで》に鳴り出したラジオ――ちょっと凄い怪談である。

作者後記　本事件は、完全に作者の創作に成る。したがって、篇中の人名地名等、すべて作者の空想である。一言しておきたい。

真夜中の煙草

舶来百物語——或る殺人事件

1

ジェイムス・クレアランス・ウイッセンクロフトは、四十あまりだった。

身体は丈夫なほうだ。あまり売れない画家だが、それでも、何やかや仕事があって、独身の気軽さも手伝い、そう困るというほうではなかった。

その朝は、九時に朝飯を済まして、いつものようにパイプをくゆらしながら、新聞に眼を通した。

それから、ぶらりとアトリエへ這入って行って、木炭を取りあげて、紙に向かってみた。

毎朝彼は、何時間かをデッサンに費やす習慣になっているのだ。が、その朝は妙に、いま読んだ新聞の日付が気になって、いつまでも頭にこびりついて離れなかった。

「今日は、一九三〇年八月二十日だ」とウイッセンクロフトは、不思議なほど心に繰りかえした。「まったく、八月二十日だ——」

アトリエは、北向きの窓が、すっかり開け放してあった。だが、蒸しむしして、圧さえつけるような暑さだった。

じっさい、ひどく暑い日だった。

こんな日には、どこか池へでも行って水浴するのが一番いい——ウイッセンクロフトはそんなことを考えた。すると、そこから、一つの絵になる場面が思い浮かんだ。

彼は、夢中になってその絵を描きはじめた。面白いように筆が動くので、何もかも忘れて、午飯の時間が過ぎたのも気がつかなかった。近く聖ジュウド教会の鐘が四時を打つのを聞いて、彼は、からりと筆を擱いた。

ちょっとした思いつきを、スケッチにしてみただけだが、それにしては、素晴らしい出来のように思えた。

ジェイムス・クレアランス・ウイッセンクロフトは、その絵が非常に得意だった。

それは、こんな絵だ。

2

池のそばに、一人の男が何か刃物を振り上げて立っている。その男は、今その刃物で誰かを殺して、屍体を池の中へ叩き込んだところなのだ。どうしてこんな絵を描いたのか、それはわからないが、ともかくウイッセンクロフトの考えでは、その男はこの暑さのために突然発狂して、この凶行を演じた——そういう気持ちを絵に盛ったのである。

池は、ウイッセンクロフトが今まで見たことのない、空想の池で、雑木林に囲まれて、向こうに、夏の雲がもくもく沸き上がっているのだ。男も、ウイッセンクロフトが頭で想像した人物で、会ったことのない顔だった。筆が勝手にうごいて、そんな顔を描いたのだった。肥った男だ。非常にふとった男で、顎に肉が垂れ下がっているのだ。太い首をしている。一昨日あたり剃ったらしい鬚が、鼻の下から頬いったいに密生していた。頭はすっかり禿げている。この男が、ぞっとする形相で、池の岸に立って刃物をふりあげて、水面を白眼んでいる——水面には、幾重にも大きな波紋が拡がって、投げこまれた死体がそこに沈んで行っているのだが、むろんそれは絵には出ていない。

何でこんな絵を描いたのか、とにかくこういう絵だった。

出来上がってみると、全然頭で考えたものにしては、よく描けていた。その肥った男の顔や服装など、こまかい点まで生きていた。

ウイッセンクロフトは、このスケッチをくるくると巻いて、アトリエの棚の上に置いた。そして、仕事のあとの幸福な疲労と満足感とで、軽い気もちで家を出た。漫然と散歩するつもりだった。

リッチングトン街を右にまがった。ギルクリスト街を突き当たった丘の裾では、新しく電車が引けるので、多勢の工夫たちが立ち働いていた。

そこから郊外へ出て、開墾地の中の小径をどこまでも歩いて行った。二三年この町に住んでいるが、この方面へは初めて足が向いたのだ。景色なぞを見るよりも、ただ暑さだけが意識されるのである。真夏の午後の白い日光が、むんむん漲って、土の道が割れていた。眼がくらみそうだった。

西の空低く、銅色をした雲がむらがって、驟雨が来そうだ。遠くに、かすかに雷鳴が転がっていた。

ウイッセンクロフトは、ぼんやり考えごとをしながら、六哩ほども歩いた。向こうから来かかった少年に、ふと時間を訊かれて、気がついたように立ちどまった。

六時二十五分だったが、日が長いので、夕方の影は、まだどこにもなかった。

3

ウイッセンクロフトは、今さらのようにあたりを見まわした。彼は、眼の前に、朽ちかけた小さな門が立っているのを見た。

門の中は荒れ果てた広い庭で、色いろの形の切り石が、あちこちに積み上げたり、ころがしたりしてあるのだ。何か紫の花が咲いていた。真紅のジェラニウムも眼に這入った。

門の上に、リボンの形をした木の看板が、横に渡してあった。

「チャアルス・アトキンスン
　　墓標専門　石工
　　　　英国産及び伊太利大理石」

とあった。

石を叩く槌の音がしていた。中庭から奥へかけて、仕事場になっているらしく、咳払いが聞こえた。

鉄と石の打ち合う冷たい音が、涼しく感じられた。水を一ぱい貰おう——そう思って、ウイッセンクロフトは這入って行った。

主人の石工が、こっちへ背中を向けて、小さな大理石の墓石をせっせと刻んでいた。ウイッセンクロフトの跫音が近づくと、手をとめて振りかえった。

するとウイッセンクロフトは、ぎょっとして立ちどまったのだ。

それは、さっき彼が絵に描いた男だった。

池のそばで、刃ものを振り上げて人を殺しているところを絵にした、その画中の主人公だった。

肥ったその男は、苦しそうに額に汗をかいて、低い石に腰かけていた。そばの台の上に、刻んでいる墓石が置いてある。男は、ハンケチを出して太い頸のまわりを拭きながら、ウイッセンクロフトを見上げた。

「何かね」

とにこにこして訊いた。

「いや、あんまり暑いものですから、ちょっとここで休ませてもらおうと思って――」

ウイッセンクロフトは、勝手に這入りこんで来たことを弁解するように言った。

「全く。この暑さじゃあ、逆上《のぼ》せ返りますね」石屋は、かたわらの椅子をさした。「お掛けなさい。いやどうも近年にない暑さですな」

ウイッセンクロフトは、腰かけた。

そして、会話の継ぎ目をさがすように、あたりを見まわすと、その眼は、いま石屋が仕事をしている小さな大理石にとまった。

「大理石ですね。綺麗な石ですね」

とお世辞のようにいった。ウイッセンクロフトは、石のことなどはわからないのだったが、何か言わなければならないような気がして言ったのだ。

石屋は首を振った。

「素人眼には、ちょいと綺麗な石だがね」と、彼は、はじめた。「だが、こいつあやくざな石ですよ。表はいいけれど、裏に瑕が這入ってるんです。素人には気がつかないが、こんな石ではとても好い仕事はできませんよ。こういう、夏の暑い時は、差しつかえありませんがね、冬は、一たまりもねえんです。石の瑕は、霜には弱いんですからなあ」

「じゃ、そんな悪い石をこうして一生懸命に刻んで、何にしようっていうんです」

男は笑い出した。

「なにね、墓の見本にしようと思って、ちょっと気が向いたから彫ってみているんです」

「では、注文じゃないんですね」

「注文じゃあねえんです。あっしが思いついて、稽古かたがた墓石に刻んでいるんです」

そして彼は、またしきりに大理石の話をつづけるのだった。

4

雨や風に耐えるのは、どこの産が一ばんいいとか、仕事がしやすいのは何種だとか、そんな専門的なことを色いろと話すのであった。それから、庭や草花のはなしも出た。そういう話の最中、彼は機械のように顔や首すじの汗をしっきりなしに拭いて、この暑さを呪っていた。

ウイッセンクロフトは、何だか不安な気がして、変に黙りがちだった。

この男に会ったことが、非常に超自然的な、不気味なことのように思われてならなかった。以前、いつかこの男をどこかで見かけたことがあって、自分では忘れていたものの、その印象が意識の底に埋もれていて、きょうああして偶然、あの絵の人物となってじぶんの筆から出たのだろうと思った。とにかく、そう思いたかった。

何時の間にか、石屋のアトキンスンは、ウイッセンクロフトをそのままにして、仕事をつづけていた。

槌を下ろすたびに、こまかい石のかけらが八方へ飛んで、アトキンスンはしきりにペッペッと唾を吐きつづけた。

やがて、その墓石を彫り終わって、

「さあ、できました」

と言って伸び上がった。

ほっと息をついて、

「あんまり気に入らねえが――」

と真っ赤な顔を汗だらけにして、ウイッセンクロフトをふり返った。

「どうです――」

見てくれ――という顔だった。

その小さな大理石の墓標のおもてに、ウイッセンクロフトの読んだ文字は、こうであった。

「故ジェイムス・クレアランス・ウイッセンクロフト之墓

一九三〇年八月二十日急死」

そして、傍らに小さく羅典語でこんな文句が彫ってあった。

「吾人は生の最中《ミドスト》に死す」

ウイッセンクロフトは、しばらく黙ってそれらの文字を何度も読みかえしていた。

それから、かすれた声で訊いた。

「あなたはどこでこの名を御覧になったのです」

「どこで見たというわけじゃありません」石屋が答えた。「墓を彫るには、何か名前がなくちゃならないので、道具を手にしてから急いで考えたんです。そうしたら、こんな出鱈目な名前が、ふと心に浮かんだんです。私が作った姓名ですよ。日づけだけは、今日にしておきましたがね。何故そんなことを訊くんです」

「いや、何でもありません。なるほど、きょうは一九三〇年、八月二十日でしたね」

ウイッセンクロフトは、まっ白な顔になっていた。

二三歩、あとずさりして、歩き出した。

「帰るんですか」

と石屋が言った。

ウイッセンクロフトは、だまってうなずいた。

「電車みちへ出るんなら、近道がありますよ。教えて上げましょう」

と言って、石屋は、手に仕事用の大きな鑿を持ったまま、ウイッセンクロフトのあとからついて来た。

小径なので、ウイッセンクロフトと石屋は、ぴったり前後に並んで、歩き出していた。

「そこを曲がるんです」

石屋がいった。

家について裏へまがると、雑木林が見えた。そして、その立木の間に鉛色にぎらぎら光っているのは、古い水のたまった池であった。

それは、さっき自分が描いた景色であることを、ウイッセンクロフトは一眼で見た。

「池がありますね」

彼は、乾いた声で言った。

石屋は、答えなかった。すぐうしろに、はあはあと苦しそうに、重い呼吸《いき》をするのが聞こえた。

「池がありますね」

またウイッセンクロフトは、泣き声でいった。

彼の頸すじのすぐうしろで、石屋が喘ぎ喘ぎ言った。

「ああ暑い、気が狂《ちが》いそうだ。かあっとして来る。ううむ、苦しい――」

ウイッセンクロフトは、きゃあっと身体中で叫んで振りかえった。

舶来百物語——恐怖の窓

1

「伯母さまは、いますぐ下りてらっしゃいますわ」

十七八になる令嬢が、老成《ませ》た口調で言った。

「それまで、あたくしにお相手申すようにって、伯母さまがおっしゃいましたの」

フラムトン君は、まごまごして、何かいおうとしたが、こういう場合、何といっていいかわからないので、赤くなって黙っていた。

（とにかく、もうじき伯母さんという人が二階から下りてくるというのだから、待っていることにしよう）

と思った。

（その間、この令嬢と話していなければならないが、何を話したら――）

とも思った。

（とにかく、知らない家をはじめて訪問するのは、気づまりなものだ）

フラムトン君は、倫敦の若い銀行員だ。

そして、倫敦の多くの若い銀行員と同じように――何も倫敦の、とは、そして、銀行員とは限らないが——神経衰弱になってしまった。

ところで、この神経衰弱という病気は、重宝なもので、こいつにかかると、しばらく勤めを休んで、田舎へ行けるのである。

フラムトン君の診てもらったお医者さんも、鼻眼鏡をかけたり外したりしながら、

「そうですな。まず、田舎へでも行って、ゆっくり静養なさるんですな」

と言った。

で、家へ帰って姉さんに相談すると、

「じゃ、あのモンロウ村がいいわ。モンロウ村へいらっしゃいよ。あたしね、女学校時分に、一夏行ってたことがあるの。空気がよくて、牛やなんかたくさんいて、とてもいいところよ」

田舎はたいがい空気がよくて、牛や何かたくさんいる。姉さんは話をつないで、

「あたしね、その時お友だちの家へ行ってたの。その方のお家、今もあるわ。あたしのお友だちは、もうお嫁に行って、この倫敦にいるけど、その方の伯母さんや伯父さんや妹さんや、それから兄さんやなど、色んな人がいるはずよ。大変なお金持ちなの。あの辺切っての豪家なんですって。とっても親切な人たちよ。紹介状書くわ。訪ねてらっしゃいね。モンロウ村って、そりゃあ退屈なところだからあのお家へでも遊びに行かなければ、とても長くは辛抱できやしないわ」

その一家の名前は、サップルというのだった。

2

モンロウ村へやって来たフラムトン君――倫敦の神経衰弱の若い銀行員――は、いま、さっそくこうしてこのサップル邸を訪問したところだ。

なるほど、地方の物持ちらしい豪壮な邸宅で、この応接間なども、べらぼうに広いものだ。家から見える庭は、まるで牧場みたいである。

紹介状を出すと、サップル夫人は、二階にちょっと用があるからといって、下りて来るのを待つあいだ、夫人の姪のこの若い令嬢が応対に現れたわけだ。

この娘が、姉さんの友だちの妹なのだろう。ちょっと好い顔をしてる。利口そうな眼だな――そんなことを思って、倫敦の神経衰弱の若い銀行員のフラムトン君は、ひとりで勝手に赤い顔をして控えている。

「モンロウは初めてですの？」

令嬢が訊いた。

倫敦の神経衰――もう判った――フラムトン君は、駱駝が棒を呑んだように首を固くして、

「はあ。はじめてなんです、僕う」

「何誰か御存じでいらっしゃいますの？」

「誰も、僕、知ってる人はないんです、はあ」

「まあ、こんなところにお一人っきりでいらしっては、お淋しゅうございますわね」

「はあ、淋しいです、僕」

（ですから、僕、あなたと大いに意気投合したいんですがね）

フラムトン君は、あたまの中でこう言った。

が、顔は大真面目で、正面の窓を見つめていた。

令嬢は、ほっと小さな溜息をして、

「伯母さまも御存じないいんですの？」

「はあ、知らんです。これから初めてお眼にかかるです。姉はお世話になったことがあるようですが――」

「お姉さまは、ここの伯母さまのことを、何かお話しになりまして？」

「いや、何も話さなかったでありますが」

「じゃ、伯母さまのことは、何にも御存じないいんですのね」

令嬢は、念を押して、悲しそうに眼を伏せた。

「そりゃあお気の毒なのよ、伯母さまって方」

「はあ？　どうかしたんですか」

「三年前ですの――」

「は？」

フラムトン君は、棒を呑んだ駱駝が今度は高いカラーをしたように、一そう固くなった。

「三年まえのことですの」令嬢が、はじめていた。「この一家に、大悲劇が起こったんですわ。それが伯母さまを、廃人同様にしてしまいましたの。このことは、あなたのお姉さまもきっと御存じないのね」

「知らんでしょう、何も言いませんでしたから——一たい何があったんです」

そう言ってフラムトン君が訊くと、令嬢はしずかに眼をうごかして、部屋の正面を見やった。

そこに、大きな仏蘭西窓が開け放しになっていて、なだらかな芝生の傾斜が、遠く海のようにつづいているのが見える。

3

「この十一月の夕方に、どうしてあの大きな窓を開け放してあるのか、不思議にお思いにはなりません?」

令嬢はしんみりと言って、つつましやかにフラムトン君の顔を見た。

(そう言えば、いささか変でないこともないが——)

とフラムトン君は思った。

いま言われて気がついたわけではないが、ほんとに十一月なのだ。しかも、末で、もう十二月に近い。

それに、夕方である。

青インキをうすく溶いたような夕闇が、その、眼もはるかに広い庭に立ちかけて、うそ寒い風が吹き込んで来る。遠くに小さくならんでいる葉の落ちた樹が、うなずくように順々に揺れなびいて、見ていると心ぼそくなるような景色だ。(それは決して、フラムトン君が神経衰弱

だったせいではない）

第一、雪を持った冷たい風が、部屋いっぱいに吹き込んで来る。それなのに、その途方もなく大きなフランス窓が、あけっ放しになっているのである。

（これは大いに不思議だ）

とフラムトン君は考えた。

（何か曰くがなければならない）

「なぜ窓をお閉めにならないのです」

と訊いてみた。

「それが、閉められないんですの」

令嬢は、うつ向いて答えた。

「どうしてでしょう、僕、閉めて上げましょうか」

そういってフラムトン君は、起ち上がろうとした。

令嬢はあわてて、

「いえ、あの、閉めてはいけないんですの」

「ですから、何故ですか」

「伯母が、閉めさせないんですのよ」

こう言って令嬢は、話し出した。

「この大広間の窓だけは、伯母は、あれ以来、絶対に閉めさせないんですの」

「はあ？　あれ以来と申しますと？」

「それを今、申し上げようとしているんですわ——この窓はフランス窓ですから、ごらんのとおり、ドアと同じに出入りできますわね。三年前に、伯父さまと従兄弟《いとこ》たちが、六人揃って狩猟に出かけて行ったのは、この仏蘭西窓からでした——」

「あなたの従兄弟というと、伯母さんの息子さんたちですね」

「ええ、子供が五人——子供といっても、一ばん上は二十八でしたし、下は十七でした。みんな男の子で、伯母さまの息子たちなんです。で、その五人が、お父さんと一しょに狩りに行ったんですのよ、この窓から」

4

令嬢は、憂いに閉ざされた眼を窓へ投げて、つづけるのだった。

「そして、そのまま帰って来ませんの」

倫敦の神経衰弱の若い銀行員のフラムトン君は、ぎょっとした。

「え？　そのまま帰ってこない——と言いますと？」

「このずっと向こうの山のかげに、底なしの泥沼がありますの。獲物に気を取られていて、六人もその沼に落ちこんで、泥に呑まれてしまったんですわ」

フラムトン君は、ぞっとした。

（道理で、姉の話では、兄だの弟だのと、ずいぶん大家内のようだったから、どんなに賑やかな家かと思って来てみると、まるでお葬式のあとのように、広い邸のなかががらんとしてい

るのは、そういうわけだったのか――姉は、その後べつに交際がないので、この三年前の一家の悲運をすこしも知らなかったのだ)

「どうも、何と申し上げていいか――」

フラムトン君は、もぞもぞお悔やみを述べようとした。

「いいんですの。三年も前のことですもの。でね、はじめ中の一人が、泥に足を取られたんだろうっていうんですの。それを助けようとして、あとの五人がみんな、順々に沼へ落ちてしまって、ずるずると吸い込まれたのではなかろうかって――でも、見ていた人があるわけではありませんから、それは判りませんけど、落ちたあとは、ちゃんと残っていました。猟犬も一しょに、落ちこんじゃいましたの」

「犬もやられたんですか」

「ええ。十二三匹いた猟犬がみんな――それは凄い沼ですわ。踠けばもがくほど深くはまり込むんですって」

「飛んだことでしたなあ」

「雨の多い夏でしたのよ。なもんですから、その椿事のあった一月《ひと》ほどあとで、すぐそばの山が崩れて、沼の半分ほど埋まってしまいましたの」

「で、その六人の方の屍体は?」

「ですから、山崩れの下に這入ってしまって、とうとう発見されませんでした。もう、永久に、発掘の見込みはないと思いますわ」

フラムトン君は、黙ってしまった。

神経衰弱を直しに来て、神経衰弱が倍になったような気がした。

（いやな話を聞いてしまった。こんな家へ来なければよかった。妙にひっそりして、はじめから変に陰気くさい家だとは思っていたが――何とかして、もう、サップル夫人なぞに会わずに、一刻も早くここを逃げ出す工夫はないものかしら）

令嬢が、言っていた。

「伯母さんは、お気の毒ですわ。それから、すこし変なんですの。でも、無理もありませんわねえ。そんなことで、良人と五人の子供を、一度になくしたんですものねえ。しかも、大きく育った、立派な男の子ばっかり五人も――」

「同情しますなあ、実に」

「伯母さんは今でも、いつか必ずあの六人が帰ってくると信じているんですのよ。六人と猟犬の群れが、三年まえ狩りに出ると、いつも夕方元気よくこの窓から帰って来たように、きっとそのうちこの窓から這入ってくると固く思いこんでいるんですわ。ですから、どんなことがあっても、どんなに寒くても、伯母さんはこの窓だけは閉めないんですの。あたし達もこの伯母さんの気もちを察して、この窓は閉めたことがございません。ですから、お寒いでしょうけれど、我慢なすって下さいましね」

「いいえ、僕、ちっとも寒くなんかないんです。そんな御心配なく――そうですか。じつにお気の毒ですねえ」

「ほんとに――伯母さんは今でも、その朝、伯父さまと五人の子供が、この窓から狩りに出て行った時のことを話しますわ。伯父さまは、白い防水外套を肩にかけて、子供たちはみんな茶色の、狩猟服を着て『バアテイとロウズ』の唄を歌いながら、いつものように元気よく出て行ったんですって――あたし、時どき思うわ。今にもこの窓から、ほんとにあの六人が活潑に歩って這入って来はしないかと――そして、ぞうっとしますの。ことに、こんな物淋しい、しずかな夕方なんか――あああたし、何だか怖くなって来たわ」

「まあ、お待たせしましたこと」

そこへ、そう言って、サップル夫人五十五六の上品な婦人がしとやかな衣ずれの音をさせてドアを這入ってきた。

5

フラムトン君は、同情を面にあらわして、初対面の挨拶をした。

サップル夫人は、すぐ窓を見て、

「この窓が開け放しになっておりますけれど、ちょっと御辛抱下さいましね。良人《たく》と子供たちが猟に行きましてね、もうすぐ帰って参りますから――」

これだな、と思って、フラムトン君はちらと令嬢を見た。

伯母さんが、言いつづけていた。

「出たっきり帰りませんの。まあ、こんなにうす暗くなるのに、どこを歩いているんでしょうねえ。狩りになぞ行かなければいいのに――良人は、白い防水外套を着て行きましたから、帰ってくれれば、すぐ眼につきますわ」

そういってにこにこしている老婦人の顔を、フラムトンは見ていられなかった。

(この様子では、だいぶ狂《ちが》っている――)

フラムトン君は、暗然としてうつ向いた。

彼は、懸命に努力して、何かほかの話題を持ち出して相手の気分を紛らそうとするのだが、夫人は、良人と子供の狩りのことばかり言って、窓から眼を離さないのである。狂老女――それは、悲惨な、無気味な場面であった。

(何といって座を起とう?)

そうフラムトン君が考えた時だった。

じっと窓の外へ眼を凝らしていたサップル夫人が、よろこびのあふれる声で言った。

「あ、帰って来ましたよ。まあまあ、またあの沼へ落ちて、六人とも泥だらけになって――」

フラムトン君はぞっとして、令嬢のほうを見た。すると彼女は、

「あらっ! ほんと! ほんとに帰って来たわ――」

「そらね、だから私は、もうすぐ帰るからといって、ずっとこの窓を開けさせておいたんですよ、ほほほほほ」

フラムトン君は、跳び上がっていた。

(いよいよ自分の神経衰弱は嵩じて、こんな幻影を見るようになったのだ)

「あ、あ、あ――」

と彼は呻いた。

窓の外のずっと向こうの芝生から、豆のように小さい六人の人影が近づいて来ている。一人

は、白い外套を着て！――それは、十二三匹の犬、六人とも銃を担ぎ、泥だらけになっているのが、夕やみとおして微かに眼にはいった。

令嬢は、伯母のうしろに立ってふるえて、声もない――。

「私の言ったとおりでしょう？」

夫人が言った。

遠くから、ほそい歌声が聞こえてきた。

「バアティとロウズ」の唄だ！――フラムトン君は、わっと叫んだ。そばの卓上に置いてあった帽子を摑んだ。

家具につまずいた。風のように家を出て、一目散に走り出した。

「ああ腹が空った」

六人は、どやどやとフランス窓から這入って来た。

がっしりした身体に、白い防水外套を着たサップル氏が夫人に銃を渡しながら、元気のいい声で言った。

「いや、泥を渡って非道い目に会った。それはそうと、誰だい、いまここから飛び出して行ったのは」

夫人は、あっけにとられて、フラムトン君の出て行ったあとのドアを見守っていた。

「何でしょう、まあ！　きちがいみたいな人ですこと。倫敦から来たフラムトンとかいう青年なんですのよ。あなた方がお帰りになるのを見ると、顔色をかえて、挨拶もせずに駈け出して行きましたわ。よっぽどどうかしてるのねえ。どうしたんでしょう」

お芝居の上手な令嬢は、さっきから、一人でくつくつと笑いこけていたが、

「あの方、犬が嫌いなんですって。病的にきらいなんですって――ああ可笑しい。まあ、あの方のあわてようったら！」

窓のそとで、十何匹のポインタアが、家に帰ったのをよろこんで、わんわん吠え立てていた。

「お母さん、御飯できてる？」

子供たちが、口々に訊いた。

楽しい一日の狩猟《かり》の終わり――。

競馬の怪談

1

今月も、怪談を書いてみることにする。

僕は、この頃すこし西洋の怪談を漁っている。石と鉄で築いた西洋の都会の真ん中にも、妖怪はあらわれるものとみえて、じつにいろいろの話がある。

僕は、一ばん怪談というものに縁の遠い怪談はないかしらと思って、スポーツと怪談を結びつけて考えてみた。スポーツなら、およそ怪談とは距離がありそうに思われたからだ。で、いろいろとその方面を探してみたところが、ほかのスポーツにはあんまり怪談はないようだが、競馬にだけはかなり多いのである。

ほかのスポーツはまだ歴史が若いが、競馬は古いので怪談という苔がついているというわけなのであろう。

だが、その競馬に関する怪談も、いろいろ漁ってみると、みな大同小異である。晴れの出場の前日に死んだ馬が、何時の間にか他の馬に伍して、騎手なしに走っていたり、或る競馬場の何番目のレースでは、必ず煙のような馬が前を走って、先頭の邪魔をしたり、一匹だけコースを逆に駈ける馬があって、それがいつしか消えてなくなってどこの誰の馬かどうしてもわからなかったとか、とにかく、そんなのが多い。

その中で、次のはちょっと変わっている。これは、競馬という点を抜きにしても、相当光っている怪談だと思う。

一九三一年——一昨年——倫敦に、マルテン・タムスンという男があった。

マルテン・タムスンはあまり好ましくない人物であった。話のうまい、人の信用を買うことの上手な舌の持ち主で、長年彼はこの機智ひとつで世渡りをして来たのだ。それも、大していい生活をしていたというわけでもないが、無職で、どうやらこうやら食うには困らなかった。八百長めいた拳闘試合の興業元のようなことをしたり、競馬社会に出入りして、いんちきの数々をやってそれを稼業にしていた。

いわゆる「廏の蝿《ステーブル・フライ》」という競馬ごろの親方のような男であった。職業的に方々の競馬場を渡りあるいて、詐欺のようなことをして馬に賭けては、それでブッキイを引っかけるのを専門にしていた。そして、ブッキイの側に回ると、素人を騙して賭け金を捲き上げた。

なかなか巧みなやり方で、そのほうでは、マルテン・タムスンといえば、ちょっと売り込んだ名であった。

マルテン・タムスンは倫敦でも顔が広い。ちょいと見たところ立派な紳士であった。長年の経験で、街の紳士のような気障な服装をすることの損なのを知っているので、いつも堅気な小商人としか見えない地味な身なりをしていた。町で会った知らない人などは、これが有名ないんちき競馬師であろうとは誰も思わなかった。それがまた商売に非常に役に立った。

賭け事だから、マルテン・タムスンも損をしたり儲けたり、始終していた。が、利口な男なので、決して金に困るようなことはなかった。マルテン・タムスンは、機嫌のいい時、いつもこんなことを言っていた。

「私なんかに引っかかる人は、馬鹿ですよ。が、世の中に馬鹿は絶えやしません。一人の馬鹿が死ねば、同時に十人の馬鹿が生まれるんです。その割合で、新しい馬鹿が殖えて行くんですなあ」

が、その晩のマルテン・タムスンは、あまり豊かな財布で歩いていたわけではなかった。その晩というのは、彼があの老人に会った夜のことである。

宵のうち、マルテン・タムスンは、二人の友達といっしょに、レスタア広場《スクエア》に近い或るホテルで酒を飲んだり饒舌ったりして時間を消した。

ちょっとポーカアを引いたりして、ほんの二三時間のあいだに、マルテン・タムスンはかなりの金を損していた。彼ほどの商売人ともあろうものが、いつもならそんなことはなく、目が出ないとみればさっさと逃げるのだけれど、仲間の手まえ、博運がわるいからといってそう器用に引き上げるわけにも往かず、おつきあいでカードにへばりついているうちに、そんな痛手を負わされてしまった。

だから、ホテルを出て帰路についたマルテン・タムスンは、自然、あんまり愉快な気もちではなかった。

霧のような雨が降って、その中を、赤塗りの巨大な乗合自動車が、いくつも幾つも、山のようにうごいていた。白夜という感じのする白っぽい晩だ。

ホイットカム街から、チャアリン・クロスのほうへ歩いて行った。眼立たない服装をしているマルテン・タムスンは、暗黒に包まれて一そう眼立たなくなって、ざわざわする通行人に紛れて歩いて行った。

夜九時頃だった。誰も彼に眼をくれるものはなかった。

ホイットカム街をすこし行くと、ちょっと淋しい町になって、あんまり人も歩いていない。

あの老人がマルテン・タムスンに話しかけたのは、ここだったが、ちょうどその時タムスンのそばには誰も人がいなかった。

2

老人は、ペル・メルへ寄ったほうの角のちょっとしたビルディングの暗い入口にぼんやり立っていたのである。

マルテン・タムスンには、老人の姿がはっきり見えなかった。

「やあ、マルテン・タムスンさんじゃないか」

暗い中からだしぬけに声がしたので、そんなところに人が立っていたとは気のつかなかったマルテン・タムスンはびっくりして、舗道に足をとめた。

ふり返って見た。

「誰だ」

と言った。そして、やっと気がついたのは、閉まっているビルディングの玄関の凹みに、もぞもぞと黒い人影の立っていることであった。白い長いあご髯がすぐ眼にはいったので、老人だということがわかった。

見たことのない人であった。

「マルテン・タムスンだね？」

と老人は咳をしながら、馴れなれしい調子で言った。

「やあ！」

と言いながら、タムスンは頭の中で、じぶんの知りあいのなかに白い髯を生やしたこんな老人があったかどうかと忙しく記憶を探してみたが、どうも思いあたらなかった。

で、当たらず触らずにこれだけの挨拶をして、老人が次に何を言い出すかと、疑い深そうな顔で待った。

老人はルンペンのような装いをしているから、ことによると金をくれというのかも知れないと思ってマルテン・タムスンは軽い警戒を忘れなかった。

「寒いじゃないか」

と老人が言った。

「何の用だ」

マルテン・タムスンは鋭く訊いた。

「君は誰かね？」

「わしゃ老人だよ。ただの老人だよ」

「おいおい、何しにおれを呼びとめたんだ。おれは、君を知らんぜ」

「だが、わしのほうでは知ってる」

「そうか。だが、まあ、それだけの用事なら、失敬する」

タムスンは、何だか不安な気がしてそう言うと、あるき出そうとした。

「うむ、べつに用があるというわけでもないが、どうです、タムスンさん、新聞を買ってくれませんか」

老人が言った。

そして、タムスンを追いかけるようにつけ足した。

「新聞といっても、普通の新聞じゃないぜ」

マルテン・タムスンはまた足をとめて訊いた。

「妙なことを言うね。普通の新聞じゃないって、じゃ、どんな新聞なんだ」

「倫敦タイムスの明日の夕刊なんです」

と老人が答えた。

マルテン・タムスンは笑い出した。

「おい、冗談いっちゃいけない。君は、気がどうかしてるんじゃないのか。雨の中に、そんなところに立ってないで、早く木賃宿へでも入ってベットへ潜り込んだらどうだ。こんなことだろうと思った。厄介なやつだ」

彼は舌打ちをして、ポケットから銀貨を一枚とり出して老人のほうへさし出した。

「おれも、今夜はあんまり景気がよくねえんだ。が、ほら、これをやる。早く行って寝な」

マルテン・タムスンは面倒くさくなったので、金を握らせて離れようとした。

ところが老人は手を出そうとしないで、そのかわりにじろじろタムスンを見て、

「景気が好くないんだと?」

と言って静かに笑った。その笑い声はマルテン・タムスンの神経にさわるような笑い声であった。

その笑い声は変なぐあいにマルテン・タムスンの背骨を駈け上ったり駈け下りたりした。

「おい、どうしたんだ、一体」

タムスンは銀貨を持った手を引っ込めることもできず、そのビルディングの前に立っているぼんやりした老人から一種不思議な、超現実に対するような感情を受けながら、やっとこう言った。

「手を出しなよ」

老人はにこにこして答えた。

「どうもこうもありませんよ。新聞を買わないかというんです」

「それが明日の夕刊だというんだろう。はっはっは、だいぶ変わってるね」

「まあそこらにざらにあるという新聞じゃあないね」

「おい、おれはお前なんかと無駄話して潰す時間はないんだ。金がほしくないなら、やらないまでだ」

「じゃ、どんどん行ったらいいでしょう。さよなら、タムスンさん」

老人にそう言われると、何だか気になって来た。タムスンは執拗にくりかえした。

「おれにその新聞を売ってどうしようっていうんだ」

「とにかく、明日の夕刊だからね。珍しいものですよ。世界にふたつとないやね。銭を出して買おうたって買えるもんじゃない。一日さきの新聞なんだからな」

マルテン・タムスンはにやにや笑った。

「明晩の夕刊を今夜おれにだけ特別に一枚売ってくれようというんだね。奇抜な話だ。可哀そうに、こいつはほんもののき印だ」

「明日の競馬の勝ち馬がすっかり出てるよ」

老人は欠伸をするような声で何の興味もないようにそう言った。

3

マルテン・タムスンは釣り込まれて、

「いい加減にしないか。どこまで馬鹿なことを言うんだ」

と怒ったように言った。

「自分で見るに限る。ほら！」

と言って、老人は、闇黒の中から手を伸ばして一枚の新聞を突き出した。

明日の勝ち馬が書いてあるというので、マルテン・タムスンは夢中でその新聞を摑んだ。

老人は、新聞をタムスンに渡すと、黙って金を受け取って、ホイットカム街をレスター・スクエアのほうへ、タムスンがいま来た方角へぶらぶら歩き去って、すぐ見えなくなった。

タムスンは、そんなことには気がつかなかった。もう老人などには構っていなかった。ふと気がつくと、霧で肩が濡れて、冷汗をかいたように全身に不快な感じがした。

マルテン・タムスンは早くその明日の夕刊というのを見たいと思って、急に足を早めてすこし離れた街灯の下へ行った。

まず、最初に、日付を見た。

「一九三一年、三月二十九日、木曜日――」

と彼は、口のなかで読んだ。調べるように、何度もその日付を見なおした。ちゃんとそう印刷してある。確かに明日発行のロンドン・タイムスの夕刊である。今日は水曜日だ。三月二十八日の水曜日だ。ほんとに今日は水曜日かとタムスンは何度も自分に訊いたり答えたりした。水曜日で、二十八日――彼は手帖を出して繰ってみた。間違いではない。すると、明日は、二十九日、木曜日――今日は、ケンプトン競馬の最終の日だったから、タムスンは日々《ひにち》を間ちがえるようなことはない。

ほんとに明日の夕刊なのだ。マルテン・タムスンは、じつに無気味な気もちで、その新聞をひらいてみた。すぐに裏の競馬欄をあけた。

ちゃんと明日の競馬の結果が出ている。

ガットウイックの競馬だ。

きょうケンプトン競馬が済んで、明日はガットウイック競馬の最初の日なのだ。見ると、新聞に、そのレースの五頭の勝ち馬の名がずらりと大きく出ている。マルテン・タムスンは眼をつぶって、額に手をやってみた。額は霧とつめたい汗で濡れていた。

「これは何か飛んでもないまちがいに相違ない」

マルテン・タムスンは、じぶんに言った。

「明日の晩の夕刊が、きょう印刷されて出ているなんて、そんなべらぼうなことがあるもんか」

と思った。彼は、もう一度その新聞を見てみた。いくら見ても明日の夕方に発行されるはずの夕刊である。一九三一年というのが三〇年の間違いではないか、三月二十九日とあるのが二十六日か七日の誤植ではないかといろいろに眺めてみた。断然、明日の夕刊だ。マルテン・タムスンのまだ知らない明日の出来ごとが、みんな過去になって報道されている。

大いそぎで一面に眼をとおしてみた。

炭鉱のストライキの記事が、大きな見出しで載っている。これは、きょうはまだ起こらなかったことで、誰も知らないことである。

マルテン・タムスンは、今度は職業的な注意深さで、その明日からはじまるガットウイック競馬の第一日の勝ち馬というのを読んでみた。

一番目のレースでは、インカアマン号という思いがけない馬が第一着となっている。

ところが、タムスンは、このレースではペーパア・クリップ号に大金を賭けるつもりで、すっかり決心がついていたのだ。この「明日の新聞」で見ると、そのペーパア・クリップ号は二着である。

タムスンは、これでえらい損をするところだったと思って、ぞっとした。

「そうか。インカアマンが勝つのか。意外だ。あのインカアマンが勝つとは、誰も思わないだろう。こいつは大きな穴だぞ」

と思った。ひとりでに、にやにや笑っていた。

通りすがりの人が、この、霧の中の街灯の下で新聞をひろげて一人でよろこんでいる男を、みんな見てとおり過ぎる。が、タムスンは、何もかも忘れていて一向気がつかなかった。

タムスンはやがて霧を吸って灰いろになった新聞を大切に内ポケットにしまいこんで、興奮にふらふらして歩き出した。

何だか気がどうかなってしまいそうで酒が呑みたくてやり切れなかった。

マルテン・タムスンはチャアリン・クロスへ出て角の小さな酒場《パブ》へ這入った。酒場はすいていて、知った顔も見えないので人と話などしなくてもいいのが彼は感謝したい気もちだった。強いウイスキー・ソーダを注文してそれをぐっと呑みながら、もう一度新聞をとり出して見た。

インカアマンの賭け金の割り戻しは、六対一である。マルテン・タムスンは大急ぎで、酒のお代わりを命じた。前祝いである。明日の一番目のレースにこのインカアマンに賭けさえすれば、六倍になって返ってくることがわかっているのだ。百磅なら六百磅、千なら六千である。マルテン・タムスンは有頂天になった。

二番目のレースでは、サルモン・ハウス号が勝っている。これはタムスンの予想していた通りであるが、でも、こんなに割り戻しがつこうとは思わなかった。七対四である。これも賭けて置いて充分以上に商売になる。

それから、三番目のレースが大変である。

シャロット号が勝っている。あのやくざ馬のシャロット号が！――マルテン・タムスンはびっくりして新聞をがさがさいわした。

4

明日の競馬のなかで、この三番目のレースは一ばん大きな山なのである。それなのに、ほかに好い馬がうんと出ているのに、このシャロット号などが一着を占めようとはマルテン・タムスンはすこしも思わなかった。

しかも、その「明日の夕刊」によると、七馬身の差でシャロットが勝っているのである。賭け金は百対八だ。八ポンド張れば百ポンドになって返ってくる。何といっても、これが明日の第一の稼ぎである。

マルテン・タムスンは、口びるを舐めた。

「そうかなあ。シャロットが勝つのかなあ。わからねえものだなあ」

マルテン・タムスンは大きな声を上げて笑った。

バーテンダーが驚いて彼のほうを見たので、タムスンは笑うのを止してまた新聞に食い入った。

どこを読んでも、その新聞にはあやしいところなど一つもないのである。明日ガットウイック競馬に出場する馬を、タムスンはすっかり知っているし、その一日の結果はちゃんとこの通り明瞭に載っていて、有名な競馬通の講評までついている。

四番目と五番目のレースは大して金にならないが、一番目のインカアマンと三番目のシャロットだけで儲け過ぎるくらいだとマルテン・タムスンは思った。

一生懸命に新聞に読みふけっていて、タムスンは気がつかなかったが、ふと人のけはいに顔を上げると、同じ競馬仲間の連中が二三人、何時の間にか酒場へ這入って来ていて、だしぬけに背ろから眼を抑えてタムスンをおどろかせようとして、そっと足を忍ばせて近づいてきていたので、タムスンはぎょっとして急いで新聞を畳んでその競馬欄を隠した。

友だちのひとりは、タムスンの肩を叩いて言った。

「明日のガットウイックの研究はできたかね？」

マルテン・タムスンはとぼけて言った。

「うん。だいたい予想はついたが、一番眼のレースは、何といってもペーパア・クリップ号のものだね」

「そうだろう？　おれもそう思う。ところで、三番目は、どうだろう」

「さあ、三番目はちょっと見当がつかんが、まず、シャロットなんて馬がびりに這入ることだけは、動かないところだろうな」

「おれもそう思う。あのシャロットなんかに賭けるやつもないだろう」

友達も笑ったし、マルテン・タムスンも笑ったが、タムスンの笑いは、得意の笑いであった。何も知らないでそんなことを言っている連中が、可笑しくてしようがなかった。

彼は、まだ手に新聞を持っているのに気がついて、あわててポケットの奥ふかく押しこんだ。

ブックメーカアへ明日の賭け金を電報で言ってやるにしてももう今夜はおそいので、マルテン・タムスンは一たいどうして明日の競馬までの時間を消したらいいだろうかと、まどろっこしく思った。

あしたは早くガットウイックの競馬場へ出かけて行って、ありぐ金を引っさらえて賭けてやろうと思った。

その晩、マルテン・タムスンはやたらに酒を飲んだ。仲間と一しょになって、えらい元気で何時までも呑んだ。

酒場の空気が浮き立ってくると、それと同時に、さっきまでの一種異様な不安な気持ちも、もうすっかり彼を去っていた。

この今夜の出来事は、何らグロテスクでも無気味でもなく、日常ありふれたことのようにしか思われなくなってきた。

とにかく、この「明日の夕刊」はいんちきや出たらめではないということだけは、確かだった。マルテン・タムスンは、あの、新聞を売った老人のことなどは、もうあたまのどこにもなかった。

あしたのガットウイックのレースのことを思うと、胸が躍ってじっとしていられなかった。

近ごろ損つづきで、青いき吐息だったのだが、明日で一挙に取りかえせる。勝ち馬を前の日に知ってるなんて、これならわけなく一財産摑めるのだ。シャロットは百対八だ。ブッキイはみんな眼をまわしてしまうだろう――マルテン・タムスンは、千鳥足で酒場を出た。

マルテン・タムスンは、翌日ガットウイックの競馬場へ行った。空の青い日である。いかにも幸運を持ってきそうなそよ風が、汽車の窓を吹いた。

ガットウイックは、大きな競馬だ。タムスンは何の逡巡もなく一番目のレースにはインカアマンに賭けて六対一の割りで儲けた。二番目のレースではサルモン・ハウスに賭けてこれもむろん勝った。七対四の払い戻し金がはいった。

三番目の大きなレースでは、だれもシャロット号などを眼中におく人はなかった。シャロットは小さな貧弱な馬で、どこから見てもとても勝てそうには思えなかった。マルテン・タムスンでさえ、いざ競馬場へ引き出されてきたシャロット号を見ると、それでは頼りないと思って、よっぽど止してほかの馬に賭けようかと思ったくらいである。

馬のフォームを見る眼があるだけに、とてもおっかなくてシャロットをバックする気にはなれなかったけれども、今日の彼は馬のフォームなどを見てはならないのだった。そんなことは眼に這入らないことにして、思いきって持ち金の全部をシャロットにかけた。

5

朝から儲けた金もすっかり投げ出して、シャロット号に賭けたのである。一つのブックメーカアへ纏めて賭けずに、あちこちと分けて、二十磅ずつ賭けて歩った。こんな馬に大金をバックするなんて、眼の利くはずのマルテン・タムスンもどうかしているといって、みんな嗤った。あいつもやきが回ったと言いあったが、勝負がついてみると一同おどろいた。シャロットが七馬身も抜いて一着になって、百対八の割りあいでマルテン・タムスンは一躍大富豪になってしまった。

マルテン・タムスンのポケットは紙幣で一ぱいになった。長い競馬生活にずいぶん大穴を当てたこともあったが、こんなに勝ったことは一度もなかった。

シャロットが黄色と青の服を着た騎手を乗せてゴール・インした時、吽き声が大観覧席に起こった。みんな損をした連中である。しかし、マルテン・タムスンも勝っても夢中にはなれなかった。うれしくも何ともなかった、事務的に勝った金を受け取った。

マルテン・タムスンは一人でしずかに競馬場の食堂で三鞭酒を抜いて、じぶんでしんみりと祝ったのち、タクシに乗ってガットウイック町の停車場へ行った。

駅で三十分も倫敦行きの発車を待つあいだも、マルテン・タムスンのこころは妙に冴えかえってゆくばかりであった。

大金を勝ち得たのだから、いつもの彼なら何にでも燥《はしゃ》ぐところだが、ちっともそんな気になれなかった。

汽車が出ると、彼の乗った車は競馬帰りの人でいっぱいであった。マルテン・タムスンの知っている人も、たくさん乗り合わせていた。玄人の連中は終わりのレースまで待たないで、みんな早く引き上げて来るのであった。

競馬帰りの汽車は、勝負の批評や、それぞれの賭け馬の話やで、いつも賑やかなものである。得意の顔や失意の声で大騒ぎで、そしてまた何時もかならずその中心にはマルテン・タムスンがいるのだが、きょうの彼はあんなに勝ったにもかかわらず様子が変であった。

すこしも会話に加わらないで隅のほうにかけて、窓のそとばかり見ているのだ。

なにか話しかけられると唸るような返事をして、すぐ黙りこんだ。

ゆうべの老人のことが思い出されて、何だか胸がばたばたしてならなかった。

マルテン・タムスンは、ふと思いついて、まだポケットにしまったままになっているあの新聞を出して見た。それは今夜発行される夕刊で、この汽車がロンドンへ着く頃には街頭で売られているものだ。

一たいマルテン・タムスンは競馬にだけしか興味がなくて、新聞でも、ほかのニュース記事などはよく読んだことがないのだが、いまはその今日の夕刊の倫敦タイムスを隅から隅から気をつけて読みはじめた。何の変哲もない紙面で、べつに大事件もないが、見たところ確かに今日の報導が満載されていて今日の夕刊である。

マルテン・タムスンは、この新聞によく眼を通しておいて、倫敦へ着いたらすぐタイムスの夕刊を一枚買って刻明に較べてみようと思ったのであった。

競馬には勝ったのだから、もうどうでもいいけれども、急に気になってたまらなくなって来た。

マルテン・タムスンの顔色が変わった。

新聞を見ている彼の視線は、不意に紙面の一個所に吸いつけられて動かなくなった。

そこは社会面の片隅であった。マルテン・タムスンは小さな叫び声をあげた。

「競馬帰りに頓死――」

という見出しである。

マルテン・タムスンは心臓がどんと一つ辷ったような気がして、機械的に読んだ。

「倫敦の有名な競馬通マルテン・タムスン氏は本日午後ガットウイック競馬からの帰り汽車中で心臓麻痺のために急死した――」

とあって、ほかに履歴のようなことがごちゃごちゃ書いてある。

マルテン・タムスンは活字が一しょくたになって先が読めなかった。手の感覚がなくなって、新聞が列車の床に落ちた。

「おい、タムスンを見ろ」

誰かが言った。

「様子が変だぞ。病気じゃないか」

タムスンは苦しそうに、重い呼吸をしていた。

喘ぐように何か言って、胸に手をやって起ち上がろうとした。

「タムスン！　じっとしてろ」

一人が言って、腕を摑んだ。

「おい、みんな退いてくれ。タムスンを座席に長く寝かせるんだ」

「早くチョッキのボタンを外せ」

人々は口々に言って、タムスンを座席に担ぎ上げた。一人がカラーをゆるめて、ひとりが靴を脱がせにかかった。

タムスンはぐったりと長くなった。彼の首は力がなくなって、どうにでも曲がった。

だれかがタムスンの口を割って、持ち合わせのブランデイを垂らし込んだが、カラーを濡らしただけで、タムスンの口はもう飲むことを知らなかった。

「死んじゃった。あっけないやつだな」

誰かが言った。

床に落ちている新聞になど、だれも注意を払うものはなかった。その新聞はこの大騒ぎでみんなに踏みにじられて、座席の下へ蹴込まれた。この新聞がどうなったかはわからない。たぶん、汽車がウォータアルー停車場へ着いた時、車内へ這入ってきた掃除夫によってそとへ掃き出されたろう。掃除夫は、客の読みすてた新聞など、一々気にとめないものだ。たぶん、見もせずに棄てられたことだろう。

誰も知らない。

人間が死ぬ時には、だれにでもきっとこんな不思議なことがあるのかも知れないと思うのである。今まで死んで行った人も、みんなその死の直前にこんなような経験をしたに相違ないが、死んでしまっては誰にも告げようがないので、僕らは知らずにいるだけのことなのだろう。

西洋怪異談――夏祭草照月《くさにてるつき》

1

　ヨウクシャア州のずっと北の外れ、鉄道線路の支線から、三哩も山の奥に這入ったところに忘れられたような小さな村がある。丘がぐるりと周囲を取り巻いて、世界から切り離されたような盆地だ。ここにも人が生まれて、生活して、そして死んで行く以上、時には娯楽の需要もあると見えて、農閑期には、分校場の教場で素人芝居が催されたり、手品師の一座や活動写真なども、回って来ることもあるが、村一番の年中行事というのは、夏になるときまって、幌馬車の見世物の一団がやって来て、教会の隣の草原に天幕《テント》を張ることだった。安い雑貨などを売る小屋掛けの店も並んで、村の人々は年に一度、それらの色彩的な商品に遠い都会の匂いを嗅いだ。この賑わいは二日ほど続いて、村の人々の小銭を攫《さら》ったのち、香具師《やし》たちはまた幌馬車を連ねて、山を越えて隣村へ流れて行く。

　高市《たかまち》の夜祭《よみや》は更けた。十時半だ。十一時には見世物小屋を閉めるので、この三十分は大車輪の商売である。玉転がしのまわりには、人がいっぱいたかっている。覗き芝居も満員の盛況だ。が、一ばん人の這入っているのは、次のような看板をあげた天幕だった。

「通俗医学講座」

入場無料、とある。広くもないテントの向こう端に、赤い羅紗を掛けた卓子を置いて、何か液体の這入った罎が五六本、薬品の箱、頭蓋骨が一つ、試験官、皮表紙の大きな書物、それに、薬草のようなものが整然と並べてある。講演者というのは、灰色の顔をした痩せた小さな老人で、白髪を肩まで垂らし、古びたフロックコウトの上から、薬剤師の着るような白い長い上着を纏って、高いよごれた洋襟《カラア》に、紐のような黒い細いネクタイをだらりと結んでいる。難しい科学的な言葉を羅列して、熱心にしゃべり立てていた。人のぎっしり詰まった天幕だ。その温気と、自分の弁舌とで、老人は額を真っ赤にしている。時どき薄ぎたないハンケチを引き出して、首筋の汗を拭いた。

日本でいうてきやで、この、人を集めて薬を売る商売は、てき屋のほうで、大じめというのだそうだ。

で、大学教授然とした、この大じめの老人は、一口上つけて、

「そこでだ、お前らのような無学な田舎者には、いくら口で言っても解るまいから、いま証拠を見せてやるぞ。驚くな」

と彼は、可笑しいほどはっきりと、そして、正確な発音で話しつづける。

「この秘法を知っている者は、剣橋《ケンブリッジ》、牛津《オックスフォウド》、伯林《ベルリン》の大学に、ほんの二三人いるだけだ。聖書にある東方の七人の賢者から伝わったもので、まあ、このおれが、弟子の博士どもに教えてやったのが、この英国と独逸に、さあ、五六人もいるかな」

彼は、そんなことを言いながら、水の這入った二つの試験官を取り上げて、一つには緑色の、もう一つのほうには黄色の、それぞれ結晶物をそっと落とすと、両方ともさっと溶けて、無色

透明の液体になる。その間も、このてきやは羅典語の文句を引いたり、滑稽な話をしたり、しばらくも黙っていない。やがて彼は、その二つの試験官の中味を、平べったい硝子の鉢へあけた。すると、混合物はたちまち紫色の濃い粘液になる。そこで彼は、何かの木の葉のようなものを千切って、その上へ浮かべるのだが、それはすぐに火になって、硝子の鉢からめらめらと炎が上がるのだ。聴衆はすっかり感心して、唾を呑んでいるうちに、この実験とは何の関係もなく、老てき屋はいきなり腸の疾患について、弁じ出したものだ。

「こういうわけだから、この薬が如何に胃腸に即効があるかということはもうこのわしがくどくどと説明するまでもなかろう」

そう言った時、素早く彼の手には、函に這入った小粒の丸薬が人々の鼻先へ突き出されていて、何の理由もなく村人を信じさせてしまうのである。薬は、一志《シリング》と六片《ペンス》と二函ある。見る間に四函売れて行って、そこからもここからも、手が出ている。

見すぼらしい服装をした老婆が一人、彼の傍へ近付いて、フロックコウトの肘を突ついた。

「息子が腹が悪くて、困っていますだが、その小さいほうの函を特別に半値で売ってくれめえかのう。人助けになるだあに」

と老婆が言った。

老人の香具師は、乾いた明瞭な声で、老婆の言葉を遮った。

「人助けだと？　婆さん、何を言やんでえ。おらあ生まれてからこれまで、自分にも他人にも、親切ってことあ一度もしたことが無えんだ、この自分にもよ、はははは」

見兼ねた見物の一人が、その老婆の手へそっと金を握らせた。彼女はそれでやっと二函買うことができた。

2

十二時過ぎだ。見世物のアセチレン瓦斯はすっかり消えて、空地には、幌馬車や天幕の影が暗く沈んでいる。香具師たちは、幌の中で毛布にくるまって、ぐっすり眠っているらしい。好い月夜だ。隣の教会の墓地に、墓石の面が青く白く輝いて見える。大じめの薬売りの小屋の前には、さっきの老人が雑草の中に腰掛けて、粘土で固めたパイプで、月へ向かって煙を吹き上げている。フロックコウトも白衣も、商売用の着付けはすべて脱いで、襯衣《シャツ》の腕まくりをした老人の二の腕には、王冠の刺青があった。ぴくんと耳を立てて、老人は何かを聞いているような顔だ——どこからか泣き声がする。女の泣き声だ。

「神様に見離された世界だよ、この見世物の仲間なんてものは」

と、老人は大声に独りごとを言った。

「ふむ、おれはこの年になるまで、人にも自分にも、親切なんか一度もしたことがねえ。人助けだと？　馬鹿なことを言う無え」

口からパイプを取って、大きな音を立てて、老人は唾を吐いた。また涕り泣きの声が聞こえて来る。老香具師は起ち上がった。声のするほうへ歩いて行った。

そうだ、泣き声はこれだったのだ。空地の隅の立樹の濃い下に、一台の幌馬車が地面にすわっている。幌掛けがそのまま見世物小屋になっているのだ。この見世物は、今日はじめてこの村で老人と一座したので、何をやる小屋だか彼は知らなかった。幌の横に泥絵具で華やかな色彩が施してあった。幌の後部の扉から地上へかけて、小さな木の階段がある。老人は昼間、この見世物へ盛んに人が出入りしているのを見たことを思い出した。誰か内部《なか》にいて、苦しんでいるのだろう、急病かも知れないと思った。階段に片足掛けた老人は、静かに扉《ドア》をノックした。

「誰だね？　どうしたのかね？」

と訊いた。中から泣き声が答えた。

「何でもないよ」

「女かい、お前は」

するとし、気味の悪い笑い声が、低く響いて、

「女じゃないわ」

「女じゃない？　じゃ、男か」

「男でもないわよ」

「何――？」

「男でも女でもないわ。ただ、見世物なんだよ」

「どういう意味だい」

「向こうへ回って、絵看板を見て御覧。わかるだろうから」

老てきやは幌馬車の腹へ行って、燐寸を擦った。それに月の光を加えて、そこに描いてある毒々しい絵をちらと見た。老人の手から燐寸が落ちた。彼はぞっとして、幌の入口へ帰って来た。階段に腰掛けて、言った。

「お前さん、まさか絵の通りじゃあるまい」

「この私は、ほん物は、もっと凄いわよ。もっと気持ちが悪いわよ」

「這入ってもいいか」

「いけない！　今このままの私を見たら、お前さん気絶するかも知れない。私は裸体で、赤い天鵞絨《ビロウド》の椅子に腰掛けているの。首が一つ、ごろっと転がっているとしか見えないんですって。みんなそう言うわ。さあ、判ったでしょう。早くあっちへ行って下さい。何時までもそこにいると、戸を開けて出て行くよ。この私を見たら、お前さん当分は飯がまずいだろう。毎晩いやな夢を見るよ、きっと」

「うむ、出て来なくてもいい。おれはお前を見たくない」

「この小屋の持ち主は、あたしの父親《おやじ》なんだ」

すすり泣きが混じって、

「もう私は堪らない。こうして曝し物になっていることは、とっても我慢がならないわ。あたしの心は女だけど、でも、あたしは女ではないの。男でもないの。ただの――ただの見世物なの」

「年は幾つなんだ」

「二十三だか、四だか。世の中の人間は、みんな獣《けだもの》だわね。毎日あたしの回りに立って、私を見下ろしたり、話しかけたり、触ったりするの――もう、とても我慢できない」

「出口は一つだよ」

と老人が言った。そして、しばらく黙っていた。

「ええ、わかってるわ。見世物が終われば、誰でも出口は一つね。でも、苦しまないでお終いにしたいわ」

「人生は見世物だ。早く出口を見つけるんだね。待っていなさい。苦しまない出口を教えてやるから」

「ほんと？」

「いまお前は一人か」

「ええ、父親《ちゃん》は村へ酒を飲みに行ってて居ない」

「ちょっと待ってろよ」

老人は急ぎ足に、自分の天幕へ帰って来て、隙間を洩れる月光で、何かあちこち薬品の罎を探した。

「うふふ、人助けだ、はじめての親切――これこそ親切というものだて」

彼はそんなことを呟きながら、無色の液体をコップに入れて、もとの見世物の幌馬車へ持って行った。

「さ、戸を開けて、受け取りなさい」

と言った。

扉が細くあいた。生まれたばかりの嬰児のような、形をなしていない小さな青い手が、そっと出て、貪るようにコップを摑んだ。その指の間には水搔きがあった。ドアは手早く閉まった。声がした。

「これ、苦しまない？」

「大丈夫だ」

「じゃ——出口ね、とうとう」

中では、飲み乾す気配がして、空のコップが音を立てて床に転がった。老香具師はそっと自分の天幕へ帰って、また草のなかに座った。そして、粘土細工のパイプに火をつけた。

「功徳というものだ」

と自分に言って、聞き耳を立てた。

あの見世物の幌馬車からは、何の物音も洩れて来ない。夜は完全な静寂だ。遠くの空に、早い夏の朝の色が微かに動き初めていた。

西洋怪異談——白い家

「五年ほど前のことですの。私が重い病気をしました時」彼女が言った。「私は毎晩のように、きまって同じ夢を見たものです」

と、これは、或る夫人の話である。

その夢はいつも同じなんです。私が一人で田舎道を歩いて行くと、遠くのほうに白い家が見えます。ほんとうに雪のように真っ白な建物で、低い、横に長い、奇妙に印象的な家なんです。菩提樹の林がぐるりと取り巻いていて、家の左側には、白楊《ポプラ》の大木が一直線に並んで裏庭へつづいています。このポプラが、菩提樹の上に頭を出して、空を撫でるように風に揺らいでいるのが、遠くからもはっきり見えました。夢のなかでも、わたしはよくそれを覚えています。

毎晩、きまりきってこの夢を見るのです。わたしは、夢で、またここへ来たなと思いながら、その白い建物に引かれるように、そっちのほうへ歩いて行きます。道路に沿って、白塗りの小さな門があるんですね。押すと、錆びた金物がぎいと音を立てて、開きました。でわたしは、その品よく曲がっている小径を、家の玄関へ指して進みます。小道の両側には古い樹が茂っていて、その下には何時も春の花が咲いているんですの。プリムロウズ、チュウリップ、アネモネなど。でも、摘もうとすると消えてしまうところは、やはり夢なんですね。砂利を敷いた路を行き尽くすと、白い石で築いた別荘風の家の玄関へ出ます。

広い芝生です。まるで英吉利式の競馬場のように短く、刈り込んだ芝生なんです。ここには、樹は一本も植えてありません。ただ、細長い花壇が作ってあって、赤や白のすみれが一面に咲いているのです。緑の展開のなかに、この花床《フラワ・ベッド》は眼の覚めるような、素晴らしい効果でした。そばへ寄って見ると、家は白い大きな石で畳んであるんですの。青いスレエトの大きな屋根です。浅い色の樫《かし》の扉《ドア》が閉まっていて、彫刻を施した金物が付いています。四五段の石段の上に、玄関があるんです。わたしは理由《わけ》もなく戸内《なか》へ這入ってみたくなって、案内を求めましたが、いくら呼ばわっても、誰も出て来ません。わたしはとても失望して、訪問板を叩き鳴らしたり、大声に叫んだり――そして、その自分の声で、はっとして眼が覚めるのでした。

こういう夢なんですのよ。何月《なんつき》もの間、毎晩のようにつづきました。しかも、いつも寸分違わず、夢とは思えないほどはっきり見るものですから、わたしはとうとう何時かずっと昔子供の時に、こんなような公園と、そこに建っている田舎の別荘をきっと見たことがあるのだろうと思うようになりました。自分では忘れていても、その記憶の底に埋もれている印象が、この頃毎晩のように現れるに違いないと――でも、何時どこで見た家なのか、どうしても思い出すことができないんですの。不思議なことには、眼が覚めている時には、どんなに考えてもその景色が心に浮かんで来ないんですの。それでいて夢には、細部までくっきり現れてくる。わたしは、その奇体な思いに悩まされて、それが迷執《めいしゅう》のようにこころを離れず、とうとうその夏は神経衰弱のようになってしまいました。気分を紛らせたらと、奨める人があって、わたしは自動車の運転を習ったんです。そこで一人で小さな自動車を操縦して、仏蘭西の田舎をあちらこちら旅行して歩くことにきめました。わたしとしては、心中秘かに、あの夢に出て来る白い家を探し当てたいという気持ちもあったんですね。

　その自動車旅行のお話は、くわしく申し上げる必要もございますまい。ノルマンディを中心に、ツウレイヌ、ポアトオ、わたしは盛んにあの辺を気分に任せてドライヴして回りました。が、むろん、夢に見た家にぽっかり行き当たるなどということはございません。九月になって、私は巴里へ帰ったのです。そして、その冬じゅう、またあの白い家の夢を見て過ごしました。すると、去年の春のことです。今度は遠出は止めにして、巴里の近郊を自動車を駆って一人で呑気に遊びまわったのですが、或る日、オルレアンの傍の丘を通っている時、わたしは急に喜びのような、一種の衝動を感じたのですが、さあ、何と言いましょうか、あの、長らく会わずに忘れていた人に、思いがけない場所で逢った時の感じと申しましょうか。それとも、子供の頃出たきりのなつかしい故郷へ帰って、生まれた家を見る時のような、こう、顫えるような不可思議な感情、あれに似ているんです。わたしは生まれてから一度も、そのオルレアンの付近へ行ったことがなく、全くはじめての土地なんですが、それなのに、奇妙にも、その眼前の景色は一々思い当たることばかりなんです。今まで何度も来たことがあるような、とてもわたしには親しみのある風景なんですね。

　ずっと向こうの野の末に、菩提樹の森が連なって、その上に高い白楊の梢が風に吹かれています。灌木や草原を距てて、遥かに遠いんですけれど、わたしは、あの菩提樹の林のなかに、きっと家が一軒あるに相違ないと直感しました。

　わたしはすぐに、それがわたしの夢の別荘であることを知ったのです。とうとう発見《みつ》けたというよろこびに、全身がふるえました。この道をすこし行けば、百呎《ヤード》ほど離れたところに、家へ通ずる小径があるに相違ない。夢ではそうだが——と、それに従って行くと、全くその通りではありませんか。自動車を下りたわたしは歩くともなく白い門の前へ出ました。金具の錆一つ、息づいている草の葉一枚、足許の石ころにも、昨日もここへ来たような、身に近い思い出があるのです。わたしは、毎晩夢で辿った路を、玄関のほうへ急ぎました。両側の植込みの下には、プリムロウズ、アネモネ、チュウリップなどが咲き乱れています。ほの暗い菩提樹の下枝を抜けると、ぱっとする緑の芝生に、夢に見たままの花壇が陽に輝いています。そして、玄関の階段の上には、樫の木の戸が締まっているんです。わたしは足早に石段を駈け上がって、呼鈴を押しました。何時しか、あの毎晩の夢のなかで、行動しているような気がして、自分は何時の間に眠ったろうと、疑わないわけにはいきませんでした。

でも、これは夢ではありません。その証拠には、やっぱり誰も出て来はしないだろうと、怖れていたわたしの気持ちに反して、驚いたことには、鈴《ベル》を押すと間もなく、わたしの訪問に答えて下男が戸口に現れたのです。蒼白い顔をした、痩せた小男でした。きちんとした黒の上衣を着ていました。それが、わたしを見ると非常に驚いて、口も利かずに、いつまでも凝視めているのです。

「あの、まことに済みませんが——」

とわたしは、口を切りました。

「妙なお願いがありますの。わたくし、こちらのお邸の方を存じ上げないんですけれど、何とかしてお邸のなかが拝見したいんですが、あなたは案内して下さるわけにはいきませんでしょうか」

「これは貸家ですよ、奥さん」

男が言いました。

「私は、何誰にでもお見せするために、ここに泊まっているんですから、それはお易い御用ですが」

「貸家ですって？　まあ、わたしは何という運の好い！　では、自由になかを見せて頂けますわね。でも、持ち主の方は、どうしてこんな感じの好い別荘にお住みにならないんでしょう？」

「この間まで皆さん住んでいましたがね」

下男はつづけて、

「幽霊が出るようになったので、ほかへ移られましたよ。毎晩幽霊が出るんでね」

「あら！　幽霊ですって？」

わたしは、ちょっとびっくりしましたが、

「あら、この明るいお邸に、怪談が纏わっているなんて、かえって面白いわ。仏蘭西の田舎は、さすがに中世紀的ね。いまだに幽霊の存在を信じる人があるんですもの」

すっかり嬉しくなって、わたしはそう申しました。すると、下男は、まだ眼を見張ったまま、

「私も幽霊などは信じませんでしたがね、奥さん」

と彼は大真面目で、

「だが、毎晩のように、女の姿がこの庭をうろうろして、大声に案内を求めたりするのを、私はこの眼で見、この耳で聞いたんですから、信じないわけにはいきませんて。御主人方は、

それでこの家を明けたんです」

「まあ！　奇抜なお話ですこと」

とわたしは、妙に不安な気持ちが湧き起こって来るのを感じながら、強いて微笑もうとつとめました。

「へえ、不思議なこともあるもんでね、奥さんは笑われるかも知れませんが、その幽霊は奥さん、お前さんだったよ」

西洋怪異談——境界線

ツェラアは弱々しい小男で、白痴だった。ツェラアは地下室の釜《ボイラ》のかげの見えないところへ、斧を隠した。斧の頭をコンクリイトの床へ立てて、長い柄が釜の横腹に倚りかかるようにした。が、斧は、すっかり隠れない。地下室の階段の下に立つと、斧の柄が見えた。ツェラアは頷首いた。ただランセンの婆さんが、その斧の見える位置に立たなければいいのだ。そこに立たせないようにするまでだ。

ツェラアは不意に、自分がとんでもない出鱈目を考えていることに気がついた。ツェラアが女主人のランセン夫人を殺そうとしているなどと、そんなことは断じてない。絶対にない。すべては芝居なのだ。狂言なのだ。ツェラアはこうして地下室へ這入り込んで、斧をかくしたり、片隅の米利堅粉《メリケンこ》の樽を開けて、なかへ彼女の死骸を入れる用意をしたり——ただそんな真似をしているだけのことだ。と、ツェラアはぼんやりした頭で、そう自分に言い聞かせた。この、できもしない、また自分でもやる気のないことを、そそくさと忙しそうに準備しているのが、ツェラアはじぶんでも堪らないほど腹立たしかった。

昨夜《ゆうべ》一晩、彼はランセン夫人を殺すことを楽しく心に想像して、一睡もしなかった。いくらツェラアは下僕だからといっても、夫人はいつものようにきんきんした大声で、「ツェラア！ ツェラア！ あの豚はまあ、何をしているだろう！」と呼ばわりながら、真っ赤に怒って、大威張りで毒舌を吐き散らしてこの地下室へ下りて来るに相違ない。そしてツェラアを摑まえて小言を並べるにきまっている。口やかましいランセン夫人だ。だが、今度はそれが最後のお説教になるだろう。

このランセン家に雇われてから五年の間、ツェラアは一度も口返しをしたことがない。白痴の彼だ。どんなにがみがみ叱られても、いつもじっと頭を下げて、何かわけのわからないことを口の中で呟くだけだ。が、今日は、真っすぐにあの夫人の眼を見返してやろう。夫人が怒鳴っている間、あの眼の奥をじいっと見据えてやるのだ。

家族の者も、近処の人たちも、だれもかれもみんなランセン夫人を恐れている。小金を高利で貸して、それを自分の小遣いにしているランセン夫人だ。良人も娘たちも、夫人には頭が上がらない。自分以外の人間は塵芥のように思っているのが、このランセンの婆さんなのだ。白痴のツェラアにはそれが誰よりも一番よく解る。

が、もちろんツェラアは、ランセン夫人を殺す気などは毛頭ない。叱られたら、相変わらず頭を低げて、咽喉の奥でぶつぶつ言うだけだ。ランセンの胃は氷のように冷たくなって来た。彼はこれで、また奥さんに叱られそうな予感がするのだ。

ツェラアはそっと斧のそばへ近付いて、手に取った。この斧は生きているのだ。摑もうとすると、飛び上がりそうな気がしてならない。急にツェラアは、全身を躍らせて斧に跳びついた。大きな音がして、ツェラアの身体が釜にぶつかった。地下室中に音波が拡がった。

ツェラアは、まるで生き物を相手に格闘しているように、斧を摑んで床へ投げつけた。そして、斧をじっと睨みつけた。ツェラアは泣いていた。涙が、彼の皺だらけの頰を伝わった。青年なのか、老人なのか、ちょっと見ては判らないツェラアの顔だ。

五年前に、彼は妻に逃げられたことを思い出した。あの日、夕方帰ってみると、晩飯も出来ていないで、部屋のなかは空っぽだった。ツェラアの細君は、ほかの男と一緒に姿を隠したのだ。その時ツェラアは、ちょうど今のように泣いたものだ。彼はそれからすぐ、このランセン家へ下男に雇われたのである。

彼は斧を拾い上げて、逃がすまいとするように、両手に握ってみた。何だか、すっかり力が抜けたような気がする。ツェラアは身を屈めて、斧に長い接吻をした。

「ツェラア！　ツェラア！　どこにいるの？　何をしているんだろうねえ、あの豚は！」

ランセン夫人だ。この地下室へ下りて来る。石段に響くその靴音で、ツェラアは隅のほうに小さく縮まった。

この、手にしている斧を隠さなくてはならない。が、どうしたというのだ！　ツェラアのまわりの空気が、すっかり粘液のように固まってしまって、彼は動くためには、重い固形物を押すように、大変な努力をしなければならない。ツェラアは、可笑しいほどゆっくりと、斧を釜のかげへ押し込もうとした。それはまるで、操り人形のような動作だった。

「ツェラア！　ツェラア！　まあ、お前、そんなところにいるの？」

ツェラアは今、女主人ランセン夫人を待っている。待ち構えているのだ。

「まあ、何故お前は、御主人に返事をしないのです。何て馬鹿な豚だろう、そんなところにぼんやり立って」

暗い地下室を横切って、ランセン夫人が近付いて来た。ツェラアは足許に眼を落としていたが、夫人のすべては、はっきり見えた。いつもの冷静な笑い顔だ。傲然と髪を振って喚き立てる。白痴のツェラアなど、人間扱いにしはしないのだ。

「怠け者！　また釜の火を消してしまったのかい。それから、まだ家の横を掃除してないね。これ、何のためにお前のような豚を飼っておくと思うんです。しっかり眼を覚ましなさい。何です、いま大きな音がしたのは」

ツェラアは頭をさげて、後ずさりした。

「大きな音がしましたよ、何です」

ツェラアは、何か口の中でぶつくさ言った。

夫人は嚙みつくように、

「いくら馬鹿だって、ほんのすこしぐらい常識というものがあるだろう。御主人がこんなに言っているのに、なぜ黙りこくっているのです」

ツェラアの胃は、また氷のようになった。彼は、おっかなびっくりでそっと首を上げた。老婆のくせに、顔にまっ白に白粉を塗り、口びるに真っ赤に紅を引いたランセン夫人が、頭の上で怒鳴っている。

何故そんなに、この婆さんが怖いのだ？　自分の顫えているのが見えるじゃないか。とツェラアは、口ではあはあ呼吸をしながら、考えた。どうしてこの奥さんを睨み返してやらないのだ。ツェラアは、釜の横へ倚りかかった。熱い！　手が焼けたような気がした。頭も一時に、燃え上がったように思われた。

ツェラアは大声に叫んで、奥さんに注意してやろうと思った。早く！　早く逃げて下さい！

ランセンの奥さん！　そうしないと、私は何をしでかすかわからない――そう呼ばわりたかった。斧。屍体を入れる空き樽。真っ暗な地下室。

だが、それはみんな出鱈目だ。ツェラアは、何の反抗心もない。力も無い。彼はただ震え戦いているだけだ。すると、この時、音が聞こえたのだ。釜のかげから、微かな音がする。斧だ。ツェラアは心臓が停まったような気がした。立てて置いた斧が、釜を擦ってずり落ちる音だ。ふとツェラアは、もう一人の自分がこの地下室にいるような気がした。二人のツェラアだ。

いまツェラアは、そのもうひとつの自分が、釜のかげで息を凝らしているのを感じた。だが、待てよ。そのツェラアは何をしているのだ。そして、このツェラアは、こっちのその自分は――。

ツェラアは眼の前のランセン夫人を見た。静かに手を伸ばして、斧の柄を摑んだ。この斧は生きているのだ。こうして押さえていないと、どこへ飛んで行くかわからない。

また空気が固まって、ツェラアは身体をうごかすのに困難を覚えた。自分では素早く動いているつもりで、斧を持ちなおして夫人へ向き直るまでに、馬鹿ばかしいほどのゆっくりした間があった。早く！　早く！　もっと早く！

すべては止まった。ランセン夫人の小言も、急に中止された。ツェラアは、にこにこして夫人を見上げた。

奇妙な感情だ。温い洪水が、胃の氷を溶かしている。夫人もじっとしているのは足が動かないらしい。

ところで、ランセン夫人は何を待っているのだ。まさか斧を待っているのではあるまい。ずいぶん長い時間があった。眼を一杯に開き、顔じゅうに口をあけて、夫人は静かにしずかに立っていた。

この時、じっとランセン夫人を見ている時間は、彼の全生涯よりも長いようにツェラアには思われた。ランセン夫人は、眼のまえのツェラアが、急に幸福そうな叫び声をあげて、躍り上がるのを見た。と、額部に真っ赤な口をひらいたランセン夫人だ。何の物音もしない。これはまるで曲馬団の道化師のように、深紅の着ものをきたランセン夫人じゃないか。人間の顔は、こんなにもひん曲がることができるものか。何て面をする婆さんだ。

ツェラアは、すっかり斧のことを忘れた。何か言おうと思ったが、どうしても舌が早くうごかない。早く動いているのは、斧だけだ。斧は早い。飛ぶ、飛ぶ、滅茶苦茶に斧が飛ぶ。

ツェラアは眼を閉じた。ツェラアは斧と一緒に飛んでいる。これは何という素敵な夢だろう。空中に円を描いて、ツェラアは飛んでいるのだ。

飛びながらツェラアは、さっき用意した空の樽へ、重いランセン夫人の死骸を引きずって行って、押し込んだ。そうれ、見ろ！　出鱈目ではなかった。ツェラアはあたりを見回した。斧。樽。立派な事実じゃないか。ランセン夫人は、顔も肩も、真っ赤な口だらけだ。でも、もう小言はいえないだろう。ツェラアは眠そうに笑って、地下室を出た。陽のうららかな冬の朝だ。輝かしい平和な街路だ。ツェラアは眼をぱちぱちさせた。何事もない世の中だ。ツェラアは軽い心臓で、その町を真っすぐに歩いて行った。が、半町ほど行って、ツェラアは立ち停まった。うしろに声がする。

「ツェラア！　ツェラア！　どこにいるんです、あの豚は！」

彼は振り向いた。樽が人を呼ぶってことがあるものか。

「ツェラア！　ツェラア！　呼ばれたら、すぐここへおいで、ツェラア！」

何だ、やっぱりあれは、ほんとの出来事ではなかったのだ。ツェラアは、ただ自分を誤魔化しているだけだったのだ。斧。樽。地下室。あれはそっくり出鱈目だったのだ。

彼はまた、胃が氷のように冷えるのを感じた。

「ツェラア！　ツェラア！　早くここへおいで！」

耳いっぱいの声だ。

ぶつくさ言いながら、ツェラアは引っ返した――ちえっ！　婆さんめ、まだ呼んでやがる！泣き止んでいた子供が、思い出して泣く時のような啜り泣きが、ツェラアの口を洩れた。あんなに呼んでいるんだから、行かなくっちゃあならない。

ツェラアは大急ぎに走って、ランセン家の台所へ引っ返した。気狂いのように――ほんとに、狂人のように走った。両方の膝が、がくがく鳴った。

地下室の入口へ駈け寄った。おれがほんとの馬鹿かどうか、今度こそは見せてやるぞ。斧を振り回して、家じゅうあのランセンの婆さんを追いまわしてやろう。

近所の男や女が、小さな群集を作って、地下室の降り口にかたまっていた。覗いて見ると、うす暗い地下室のずっと向こうに、懐中電灯をつけて樽の中を照らしている巡査の姿が見えた。ぼんやりして、ツェラアは人中に立っていた。傍にいた少年が、俄に大声に叫んで、真っ赤なツェラアの手を指さした。

「やあ、血だ、血だ！　こいつの手は血だらけだ」

ツェラアはげらげら笑いながらこういう誰かの声を聞いた。

「発狂したんだ！　おい、危ない！　そばへ寄るなっ！」

七時〇三分

輪転機の哲人

およそ何が雑然混然紛然としているといって、大新聞社の編輯局ほど、いつでも騒然轟然たるところはあるまい。

その最も代表的なのが、この、有楽町東都毎日新聞社楼上の社会部の机だ。

この机の上は、何て出鱈目を極めた景色！　赤インキだらけの原稿の山の中から、食い散らしたざる蕎麦が覗いている。天丼の海老の尻尾が、4Bの鉛筆と接吻《キス》している。今そのざるそばと天丼と、原稿と赤インキの真ん中に、途轍もない大きな靴が一足、にゅうっと載っかっているのだ。君臨といった感だ。

空の靴ではない。正しく足が入っているのだ。長さ一尺もあろうと思われるそのどた靴から、破れ靴下の足首、よれよれの洋袴《ズボン》の膝、腰と、だんだんその二本の脚を辿って行くと、そこに、わが「輪転機の哲人」鱈間垂平《たらまたるへい》君が、悠然泰然茫然として、椅子に掛けて、その椅子を引っ繰り返りそうに背《うし》ろへ押し反らして、つまり、わが鱈間垂平は、机の上へ彼の巨大な靴をどさっと載せて――眠っているのではない。

有名な愛玩のパイプを、火事みたいにやたらに吹かしているのだ。そして、眼の前の机で鳴る電話のベルを、いとも心静かに聴いているのである。

さっきから、彼の机のどこかで、焦げつくように卓上電話が鳴りつづけている。机上は、ありとあらゆる物質が雑居して、どこに電話機があるのか素人には全然わからないが、むろん鱈間君は、その潜伏場所を承知しているに違いない。その癖、何時まで経っても受話器を取ろうとせずに、彼はこの電話の悲鳴を楽しんでいるのだ。

靴とパイプの鱈間垂平君は、この東都毎日の社会部記者だ。二十六七だから、少壮とか気鋭とかいうのだろうが、このシティ・オヴ・トウキョウの提供するあらゆる刺戟と興奮と異常事に、神経がすっかり慣れっこになってしまって、何もかももう飽き飽きしていて何があっても断じて愕《おどろ》かない。だから、こんなに若いのに、こんなに退屈して、こんなに悲しい眼の色をしているのだ。が、いざとなると、この東毎第一の敏腕家で、すべての特種はこの鱈間垂平君が嗅ぎ出してくるし、大事件はみな彼が手掛ける。大変な博識家で、哲人で詩人で、それにも増して大変な物臭太郎で、独身者で――大石良雄氏が昼行灯《あんどん》なら、わが鱈間君は正午のネオンだ。

普段は、こうして欠伸ばかりしている。

だが、いくら欠伸を連発したって、電話というものはその性質上、鳴り止みはしない。

「こん畜生。五月蠅《うるせ》え野郎だ！」

と彼は、とうとう我を折って、机から足を下ろした。不幸な電話機は、その偉大な靴の下の原稿紙の堆積の底に、可哀そうに埋没されていたのだ。

「ううむ、おおう、ああう――」

と鱈間君は、やおら口からパイプを外して、あくびの延長みたいなことを送話機へ吸鳴った。

「ああ東毎。社会部。ああ鱈間だ。誰だお前さんは、ええ？　宮本武蔵だ？　何を言やあがる――」

宮本武蔵から、この東京有楽町東都毎日新聞社へ、電話がかかって来た。昭和十年八月二十六日、木曜日の夕方のことだった。

「おい、ほんとに宮本武蔵か？　どこにいるんだお前さんは」

鱈間垂平君は、大臣をつかまえても、お前さんという敬称を使うのである。

編輯局の窓の向こうを、疲れたサラリイマンと夕陽を満載した省電の高架線が、金切り声を揚げて閃き過ぎた。

景気測候所

丸の内仲通りに、信栄社というちょっと得体の知れない事務所がある。そこの社員宮本得之助氏は、宮本武蔵と自称他称するオフィス街の疑問符だ。丸の内の名物男だ。景気観測、相場通信、信栄社と、ちゃんとこの雲母硝子《きららガラス》の扉《ドア》に金文字が入っているし、宮本氏の名刺には、景気測候所員宮本武蔵とある。

だから、立派に宮本武蔵で通っているのだ。唇の上を剃り込んだ細い口髭、素早く動く黒瞳《くろめ》勝ちの眼、靴と頭髪《あたま》をてかてかに光らせて、白麻の背広に青いワイ襯衣《シャツ》、なかなかモダンな街の紳士宮本武蔵氏ではある。あの、だぶだぶの古洋服に開襟シャツの鱈間垂平などから見ると、この武蔵こと宮本得之助君のほうが、よっぽどスマアトな事務所街の青年貴族だ。年齢《とし》は、同じく二十七八だろう。

「おい、鱈間か。どうした。きな臭《くせ》えぞ。相変わらずパイプをぷかぷかやってやがるな」

とこの宮本武蔵が、今この景気測候所信栄社の自分の机の上へ、へたばったように上半身を靠《もた》せかけて、卓上電話に取りついているのだ。

「明日は府中の日本優駿競馬《ダアビイ》だ。今夜あ前景気に、いつものところで一杯やるんだが、どうだ、鱈間も来ないか。え？　銀座裏の酒場《バア》カメレオンさ。やって来いよ、九時頃に。なに、おれが奢るんじゃないよ。君にたかろうと思ってるんだ。無一文だ？　仕様のねえ奴だな。まあ、いいや。何とかなるさ。じゃ、九時にカメレオンで」

がちゃりと受話器を掛けて、昭和の宮本武蔵は、ひょいと机に腰を載せた。そして、上着のポケットから競馬の雑誌を取り出して、にやにやしながら、熱心に頁《ページ》をめくりはじめた。

明《みよう》二十七日は、府中の大競馬なのである。ところで、この宮本得之助が、宮本という姓を擬《もじ》って丸の内の宮本武蔵と呼ばれるのは、只それだけの単なる偶然な綽名では決してない。実は宮本得之助は、草分け時代からの古い競馬ファンなので——というよりも、もう半玄人《くろうと》の競馬ごろで、亜米利加《アメリカ》あたりでいういわゆる「廏舎の蠅《ステイブル・フライ》」なのだ。日本中の大競馬はもちろん、草競馬にいたるまで、およそ馬と名のつく物のちらちらするところには、必ずわが「競馬界の宮本武蔵」の姿があらわれる。宮本君を見かけて、ひひんと仁義をしない競馬馬があったら、其馬《そいつ》はもぐりだというくらい、競馬場では、宮本君はとてもいい「顔」なのである。

また、よく勝つ。かと思うと、盛大に負けもするが、とにかく競馬に強いというので、宮本武蔵の名ある所以だが、とかく賭け事は水物だから、さすがの馬の宮本武蔵も、ここもとちっとも大穴を当てず、いささかならず腐り気味なのである。本名得之助どころか、このところ、損之助と改名の必要がある。

「混沌たるアラブ界の形勢か、ふうむ」

と宮本武蔵が、競馬雑誌を読んで、感心とも冷笑ともつかず呟いている。

「明日の第一回は、アラブ特ハンデ二〇〇〇米《メートル》だな。こいつは多分オタケビ号の勝ちだろう。それとも、スナッピイ・ボウイが案外稼ぐかな？――第二回の古呼特《こよびとく》ハン二二〇〇、この競馬《レイス》はむろんキング・オヴ・キングス号のものだ。こいつあ問題にならねえ。さて、明日の大呼び物の二歳馬のダアビイは？　はてな――天気はどうだろう。馬場の調子は？　そちはどう思う？」

　そちはどう思うというのは、彼の口癖なのである。こういって武蔵は、この時、窓の外へ眼をやった。夕暮れの色にしっとり包まれた鈴懸の街路樹に、いつしかしとしとと夏の小雨が煙っている。

　さっきまで、夕焼けの空が赤かったのに、夏の天候は気まぐれで、何時の間にか雨だ。ビルディングと鋪道と通行人を、黒く濡らして降る黄昏の雨だ、雨だ――都に雨のふるごとく、わが心にも雨が降る。

「占めたっ！　この分だと、明日は馬場が泥濘《ぬか》るぞ！」

　武蔵は独りで横手を拍って、

「雨、馬場悪シか。たとい明日までに霽《は》れたところで、『曇、馬場ヤヤ重シ』と来る。こうなると、吾輩の白眼《にら》んでいるアジアプリンス号が、いよいよ本領を発揮するに相違ない。彼馬《あいつ》と来たら、馬場の調子が悪くて泥が深いと、ますます力走するという変わり物だからな。うむ！　このあしたの優駿競馬は、もう迷わずにアジアプリンスに賭けるとしよう！　有り難《がて》え雨だな。

明日あ大穴の連発だ。当分飲めるぞ。雨よ、降れ降れ！」

机に腰かけて、脚をぶらんぶらんさせて、武蔵は夢中で明日の競馬に賭ける策戦を立てている。

この武蔵君の切なる心願に応ずるかのごとく、宵とともに、雨は沛然と落ちて来た。

団長と女優と拳闘家

信栄社というのは、通信社の一種には相違なかろうが、何をするところか誰もよく知らない。頤鬚《あごひげ》の生えた怖い社長さんがいるのだが、その社長が、普段の怖さにも似ず、あの先日《このあいだ》の小栗さんの暴力団狩りの時には、かなり心配してどこかへ雲隠れしたというから、人は、はあと解ったような、わからないような顔をするのである。

それでも、社員は三四人居るから、豪勢なものだ。この宮本武蔵をはじめ、社員だか拳闘家だかどっちが本職だか判らないボデイ辰村。これは、リングに上ると、相手の腹《ボデイ》ばかり狙うからだ。第三は、始終紋付の羽織を着ている万年応援団長の清水三角。それから、タイプライタアってどんな格好をしてる物？　というタイピストのリリアン・ハアヴェイ嬢。これはあのハリウッドの女優に、ちっとばかり顔が似ていて、洋服の着こなしなど、なかなか垢抜けしているから、その名があるのである。

「こらこら、武蔵！　貴様さっきから、盛んに独り言をいうちょるようじゃが、また競馬のことを考えちょるのと違うかね？」

と一本調子の口調で、正面の自席から頤鬚社長が言った。

「はあ？　ア系古抽障碍《こちゆうしようがい》二四〇〇米では、本命馬はタカラノヤマだろうと思うんで。何しろ、騎手が平尾ですから――はあ、そうであります。実はその、目下その、明日の府中の競馬を研究中であります」

「いかんね。わしゃその君の競馬狂には、大反対じゃ！」

頤鬚社長は、どんと机を叩いた。インキ壺が、一寸二分ほど跳び上がった。

「社務に精励してもらわにゃ困る」

「しかし、何もすることがないであります」

「無くても、忙しいような顔をして、机に向かって居たまえ。そうして、わしんとこへ客が来たら、社長、あの五万円はすぐ支払ってよろしゅう御座いましょうか、なんかと訊きに来るんじゃ。いつも言うて聞かせてあるじゃないか」

「ちぇっ！　そちはどう思う」

武蔵は低声《こごえ》に舌打ちして、椅子についた。

隣席《となり》の清水三角が、そっと私語《ささや》いた。

「おい武蔵、貴様が競馬でどか儲けしたら、何か会社を起こせ。そして吾輩を用心棒に使ってくれ。犬馬の労を厭わんぞ、いひ、いひ、いひ！」

と彼は、こんな侮辱的な笑い方をするのだ。右側のボデイ辰村も、黙っていない。ひしゃげた鼻を突き出して、

「僕あね、思うんだがね、この武蔵だがね、競馬で大穴を当てる日が、果たして来たらばだ

ね、その日はだね、この僕がだね、世界選手の栄冠を戴く日だよ。つまりだね、そういう日は、永久に来ねえんだよ。うふふ、なあミス・リリアン、そちはどう思う」

向こうの窓際から、リリアン・ハアヴェイが、

「わしはその意見には反対じゃ。いつかきっと武蔵さんは、競馬で一釜おこすと、あたしは観察してるわ。そして、丸ビルぐらい、バット買うみたいに、ぽんと買っちゃうと思うわ。そして、あたいをマダムの椅子に据えるわよ、きっと」

そう言ってリリアン・ハアヴェイは、もりもりっと武蔵へ秋波を送ったものである。彼女は武蔵の颯爽たる容姿に大いに好意を寄せているのである。

「駄弁中止！　第一巻の終わりじゃ」

と言って、頤鬚社長が、起《た》ち上がった。

「余はこれから高橋さんを訪問じゃ。もう皆、兵隊どもは帰ってよろし」

暑いのに、モウニングのしっぽをひらひらさせて、社長は廊下へ出て昇降機《エレヴェタア》の下りの扣《ボタン》を押した。

高橋さんというのは、蔵相のことかどうか、そこまでは社長も言わなかった。とにかく、万年応援団長清水三角が、すぐにつづいて、

「彼女が待っとる。失敬」

と、紋付の肩を揺すって、のっしのっしと帰って行った。

もう暗くなった窓外《そと》に、夏の夜の雨は、一層降りしきっている。

魑魅魍魎《ちみもうりょう》のビルディング

「僕《ぼか》あね、今夜ね、倶楽部でね」とボディ辰村も、階段を駈け下りた。

「トレイニングがあるんだ。あばよ」

「そちも帰ったらどうだ」

と武蔵は、ミス・リリアンへ顎をしゃくった。

「ああら、詰まんないの！　わしはあんたと一緒にかえるんだ」

二人きりになると、リリアン・ハアヴェイはたっぷりと媚態《しな》をつくって、武蔵君に寄り添うのだ。

「止せよ。おれあすこし居残って、明日の勝馬を考えるんだから」

「じゃ、あたしも一緒に考えたげるわ」

「許してくれよ。一人でねえと、頭脳《あたま》が纏《まと》まらねえんだ。こういうことは、思考力集中のインスピレイションだからな」

「邪魔にするのねえ。しどいわ！　じゃ、戸外《おもて》へ出て待ってる」

「ああ、そうしてくれ。だが、雨が降ってるぜ」

「構わないわ。数寄屋橋んとこに立ってるわね。あんた、傘は？」

「無い」

「これ置いてくから、さして来たまえね」

と、リリアンが武蔵の眼の前へつき出したのは、一体この事務所のどこに、そんな傘があったのだろう？　およそビルディングなどとは縁の遠い、ぼろぼろの渋蛇《しぶじゃ》の目だ。恐ろしく破れて、埃に塗れて、山奥の古寺で手足が生えて踊っていそうな傘。

「誰んだい其傘《そいつ》は。見たことがないな」

「知らない。ただ、今見ると、漫然とここにあったのよ。この帽子掛けの横に。さっきまで、確かに無かったわ」

「漫然とね」

「うん。漠然と立てかけてあったの。誰んでしょう」

「ま、何でもいいや。そんな傘でも、無《ね》えよりゃあ増しだろう」

「待ってるわよ、橋の袂で」

出かかった戸口《ドア》から、そう一声残して、リリアン・ハアヴェイは靴音高くビルディングを出て行った。

武蔵は、ひとりになった。同じ建物内のほかの事務所も、もうすっかり退けたらしい。ぼんやりと電灯の点っているのは、この景気測候所信栄社だけで、いま全ビルディングは、上から下まで、四角い闇黒《やみ》の塊だ。しんしんと雨の音がする。昼間いっぱい、物欲の取引きの渦巻いていた近代商業の怪物《モンスタア》だけに、夜のビルディングの静寂は、人間の喜怒哀楽と欲望が一つに凝った息づまるような複雑なしずかさだ。椅子と帳簿が、囁きを交わす。金庫がぺろりと長い舌を出す。計算器が、自分で動く。電話帳は表紙と裏表紙を翼にして、愉《たの》しく空中を飛行し、一階上の化粧品会社の包装紙のところへ、逢い曳きに行くのである。けたけたと笑う算盤《そろばん》、社長の秘密を饒舌《しやべ》り出す灰皿。空気は、それら小悪魔の喚声で満ち満ちている——ような気がするのだ。

どこかで、ばたあんとドアが開閉した。

明日の大競馬の出馬表を前にして、予想に余念もなかった宮本武蔵は、ぎくっとして顔を上げた。

その眼の前の壁に、電気時計が懸かっている。何心なく見ると時計の針がせっせと忙しそうに逆に回っているのだ。八時から七時、六時、五時——見る間に、三時、二時、一時と。

「おんや！　変な晩だな。こんな馬鹿なことってあるか。そちはどう思う」

武蔵が、そう声に出して独り語《ごと》を言った時、何階か上層の無人の事務所で、とても鮮やかにいいいりんりんと呼鈴《ベル》が鳴った。

「どうかしてるぜ今夜は。なにもかも間違ってやがら」

もう帰ろう——武蔵は起って、傘を摑んだ。と、どうだ！　その傘が、買い立てのような真新しい男持ちの洋傘《こうもり》に変わっている。確かについ今し方まで、恐縮するような破れ蛇の目だったのに、何時の間に——。

インバネスの老人

だが、好く変わったのだから、武蔵は文句を言うところはない。有り難く其傘《それ》を持って、廊下へ出た。後ろ手に強く扉を締めると、もう錠が下りてしまった。しかし、これはエイル鍵だから、自動的に締まるのに、まず不思議はないと、彼は自分に言い聞かせたことであった。

端のほうに、薄暗い電灯の明滅している廊下だ。WCの前を通ると、人のいない水槽便所で、ごうっと水の音がした。空の昇降機が、おそろしくゆっくり、ゆっくりと上がって来て、こちんとビルディングの頂上《てっぺん》で停まった――いや、これは正確に言うと、そんな気がしただけで、わが宮本武蔵の幻想《ファンタシイ》だったかも知れない。

その名のごとく、武者修業者みたいにいやに緊張して、真っ暗なビルディングを出た彼を、雨に煙る夜のオフィス街が、しんとして待ち受けていた。

蛇の鱗を想わせる濡れた鋪道に、街灯の光が、黄色いくの字を幾つも繋いだように流れている。闇黒のなかに、雨脚は細く白く、一面に水の紗《しゃ》の幕で、まるで、水族館の硝子張りの桶の底を、ひとりで歩いて往くようだ。

上衣の襟を立てて、雨のなかに歩を拾う武蔵の頭脳は、まだ明日の勝馬予想で一ぱいだ。数寄屋橋に待っている和製リリアン・ハアヴェイのことなんか、けろりと忘れているのだ。これから銀座裏の酒場カメレオンへ行って、友人の東毎記者鱈間と、一杯やるつもり――。

「宮本さん」

丸の内仲通りを半ばほど来て、と或るビルディングの前を通りかかった時だ。誰かが、横合いから武蔵を呼んだ。

が、傘を打つ雨の音で、武蔵の耳にははっきり聞こえなかった。で、そのまま行き過ぎようとすると、

「やあ、宮本さんじゃありませんか」

武蔵はびっくりして、立ち停まった。雨の穂を透かして見ると、閉まっているそのビルディングの玄関《フロント》の凹《くぼ》みに、何だか黒い人がもぞもぞ立っている。白い長い髯がすぐ眼に入ったので老人だということがわかったが、見たことのない人だ。

「誰だ」

そばへ寄ってよく見ると——老人が佇《た》っている入口の上に、小さな電灯が一つ雨に瞬いていて、13、十三号館と、そのビルディングの番号が読める。その光で、老人の顔姿は割に明瞭に見えるのだが——黒いトンビのような物を着た、みすぼらしい年寄りだ。雨が掛からないようにと、狭い玄関の窪みに、扉に背を貼りつけて立っているところを見ると、傘が無くて雨宿りしているのだろう、と武蔵は思った。

それにしても、どう考えても見覚えのない人物だが、どうして自分の名を知っているのだろう？　武蔵は奇異な思いで、

「何だよ老爺《おやじ》さん、誰だったかね君あ」

答える前に、老人は咳払いをした。

「よく降りますね。いまお帰りですか。え？　わしかね？　わしは老人《としより》ですよ。はい、只の年寄りですよ」

と変に慣れなれしく言って笑った。武蔵は尚も、自分の相識《しりあい》のうちに、こんな白い鬚を生やしたおっさんがあったかどうかと、忙しく記憶の抽斗《ひきだし》をあちこち開けてみたが、どうも思い当たらない。が、顔の売れた宮本武蔵である。先方《むこう》でだけ識っているのかも知れない。ルンペンみたいな装《なり》をしてるから、ことによると、こいつあ電車賃頂戴とおいでなさるぞ。武蔵がちら

とそう思った時、

「夜は割り方冷えるね」

にこにこして老人が言った。武蔵はすこし五月蠅《うるさ》くなって、

「何か用か、おい」

「べつに用があるってわけでもありませんがね、どうです、新聞一枚買ってくれませんか」

「何でえ、夕刊売りか。夕刊なら、もう見ちゃったから要らんよ」

老人は、追いかけるように語を早めて、

「新聞といっても、普通の新聞じゃありませんぜ、宮本さん」

「妙なことを言うじゃないか。普通の新聞じゃないって、じゃ、どんな新聞なんだ」

「明日の夕刊じゃよ」

と老人はにっと笑って、雨を庇ったインバネスの袖の下から、すうっと一束の夕刊を覗かせた。

「明晩の夕刊です。如何です一枚」

幼稚園の論理《ロジック》

その瞬間武蔵は、水を浴びたように、脊髄がぞっとした。が、それは、傘の骨を伝わった雨が、襟頸から流れ込んだ故《せい》だったろう。彼は、げらげらっと笑い出していた。

「おいおい、冗談いっちゃいけないぜ。気がどうかしてるんじゃないのか。雨ん中のこんな

ところに立ってないで、早く木賃ホテルへでもしけ込んだらどうだ。落ちはこんなことだろうと思った。厄介な奴だ。ほら！」

舌打ちをした武蔵は、ポケットから十銭白銅を一つ取り出して、老人の鼻の下へ突きつけた。

「そら、こいつを与《や》るから、早く行って寝な。手を出しなよ。おい、どうしたんだ」

「どうもこうもありませんよ。新聞を買わないかと言ってるんです」

「それが明日の夕刊だというんだろう。はっはっは、いや、こいつあ大分変わってる」

「まあそこらにざらにあるという新聞じゃないね」

「嫌だぜおい。戯《ふざ》けるなよ。明日の夕刊が、今夜出てたまるかい」

「とにかく、明日の晩の夕刊なんですからね。珍しいものですよ。世界に二つと無いやね。銭を出して買おうたって、買えるもんじゃあねえんです。一日先の新聞なんじゃやからな」

「明晩の夕刊を、今夜おれにだけ特別に一枚売ってくれようというんだね。はははは、奇抜な話だ。可哀そうに、こいつあ真物《ほんもの》のき印だ」

「明日の競馬の結果が、すっかり載《で》てますよ」

老人は欠伸のような声で、しごく平々凡々なことのように、けろりとしてそう言った。

競馬と聞くと、武蔵は思わず釣り込まれて、

「いい加減にしろよ。どこまで人を馬鹿にするんだ」

とちょっと向気《むき》になると、老人は冷やかに、小脇に抱えた新聞を一枚ひょいと抜き取って、それで武蔵の顔を撫でた。

「自分で見るに限らあね。ほら！　そちはどう思う」

この見知らぬ老爺の口から、出しぬけに自分の口ぐせを聞かされて、武蔵はぎょっとしたが、明日の勝馬が出ているというので、夢中でその新聞を掴んだ。すると老人は、代金《かね》を請求するでもなく、いま武蔵の来た丸ビルの方角へ、雨のなかをぶらぶら歩き出して、たちまち闇黒の奥に呑まれて去った。

もう老人のことなど、どうでもいいのだ。そんなことに構っていられない武蔵だ。がさがさと新聞を開いたが、そこは光線《ひかり》が不十分なので、急に足を早めて近くの街灯の下へ急いだ。そして、傘の柄を肩にして、両手で新聞を灯に翳した。

まず、最初に日付だ。

「昭和十年八月二十七日、金曜日——」

と武蔵は、口のなかで読んだ。ぱちぱちと眼を瞬いて、もう一度、睨むようにその欄の上の日づけを見た。が、何度見直しても同じことだ。ちゃんとそう印刷してある。これは紛れもなく、明晩発行の夕刊なのである。

ふと気がつくと、横降りの雨が傘の下から吹き込んで、全身は冷汗を掻いたように、しっとり濡れていた。武蔵は、ぞっと不気味な感覚に襲われて、しっかり眼をつぶって自問自答した。

「今日は何日だ。八月二十六日、木曜日だ。ほんとに今日は木曜日か？　二十六日か？——戯談《じょうだん》いうない。誰が何てったって、きょうは八月二十六日木曜日。するとこの新聞は、どう見ても明日の夕刊だが、そちはどう思う」

雨に映える街灯の下で、武蔵はそそくさと手帖を取り出して繰ってみた。間違いではない。今日は断然、正に、たしかに、八月二十六日木曜日。そうすると明日は、自然に、二十七日の金曜日。この論理は、幼稚園の生徒にだって朝飯前だ。

われ明日を覗けり

いんちきにしろ、いやしくも相場や財界通信を扱う信栄社員である。日日《ひにち》を取りちがえるようなことは決して無い。こうなると、これは全く明日の夕刊である。武蔵は、夢のなかにいるような気持ちで、夕刊を折り返して中の社会面へ眼をやった。

「や！　府中の結果が出てやがら！　そちはどう思う」

どう思うたって、このとおりちゃんと載《で》ているのだから、争う余地はない。明々白々たる事実だ。すでに過ぎ去った「今日」の競馬の結果として、堂々と報じられているのである。勝馬の名が、ずらりと並んでいる。武蔵は、もう一度眼を閉じて、額へ手をやってみた。額部《ひたい》は、火のように熱かった。氷のように冷たかった。

「こいつあどっかで理窟を外れてるぞ」

と彼は、落ちつこうと努めながら、自分に言い聞かせるのだ。

「明日の晩の夕刊が、今夜、こんなに立派に印刷されて出ているなんて、そんな大べらぼうな！　そちはどう思う」

昭和十年というのが、九年か八年の誤植ではあるまいか。八月二十六日というのが、七月か六月の間違いではなかろうか――武蔵は、一枚の新聞をあっちへ引っ張り、こっちへ透かしして、色いろの角度から眺めた。が、どう見たって、断然決然、明日の夕刊なんだから仕方がない。武蔵のまだ知らない明日の出来事が、みんな過去の出来事として報道されている。

大急ぎで、全体の紙面に眼を通してみた。

まず、一面の外国電報──伊エ両国間に突如微笑外交展開。伊太利《イタリー》首相ムッソリニ氏は、昨夜突然エチオピアに対して友好的声明を発し、云々──犬と猿のムッソとエチオピアが友達になるなんて、誰が予想し得たろう！　これは確かに今日までは無かったことだ。

宋鉄源抗日軍再び列車に発砲。関東軍幹部重大決意を余儀なくせらる。これも今日の人間はまだ誰も知らないことだ。鈴木政友会総裁関西遊説の途に就く。その車中談、「政党は無力じゃというけれども、国民は現内閣に何の望みも嘱しておりゃせんじゃないか。なに、政友会の屋台骨が緩みおるって？　そりゃ大世帯になれば、いろいろと五月蠅い問題もあるさ。親の心子知らずでな、わっはっは」──これも、今日の新聞には、出ていなかった。

社会面──武蔵は、あっと愕きの声を揚げた。トップに、延焼中の建物と、その周囲にホウスを握って活躍中の消防隊の写真が、でかでかと載っていて、特大活字の標題《みだし》は、「銀座裏の名物酒場カメレオン焼く。夜明けの出火に寝乱れ姿の女給連、三階から飛ぶ落花の風情に、弥次馬連顔負け」

「何だって？　おいおい！　明日の朝、カメレオンが焼けるんだって？　うわあ！　そちはどう思う」

酒場カメレオンは、武蔵の行きつけの家で、マダムをはじめ女給連ともみんな馴染みだし、今夜もこれから、そこであの東毎の鱈間垂平に会うべく、いまその途中なのだ。そう、呆れ返ったような叫びを洩らして、武蔵はその記事に食い入った。ナンバア・ワン山路美代子が、顔に大火傷をして、商売道具の美貌を台無しにしたと出ている。美代子は、武蔵がひそかに想いを寄せている女なので、こいつあいけねえ、早く行って、知らせてやろうと思って、彼は、新聞を読みながら歩き出した。

と、四五歩行って、武蔵の足は、またぴたりと地流れの歩道に吸いつけられてしまった。

景気測候所長も己《おの》が運命の観測は不可能――という、こんな大きな活字の柱が立っている。

神魔

こいつは、見覚えのある頤鬚とモウニングだと思ったら、何と！　景気測候所信栄社々長殿の写真が載っていて――「財界打診、係争調停などと称して、長らく丸の内に悪の巣信栄社を経営して富豪名士等のいわゆる奉加帳によって衣食し来った大河原某は、本日正午、乾児《こぶん》万年応援団長こと清水三角、並びに紅一点の綽名リリアン・ハアヴェイことタイピスト嬢の二名とともに、岡本津村両刑事の手により警視庁へ連行され、即刻伊予田警部の取り調べを受け、うんぬん――因みに、同所員の拳闘家崩れボデイ辰村は、今朝妹の急死に郷里静岡へ出発したので、直ちに同地警察へ取り押さえ方を電頼した由《よし》」

どういうわけか、同じ信栄社員の自分の名が洩れているので、武蔵はほっとしたが、

「そうか、とうとう社長《おやじ》の奴、年貢の納め時が来たか。もういい加減食らいこんでも仕方が無え。あのモウニングを着て引っ張られる社長の面が見てえものだ。しかし、団長とリリアンが傍杖《そばづえ》をくうとは、可哀そうだな。それはそうと、ボデイ辰村は明朝妹が死んで、静岡へ発つ

七時〇三分

んだと？　なるほど、あいつの故郷《くに》は静岡で、妹があると言ってたっけ。こいつあ嘘じゃあねえ。とにかく、景気測候所も明日でぺしゃんこか。いやはや！」

ざあざあ降りの中を傘を担いで、「明日の夕刊」を読みながら、武蔵は白痴《ばか》のように独りでにやにや笑って歩いてゆく。擦れ違う通行人が、狂人《きちがい》か酔っぱらいかと、気味悪そうに路傍に避《よ》けて、やり過ごすのだ。

人間は、今日のことさえ満足には判らないものだ。眼隠しされて闇夜の野道を歩いているのが、人間の運命である。安全と信じて進むこの一歩に、次の瞬間何を踏みつけるか、それは誰にもわからない。お互いに一寸先は暗黒《やみ》なのだ。将来を見通し、明日を知るは神のみである。ほんとうに、明日の出来事が、すべて鏡にかけて見るように前の日にわかったとしたら、神のごとく大きく強く、高らかな人間になるに相違ない。そして、悪魔のごとく皮肉に、誇らかになるであろう。

今の宮本武蔵君が、それだった。彼はこの一枚の明日の夕刊によって、二十四時間後の近い未来を、神のように、悪魔のように、すっかり知り尽くしてしまったのだ。明日を覗いた男、それはわが宮本武蔵だ。彼は今、自分の精神がだんだん花火のように昇華して、全智全能の神となり、同時に、冷徹にして不遜なる悪魔《メフィスト》に近づきつつあるような気がして、もう、天地のあいだに何ものをも怖《おそ》れない、変に傲然昂然たる態度で雨中を濶歩して行くのだった。

明日を見た男の頰には、一種不思議な、不敵な笑みが拡がっていた。宮本武蔵が、ほんとうに、滅茶苦茶に強い宮本武蔵になりそうだ。

「うふっ！　そこらを歩いてる野郎ども！　明日のことは何にも知るめえが。馬鹿な奴らだ！」

武蔵は好い気持ちに呟いて、歩きながら一人で、えへらえへら笑ったものである。

その明日の夕刊には、ほかに、今日はまだ何人《だれ》も知らないことが、色いろ載っているのだ。

その一つは、新宿発府中ゆきの調布多摩河原線の汽車が脱線して、競馬場ゆきの数名が重軽傷を負ったと出ている。それから、東都毎日の論説に憤慨した壮漢が一名、匕首《あいくち》を閃かして同社編輯局へ暴れ込んだが、社会部記者鱒間垂平に眼潰しの赤インキを投げつけられて、難なく取り押さえられ、丸の内署へ引き渡されたという報道も、大きく出ていた。

ばかに弱い壮漢だが、この記事を見つけた時は、武蔵は、したたか雨に濡れるのも忘れて、躍り上がって喜んだ。

「鱒間の奴、明日自分がこんな武勇伝を発揮するとも知らずに、今カメレオンで俺を待ってるだろうなあ」

が、たちまち彼は、悄《しょげ》気返って、

「うん、そういえば、明日そのカメレオンが火事を出して、あの美代っぺのやつ、顔に火傷をするんだったなあ。何にも知らずにいるだろうが、可哀そうに――」

大穴ドンナモンジャ号

明朝八時三十六分に、神田連雀町の済生堂薬局の前で、製本材料を積んだオートバイと円タクが衝突して、双方大破することになっている。これもちゃんと夕刊に載っているのだ。宮本

七時〇三分

武蔵は、神田連雀町に住んでいるので、この事件は自宅の近くだから、その時刻に済生堂の前へ行って、試してみようと思った。それから、小石川小日向の或る会社員の家へ、今暁三時二十分に強盗が這入《はい》るはずになっている。そして、その一時間ほど前に、一人の与太者めいた青年紳士が、わざわざその家を叩き起こして、三時二十分に強盗が押し込むからと、注意して行ったというのである。家人が薄気味わるく思っているところへ、果たしてその時間に強盗が推参したというのだ。で、その筋では、その警告に来た洋服の男が犯人だという見込みで、家人の認めた人相、着衣を手懸かりに、極力厳探中だと、この明晩の夕刊に書いてあるのだ。

今日はまだ封切りされていなかったＰＣＬの新映画や、雑誌「日の出」の広告なども、大きく載っている。

武蔵は急に気がついた。

今まで、この夕刊全体に対する検査的な興味に紛れて、肝腎な競馬の結果を見るのを忘れていた。

彼は、早くその報道を見なかったことが、途方もない損をしたような気がして、雨のなかを急いで、ちょうどそのとき来かかっていた有楽町駅へ小走りに這入りこんで、明るい電灯の下で改めて夕刊を開いた。そして今度は、異様に光る職業的な眼で、明日の府中競馬第一日の勝馬へ、注意深い視線を凝らしたのである。

「府中競馬第一日、馬場稍重シ」とあって、第一アラブ特ハンデ二〇〇〇米、１着ワレラガエイユウ号――。

「ややっ！　何だって？」と武蔵は、頓狂な声とともに、眼を擦った。

「ワレラガエイユウ号が第一着か。ううむ！　こいつは凄《すげ》え番狂わせだ」

この第一競馬で武蔵が必ず勝つと白眼んでいたオタケビ号も、スナッピイ・ボウイ号も、見事一敗地に塗れているではないか。

「いや、危ねえところだった。怖《おつか》ねえ、おっかねえ。ところで、第二回の古呼特ハン二二〇〇米では——こいつあキング・オヴ・キングス号は外れめえ」

と思って見ると、あに計らんや、第二競馬の一着はハナヨリダンゴ号！

「うへっ！　あの与太馬のハナヨリダンゴ号が一着とは、驚いたねどうも。素敵もねえ大穴だね。そちはどう思う」

第三ア系古抽障碍二四〇〇米——1ヒマラヤ号。

「なに？　ヒマラヤが勝つのかいおい！　このレイスじゃあ、おれあタカラノヤマが断然抑えると思っていたがなあ。いや、わからねえものだ。それよりも、府中第一の大呼び物、明日の優駿競馬はどうだ？　俺の狙いでは、どうしてもアジアプリンスのものだと踏んでるんだが——えっ！　何っ！　こいついけねえ！」

舐めるように夕刊を凝視《みつ》めながら、武蔵は跳び上がった。「第四レイス日本ダアビイ結果、1ドンナモンジャ号」とあって、武蔵が動かぬところと見たアジアプリンスは、一番は一番だけど、最後《びり》から数えてである。

「そうかっ、ドンナモンジャが勝つのか。あののらくら馬のドンナモンジャが一着とは、へっ、お釈迦さまでも気がつくめえ。こいつあ豪《えれ》えことになった！　だが、おれの馬が片っ端から外れるとは、この夕刊を見ずに行ったら、すっからかんの大損だったが——うむ！　占め占め！　このとおりに賭ければ、明日こそは大穴の当てづめで、もりもり儲けちゃうぞ！　一躍大富豪《ミリオネア》だぞ！　てへっ、そちはどう思う。有り難えな。とうとう運が向いて来たんだ」

将軍とその愛嬢

雨を吸って、灰色に重く湿っている新聞だ。有楽町駅の入口で、長いことその紙面に見入っていた武蔵は、押し戴かんばかりにそれを丁寧に畳みかけたが、ふと、そもそも最初の疑問が、心の隅を掠め過ぎた。

それは、どう考えても解くことのできない、気味の悪い疑問符――「明日の夕刊が、どうして今日出ているだろう？」という、この「？」だ。

「冗談じゃあねえ。こいつあ確かに、どっかに間違いがある。明日の競馬の結果が、今夜わかって耐《たま》るもんか。はてな、俺はどうかしてるんじゃねえかな。そちはどう思う」

口の中に独語《ひとりごと》を転がした武蔵は、つかつかと駅の改札口へ進み寄って、

「ちょっと伺います」

「はあ」

「今日は何日でしたかね」

改札係は不思議そうな顔で、ちらりと武蔵を見た。

「何ですか？」

「きょうは何日だか、君、教えてくれないか」

「二十六日でしょう」

と駅員は、事務的に、不愛想に答えた。

「ほ、ほんとに、ほんとに、二十六日だね？　え？　八月二十六日、確かだね」

「邪魔しないで下さい。私は忙しいんです」

「忙しいたって君、僕の真剣な質問に答えてくれたっていいじゃないか。ね！　君、僕あ気が狂《ちが》いそうなんだ。頼むから君、この胸が納得するように、教えてくれたまえ。まったく、実際、事実、今日は八月二十六日だね？」

「ふん、気がちがいそうだなんて、あなたはもう立派に気が違ってるんですよ。あっちへ行って下さい」

「そして君、確かに今日は、木曜日だったね？　え？　君、え？　今日は八月二十六日木曜日であるんである、と、大きな声で言ってくれ！　頼む！　後生だ！」

「貴様、公務を妨害する気かっ！　公務員を嘲弄するのかっ！」

とうとう改札係は癇癪をおこして、鋏《パンチ》の尖《さき》でぐいと武蔵を押した。

押された武蔵は、よろよろと蹣跚《よろめ》いて、どしんと柔らかい肉体《からだ》にぶつかった。定期を見せて改札口を通ろうとしていた、羅物《うすもの》のお嬢さんだ。

武蔵は、その山の手の令嬢に、抱きつかんばかりに、

「お嬢さん！　助けて下さい、教えて下さい！　今日はたしかに、八月二十六日木曜日でしょうか？」

「ああびっくりした！　何さこの人」

「宮本武蔵です。今日は八月二十六――」

「まあ！　狂人ね。怖いわ、あたし」

とお嬢さんは蒼くなって、改札口を走り抜けた。そこへ来かかったのは、前世紀の太い口鬚をぴんと生やして、ごりっとした薩摩上布に握り太のステッキを携えた、退役陸軍中将なにがし閣下の宵の散歩姿とも、見れば見得る品威ある老紳士。

容麗《みめうるわ》しき一個の若き婦人をば、後《しり》へに従えぬ。それと見るより、此方《こなた》は馳せ寄りて、

「今晩は！」

「おお、何でごわす」

「今日が二十六日なら、明日は何日でしょう？」

中将は、大いなる鬚を捻りて、やおら背後《うしろ》なる愛娘を顧みたり。

「浪さん、出しぬけに禅の問答な喰らいおったよ。わっはっは、いや、狂人かも知れぬ」

三軍を叱咤する老将軍の吸声に、武蔵はきょとんとして傍らに寄りき。浪子は楚々としてその面前《まえ》を駈けぬけつつ、

「見ればまだお若いのに、お気の毒な――それはそうと、ねえお父様、武雄さんは今頃、どうしていらっしゃるでしょうねえ」

という声、ぽかんとして後見送る武蔵の耳に残りぬ。

橋の上の会話

雨の下町から郊外へ帰る人々で、夜の有楽町駅はごった返していた。宮本武蔵は、その雑沓の中を人に小突かれながら、片手に問題の夕刊を握って、泳ぐようにあちこち訊き回っているのだ。

「もしもし！　今日は確かに八月二十六日の木曜日ですか？　すると明日は、二十七日の金曜日ですね？　誰かはっきり腑に落ちるように、答えてくれる人はありませんか」

ビールのにおいのする四五人の学生が、武蔵を取り捲いて笑い崩れるのだ。

「そりゃあ君、無理だよ。そんな難しい質問をしたって、即座に答えのできる人は無いよ君」

長靴を穿いたいなせな印半纏《しるしばんてん》は、どんと武蔵を突き飛ばして、

「こん畜生！　この非常時に、カフェなどで酔っぱらいやがって、下らねえことを訊きやあがる。殴るぜこの野郎！」

武蔵はほとんど泣き出したかった。縋りつくように次の人に訊くと、

「わしゃ知らんです」

そこへ来合わせた若奥様は、武蔵の必死の問いを浴びると、悲鳴を揚げて改札口へ逃げ込む騒ぎ——武蔵は、独楽のようにきりきり舞いをしながら、また雨の舗道へ飛び出した。

出会い頭《がしら》に、円タクがすっと寄って来て、

「如何です、行きませんか」

七時〇三分

その運転台へ、武蔵は首を突っこんだ。

「おい、ちょっと訊くが――」

「どこです旦那、の井ですか」

「何を言やあがる。今日はほんとに二十六日かどうだ」

「へっ、ちゃっかりしてんの！」

運転手はいきなり発車機《スタアタア》を引いたので、窓硝子の間に首を取られた武蔵は、一二間踠《もが》きながら引き擦られた。

やっと無礼なタクシと自己を引き離した彼は、ふたたび傘をさして、夢を踏むような気持ちで歩き出したのである。

雨の数寄屋橋が、眼の前に浮かんでいる。重油のような濠《ほり》の水は、点々たる雨脚を受けて白く騒ぎ、その向こうの空いっぱいに、銀座のネオンは溶鉱炉の照り返しのよう――武蔵は思い出した。そうだ、あのリリアンと約束したっけ。彼女《あいつ》め、ここに立って待っていると言った――。

見ると、橋の真ん中辺をしきりに往きつ戻りつしている、人待ち顔のリリっぺの姿がある。

足早に駈け寄った武蔵だ。

「やあ、だいぶ待った？　ところで、そちはどう思う、今日が八月二十六日なら、明日は――」

「あら、何いってんの？」

と振り向いた顔は、リリアンではない。ドレスから帽子から持ち物一切、確かにあのリリアンだけれど、ただ、顔だけ別人なのだ。リリアン・ハアヴェイは、待ち草臥れて帰ったのだろうが、それにしても、こんなに、何から何まで同じ服装《なり》ってあっていいものだろうか。今夜はよっぽど妙な晩だ。一つ間違うと、すべてがすこしずつ調子が狂って来るのだ。楽器で言えば、ほんの一音階だけ――まるでピアノの鍵《キイ》が、たったひとつ調律を外れているような。

「や！　人違い。失礼」

「待ってよ、どっかでお茶飲まない？」

女は、武蔵と並んで歩いて来る。

いつもの彼なら、来たな！　と興味をもって女を観察するのだが、今夜の武蔵は、それどころではない。

「駄目今夜は。友達が待ってる」

「髪の長いお友達でしょ？　なら、僕だってそうじゃないの」

とこのストリート・ガールは、鼻を鳴らして、その弾力のある若い身体を、これでもか、これでもかと、ぐんぐん武蔵へ擦りつけるのである。

「ねえ、ねえってばさ！　いいじゃないの。雨の晩は、しんみりするわ。あたしのアパートへ来ない」

「じゃあね、お前に訊くことがある。今日は八月二十六日で木曜日だろう？　そうすると明日は、二十七日金――おや！　変な面して、どんどん逃げてきやがった。そちはどう思う」

佐々木君との歴史的試合

七色の灯きらめく銀座裏の雨。その雨の交番に、所在無げに立ち番している若い警官。傘を傾けて来かかった一人の男が、この交番の前で立ち停まったので、警官は、道でも訊くのだろうと、

「何かね？」

「警官！」と男は、何かすこぶる昂奮の体である。

「警官は、人民に何かと教えるのが、務めでありますか」

「まあ、そういうことになっとるね。何という家を尋ねちょるのかね？」

「いえ、銀座ああっしの縄張りだ。この辺の家なら、一軒一軒心得てまさあ」

「何だと？　与太者《よたもん》かお前あ」

「いえ、僕の探してるのは、家ではないんです。日付なんです」

「何をさがしとると？」

「日日」

「解らんねえ」

「日なんです」

「ははあ、暦かね？　そうさね、ここらで暦を売っとる店は——」

「警官！　伺います。今日は果して八月二十六日でしょうか。もしそうとすれば、明日はど

う考えても、二十七日になると思うんですが、警官の御意見はいかがでしょう。私はこの難問題で、非常に迷っているのです。実に、じつに、耐らんのです！　助けて下さい！」

瞬間、ぽかんとした巡査は、すぐ次に、人民保護の大任に眼覚めたらしく、急に、にこにこ笑顔を作って、

「君、君、さあ君、こっちへ這入りたまえ。まあ、いいからその椅子へ掛けたまえ。自家《うち》はどこ？　どっちの方角から来たの？　松沢という地名に、記憶《おぼえ》がないかね？　いいかね、ようく落ちつけて考えてみるんだよ」

「ぼ、僕は、狂気《きちがい》ではありません。宮本武蔵です」

「そうだとも！　誰が宮本武蔵先生を狂人だなどと、そんな失敬なことを言う奴があるものか――弱ったな、保護者を呼ばにゃならんが、自宅《うち》はどこかしらん――なあ武蔵君、君と佐々木巌流氏との試合は、素晴らしい評判ですなあ。やっぱり何ですか、大衆作家の書くように、ちゃんちゃん、ばらばら――おいこら、武蔵先生！　逃げるとは君、卑怯じゃないか。待て！　待たんか」

「可笑《おか》しくって聞いちゃいられねえや。そちはどう思う」

「べつにどうも思わんから、もうすこしここに居たまえ。本署へ連れて行って、保護を加えにゃならん」

「明日のことなんか何にも知らねえ癖に、人間って、みんな大きな面をしてやあがる。警官《だんな》、明日この先の酒場カメレオンが焼けますからね、どうか狼狽《あわて》ないように願いますよ」

「うむ！　さては放火狂だな。こらっ！　待てっ！」

「わっ！　いけねえ！　追っかけて来る」

警官の靴音を背中に聞いて、武蔵は高麗鼠《こまねずみ》のように、一散に雨の中を走った。わが家のように勝手知った銀座通りなので、細い露地を二つ三つ出たり這入ったり、庇合いを潜り抜けたりしているうちに、もう法律の靴音はしなくなった。見失った警官は、何て素疾《すばしつこ》い奴だろうと、感心しながら、呆れながら、交番へ引っ返したのだろう。

逃げて来た吾が宮本武蔵の眼前《まえ》に、酒場カメレオンの気分的な、乙に神秘めいた扉がある。

「あああ！　この建物も今夜限りか。さりとは、老少不定の世の中じゃなあ」

武蔵は、科白のようにそう言いながら、ドアを押した。

むんと鼻孔《はな》を衝く酒の香と、白粉のにおいの甘酸っぱいカクテルだ。狭いボックスに漂う夢幻的な照明と、咽ぶがごとき蓄音器の音譜の交流だ。

「おい武蔵、何だいその傘は。人を食ってるな、相変わらず」

這入ると同時に、この声が武蔵の額部を打った。鱈間垂平だ。

七時〇三分

麵麭《パン》は朝早く焼くです

「まあ！　ほほほ、きっと彼女のでしょ？　其傘《それ》。憎らしい人！」

ナンバア・ワン山路美代子が、ぱっと飛んで来て、武蔵の腕にぶら下がるのだ。

「え？　傘？」

と武蔵は、いま自分が水を切って、つぼめている手の傘を見た。何と！　毒々しい桃色《ピンク》の女持ちのパラソル！　さっき、信栄社から差して出て来る時は、確かに立派な新調の男用洋傘だったのに！――もっとも、その前、最初あのリリっぺが発見《みつ》けたときは、化けそうな破れ蛇の目だったが、さては、また変わったか。此傘《こいつ》、短時間に二度も化けたか――。

「や！　呆れたね。そちはどう思う」

「あっ！　血、血！　ほら！　傘から血が――」

美代子が、洋髪《あたま》のてっぺんから叫んで、顫え上がってパラソルの点滴《しずく》を指さすのだ。見よ！　なるほど真っ赤な血が、そのパラソルを伝わって、モザイクの床にしたたり落ちて、早、小さな池のように溜まっているではないか！

「はっはっは、パラソルの色が落ちたんだよ。どうせ武蔵の愛人《アミイ》の所有物《もちもの》だ。こいつあ安価《やす》ものしか買ってやらねえんだから。なあ武蔵」

と鱈間垂平が笑った。実際、その血のような赤い液体は、その粗末な洋傘の染料が流れたのであった。そうと判って、武蔵をはじめ一同は安心して、ははは、ほほほと笑い合ったことではある。

はっと武蔵は思い出した。そして、いきなり美代子の手を摑んだ。

「君、明日お店を休むんだぞ！　どんなことがあっても、明日は休め！　いいか」

「痛い！　手を放して！　まあ、乱暴ねえ。駄目よ。明日は競馬帰りのお客が崩れこんでくるから、書き入れだわ。休むなんてとても、とても！　どんなことがあっても休めないわ」

「大火傷して、その資本の顔を台無しにしてもいいか」

「何いってんのさ。この人」

七時〇三分

「嘘じゃないぞ。まあいいや。鱈間、君あどうしてそんな階下《した》のボックスになぞ居るんだ」

と武蔵は、鱈間を促して、階段を上がりかけた。

「二階へ納まろうじゃないか。そちはどう思う」

いつも二人は二階と決まっているのに、今夜に限って鱈間が、振りの客のように、扉に近い席で自分を待っていたのが、武蔵にはちょっと奇異に感じられた。

「まあ、いらっしゃい武蔵さん、ちょいと、今夜はお二階はだめよ」

と、カウンタアの横から、若年増の綺麗なマダムが、にっこり現れた。

「何故って、模様更えをはじめたの。うんとお金をかけて、二階をとても立派にするのよ。壁へ英国材のチイクを張ってね、天井はロココ風に、思い切った金色の彫刻にして――」

「ふうむ、明日焼けるとも知らずに、可哀そうに希望に燃えて――人間の運命は、すべてこうしたものであるです。果敢《はか》ないものじゃなあ！」

「え？　あした焼けるって何のこと？　嫌なことという人ね」

「いや、なに、こっちのことさ。うん、そうそう、麵麭は朝早く焼くんだってね」

「鱈間さん、あんたのお友達、今夜どうかしてるわよ」

「そいつあ何時もどうかしてるんだよ」

「どうかもしようさ。この豪華版の酒場が、みんな灰になるのに、神ならぬ身の知る由もなく、嬉々としているかと思うと、わしゃ心底から泣けて来るです。知らぬが仏とは、よく言ったものじゃなあ。とほほほほ！」

「あら嫌だ。この人ほんとに泣き出しちゃったわよ。ちょいと！　どうしたのさ」

「マダム！　この家は火災保険に加入《はい》ってるだろうな！」

「いいえ。それがね、今月こそはと思いながら、ついつい延ばして、まだ入ってないの、保険に」

「そ、そいつあいけねえ！」

予言者の悩み

「はいはい、では、御忠告に従いまして、明日早速必ず加入いたしますで御座います、はい」

とマダム・カメレオンは、冗談っぽく、慇懃なお低頭《じぎ》をするのだ。

「いや！　明日じゃあもう後の祭だ。泣いても喚いても追いつかねえ。ぜひ今夜のうちに、早く保険を――」

「武蔵、お前さんすこし五月蠅えぞ。まあいいから、ここへ来て座れよ」

鱈間垂平が、面倒臭そうに、自分の前の椅子を指して、濛々漠々たるパイプの煙の中から、例のゆっくりした口調で、

「お前さんは何時から保険の勧誘員になった。ううむ？」

「何？　垂平は東毎第一の腕っこきか知らねえが、明日のことは何にも知るめえが――そういう貴様は、あした社で、怖《おつか》ないお兄《あに》さんへ赤インキをぶつけるはずになってるんだぞ。い、い、しっかりやれよ。なあおい、マダム、悪いことは言わないぜ。今夜のうちに、十万円でも二十万円でも、早く保険に入れよ。そちはどう思う」

「どうも思わないわよ。今夜はもう遅いわよ」

「ああ万事窮す。手おくれじゃ」

と武蔵は、倒れるようにボックスに掛けた。そして、

「こら、美代っぺ！　こっちへ来い」

とナンバア・ワン美代子をそばへ座らせて、

「ああこの花の顔《かんばせ》が、もうじき二眼《ふため》と見られねえ面になるかと思うと──」

「気持ちの悪い人！　何だか知らないけど、この人のそばへ行くとぞっとするわ」

と美代子は起って、武蔵の抱擁を逃れ出ようと跪いた。彼の手に、大事そうに一枚の夕刊が握られているのを見ると、美代子はひょいと取って、

「何さ、こんな新聞！」

ぽいと土間へ抛《ほう》った。取り巻いていた四五人の女給達が、どっと笑って囃し立てた。大切な明日の夕刊である。その時の武蔵君の周章《あわ》てようったらなかった。ラグビイのタックルのように身を屈めて、素早くその夕刊を拾い上げた。

「非道《ひで》えことをするなよ。明日の競馬の虎の巻だあ。こらっ、女給《おんな》ども！　何が可笑しい。貴様達は夜明けに、三階の寝部屋の窓から飛ぶんだぞ。落花の風情と、ちゃんとこの新聞に出てらあ。落花はいいが、花って面かい。それより、ちゃんと穿く物を穿いて寝て、おかしな恥を掻かねえようにしろよ。そちはどう思う」

女給たちは呆れて、遠のいて行った。武蔵は、大事な大事な虎の巻を、内ポケットの奥ふかく納《しま》いこんで、頭を抱えて卓上《テーブル》に俯伏《うつぷ》した。

七時〇三分

「明日ありと思う心の仇ざくら、夜半に嵐の吹かぬものかは——こいつあ西郷隆盛の辞世じゃ。じつに、真理じゃね」

「お前さん大分アルコオルが回ってるな」

と、冷然とパイプをくゆらしながら、鰐間垂平が言った。

「酔ってなんかいやしねえよ。このとおり、幾ら飲んでも酔えねえんだ。おい！　鰐公、君に明日の特種《スクウプ》をやろう。一日先のニュウスだ。いいか、ムッソリニとエチオピアが俄然仲直りするぞ。それから、また支那に抗日事件が起こって、関東軍は重大決意を余儀なくせらるべし。社会記事としては、あの、おれの勤めてる信栄社が、社長はじめばっさり捕《や》られることになってるんだが——ははあ、お前、何を言うって顔をして、ろくに聴いてもいないな。ふふん！明日になって愕くなよ。ああ、何を言っても、人は誰も俺を真面目に相手にしてくれんです。止んぬる哉じゃ！　われ笛吹けども人の子踊らず。予言者は辛いです」

「莫迦にお饒舌《しゃべり》だな、今夜の武蔵は。それはそうと、その予言者で思い出したが、明日の府中の予想はどうだ」

ウイスキイ・ソウダをぐっと煽って、にこりともしないで鰐間垂平が訊いた。

「うむ！　そうだ！　明日の準備がある。こりゃこうしちゃ居られん！」

椅子の下からいきなり錐で突かれたように、武蔵は、がたんと棒立ちに突っ起ったものだ。

モウルス信号ＳＯＳ

七時〇三分

「何だ、来たと思ったら、もう帰るのか」

「うん。明日の競馬で、俺あ大ブルジョアになるんだ。済まないね。鱈間、君との交際も、今夜限りと思ってくれ。何しろ、明日からは身分が違うからね」

「そうか」と鱈間垂平は、平気で、

「貧乏記者などの接近を許さん、大金持ちになるというわけだね。はははは、結構だ」

「これから、その競馬に賭ける資本の金策だ。今夜はこれで失敬する」

ボックスを離れた武蔵は、急に立ちどまって、

「おや！　あの女は何だ」

と、灯の薄暗い酒場の一隅を凝視《みつ》めた。そこに、壁のほうを向いて、洋装の女がしょんぼり立っているのだ。まるで、みんなにその存在を忘れられたように。そして、誰にも顔を見られたくないといったように。

「何だ彼女《あいつ》は。そちはどう思う」

武蔵はそう言って、そっと鱈間をかえり見た。パイプの煙と一しょに、鱈間は欠伸をして、

「何だか知らんが、さっきからああやって、壁のほうを向いて立ったきりなんだ。ここの酒場の女じゃないようだ。なにかわけがあって、顔を隠してるんじゃないのか」

「気味のわるいやつだな。おい！　姐さん、お嬢さん、それとも奥さん――」

呼びかけて、二三歩そっちへ近づいた武蔵へ、女は出しぬけに振り返った。

「ねえ、どっかでお茶飲まない？　あたしのアパートへ行きましょうよ」

さっき数寄屋橋の上で会った女だ。

「いけねえ。また会っちゃった」

と武蔵は、わざと騎士的なおじぎをして、兵士のように、くるりと回れ右をした。

ナンバア・ワンの美代子が、説明するように言った。

「その女《ひと》すこし変なのよ。二階《あたま》がお留守なんだわ。この頃毎晩のようにやって来て、男の人と見るとそんなことを言うのよ」

あちこちのボックスを占めている酒場中の客が、一時にどっと笑った。すると、鱈間のほうへ別れの手を振った武蔵が、出口《ドア》をさして歩き出した途端である。ぱっと電灯が消えたのだ。

「おや、停電」

暗い中で、さっそく誰かが女給に悪戯したらしく、笑いを含んだ消魂《けたたま》しい悲鳴が走った。と、たちまち電灯が点いた。が、またすぐ消えた。二三度、長短の間を置いて、電灯はついたり消えたりした。それは、何かの合図のような、意味あり気な複雑な点滅だった。

最後に、やっと電灯が常態に復した時、

「武蔵！」と、口からパイプを放して、ボックスから鱈間垂平が呼びとめた。

「今の停電は、ありゃ君、ちゃんと言語《ことば》を作《な》してるんだぜ」

ドアを出かかっていた武蔵は、不思議そうに、

「へええ！　電気が口を利いたのかい。そちはどう思う」

「全く、そちはどう思うだね。とん、とん、つう――とんとん、つう――こういう風に消えたろう？　ありゃあ万国共通のモウルス信号なんだ。しかも、SOS――われ危険に瀕せり。急ぎ救いを求む。武蔵、そちはどう思う」

「止せやい！　お前《めえ》そのモウルス信号が解るのか」

「わかるとも。今のは確かにＳＯＳだ。誰かの命が危ない——」

他の客も、女給たちも、変に不気味に黙り込んで、顔を見合わせた。が、「明日の歴史」を知っている武蔵だけは、自分の超人間的な力を信ずるかのように、ことも無げに笑うのだ。

「誰か変電所でいたずらでもしたんだろ。じゃ、鰐間、失敬。明日は府中から、わんさと金を持ってくるぞ。おんや！　傘が無い！」

死人とアベック・ドライヴ

あの薄紅色《ピンクいろ》のパラソルが、影も形もないのだ。が、失《な》くなったのは、傘だけではない。あの数寄屋橋の女が、何時の間にか消え失せたのだ。今の停電騒ぎに紛れて、きっと行きがけの駄賃にあの武蔵のパラソルを持って、そっと出て行ったのだろう。

「盗《や》られた！　そちはどう思う」

呟いて、武蔵は出口の扉を押した。と、どうだ！　いくら押しても開かないのだ。武蔵が真っ赤になって、全身の力を罩《こ》めて戸を押していると、見つけた美代子が飛んで来て、

「あら！　武蔵さん、ドア壊しちゃうじゃないの。その戸引くのよ」

「あ、そうか」

引くとすぐに開いた。なるほど、戸外《そと》から押すドアは、内側《うち》からは引くべきだ。それにしても、毎晩のように来ているこのカメレオンの扉で、こんなに間誤ついて醜態を演ずるなんて！

「俺は今夜、よっぽどどうかしてるぞ。そちはどう思う」

ひとり言をいって、武蔵は、夜中の銀座の横丁へ出た。鱒間垂平は、音響と人いきれと、煙草のけむりで騒然たる深夜の酒場で、女給どもを遠ざけ、酒瓶を近づけて、例の巨大なパイプを横にくわえて、「一八八一年の印度総督ヘンリイ・フレミング卿が大英帝国棉花協会総会席上においてなしたる報告演説」という印度《インド》語の小冊子《パンフレット》を、詰まらなそうに欠伸をしながら、読み耽っていた。

あの、正体の至極不明瞭な傘などは、無くなってかえってよかった。戸外へ出てみると、雨は何時しかからりと霽《あが》って、いささか古風な表現を使用すれば、それは、星の降るような美しい静夜であった。

あの酒場カメレオンの連中をはじめ、まだそこらを泳ぎまわっている、利口そうな顔をした銀座人種が、みんな、来るべき二十四時間内の出来事を何にも知らないのだと思うと、武蔵君は、自分以外の人間が、実に愚劣な、軽蔑すべき阿呆に見えてならなかった。彼のポケットには、「明日の夕刊」がある。その夕刊には、明日の競馬の勝馬が、すっかり載っているのだ。そのとおりに賭けさえすれば、あしたこそは大穴の当てづめで、一挙に大財産を掴むことができるのだ。半与太者的なこの長年の貧乏生活とも、今夜でグッド・バイだ。武蔵は、天下を取ったような大きな気で、反っくりかえって鋪道を悠歩してゆく。だが、彼にその明日の夕刊を売った、あの髯の白い老人のことを、その後武蔵が不思議と一度も思い出さないのは、それこそ、そちはどう思うである。

武蔵の家は、神田連雀町だ。彼は、ファシストの挨拶みたいに、横柄に片手を上げて、流しの円タクを惹き寄せた。

　そして、郷里へ錦を飾る総理大臣のように、勿体ぶって座席に腰を下ろした時だ。ふと気がつくと、そのタクシの番号が、何と！　４２２５９《シニニイク》──死にに行く！

「わっ！　こいつあいけねえ！」

「これ、旦那あ、何がいけねえんでしょう」

と、肩を丸くした運転手は、気の故か、死神みたいな顫え声を発するのだ。

「ちょ、ちょっと下ろしてくれ。忘れ物をしたんだ」

「人生に忘れ物はつきものでさあ。この自動車は、走り出したが最後、ちょっくらちょっと停まらねえんです。制動機《ブレイキ》が利かねえんでね」

「驚いたねどうも。嫌だね全く。そちはどう思う」

「呼びとめたのが因果だと諦めて、乗って下さいよ。仏も浮かばれますから」

「え？　ほ、仏？　冗談じゃないぜおい。い、いやだよ俺は」

「旦那あ」

「変な声出すなよ」

「仏といったので、御不審でしょうが、ちょいとその座席《シイト》の隅を見てやっておくんなさい。骨壺が御座りましょうが──」

「うへへへ！　ある、ある！　正に在ります。何だか白い布で包んだ四角い箱が置いてあるが、お骨《こつ》かい、これあ！──ううむ、おい！　ストップ！　下りるよ俺あ。下ろしてくれ！　頼む！　後生だ！　助けてくれ！」

七時〇三分

礼に来た女

骨壺を積んだ深夜の自動車だ。運転手はハンドルを握りながら、独り語のように、ぽそぽそ話しつづけるのだ。

「話せば長いことながら、旦那様あ、まあ一通りお聞き下さいまし——」

「嫌だなあ。その旦那様あだけあ止してくれよ。ぞっとするよ」

「そのお骨は、わっちの嬶《かかあ》で御座えますが、去年の秋の患いに——」

「き、君の細君かい、此骨《これ》は」

と武蔵君は、自分と、その小さな白布包みの箱との間に、能《あた》う限りの距離を置こうと、座席のこっち側にぴったり貼りついて、

「それはどうも御愁傷なことで。さぞお力落としで」

「薬石効なく、ついにこんな変わり果てた姿になりました。いよいよいけねえという時には、まるで、四谷怪談のお岩様のような顔になってねえ旦那、糸のような手を合わせて——」

武蔵はしっかり眼を閉じて、

「うわあっ！　桑原桑原！　南無阿弥陀仏——」

「土へ埋めてしまうに忍びねえので、こうして毎晩自動車《くるま》へ載せて、一緒に流しておりますんで。二世までも、これがほんとの夫婦共稼ぎでございます。お哀れみ深い旦那様あ、下りる時に、決めの料金の他に、幾らでも香奠をやって下さいまし。思し召しで結構でございます。

故人もどんなにかよろこびましょう。御焼香もして下さるようなら、お線香の用意も御座ります」

「うむ、香奠なんかいくらでも弾むから、早く下ろしてくれよ、おい！　安全地帯に乗り上げちゃ、危ないじゃないか」

「私やもう涙に眼が掻き曇って、先が見えませんから、旦那よく前方《まえ》を見ていて、もしトラックでも来たら、教えて下さいよ。私は家内のそばへ行くんですから、死んでもかまいませんがね」

「呆れたねどうも！　驚いた自動車だね。ここでいい。俺あここで下りるんだから」

「旦那あ、まだ神田連雀町まで来ませんよ」

「おや！　どうして君あおれの家を知ってるんだ」

「さっき旦那がお乗り下すった時、往く先をおっしゃったじゃありませんか」

「あ、そうか。それはそうと、ここはまだ日本橋だね。ずいぶん遅い自動車だな」

「へえ。すこし急がせると、関節がばらばらになりますんで。何しろ、二六年型ですから」

それでも、やっと連雀町の露地の前に辿り着いて、武蔵はふらふらになって自動車を降りた。全身にびっしょり汗を掻いていた。賃銀のほかに、十銭を香奠に投げるが早いか、武蔵は、自宅の格子をあけて駈け込んだ。二間きりの、ちゃちな長屋住まいなのだ。

「ああ愕いた。変わった運ちゃんもあったものだ。寿命が縮まったよ。そちはどう思う」

起きて待っていた武蔵夫人閑子《かんこ》が、そそくさと迎いに走り出た。つい先頃《こないだ》までダンサアをしていた、眼のくりっとした可愛い細君だ。

「お帰んなさい。あんた、何か慈善をしたでしょ？」

武蔵は土間で靴を脱ぎながら、

「慈善？」

「ええ。だって、たった今、病人みたいな女の人が、お礼に来たわよ」

「病人みたいな女？　はあてな」

「うん。四谷怪談のお岩みたいに、凄い顔をした女。何だか、良人《たく》の自動車に乗ってくれて有り難いとかって、そこの玄関に立って、何度もお低頭してたわ」

「わっ！　来たかあ？」

「こんな、糸のような手つきをして――」

「止せよ！　脅かされ続けで、俺はもういい加減降参《まい》ってるんだ、今夜のような可怪《おか》しな晩はない。そちはどう思う」

空想航海

大急ぎで跳び上がった武蔵だ。出しぬけに、細君の腕をぐっと摑んだ。

「おい、閑助！　その指輪を取れ。腕時計も外せ。それから、おれとお前のありったけの着物を持って、質屋へ行って来い！　良人《おっと》の命令じゃ」

「何いってんのさ、藪から棒に」

「閑ちゃん！　長いあいだ貧乏させたね。済まなかった。宮本武蔵みたいな意気地のない男と、夫婦《いっしょ》になったばっかりに、若い身空に貧の苦労をさせて、全く吾輩は不甲斐なかったよ」

「あらら！　急にしんみりしちゃったのね。どうしたのさ」

「しかし閑坊、その長の貧乏とも、今夜でお別れだよ。気を落ちつけて、いま俺の言うことをよく聞いてくれ」

「あんたこそ落ちついてよ」

「馬鹿。これが落ち着いていられるかてんだ！　明日から俺たちは、ブルジョアになるんだぞ。何だ、そんな剝げっちょろけの寝巻なんか、脱いでしまえ！」

「あら、これ脱いだら、裸体《はだか》になっちゃうわよ。ねえ、むさ公、それより、明日の府中の当たりついた？　明日はあたし連れてってね」

と、この武蔵夫人閑子も、実は、夫君に負けない競馬ぎちがいなのである。ダンサアだった頃、閑ちゃんのはフォックス・トロットじゃない、ホウス・トロットだなんて言われたものだ。武蔵君とホウルで躍りながら、競馬の話に花が咲いて、実を結んで、馬の取り持った縁で結婚線へゴール・インした競馬夫婦なのだ。

武蔵は頼母《たのも》しそうに、

「うむ、閑坊、よく言った。それでこそ宮本武蔵の女房だぞ。そこで、その明日の府中競馬だが、俺は今夜偶然或ることから、もう今、明日の勝馬がすっかり判ったんだ」

と自信に満ちて言ったが、あの「明日の夕刊」のことは現在連れ添う女房にも、秘密にしておきたい——しきりにそんな気がしたので、或ることとだけしか、深くは明かさなかったのである。

閑子は笑い出して、

「あんたったら、いつもそんなこと言って、耗《す》ってばかしいるじゃないの。今度こそはってのが、むさ公のお定《き》まり文句だわ。明日も損するにきまってるわよ」

「ふふふふ、知らねえもんだからそんなことを言う。明日こそ外れっこないよ。何しろちゃんと新聞に、過ぎ去った事実として載《で》てるんだからな。そちはどう思う」

「え？　新聞に？　何のこと？」

「いやなに、こっちのことだが、閑ちゃん、お前は亭主を信ずることはできねえのか」

「あら、信じてるじゃないの、こんなに」

「なら、文句無しに旦那様の言うとおりにしろ！　なあ、お閑、君昨日どっかのデパートで、好きなジョオゼットを見たとか言ってたな。さっそくそいつを買ってやるぜ」

「あら！　ほんと？」

「ダイヤは何店《どこ》がいいんだ。真珠はお前、嫌いかい？」

「あらっ、きらいじゃないわよ！」

「洒落た洋服《ドレス》着て、旅行したいって言ってたね。いっそ、延ばして来た新婚旅行《ハネイムウン》に、上海《シャンハイ》か布哇《ハワイ》へでも伸すとするか。夏の大洋の旅。一等船客。月の甲板《デッキ》でダンスは、悪くねえぜ」

「あらっ！　素敵！　ハワイの椰子の下で、ギタ弾きたいな」

と閑子夫人は、指をいっぱいに開いて、お乳《つぱい》のところでぱちぱちと手を叩いた。

「とにかく、こんな雨洩りだらけの裏店《うらだな》なんか、すぐ引き払って、どこかスマアトなアパートへひっ越すんだぜ閑子」

武蔵は意気昂然として、

「だから、明日の賭ける金を、大至急今夜のうちに作らなくちゃならん。それがみんな、何十倍になって返って来るんだからな。伊勢辰はもう閉まってるね？」

伊勢辰というのは、横丁の、行きつけの質屋なのだ。

「あら嫌だ。何時だと思って？　もう十二時よ」

「うん、いいことを思いついた！　この露地の奥にいる源爺さん、あれは古道具屋だったな。そうだ、あいつが好い。よし！　おれが行って、叩き起こして引っ張って来る。夜着《やぐ》から鍋釜までそっくり売って、全財産を明日の競馬に賭けるんだ。元金《もと》が多ければ多いほど、儲けが大《でか》いからな。そちはどう思う」

「賛成！」

閑子は寝間着の袖からにゅっと白い腕を突き上げて、高く万歳をした。

「そう決まったらむさちゃん、早く源爺さんを呼んで来たまえよ！」

真夜中の集金人

「急に大阪の支店長に栄転して、明日赴任することになったんでね」

寝呆け眼《まなこ》を擦りこすり、何事が起こったかと引っぱられて来た源爺さんへ、武蔵は莞爾たる説明顔で、そんなことを言ったものだ。

ここで作者の筆は終わっている。

私は、生前親しく作者から、この筋を聞いていた。筋を語るようなことは作者として珍しいことで、それだけ因縁の深さを思わせるものがある。

本篇を完結させることは、雑誌記者としての私共の義務であり、また故人の意志でもあろうと思われるので、作者から仔細に聞いた筋をたどって、以下相当に忠実な梗概を付することにした。

本誌一記者

×　×　×

裏長屋から支店長に浮かび出た時のような顔をして、源爺さんに、妻の閑子のチビた下駄まで売り払った宮本武蔵は、明日の競馬にかける金を漁って、深夜の大東京を駆けずり回っていた。

都会！　それは何という残酷な代名詞だ。表は人なつかしい顔、裏を返せば、冷淡な能面の二つの表情をもった都会人の棲み家だ。

「おい！　中野！　起きろよ！　金策にきたんだ。宮本だ。武蔵だ」

手から血が出るほど戸を叩くが、しいんと沈まりかえっている。門標をみると、今の今まで飲み仲間の中野の標札であったのが、高利貸しの只野にかわっている。

「ひゃっ！　おっかねえ、おっかねえ。確かにさっきは、中野だったが――今夜という今夜は、妙なことだらけだ」

武蔵は、厚い圧力でせまってくる霧を泳ぐように、次の友達を訪ねると、やっと五十銭玉が手に握らされただけだ。

溶鉱炉のような都会の灯に溺れながら、与太者の宮本武蔵は、やはり、個人だけが、バラバラに住む都会の儚さというものを考えて、付け元気に口笛を吹いていた。

すると、すべるように、霧の中に流し円タクが現れた。

妙な気分が手伝って、指で招くと、

「旦那、どちらへ参りましょう」と運転手が言った。

「俺の友達はあるようでないんだよ。東京市中、勝手に運んでってくれ。なにかまやあしねえ」

「じゃあ、小日向台町へ参りましょう」

宮本は、例の夕刊のことを思い出してぎょっとした。

「やだよ。小日向台町だけは」

「だって旦那はどこでも勝手に行けとおっしゃったじゃありませんか」

こうして、ま夜中の二時頃、小日向台町の会社員風の家の前に、武蔵は立たされていた。

「夜分、おさわがせ申しますが、お宅へは三時二十分に強盗が這入ることになっているんだ。だから戸締りを厳重にしておくんだね。誰が何といっても、這入ることになっているんだから」

ふるえあがる家人に武蔵はこう言った。

「これで一役すんだ。次も勝手に行ってもらおう」

やがて、五六十銭ほどの掃き寄せた金を握って、三時二十分頃、ちょうど前の会社員風の家の前で降ろされていた。

するとその時、待っていたと言わんばかりに、玄関から出て来た強盗にばったり会ってしまった。

「畜生!」

宮本武蔵は、その男の首を締めあげると、実に簡単にのびてしまった。

「何もかも俺がやっているようで、俺がやっているともおもえねえ。何だか、他人《ひと》にあやつられているような気だ。何? 俺は人を殺すもんか。第一、あんなに弱く首をしめあげただけで、人間一匹がへたばるもんか。おい強盗君! 暁方《あけがた》ごろには目を醒ましなよ」

こうして宮本は、強奪したばかりの強盗の懐中《ふところ》を、巻きあげてしまった。

都会も雀で夜があける。

一晩ねなかった宮本は、閑子とあっさり朝の食事を了《お》えて、どんよりした空模様の鋪道を済生堂薬局に急ぐのであった。

「むさ公! これでもう百遍以上よ。お百度じゃあるまいし、何の用があるんだ」

何も知らない閑子は頰っぺたに風をいれて言った。

「黙っていろよ。今にわからあ」

武蔵の目はすっかり血走り、喘ぎ喘ぎ腕時計と首っ引きで済生堂の前を見ていると、八時三十四分! 突如製本材料を積んだオートバイがダッダッと現れると、見る間に、風のように現れた円タクと正に見事な正面衝突だ。

「あっ！」閑子が武蔵を振り返ると、宮本は科学者のように冷然と、胸を張った。

「八時三十六分――八時三十六分。たしかに八時三十六分だ。こいつあ、物凄《ものすげ》えぞ！　今日の競馬は大当たりだ」

どうせ、競馬師は妙な縁起をかつぐものである。それにしても、昨夜からの宮本の行動を彼女は怪しく思うのであった。

省線は、府中行きの人々で一杯だ。

あっちからも、こっちからも、手を振ったり、ちょっと、首だけの挨拶をして「宮本武蔵の顔」に敬意を表するのであった。

「競馬の舞台に乗せればむさ公も相当なもんね」

と同じ競馬狂の閑子がはしゃいだ。

それにしても武蔵は、美代っぺの奴、今頃は、大火傷で、どこかの病院に呻吟しているのだと思うのであった。

七時〇三分

「キング・オヴ・キングス号で、二百円を当てた精研社でござい。穴馬を狙うなら、精研社……」

競馬場の入口に旗を立てて、ずらりと台を並べた予想屋が声を嗄らしている。一枚五十銭、一円の謄写版刷りに羽が生えて売れ、競馬場は玩具箱《おもちゃばこ》をひっくりかえしたような賑やかさだ。

この間を縫うように呑み屋、運送屋、スウィッチというインチキ連が泳ぎまわっている。宮本武蔵は、馬さえひひんと仁義する競馬場の顔役だ。

従って生死を共にする取巻きも多いというものだ。

鉄傘のスタンドに囲まれた府中の競馬場は、慾の踊る円板だ。でっぷり太った体を明石で包んだ待合のお内儀《かみ》の傍らに、シングルカットのお嬢さんが、オペラグラスを覗いている。二号館は大衆の見本市だ。八百屋の親方、役場の助役、下級サラリーマン、赤ん坊を括りつけた下町の年増。

この渦の底――それは集金を浚ってきた小僧さんをめそめさせ、生活に疲れた夫婦に夜逃げの相談をさせ、有名な代議士を監督席によじのぼらせて「いまの審判官を馘首《くび》にしろ」とどならしたりするのである。

宮本夫妻は、この一隅に取巻き連をひきつれて席をとっているのである。

アラブ特ハンデ二〇〇〇米で開始された。

閑子はオタケビ号が必ず一着だと頑張り、取巻き連はスナッピイ・ボウイだ、やれオタケビだと争うのだった。しかし宮本武蔵は、意外！　ワレラガエイユウだと頑張るのである。

だが、結局、皆は宮本武蔵の主張にいやいや同意して、馬券を買ったのであったが、はたしてワレラガエイユウ号が、断然、第一着であった。

宮本武蔵自身にさえ意外な大穴だった。

しかし、第二回の古呼特ハン二二〇〇米で宮本が与太馬のハナヨリダンゴ号に決めた折は、さすがの閑子もすねて、先へかえると駄々をこね出し、取巻き連は、宮本武蔵の頭が少しバネがゆるんだのだと思ったほどだ。

ところが、こいつも勝負は実に意外であった。内藤騎手のキング・オヴ・キングスがトップを切っていると、馬場の三分の二を過ぎた頃、猛烈な勢いで内藤騎手の派手な縞の服が空間に投げ出され、キング・オヴ・キングスが、大もんどりうって倒れると、雁行していた馬は、畳みこまれるようにひっくりかえってしまった。

こうして一番ビリのハナヨリダンゴ号が一着でちょっと類のない大穴をあけてしまった。

こうなると、宮本の人気はすさまじいものである。

宮本武蔵は、自分の王国が一歩一歩と、近づいてくるのを感じた。

今晩は十分飲まされた上、当分の遊び金にありつけると独りぎめの取巻き連は、武蔵の喜びに拍車をかけるのだ。

「細君！　今日の当たりは俺自身も呆れている。そちはどう思う」

「もち、ボクもよ」

配当場との連絡をやっている通称スウィッチの猿公が、

「ちょっと、デカらしいですぜ、親方」

これには宮本も、ぎょっと顔色を変えて、

「何をくだらないことを言うんだ」

と、たしなめるのだったが、昨夜の強盗は馬鹿に脆かったが、ひょっとすると、あのまま参ってしまったのかとも思われるのである。そして強盗から「ちょっと借りただけじゃないか！」と、自分の心に言いふくめても、スタンド全部の視線が、刑事のような顔にみえ、かりたてられるような不安に追われたりするが、次の競馬が開始されると、頭の中は只、馬で一杯になるのである。

「地球を三十五尺のボールとすれば、富士山は二分、海なんざあ塵紙に水をしめらしたようなものさ。針の穴ほどの競馬場で、大将面アするのはよしてもらいてえ。上海あたりへ行ってみろ、このバクテリア野郎」

部厚い唇が、すっかり酒に参った男が、凄い眼を武蔵に投げると、

「たのむ、その眼だけはよしてくれ、夕刊売りのおやじの眼付きだけはやめてくれ、ときに君、上海はいいだろうね」

と妙に神妙に、武蔵は札ビラを切ったものである。

シャンハイ！　ハワイ！

今すぐにも飛んでゆきたい衝動にかられる武蔵だった。

と、湧きあがるレースの昂奮は、すべてを消しとばすのである。


慾の澱のぎらつく顔、顔、顔。魂まで賭けた人。運命の背馳に面を覆うている男。皮膚で恋も賭けごともする近代女性——東京に向かう競馬がえりの省線は、こんな顔で埋まっているのだった。

ポケットというポケットを札束でふくらまして、取巻きに、大将、大将と煽てあげられているのは、吾らの英雄、宮本武蔵夫妻だ。

しみじみ武蔵は言ったものである。

「閑坊、もう省線に乗るのも今日限りだ。今日といえば金曜日だな」

「やに縁起の悪いことをいうのね。今日限りだなんて」

「明日からは自家用さ」

「まあうれしい、むさ公。シャンハイそれからハワイ。椰子の蔭で月と踊ろう」

「人生はだね。とにかく、夕刊は憂患に通ず。そちはどう思う」

「ボク、そんな漢語しらないわ。やに詩人になったもんね。今晩思いっきり飲みましょうよ」

取巻きは大仰に拍手をおくるのであった。

「でも、明日からまたお務めね」

「冗、冗談じゃねえ。宮本武蔵は天下の浪人さまだ。ここに種本があらあ」

くしゃくしゃになった「明日の夕刊」をポケットから恭しく引き出した。

開いた夕刊に閑子が手をかすと、武蔵は太い指で、

「これだ。景気測候所長も己が運命の観測は不可能——だとよ。社長も、団長も……」

「あらら、リリアンもね、可哀そうに。それにしてもこれは八月二十七日の夕刊ね。いつ、あなた買ったの」

閑子が尋ねると、

「まあ、そんなことはどうでもいいさ。ここに、鱈間のことが出ているぜ。東都毎日の論説に憤慨した黒衣社の幹部時代《ときしろ》不迷《ふめい》（二十七）が、午後二時五十六分、突如匕首を閃かして、編輯局に乱入したが、社会部記者鱈間垂平の眼潰しの赤インキに難なく取り押さえられ……」

「アラ、マアあの鱈間さんが」

「妙な駄洒落はよせよ。ほほう、こりゃあまり活字が小さいので、見落としていた。競馬狂が札に埋まって列車中に頓死か……。下らねえ野郎が一匹いやあがる。しかし極楽往生だな。閑ちゃん聞きなよ。こんなお目出度い奴がいるぜ。

本日、午後七時〇三分、府中競馬帰りの車中で、神田連雀町十二宮本武……わあっ……何だって、大穴を見事当て続け、細君や、取巻き連に囲まれながら……嘘だ！　俺は、俺はな、生きているじゃねえか。下らねえ。……突然狂い出し……」

「あなた、どうしたの。そんな、バ、莫迦なことなんか、……札をばらまきながら心臓麻痺で、……えっ心臓麻痺で……」

「偽《うそ》だ。宮本武蔵は強いんだぞ。ピチピチしていらあ、あ、見ろ、あいつが夕刊売りのおやじだ」

「何をいっているの、そりゃ『明日の勝利』という映画の広告の絵よ」

「いや、たしかに、たしかに夕刊売りのおやじだ。嘘だ。この新聞は全部出鱈目にできていやあがる。嘘つき野郎め」

宮本武蔵は、こう叫びながら立ちあがった。電気にうたれたように——

「何時だ。あッ七時だ。七時だ。もうあと三分だ。莫迦野郎……ああ……俺は生きたい。生きたい」

死ぬるまで、もう三分なのだ。只、生きたいという本能ばかりが、喉に突きあげる。眼はじりじりやける。

その眼に大きく夕刊売りの老人がクローズ・アップされる。

「美代っぺ。閑子夫人、鱈間。たのむ、どうか俺を生かしてくれ」

「この紙幣《さつ》さえ捨てれば助かる」

微風のような声が武蔵の耳に閃いた。はっとした。

「そうだ」

途端に右手がポケットに……夢中だ。

バラバラバラバラ――紙幣は電車の窓から飛び出した。床にも、クッションにも――。

「あっ」

同時に武蔵の左右から声がかかった。

「あなた！」

眼の前が紫色に昏《くら》んだ。

誰かが肩をつかまえた。それを払いのけようとしたが、腕が思うとおり動かなかった。

「やっ、金だ！　やっ、札だ」

騒がしい耳もとの声が、あたかも海底のように急速に遠のいてゆく。

「オイ夕刊を買わぬか、明日の」

はっとした。あの老人の声だ。

「くそ！　ばかッ」

力の限り罵ったが、それは言葉をなさぬ唸《うめ》きである。閑子の顔が白く浮かんだ、それが一瞬美代っぺに変わった。リリアンに変わった。瞬間、鱈間に変わった。

「おお」

手をあげて、それを抱こうとしたが——真っ暗な底に沈んで行った。

「ううう」

最後の痙攣が襲った。


乗客の中から不安におびえた声がした。

「七時〇三分だ。七時〇三分だ」

「心臓麻痺だ！」

「あ、あ……」


「とうきょう！　とうきょう！」

府中帰りの列車が最後の軋みをあげて止まった。心臓に着いた静脈の血のように——。

大東京に夜の幕がおり、星屑とビルディングの灯がひとつにぼやけると、蝙蝠みたいに昼間は屋根裏に寝ていた猟奇者たちの群が、どこかに何かしら面白いこと、変わった事件があるような気がして、只もうじっとしていられない。

「ねえ、ずいぶん待った？」

斜めに帽子を冠《かぶ》った娘が、ベンチに待っていた青年に、足早に近づきながら言った。

「や、なに、——銀座へでものそうか」

男は立ち上がって、若い女の腰に手をかした。

二人の愛人同士の靴先に踏みにじられた「死の夕刊」を、老駅夫は、パタンと掃除器に掃きこんでしまったのである。

評論・随筆篇

米国の作家三四

「探偵小説は私のこのみです《リイル・ラヴ》」と、シイウエル・ライト（Sewell Write）はいいつづける。

「すべての事実を材料として読者のまえにさらけ出しながら、なおかつ常に読者をして考えしめ、疑わしめ、迷わしめて行くところに、探偵作家のひとりとしての私のよろこびがあります。男があり、女があり、恋の散歩があり、そして多くの場合、最後に結婚があるような退屈な、普通の通俗小説からは得られない独創さとthrillsとが、いつも探偵小説と私とを大の仲よしにしていてくれます」

亜米利加《アメリカ》にいた頃、わたしの一ばん好きだったことは、冬の夜などに部屋をしめきって、蒸気《スティム》をうんとあけて、探偵小説や雑誌を洋酒や葉巻と一しょに小卓《スツウル》のうえへおいて、さて、そのそばの大寝台《ダブル》へ裸になってひっくりかえることでした。こうして読んだものは、今はそっくり忘れていますが、ただ一つ、その頃一しょにいたヘレン・ホルヴエスという文学少女の医科大学生が、たいへんわたしのこのcommonplaceな安逸をいやがって、しきりにイプセンや何とかスキイのほうへ、わたしの注意を向けようとあせったものですが、彼女の文芸復興も徒労におわったかして、わたしはその時分から、小説は読ますべきもの。したがって、面倒くさい理窟や主張は第二として、ただ面白ければいいものと思いこむほど、それほど頭をわるくしてしまったことだけをおぼえています。

仕事の帰りに四つ角の雑誌店《ニユウス・ステンド》へ立ちよって、そこの猶太人《ユダヤ》の小僧と悪口の言いあいをしながら、安っぽい亜米利加趣味の、笑話と悪評《スキャンダル》とJazzと離婚とお俠《フラパア》の三文雑誌と、それから必ず新刊の探偵雑誌二三とを、けんかするようにして買うことは、たとえ、それがhigh-brow kidのヘレンをして“Again, William!”と黄いろい声を出させようとも、わたしにとっては楽しい亜米利加生活の一つだったのです。

蒼空に洗濯物がひるがえって、したのほうではジプシイの刺青師《ほりものし》と伊太利人《イタリー》のバナナ売りと裸足の子供とがわんわんしている紐育《ニウヨーク》の第三街や、乙にとりすましてわるいことばかりしていそうな市伽古《シカゴ》の街の雑沓、そうしたものを如実に思い出させる点で、わたしは亜米利加物により多くの魅力を感じます。ですからサイモン・トレップやハンセン婆さんや大鼻《ビクノウズ》チャアレイを、実在の人物のように考えこんでいるくらいなんですが、これらの話そのものは、あまり面白いと思ったことはありません。が、地下鉄サムだけは人物の愉快さ以外に、毎篇、作者の用意周到な機智がうごいていて、まことに小じんまりしています。一たいわたしは長いものはきらいです。それから、強力《ごうりき》の犯罪やそれに対する探偵の経過それ自身にもあまり興味を持てません。というのはそういう種類の犯罪の動機や状況や拡大鏡や指紋や拳銃《ピストル》に、どういうものか言わば三面記事的以上の大した興奮も煽情も感じ得ないというのです。いわんやこれらの血なまぐさい事物を犯罪学的に考察したものなど、むつかしくてなおいやです。すると、探偵小説が好きなくせにそんなものがきらいじゃ困るじゃないか。と叱られるかも知れませんが、実はわたしの好きなのはあっさりした詐欺なんです。詐欺が大好きなんです、自分ではまだ一度もやったことはありませんし、これからもなるべくはしない方針ですが、頭のいい詐欺のはなしほど、わたしのなかにひそむ横着な「都会の近代人」性をよろこばせるものはありません。この頃は大して面白い詐欺が出ないので、それで、わたしはこうしょげているわけなんです。

クリストファ・ブウス（Christpher Booth）が昔よく書いた「クレックウォウセイ氏」のはなしみたいなのが、ちょいと載ってくれると、ＤＳＭもいい雑誌だと思います。じっさい第一流の詐欺師になればなるほど、弁舌さわやかで、話題に富んで、礼儀作法をわきまえていて、堂々たる風貌をそなえているんですから、友人として倶楽部づきあいするのに、こんな理想的な手あいはまずなかろうと、わたしは真面目に時々こんなことを考えます。もちろん充分用心してかかることが必要でしょうけれど——ま、冗談は冗談として、小意気な人間たちが小意気な間違いをして、さらりと小気味よくかたがつくような筋を、紐育っ児《ニウヨウルカア》か市伽古人《シカゴアン》のべらんめえ調で、あっさり取りあつかったものなら、誰の作でもかなり好きです。つまり、これがわたしのこのみなんでしょうが、ロウレンド・クレブス（Roland Krebs）は時々あっけなさ過ぎることがあります。レオナアド・フォウクナア（Leonard Falkner）は亜米利加にめずらしい人情味をおびています。Ｆ・デエヴィス（Frederick Davis）という人には構成《コンストラクシヨン》の才が見られ、Ｈ・ランドン（Herman Landon）は何といっても大がかり《スペクチキユラア》の親分でしょう。

英吉利《イギリス》のものとなると、感じがすこし違いまして、第一、書き方がしつこいのと、時々ややこしいところやあまり親しみのない言葉にぶつかるので往生します。が、わたし自身の小さなこのみをはなれて、純粋な意味での近代探偵小説という観かたから行けば、英吉利は実に多士済々のようです。わたしはよくは知りませんが、これでもＧ・エヴァンス（Gwyn Evans）やビーストン（L. J. Beeston）をあげることなら人後におちません。お二人ともまことにすっきりしていて、怪しいおそろしい人物や事件を人間的に美化してくれます。何よりも、短いのに面白いものがあるので、それでこのなまけ者のわたしをひきつけるのかも知れませんが——。

さて、だらしのないことを書きつづけて来ました。おしまいに日本です。日本で、わたしの好きな作家は、と言えば——じっさい正直のところ——江戸川さんだけです。それから、これはごく小さい声で言うんですが、わたしじしん、はははは。

江戸川さんもお変わりになりました。『白昼夢』の硝子箱のなかのうぶ毛のところや、それから描写だけの手法としてみても、わいせつな三味線の音だの電柱が海草のようにゆれているのなんて、不気味に面白いじゃありませんか。すくなくとも物が物だけに新感覚派よりは板についています。誰が何といおうと、思いつきが光っています。不可思議な、そうして美しい、もののあわれといったようなものがひくひく動いています。

Keeping on lookin'
For Troubles
To write about,
We get in Bad——
& here I am.
I Thank U.

米国作家の作に現るる探偵

大きな身体を黒っぽい背広にだらしなく包んで、帽子は山高をあみだに、靴はと見れば超弩級の頑固なやつ、レース編みのネクタイもすこしよれよれに、まず取柄といえば豪《えら》そうな髭と健康そのもののような相貌体軀、短衣《チョッキ》の下から鋼鉄の拳銃《ピストル》の把手《にぎり》をそれとなく覗かせて、上衣の左裏には差しずめ洋銀の検章《ドック》が――No. 162――蛙《かわず》のように吸いついていようという――名前は言わずと知れたオブライエンかマクフィ。What を Phwat と発音して、コップの珈琲《コーヒー》は必ず一度下皿《ソウサア》へあけてからふうふう啜る、まずこんなのが亜米利加《アメリカ》当代の現実の探偵。いかに浪漫《ロウメイン》の世界を叩いたところで、さしあたって出て来る人物というのが、これに少しばかりの輪をかけたばかりの、芝居でいう助役《すけやく》、J・マカレイの仮想児《ブレインチャイルド》はサムを通して先日おなじみのクラドック探偵、ということになるから、「米国探偵作家の作に現るる探偵」たるや、多くの場合相手役の悪《わる》を光らせるために借りて来られたような代物が多いのでして、実ははなはだ情けない始末なのであります。

どういうものでしょう? 亜米利加の作品は多く悪いやつ――いかにそれが哲学者肌の、または人情味ゆたかの、或いは紳士道に痛棒をくらわせるていの人物であるにしろ――を主役として、それに機智と大胆と綿密と冒険と罪悪と洒落とを思う存分に発揮させて、さすがにお仕舞いには勧善懲悪とか自業自得とかで八方に都合のいいようにけりをつけてはありますものの、だいたい悪人原《あくにんばら》に興味と同情をよせて組み立てられている筋と心もちなのですから、そこへ出しゃ張って来る不浄役人は、ともすれば作者と作中の人物とから思いもよらない侮辱と嘲笑を受けることになるのでありまして、それもこれらお目通りする悪役というのが、地下鉄サムを筆頭にハンセン婆さん、お洒落のノエル、灰色の幻《グレイ・ファントム》、大鼻チャアリイ、サイモン・トレップ、チョン氏、ｅｔｃ．ｅｔｃ．すべて何という愛すべき――といって悪ければ真剣に憎めない――小利口な、ちょこ才な性格の躍動なのでしょう！　しかもそこへ出て来て筋の進みを司り、活字のこぼれを拾い、主役を助けて読者に汗を握らせたり、破顔一笑せしめたりする探偵たちが、自分たちの頭のないことを完全に知っておりまするから、威張ることは大いに威張りますものの、その実これらの親分株に一歩も二歩も初めから譲っているのでして、いかに一杯食わされようと非道《ひど》い眼にあおうと莞爾として懲りずにまたエピソウドいくつかへその古めかしい姿、つまり黒っぽい、時として茶の背広に山高帽、靴は云々の愛嬌たっぷりな道化者《クラウン》ぶりをあらわすのであります。いい忘れましたが、この亜米利加の探偵というやつには必ず葉巻の短いのを口尻に深く銜《くわ》えていまして、髭のはじと一しょにそれを噛みしめながら、巡査と市民のいうことを鷹揚に聞いていては、ふんふうんというくせがあります。その葉巻も精々ラポリノ印、しかも決して買ったのではなく、横町の料理店の主人から笑納したものであることはもちろんであります。

　取り扱われた犯罪が血なまぐさいものでなく、重大事件でもない時に限り、善悪を超越してちょっと頭のいい方へ加勢したくなるこころもちがこの頃の探偵小説愛好家の一部のあいだに看取されると思います。私自身が、犯罪のない探偵小説――または事件小説――を読み、自分でも書きたいと心がけておりまするところから、この「米国探偵作家の作に現るる探偵」の明るさ、芝居気、鈍重、それでいてユウモラスな本質とその作中での受持ちとはこの上なく私にとって愉快なのであります。頭のいい悪へ痛快癖からの拍手を送りながらも、悦んで出し抜かれて敢えて狼狽《あわ》てふためくどころか悠々としてどじを踏んでいる「米国探偵作家の作に現るる探偵」の大きさが私には実に可愛いのであります。ここらが英国ものの科学的な几帳面さと大分違うところでして、御銘々に頭を休めることの何より急務な今の世の中に、これだけのだらしなさとそれを愛するだけの忙中閑《ぼうちゅうかん》の風雅心《みやびごころ》はあってもよいと思います。これは飽くまでも客観的に見てのことでして、作中の探偵は何れもそれどころではないことはいうまでもありません。現実のを知っている眼で作中のを見て思い当たる節々を申し述べているに過ぎませんから、いわば人それぞれの好みと見方だけの問題であります。亜米利加の作品に、短いものにはそれなりに探偵の失敗——時としては易々《いい》たる成功、それも相手役の瑕《きず》に乗じての——を享楽しているものが少なくなく、長編にはいつしか探偵はお留守になって二人が勝手に結婚しておしまいになったりする幸福な終わり《ハピイ・エンデング》を見るようなわけですから、推理や努力や研究による探偵らしい探偵はあまり「米国探偵作家の作に現るる探偵」にはないのであります。亜米利加現代の文学は新聞の文学であります。日常の文学であります。一流の人気作家は日曜付録の執筆者であります。つまりその浪漫は現実味たっぷりのものであります。でありますが故に、無為無能の巡査輩から十年一日で出世した無芸大食腕力絶倫の愛蘭土《アイルランド》探偵が、とりも直さず「米国探偵作家の作に現るる探偵」そのものなのでありまして、英吉利《イギリス》にシャアロック・ホルムスが現実にいないと同じように、亜米利加にクラドック探偵が現実にいるのであります。ユニオン広場《スクエヤ》をうろうろしているのであります。

市町村の小区域制度を採っていますところから、事件に対して探偵の態度方針はどうしても見込み探索たるを免れません。すなわち物的証拠よりも人的関係に重きを置いて、専門的、局部的な科学的知識よりも平凡な常識に頼って事件全体を見て行こうという傾向が、実際にも小説のうえにも亜米利加には強いようであります。欧羅巴《ヨーロッパ》のような智的重罪犯があまり出ないせいか、これで大概始末がついて行くのでありまして、その間わずかに花々しいのは、ちょうど我が国の昔の八丁堀旦那衆手付きのものと町々に十手を預かる眼明かしとの仲のように、政府系と役人と地方行政体の当局、またはそれらと民間私立との意見の相違競走確執でありまするが、これも見込み探索なればこそ、そこに面白味も生ずるわけ、小説では常に民間の私立探偵が、けれども実際はやはりその筋のものが多くの場合勝ちを占むるのであります。

さて、この頃本邦にも探偵小説の創作がぼつぼつ出て参りましたのは、まことに心強い次第でありまするが、どういうものか、一般公衆を相手にするというよりは内輪同志の同好者に見せようというものが多いのは如何なるものかと考えられます。その狭い世界に堕しましたる結果としては、読物文芸《ライト・リテレチュア》の本領を離れて、必然性のない病的神経の偏重となり、そのなかには純な青年には断じて読ますべからざる不健全なるものをさえ散見するに到りました。編輯の方針は私ごときの喋々を許さないところであるとしても、せめて批評の自由は持たして戴きたいと思います。自分の子弟に決して読むことを許したくないような文章《アウテクル》をこの誌上に見るということは、愛する新青年の青年らしさのために私の深く遺憾とするところであります。

探偵小説といえども小説である以上、文学であります。もし奇を追うのみに急であって、その表現、その感覚、その衝動、そのにおいに芸術的な分子を全く欠除する時は、観察の立場を変えて直ちにその不倫不潔を叱責されても仕方あるまいと思います。ことにそれが手法や扱い方の問題ではなく、その作のテイマ——これに作者の人生の見方を含ますべきはもちろんとして——のことである場合に、作者は一層の責任を感じてよいと思うのであります。それが正しいか否か、またそれを好むか否かは自ずから別問題として、一つのテイマなしには一つの article はあり得ない、すなわち一つのアウテクルが存在する以上、一つの思想が盛られ、一つのテイマが潜んでいるのです。そこに作者の人生観を窺知《きち》するとしないはまさにその作のテイマを見出す見出さないであって、反応の如何は作者の与り知らざるところであります——とでもいいましょうか。呵々。

乱橋戯談

独白

「文筆彬々薫後而乎」という末央学人の軸を背にして日永一日机に向っているものの、さて文筆碌々として香ばしからざること夥しい。これでは今に掛物のほうから苦情が出そうだが、性来の亜流者、楽聖まがいの長髪の底から無理やりに絞り出そうとすれば、いみじくも出てくるのは欠伸ばかりだ。高速度だか超高速度だか知らないが馬鹿にねむい。

末央学人は有名な書家である。支那の文字を象形で書き一家をなしているのは日本に一人、支那に一人、東洋に一人、すなわち世界に一人きりである。この一人がみんな学人のことなのだから末央学人は世界に唯一人の特異ある書家ということになる。ごまかしでは出来ない芸である。

ともすれば一時を切抜け、あまつさえ辞を構えて「誰か鳥の雌雄を知らんや」なぞと遁げようとする僕のごとき、まさに平伏して罪乞うべきである。が、なかなか降参しない。その証拠には文を売り、もって恥を売り、もって衣食している。窮子それ救ふべからずか。

世に説をなす者あり。言って曰く。「魏武嘗行役、与軍士、失汲道、軍皆渇、乃令日、前有大梅林、饒子甘酸可以解渇士卒聞え、口皆出水」と。夫《そ》れ文のことに参与する者、何すれぞ自らの業を必ず芸術とやらに祭り上ぐるを要せんや。芸術元より、可非芸術亦可、これを有即無の浄土におかんか、心頭唸りを発して絶対無二の佳境に到る。他なし。これ芸術境なり。あらかじめ線を引きて芸術非芸術の分野を立てんとするがごとき、じゃっぱん人の分類癖、文学青年の概念遊戯に過ぎず、青くさし。おきなんし。

もしそれ道に迷いて徒《いたず》らに叫ぶ悲鳴なりとせば、よろしく、故事にならいて「梅林出水」と洒落のめすに如《し》かず。芸術、芸術、芸術家、芸術家と囃し立てよ。よってもって些か慰むるに足らん。畢竟饒子甘酸の類のみ。ただ僕、謹而《つつしみて》これを返上せんとしかいう。

なんのかんのと大見得を切ってみても要するに独白の範囲を出ない。草臥《くたび》れるからよす。われ笛吹けども人の子踊らず、ああ。——おや、また気取ったな。もっとも一寸法師なんかに滅多に踊られちゃかなわねえよ。なあ、銀砂と炭火の夜だ。狸よ、出てこい、とこういうと俳味もあろうというものさ。

波紋

「近頃不思議有事無事」とでも言いたいのが、ばかに流行るごしっぷとかいう代物である。駒が出たとは雨村大人の嘆声であるが、駒はおろか、うそからまことが出かかったり、泰山鳴動して鼠一匹這い出そうとしたりするから、このごしっぷたるや実に厄介な京童といわざるを得ない。

早い話が、誰が瀬戸物屋で彼は乾物屋である、なんていう放送が一段落ついたかと思うと、あの男には名前が幾つあって、あれもこれも実はあいつのことである、などと全く余計なことを言い出すにいたる。あまり迫ってくるとちょっと不愉快に感ぜざるを得ないだろう。と局外者たる僕にも容易に想像がつく。内輪話はあくまで内輪ばなしとしておけ。君子は親しんで淫せずである。投げられた石から生じたこれは波紋の一つにすぎない。

もう一つの波紋は誰やらの探偵小説滅亡論である。が、僕はこのなにがし氏の感想をただ「強い言葉でいい現されたる好意ある鞭励」とだけ見ておきたい。また一面から言えば、雑誌の編輯者にこれだけの嘆あるは当然であるとも思う。まったく今の探偵作家たちのあいだに徒らに相互のおべっかと楽屋落ちのみ多くして、あっと言わせるような名作を出す気力も勉強も足りないことは、残念ながら或る程度まで事実らしい。だから僕もなにがし氏と共にこう言いたい。「もう文句は沢山だ。何か面白いものを見せてくれ、要するに面白い物が書ければそれでいいんじゃないか」と。そうだ、面白い物だ、面白いものさえ出来れば、一切の自画自讃他画他讃は地獄へ行けである。作家諸君よ、おこることをよしてまず考えてみようじゃないか。如何。

余滴

橋爪健氏の評論を読売紙上に見る。近頃にない名論である。日本でももういい加減からを破って大衆を相手の仕事をはじむべきだ。まったく、大衆を経とし作家の態度を緯として作物の水準を決めるのが当たりまえだろう。これは芸術品、あれは通俗ものなんてはじめから分けてかかるような上品ぶった無意味の必要はすこしもないんだから。

国枝史郎氏の境地を好む。まず戯作者の意気地と「世を拗ねさ」とを持ち、その自から低うするがごとき高さより発して今では文筆の社会的使命を信じ得る自適の天地に悠々遊んでいられる。亜米利加の作家の一部に見られる社会的な意気と近代的なさとりである。それが、氏はこの頃もう一つの飛躍をしそうに見える。その飛躍が何であるか、そうしてそれによって何処へ達せらるるか、見ものである。「銀三十枚」なぞこの準備の一つであろうが、そのおそろしく組織的な強さにはおどろかざるを得ない。人格のあらわれであろうと思う。僕は氏とは面識の栄を得ていないけれど、これだけのことは作を通してうかがい得る。僕もそうありたい。

たしか妹尾韶夫氏の「十時」のなかに、夫人の言葉としてあったとおぼえているが、「日本の創作とかいうへんてこなものは読んだことがありません。」と。これほど痛快な言いぐさはそうめったにあるもんじゃない。夫人よ、健在なれ。

海の音がきこえる。潮ざえである。寺の坊さんが蓄音機をかけて遊んでいる。この坊さんは決してお経をよまない。薪を割ったり天ぷらを揚げたりして日を送っている。部屋から墓が見えるのが嫌だろうから垣を作ってやると申しこんで来たのを、どうせ行くところだから見えたほうがたのしみだと断ってやった。寺へ来たら僕もばかに悟道に入ってしまった。あまり静かで仕事の出来ない瞬間さえある。寂の極致として大いに想の動を招いでくれればいいと思うが、そうでもないらしい。材木座には寺が多い。がどうもそのわりに古いにおいがしないのは、これも震災のおかげとみえる。癪なことだが仕方がない。震災といえばつい先頃まで何かというと震災前はというのが東京人の口ぐせだった。震災のほうで、おいおいもうよせよとか何とかいいたかったろう。

震災の時、私はミシガン州の片田舎フランダアスの湖のほとりのゴルフ倶楽部にいた。月のいい晩など一人で丸木舟をこいで、よく日本の歌をどなったものである。「都の西北早稲田の森に、」とうろ覚えの蛮声をはりあげたものである。沿岸の別荘の人々が大いに怖毛をふるって近く天災のあることを話しあっていたら、果して東洋の都に大地震があった。そうしたらハアスト系新聞団の主筆アウサア・プリスベインというおやじが友国日本の下でなまずが跳ねる、と書いた。よく知ってる。

十一時半である。風が出たかして庭の木が音を立てる。でも。星がまたたいているから、明日も晴だろう。失礼して寝につく。

—二、二四、向福寺にて—

椿荘閑話

穴蛇を出づとでも言いたいが、この頃はもう夏の趣きがある。さくらが咲いて間もないのに早や夏だなんて、ばかに気がはやいようだが、聞いてみるとここは東京あたりより平均五度は暖いそうだ。道理で。

秋の山はさびしいと人はいう。が、さびしいのは夏の山である。夏の山のあの深いみどり、太陽の下に耐えしのんで汗をかいているような夏の山の姿、それをじいっと見つめていると、底の底からわきあがってくるしいんとしたもののあわれをわたしは感ずる――とある老人が話した。昨年、相州の山奥の七澤という温泉であった。あの老人は詩人であるとわたしは今でも思う。七澤へは今年も行くつもりだ。

こんなことを考えて雨の音を聞きながら、わたしは創作探偵小説集を読んでいる。甲賀さんのお骨折りは大へんだったたろうと思う。江戸川さんにもわたしたちは感謝すべきだ。序をよせられた馬場森下の両氏には教えられるところが多い。

一通り読んだあとで印象に残るのがわたしには十五ある。「上海された男」をぬかしたあと全部である。「心理試験」を英訳して英吉利へでも売ってやりたいとわたしはかつて計画した。いや、今でも立派に計画してる。げんにすこしだけれど英文の原稿も出来ている。ところが俗人のつねとして俗事に追われがちでいまだに自分に負わしたその責任をはたすことが出来ない。情けないことだ。承諾をあたえて下すった江戸川さん、はげまして下すった森下さんにわたしはすまなく思っている。あわす顔がない。何でもさきに宣言してかかろうとするのはわたしの悪い癖の一つだ。たとえその宣言が、それによって自分へ責任観念をもたせて着手前にことの成就をはかろうとする世にもはかない決心のあらわれであるとしたところで、怠けものはやはり怠け者で、ずぼらなやつはどうしてもずぼらだ。いいかげんな出たらめをいったようで自分にたいしても申しわけがないような気がする。まことに意気地のないはなしである。

「孤児」というはなしはいい。いかにも作ったものとの感じはあるが、探偵小説は建造《コンストラクション》を主とする工芸品だとわたしは思うから、この話は好きだ。作者よ、こんなのをもっと見せて下さい。たのしみにしています。

階級をつらぬく民衆生活とその感情、これに溶けこんでこのなかで考え、このなかで書くことが大切である。作者が近代的な意味でのろまんてすとならば、書くものはどうしても理想主義的になる。暗示的になる。ならざるを得ないのだ。お前もすこししっかりしろ――なんかと私は叱られた、或る夜の夢で。

「上海された男」は駄作である。いかにも必然性にとぼしい。鉄板を引っかいて通信するところと「上海される」という言葉だけがやまである。ほかに何にもない。こうなると、おはずかしいことおびただしい。が、もう出ちまったものを今さらどうすることも出来ない。以後は気をつけます。

あとはみな世に定評のある傑作ぞろいで、わたしなんかの口を出す隙まがない。これだけおあつめになった甲賀さんの労力は立派にむくいられていると思う。うんと売れてくれ。

当時わたしは伊豆の大島にいた。三原山のふもとで牛乳をのんで椿の花をながめていた。三原山は火鉢みたいな山だ。外輪山のなかに砂漠があって内輪山がある。そして、そのまたなかに火がある。風がつよい。

あそこから見た富士はしんにうつくしい。

いい悪い、上手下手はともかく、誰にだって好き嫌いは言える筈だ。私の大嫌いなものは、固い物をひっかく時の歯の浮くような酸っぱい音と数の子と、それから不潔な変態小説とだ。何が不潔かという問題は私にいわせれば認定一つになる。虫のせいかも知れないが、ただ嫌いなんだから仕方がない。だから読まないことにしている。不幸にして私は私の食慾を保護するだけの権利と義務とを、私自身に対して持っていると信ずる。孺子それ共に語るに足らずか。謹んで引っこむべえ。

白井喬二氏の文章論は氏にして始めて言えること。金銀なれやこそいぶしも艶消しも利こうというもの。早い話がこちとらなんかが下手にいぶそうもんならそんじょそこらが鼻もちなるめえ。何にしても勉強を要する。

白雲先生咏嘆野花啼鳥一般春正に擱筆。

三、三一

山門雨稿

機智《ウイット》で生きていくということは、西洋では犯罪を意味するそうな。してみると、機智だけの小説――といったようなもの――を書くことは、西洋では立派に犯罪かもしれない。なに、犯罪だってかまわない。書けたらどんどん書こうと思う。なんかというとばかに書けそうだが、さて、書けないものは無筆の恋文と原稿だ。書きたくてたまらないんだが、一向書けない。

◇

英吉利言葉のgrubという字はじつに不届きである。めりけんあたりでは俗に食いもの、あてがい扶持というような意味に使われているようだが、このほかに三文文士という語意もあれば、だらしのないやつということにも場合によってはなる、とこう聞いた以上引っこんではいられない。なに？　三文文士ってのが癪にさわる？　べらぼうめ、手前なんか半文にも足らねえや、すっこんでろい。へえ、どうも相済みません。が、考えてみると、成程うまいことを言ったもんだ。あちらにも相当学のある仁がいると見える。食いもの、三文文士、だらしのねえ野郎、これあ打ってつけの三幅対、何のこたあねえ、三題噺でげす。

◇

身辺雑記というが如きものを小説と呼ぶこと一頃にっぽんという国に流行りしが、今はすたれたり。

◇

一並木大次郎の意見に却って真理を貫いているものがあるのを見て鞍馬天狗は驚いたのである。勤王という一つの宗教的信仰に終始して行動してきた自分は現在の風雲急な世相を観るにも、同じ眼鏡を用いて、いかにして腐れきった過去の遺物である幕府の勢力を根絶やし新政府の威力を輝かすか？　それだけを考えて働いてきた。ところが、この並木という男は、自分がどうやって暮らしていくかの極めて狭い角度で世の中を見ている。狭いとは言い得るものの、平凡で卑近ではあるが、世間の進化を動かしている重大な原動力から自然《じねん》と発した言葉である。これまでこの観察をほとんど知らずに来た鞍馬天狗は、一道の光明に接した心持だった。」——と大仏次郎氏の「鞍馬天狗」にある。「自分がどうして暮らしていくか、」「平凡で卑近ではあろうが、」これが人間にとって第一の問題である。鞍馬天狗と一しょに私も一道の光明に接しさせていただいたことを、つつしんで大仏次郎氏に感謝するとともに、大衆作家の心意気はこの狭いようで広い、そして平凡なようで、まさに偉大な世間さまの自然力《じねんりょく》にあることを、私は信ずる。

◇

西河の人呉剛は仙道の修業中ふとしたことから罪に問われて、時の上帝に貶され、月界に生い繁る桂樹を伐る役に追われた。ところが、その桂の樹はいくら伐ってもきってもすぐにその跡から伸びてとどまるところを知らない。呉剛は今だに桂の木を伐っているとある。

この桂の木が枯れない限り人間社会に犯罪は絶えないらしい。探偵作家も安心して可なりである。

◇

木挽町の花見月、芹生の里寺子屋を見る。松王の言草は法医学的だ。「死顔は相格がかわるなんて言ったたって、それあ君駄目だよ。」

◇

大衆という言葉は法華経から来ているらしく思われる。法師品第十に、是の大衆《だいしゅ》の中なる無量の諸天、龍王、夜叉、乾闥婆、阿修羅、迦楼羅、緊那羅、摩睺羅伽、人と非人と及び比丘、比丘尼、優婆塞、優婆夷の声聞を求むる者と、辟支仏を求むる者と、仏の道を求むる者とを見るや、と世尊が薬王菩薩に因せて八万の大士に喝している。民衆なんかというライスカレイ臭い文化ものとはわけが違う。無量の諸天を含む以上、大衆は直ちに東洋哲学の対象であろう。かたじけない。

◇

今の日本のある方面には亜米利加に毒されているところがずいぶん見える。むやみに深刻ぶるのも困りものだが、亜米利加みたいなのはなおいやだ。銀ぶらをして感じたこと。

◇

背負い投げを食わされてよろこぶのは探偵小説の読者ばかりだ。しかも、この頃では一度や二度投げられたんでは一向こたえないという。慣れっこになったたな。これから追追物すごいところが出てくるだろうて。

◇

山門雨稿なんどと洒落てみても、この門前の小僧習った経すらろくに読めない。こうやって終日ぼんやりと雨を見ているところが、まず柄相当か。(四・一三・夜)

言ひ草

□

むかしの座つき作者のような言いぐさだが探偵小説は、どうも趣向を立てることが肝要だと思う。一つの大きな趣向の下に、たくさんのマイナア趣向があつまって探偵小説が出来上がるんじゃないかしら。しかし、これは探偵小説に限ったことはあるまい。が、探偵小説において、一そうこの趣向を立てるということの重大性を見る。これは、何といっても探偵小説は筋の小説だからだろう。と言ったところで、思いつきだけではいけない。思い付きが筋にまで生長したやつを、更に立体化して、いろんな角度から趣向を立てなければなるまいと思う。

□

こうしなければ作者の持ち味がにじみ出るところまでには到らないのであろう。持ち味のないものは、誰が書いたものであってもいいわけで、誰が書いたものであってもいいものは、誰も書かなくてもいい。

□

実のところ、これまで私は探偵小説に一生懸命になったことがない。それが、どういうものか、探偵小説家——嫌な名だな——の端くれに加わって来ているから妙だ。さぞはた迷惑だったことだろうと思う。

□

ところが、ふとしたことで、もっとも自分としては立派な動機があるのだが、最近、探偵小説に大きな興味を感じ立てた。それは、どうせ探偵小説家の一人とされている以上、毒食わば皿までで、一つ思い切って働いてやれと言った程度の、自暴に近い感奮でもあるのだが、これからうんと書くつもりでいる。

□

うんと書くつもりでいる。探偵小説らしい探偵小説を産業的に書くつもりだ。

□

探偵小説なんて、面白ければいいんだから要するに甘い。その甘い物に、全心身を打ちこんだりするのは、文芸をもって立とうとするものの悲哀でなければならないかも知れないが、この、面白ければいいという一事が、じつに容易ならぬことなのである。

□

この念願さえ失わずにいれば、甘いものがすくなくとも作者にとっては甘くなくなるから妙だ。まったく、ただ面白いものが一つでも書けたら、私はそのためには、襯衣に牛酪をつけて食べてもいいと思っている。ただし自分の襯衣である。

□

で、ここに神様に——便宜上神さまに宣言しておく。

私はこれから大いに探偵小説を書きます。

しかし、書きますと書けますとは、またおのずから別問題じゃぞ——。

こう言って神さまがにやにや笑っていらっしゃるのが、私には見えるような気がする。それでも私は悲観しないつもりだ。

女青鬚事件《ウーマン・ブルウビヤアド》——三十五人の愛人を殺害した妬婦——

1

歴史と文学は、先人の思索の結果だが、それによると、男はつねに暴君で、飽くなき追跡者、姦淫者で、そして殺人常習者で、早く言えば、手におえない人類のあぶれ者ということになっているが、それに反して女は、従順な、いつも苦痛に堪えている犠牲者のように描かれている。

しかし、近代の文明は、この古来の原則をも顚倒しはじめたようだ。この頃は男が女に近づき、女が男にちかづきつつあるということはよく言われているが、そういう概念的な観察は抜きにしても、女性が、何かの動機において強烈な刺戟を与えられると、どんな男よりも、無慈悲に残酷になり得ることは、ほとんど既定の説であろう。

いまその弁証のために、すこしく歴史の頁《ページ》を繰ってみると、バアガンデイのマアガレット女王、言いかえれば仏蘭西《フランス》ルイ五世の后《きさき》だが、人間としてこの女よりも残忍になることは、ちょっとむずかしかろうと思われるほどだ。史家ブラントムによると、彼女は軍隊中から美青年の士官を引きぬいておのが居城ツウル・ド・ネッスルに誘惑し来っては、「自分の欲しいものを取ったのち」めいめい袋へ詰め込んでセエヌの川浪へ抛り込んだということである。

が、歴史をひっくりかえしていた日には、女性の残虐性の実例は送迎に遑《いとま》のないほど多く、マアガレット女王のようなのもあえて珍しくない。もう一つ見本を並べてみると、マサゲタの女王タミリスのごときは、敵軍の降服者を面前へならべておいて、そのなかの二三人の血を絞って、みんなに飲ませたとのことだし、下っては、かの有名な仏蘭西の女流作家ヘラ・マルテル夫人は、最近何かのことで激怒して、その最愛の夫君を肉切り庖丁でこなごなに切りさいなんで、トランクにつめて秘蔵しておいたということだが、こんなような非常識な、血に饑《う》えた婦人犯罪の例証は、じつに枚挙にいとまがない。

だから巴里《パリー》の法律家でこんなことを言った人がある。

「昔から男性を残酷だと言い来ったのは飛んでもない共謀《コンスピラシイ》の結果である。だが、このことは、いまわれわれが酷薄獰猛な婦人の犯罪可能者に囲まれているという、この危険な事実を、われわれに警告こそすれ、決して忘れさせはしないのだ。もし仮に、一人の女とひとりの男とから、同じ程度の社会性と道徳的関心を抜き去ったとせよ、私はつねに女性のほうがその同じ立場において、男子よりも数倍危険性を帯びるであろうことを断言して憚らない」

一九二五年七月、ユウゴスラヴィアのベルケレクルに一つの異常な事件が突発して、大概のセンセイションには慣れきっている巴里の人心をさえ、煽情の渦巻にまき込んだことがある。これが男よりも女が残忍だという決定的な近代の実例なのだが、それはベルケレクル町に住む一妙齢の富裕な婦人が、三十五人の良人《おっと》と恋人を殺害したのであって、理由というのが、またすばらしくモダアンであった。

「でも、わたくし、あの人たちがもしも他の女《ひと》を愛することがあるかと思うと、とても堪らなかったんですもの。ああするよりほか仕方がありませんでした」

彼女は裁判所でこう言っている。

これによってみてもわかるとおり、このユウゴスラヴィア、ベルケレクル町のヴェラ・レン

女青鬚
ヴェラ・レンツイ夫人

ツイ夫人は、現代の社会状態がゆるす範囲において、あのツウル・ド・ネッスルに巣を張って幾多の若人を絡め取っては、我慾を満たして滅ぼしたブルガンデイの女王蜘蛛マアガレットの再現であるということができる。

このヴェラ・レンツイ夫人の犯罪が明るみに持ち出されるにいたったそもそもの動機は、同じ町の有力な一銀行家が、レンツイ夫人を訪問してから行衛不明になって、その銀行家の若い細君から捜査願いが出されたことに端を発している。もっとも、この以前にも、多くの青年男子が失踪して、それが久しく町じゅうの話題に上っていたのだったが、誰しも金持ちで社交界の大立者《おおだてもの》であるレンツイ未亡人をはばかって、具体的な手続きをとる者がなかったのだ。こうして夫人はかなり長いあいだ、彼女のそばへ来るあらゆる男性を、不思議な方法で魅惑し去っていたのである。行衛不明になった男のほとんどすべては、外国人か、もしくは同国内の遠い地方から来た者で、おなじ町に早速その筋の手を藉《か》るべき近い親類や友人のなかったということも、夫人の発覚をかくまで遅らしめた原因の一つと見ることができる。

夫人の逮捕は突然であり、効果は疾風迅雷的だった。銀行家の妻から届けを受理した土地の警察が、マダム・レンツイを訪問したすぐあとに失踪したという事実に不審を抱いて、一応順序として、夫人の住んでいる古い邸宅の地下室を捜索して、すべてが白日下に曝し出されただけのことであって、探偵の経路に至っては、事件の重大性に比較して、いささかあっけない感がないでもなかった。

町の安寧が乱されていることを知るや否、警察は非常な速力をもって該事件の結着を急いだ。レンツイ夫人が、まだ何も知らずにその居室に読書しているところへ、一隊の警官がふみ込んで、一手は直ちに地下室を襲ったのだった。地下室へ達するまでに、警官たちは巌丈な石材の装置を施した長い廊下を通って、鋼鉄の扉を三つまで破壊しなければならなかった。雇人の老婆がひとり、猛烈な勢いで抵抗したが、警官たちが瞬く間に折り重なって手錠をはめた。

そしてついに鉄扉を破って広い地下室に進入してみると、そこに警官の懐中電灯に照らし出されて、世にも戦慄すべき光景が展開されていた。

2

黒ずんだ地下室の壁にそって、亜鉛板製の寝棺が三十五個、ミイラのように並べてあって、その一つひとつに内部の死人の姓名と年齢を綺麗な紙に叮嚀に書いて、まるで博物学の標本かなんぞのように貼りつけてあった。棺にはいっている三十五人は、みな男子であった。

警官はただちに、善美をきわめた居間で、ヴェラ・レンツイ夫人を捕縛して、夫人はすぐにその場から警察試問官の前に送られた。とりあえずその罪名は、失踪中の銀行家レオ・パチッチ氏殺害の嫌疑であった。

そしてなおも詳細に地下室の棺桶の列を検すると、棺に貼りつけてある姓名のうち、二つは

銀行家レオ・パチッチ氏

彼女の死んだ良人で、一つは息子の名前、他の三十二が、すべて彼女の情人であることが判明した。

はじめ彼女は頑強に罪状を否定して、無辜《むこ》の者を逮捕したといって警察官に向かって反噬《はんぜい》した。

「私のような立派な市民を捕縛するなんて、あなた方はこのベルケレクル町全体に飛んでもない侮辱を加えたのです。私は上司へ申告して必ずあなた方を厳罰させせねばおきません」

夫人は激怒して叫んだ。ちなみにレンツイ夫人は情熱に燃える眼をした、美しい婦人であった。

「どうしてあの三十五の屍体がお宅の地下室にあったのですか」

これが第一の質問だった。夫人は微笑をさえ浮かべて、平静に答えている。

「あの人たちは、みんな生前私が愛した友だちや親類でございます。あの中には大戦のとき、この町を通って行った独逸《ドイツ》軍のために殺された、未知の、親愛な市民たちの死骸もまじっております」

何度訊かれても夫人の答弁はこの一点張りだったが、警察はすぐに夫人の供述を反駁するに足るべき証拠の蒐集に着手して、一方過去数年にさかのぼって、夫人の個人的生活のごく些末な点にまで立ち入って調査すると同時に、刑事探偵が八方に飛んで、一般的に犠牲者の身許しらべも開始した。すると続々有名な証拠があがって、間もなく夫人の有罪は決定的なものとなった。地下室の寝棺に貼りつけてあった名前の男は、その何れをいかに調査しても、みな夫人の家の門まで行ってその消息が杜絶《とだ》えているのだ。誰もの行動が夫人を訪問したところまでは判明するが、そのあとは一様に行衛不明になっているのである。彼らがレンツイ夫人を訪れた或る日を最後として、みな言い合わせたように、外部の世界における存在、交渉を絶っていることが明白となった。

彼女の居間の壁うらに巧妙に拵えた秘密室が発見されて、そこに優に百人を殺すに足る分量の猛毒砒素が隠されてあった。砒素はユウゴスラヴィア国の諸処の礦山《こうざん》に産出する礦物《こうぶつ》に付随して、同地方では普遍的な毒物なのである。

ベルケレクル郊外の夫人の邸

レンツイ夫人が男を殺害するに用いた毒は、多くこの砒素であった。彼女は男たちを自分の家へ誘惑し来ったのち、上等の葡萄酒にこれを混ぜて飲ませたのである。夫人の家は料理が自慢で、その点では町の社交界でも随一だったそうだ。砒素は誰でも知っているとおり、その分量にさえ注意すれば、早くもおそくも思うがままに作用して、しかも最後の死は、死そのもののように確実なのだ。だから、経験によって特定量さえ与えれば、服用者に急激な変化もなく、したがって何らの疑いをかもす懼《おそ》れもなく、ただ単に身体の具合が妙だなと思っているうちに、犠牲者は刻一刻、そして確実に死へ近づきつつあるのだった。

寝棺の主人たちの運命は、まことに物語的であり、劇的だった。魅力ある美人に誘《いざな》われ、晩餐と毒酒にもてなされて、彼らはすべて憑かれたようになって死んで行った。もちろん時として、彼らのある者は迫りつつある死を直感したことであろうが、ちょうどヴイナスバアグの騎士のように、どうしても彼女の呪縛《スペル》を脱することはできなかった。

この圧倒的な実証をつきつけられては、さすがの女青鬚《ウーマン・ブルウビヤアド》ヴェラ・レンツイ夫人も最後に降参して、あますところなく罪を告白した。その言うところには、鉄のような感情の警察試問官も舌を巻いて、このいまだ若く美しい婦人が、ほとんどその少女時代から身をもって世の中に害毒を流して来た犯罪の年表を、新しい戦慄とともに繰ったのだった。

「何故ああ多くの人間を殺したのか」

こう警官が質問すると、夫人は言下に答えた。

「男だったからです」

この意外な言葉に、並み居る警察官が、度胆を抜かれていると、夫人はにこやかに語をつないで、

「私はただ、あの人たちが一度私を抱擁したのち、その同じ腕のなかに、ほかの女を抱くこともあるかと思うと、そう考えるだけでもう、居ても立ってもいられなかったのです」

これによって夫人は、有史以来の異常な嫉妬心の持主であることが判明したが、この陳述には裁判官もどぎまぎして、

「しかし、あなたは自分の息子も殺害したではないか。これはどう説明しますか」

「あの子が私を去りそうな気配を見せたからです」

夫人はこともなげに微笑んだ。

「あの子もまた男でした。そして男である以上、年頃になればきっと私の手を離れて、ほかの女のもとに走るようになったでしょう。だからひと思いに殺したのです」

この驚くべき白状は、法廷の内外に暴風雨《あらし》のようなセンセイションを起こすに充分だった。誰しもマダム・レンツイの異常心理には一驚を喫しないものはなかった。

3

マダム・ヴェラ・レンツイはルウマニヤのブカレストに生まれて、十才になるまでそこで育った。十の時、父親が一家を引きつれてユウゴスラヴィアに移り、のちまたセルビヤへ行って、そこで伯父が死んで、財産と名のつく程度のものを相続したのだった。ヴェラの父親は、それによって相当の家をもってそこに永住した。こうして彼女は父にしたがってベルケレクルに住むことになったのである。

或る日、ヴェラの愛犬が庭園の片隅に死んでいるのを父親が発見した。彼はすぐに、少女ヴェラを呼んで来て、犬の死骸を指さしながらきいた。

「どうしてこの犬は死んだのかね？」

「ああ。それ？」ヴェラは平気で「私が毒を飲まして殺したのよ」

父親はびっくりした。

「お前、なぜそんなことをしたんだい？」

するとヴェラは不平そうに口をとがらせて言った。

「なぜって——ゆうべあたし、お父さんとおとなりの小父さんがお話しているのを聞いちゃったの。お父さんは小父さんに、このわたしの犬を与《あげ》るって言ってらしったわね？　夜中に吠えてしようがないからって」

「うむ、言うにはいったさ。じっさい、こんなに吠える犬もないからな。しかし、それだって何もお前が殺すことはないだろう。何だってそんなことをしたんだ？」

「でも、私のだった犬が、ほかの人のものになるなんて、あたし考えてもいやなんですもの。この犬が私の手を離れるのは、あたしにとっては犬がこの世の中を離れるのも同じですわ。だって、どうせ私のものではなくなるんですから——で、いっそのこと思い切って殺しちまったんです」

この最後の言葉は一少女の口からとは思えなかった。父親は愕然と色をなして、いまからそんなに嫉妬ぶかくては、末が思いやられると言って、これをして少女ヴェラに一教訓たらしむべく、大いに訓戒をほどこしたのだった。

しかし、この父親の心も仇になって、後年その杞憂がそのままに実現されたことは、ここに述べるとおりである。

が、父親といえども、この小さなヴェラのなかの嫉妬心が彼女の生涯についてまわって、そのために身の毛もよだつ大罪を犯すようになろうとは、当時思い及ばなかったであろう。幼時に愛犬を殺したと同じ冷たい血において、彼女は彼女を愛した幾多の男を犬のように——まったく犬のごとくに殺害し去ったのだ。

ヴェラは比較的早婚だった。初婚の相手はベルケレクルの富裕な一実業家で、かれが若き新妻を愛したことは、都会生活は彼女の健康に面白くないといって、急遽郊外に宏壮な一邸宅を買って、結婚とともにそこに移り住んだのでも知れよう。

一年ほどして子供が生まれた。それから間もなく良人はしばらく旅に出て一年もしなければ帰るまいということが、夫人の口から言いひろめられた。

日が経ち月が重なり、ついに二年の歳月が流れた。が、いつになっても良人は帰らなかった。そうすると、これも同じくヴェラの口によって、良人は海外に恋人ができて、もはや彼女の許へは戻るまいということが涙とともに来る人ごとに掻き口説かれた。

すると程なくヴェラは再婚したのだったが、今度は若い燕だった。その男は、同棲四箇月ののち、ある日突然いなくなったといって、ヴェラは眼を泣き腫らして人々に訴えていた。第二の良人にまで逃げられるとは、何という男運のわるい女だろうと、聞くものは誰も同情を惜しまなかった。ほかに女ができて行衛をくらましたのか、あるいは単にヴェラが嫌になったのか、それはわからないと彼女は言っていた。

その後の彼女の生活は、出入とともに以前にもまして神秘的であり、そして社会的の眼から見

第一の良人

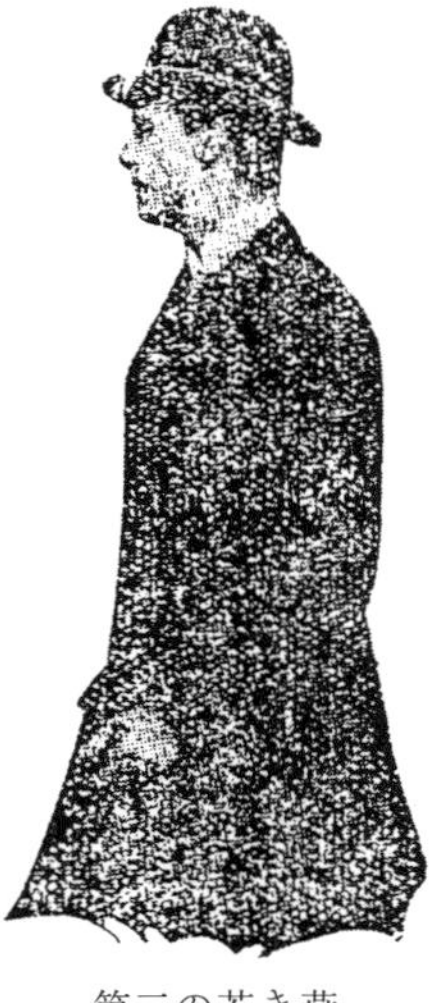
第二の若き燕

て幾分沈淪的になっていった。ほとんど毎晩、彼女は家をあけて、いたるところのカフェや劇場や、夜の盛り場にその妖艶な姿を現し出した。

そのうちでも、よく彼女を常連として迎えていたのが、ベルケレクル一流の二三のカフェで、彼女はいつも一人で来るのがつねだった。ヴェラはそういう社会で「不思議な女猟人《おんなかりゆうど》」として知られて、彼女の目的とするところは、かならず若い美しい青年だった。

こういう場処への彼女の出現は、ますます頻繁になっていって、ベルケレクルの町の人は、みんな彼女を見識っていたけれど、誰も進んで口をきくものもなくなった。

カフェなどで、よく新たに町へ来た人を接待しながら、彼らはある時刻になると、申し合わせたように時計を見て言うのだった。

「さあ、十時半ですぞ。十一時には例の『不思議な女猟人』がやって来ます」

ヴェラを知らない外来の人は、いつも不審そうに訊いていた。

「不思議な女猟人というのは何です?」

説明はつねに同じだった。

「御存じないのはもっともですが、その女猟人ってのはルウマニヤの未亡人でしてね、なかなか美人で、そのうえ金持ちなんです。二度も恋愛結婚に失敗した結果、しかもそのたびに良人に逃げられたもんですから、この頃すこし自棄《やけ》になっているんですよ。はじめの良人は一年ほど、あとのはその半分ぐらいも一緒にいましたかね。それからってものは、女の様子がすっかり変わったんです。毎晩若い男を探して、あちこちの明るい灯《ひ》の下へ出るんですが、そしてこれと思うのを発見すると、言い寄ってすぐに家へ連れて行くんですがね、しばらくするとまた一人で、ほかの男を物色して夜の巷《まち》へ現れるんです」

4

「それらの男のうちで、或る者は一週間ほども一しょにいるんでしょうか――期間は長いのもあり短いのもあり、一定していないようです。とにかくその女は、この町の人を選ぶことは決してありません。いつも他から来た男ばかりを伴れ込むのです。それはいいが、ここに妙なことは、女と一緒に一晩でも過ごした者は、決して二度と姿を見せないことです。何でも人の噂では、女が用の済んだやつには金をやって、それを旅費に国外へ出して、どんなことがあってもふたたびそばへ帰って来ないように厳命するんだそうですが――みんなおとなしく女の言うことをきいているものとみえます」

これがヴェラが町の人々に与えた印象であった。ほとんど毎夜のように彼女は一定の時間にほうぼうのカフェや料理店に出現していた。這入って来るとすぐ、彼女の黒みがちの瞳《め》が部屋じゅうを撫でて、はからずも彼女の気に入った容貌の若者を発見すると、ヴェラはたちまち活気を呈するのだった。

けれど、ヴェラ・レンツイの顔は公衆の面前にはいつも無表情だった。そしてきまりの卓子《テーブル》について、五分おきぐらいにその獲物に視線を送って、最後にじっと見つめるのが彼女の戦法だった。このヴェラの視線のまえには、大がいの男が意志を失って惹き寄せられたそうである。ここまでくると彼女は、黙って立ち上がってそこを出ようとするのだが、男はいつも正確に追って来て、彼女を自宅まで送りとどける役を自発的に申し出るのだった。立ちぎわに与える彼女の眼が、男にそれを命ずるのである。

そとで、ヴェラは男にたずねる。

「あなたは、この町ははじめてでいらっしゃいますか」

ヴェラの見込みの外れたことはなく、男の答えは多くの場合肯定だった。

そこで彼女がもちかけるのだ。

「私は郊外に住んでおりますの。お遊びにいらっしゃいません?」

これはそういう場所へ出入りする青年のこころを素早く惑乱するのに充分であることは言うまでもなかろう。たいがいの男は、一種奇妙な、貫通的な彼女の視線を受けて、一も二もなく言う通りになるのだった。十のうち九は成功したと、彼女は裁判官の前で揚言している。

こうしてヴェラは、つぎつぎに変わった男を自宅へ引っ張り込んでいたのだが、近所の人の手前は、すべて古い友人のように作っておいて、飽きて「処分」してしまったのちは、その男はまた旅行に出たように言いつくろっていた。珈琲店《カフェ》の人たちも、まさかそのあいだにそうした恐ろしい惨劇が行われていようとは夢にも思わなかった。

もちろん神秘的な行衛不明事件が続出するにつれて、息子や良人や兄弟の上を案ずる人々が、ベルケレクルの警察へ向かってその捜索方を願い出もしたし、新聞紙の厳重な鞭撻、それに対する社会の看視も日ましに鋭くなっていった。こうしてそろそろ警察が動きかけた時に、あの銀行家レオ・パチッチ失踪事件が突発して、それがこの女青鬚の生涯に幕切れのカーテンを引いたのだった。

ヴェラ・レンツイ夫人は面白そうに告白して、この三十五の殺人の動機が、すべて同一なことを表明した。

「私の最初の良人が、結婚後もなおわたし以外の一般の女に対して興味を持っていましたために、私はそれに煽られて、誰ということなく世間の女というものに一そう激しい嫉妬心を抱くようになったのでございます。私は今でもよく覚えて居りますが、最初の良人と並んで町を歩いていても、彼がほかの女を見る眼に気がつくと、わたしはいつも堪らない気がするのでした。そして、一年ほどしてからでございます。わたしは彼に私を棄てる可能性のあることを発見致しました。棄てるというほどではなくても、彼には私を妬《や》かせるに充分な態度があったのでございます。そこでわたしはしっかりと自分に誓いました。けっして決して彼がほかの女に属するようなことがあってはならないと。だから殺したのです」

夫人の告白がつづく。

「二度目の良人はそれほど長くもつづきませんでした。結婚して四ケ月ばかりしてからですが、私はどうしても彼を殺さなければならないことになりました」

「ふうむ。その男はどんなことをしましたかな?」

と、裁判官が訊くと、レンツイ夫人は非常に厳粛な面もちで即座に答えた。

「ちょっと二言《ふたこと》三言《みこと》他の女に話しかけたのです——それはそうとして、それからというものは、私は病気のようになってしまいました。わたしは若い人が大好きでしたけれど、一ぺんでも私がその男を所有したのち、早晩ほかの女があとから来てその同じ男を抱いたり、抱かれたりするのかと思うと、私はまったく救われない心持ちがするのでした。わたしはこれでもどういうものか男を焦らすことが上手で、私の眼一つで大抵の男がついて来るのです。そして一週間ほど同じ家に暮らしたのち、その男がすこしでも私に飽きたそぶりを示すか、何にしても戸外《そと》へ出て行きたい気振りを見せるが早いか、私はすぐにそれがその男のおわりの兆《しるし》と取るのです。そこでごく自然に、はじめその男に投げかけた私の愛情が、たちまち激しい嫉妬に変わって、私は何らの躊躇もなしにその男の葡萄酒へ一定量の砒素を落としたのでございます。それが順々につづきました」

5

このマダム・ヴェラ・レンツイの驚嘆すべき犯罪のために、セルビヤの人々は恐怖に満たされた。反響は直ちに世界じゅうにひろまって、欧洲諸国、ことに仏蘭西と、海を隔てた亜米利加《アメリカ》において、まことに稀有な殺人事件としてかなりやかましく論議された。その結果亜米利加あたりでは、レンツイ夫人は精神病者であろうということに各方面の専門家の意見が一致したけれど、ユウゴスラヴィアでは、裁判にさいして殺人犯の精神状態を調査する法律的制度も施設もないので、ベルケレククル町の人々が、期せずして熱心に求めたことは、この美しい妬心と激情の女怪を、一日も早く断頭台上に立てようという一事に過ぎなかった。

ヴェラ・レンツイは死刑執行真ぎわに前言のすべてを否定して、狂気のようにじぶんの無罪を主張しながら、思い出の三十五人の名前をかわるがわる呼ばわって死んで行ったが、それは近世犯罪史上に稀に見る劇的な場面であった。

実話の書方

描写と記述

およそ小説なり読物なりを書こうとするに当たって、作者のいい現し方は、ふたつの形をもって読者に働きかける。描写と記述である。もちろん、渾然たる作品をさして、どの部分は描写で、どこからどこまでが記述であるなどということはできないし、また、そういう分解をゆるさないのが、秀れた作品たるゆえんでもあるのだけれど、描写と記述と、この二つの表現法を組み立てて、一篇の小説が出来上がる。また、それをどう組みあわせるかに、作者の技巧と苦心があるわけでもある。

描写は、作者の心描——Visualization——による場面の展開で、それによって読者に同じ心描を起こさせることを目的とする間接法である。ところが、記述は、その事柄を的確に伝達して、読者の理解を得ればいいという直接法である。小説は、主として前者に重きを置き、いわゆる中間読物、エッセイの類は、後者の形式によるのだが、ここに、この中間物の記述法を主手法として、しかも、小説と同じ、或いは、小説以上の心描効果を読者のうえに期待するのが、いわゆる実話という読物である。

材料を自分のものに

実話の書き方――詳しく書けばいろいろあるだろうが、枚数が限られているので、以下思いついたことを雑然と、簡単に挙げてみる。

実話は、「事実を記述して、興味を目的とする読物である」と定義することができると思う。である以上、どこまでも正確であることを主眼に、まず、材料を十分に調査しなければならない。少しでも作者に不明な点があり、ぼやかそうとすると、正直なもので、それは直ちに読者の興味を殺ぐ。といって、もとより警察の調書でも、報告書でも、新聞記事でもなく、一つの読物として、面白く読ませようということが大切なのだから、事実を記述するとともに、そこに十分に、読者を引っ張って行くだけの事実の興味を盛らなければならない。まず一つの材料が選定されたならば、その物語のどこから筆を下ろすのが最も効果的であるかを考えると同時に、その発表機関の読者層ということも、多分に考慮にとり入れられなければならないであろう。また、全体を如何に扱うべきかという、この三つの問題を骨子に、話の色彩を決定し、記述の順序を組み立てる。一篇の実話の成功不成功は、実にこの最初の三点にかかっているといっていい。

第二は、その物語のどこにピントを合わせるか、である。同じ材料を扱うにしても、筆者がどこに重き《ストレッス》を置くかによって、実話は往々著しくその全貌を変えるものである。これは、筆者の興味がどこにあるかを示すとともに、その事実に対する正当な解釈、認識の有無ということになってくる。で、何よりも、材料をよく咀嚼して、じぶんのものにしておくことが大事なのだ。

三つの要素

たとえば、犯罪ものについていえば、犯人がどうして捕まったか、その犯罪の動機は何か、どんな心理で、如何なる順序になされたか——このどれにも、物語の焦点を置くことができるし、またそれによって、同じ実話が色いろな色調を帯びて来る。この場合、それらを巧みに、全般にわたって同じ力で書いて行くことも、またひとつの方法であろう。要するに、材料を前にして、どんな色あいの読物になり得るかを見極めることが、一ばん大切である。或る物は、犯罪ものとして正面を切ったのでは、少しも味が出ないかわりに、ユウモア、またはナンセンスの角度からこれを眺めれば、このうえない素材であるという場合もあるであろうし、あるいはまた、ただ罪跡《ざいせき》というものをさぐるだけでは無味乾燥でも、一度《ひとたび》その犯人の環境、生い立ちを調べて、どうしてそんなことをするようになったかを考えていくと、たちまちそこに百パーセントの実話価値が発生してくるものもあるかも知れない。

実話を綴るに当たって、時として作者は興に促され、自分の想像を働かして批判や観察を挟む危険があるが、これは、実話の性質上、あくまでも排撃すべきであることは、いうまでもなかろう。

要約すれば、どこまでも厳正なる事実ということを基礎として、その事実に、何ものも故意に加えることなく、また、何ものをも故意に差し引くことなく、なおかつ、十分な興味で読者を惹くという、一つの独立した、最も巧妙な話術を必要とする。そして、それには、全体の扱い方と、狙いの置きどころと、話を進める上の事実の配列とが、重大な要素をなしているということができよう。

振り返る小径《こみち》

×

探偵小説というものは、ひと頃ほど、ジャアナリズムの需要も無くなり、好いものを書く人も、なくなったようである。一体、人を殺したり、物を盗んだりして、誰が犯人かなどという ことを詮鑿《せんさく》する筋は、いかに巧みに書かれてあっても、単にそれだけでは、幼稚な、遊戯的興味でしかないと僕は思う。

狂人でもない限り、滅多に人を殺したりなどしないのだから、その、止むにやまれず、人を殺すに到った、過程にこそ、小説があるはずである。殺してしまえばあとは新聞記者と刑事の散文的《プロザイク》な分野だ。

この、文学の役目を終わった後を、小説に取り上げようとするところに、いわゆる探偵小説なるものの本質的な弱点があり、一時的な、そして一部分的な興味しか継なぎ得ない所以であると思う。

×

亜米利加《アメリカ》や英吉利《イギリス》には、広告もせず、固定の読者もなく、ただスタンドだけで途方もなく売れている大衆雑誌が、いくらもある。

それは、ジャアナリズムの組織の違う点も、むろん大いにあるが、ここで僕が考えてみたいことは、それらの刊行物に載っている、大衆的な読物のことである。

日本では誰も名前も知らないような作家が、そうした読者のあいだに、大きな勢力を持って、月々書く物が広く吸収されている事実――それはもう、「文学」などという観念からは完全に遊離した仕事で、ただすこぶる工業的である。

こうなるのが好いことか悪いことかは別の問題だが、好むと好まざるとにかかわらず、大衆的なジャアナリズムは、作家を駆ってそこへ行かしめるのではなかろうか。

×

大衆文学から、文学の二字を抹殺する必要がある。なまじ文学などというから、事大的な理論や批評が出てくるのだ。

興味と慰安と、行間に何らか人生的な啓発があれば、「読物」で結構である。僕は、自分の書くものが、文学などではなく、理論と批評のない読物でありたいと念願している。

米の飯に、理論も批評もないように。そして、米の飯のごとく、普遍的で、そして、必要でありたいと野心している。

読物とは、映画や芝居とおなじように、ただ文字を仲介とした、「物語の方法《ストウリイテリング・メソッド》」の一つに過ぎない。

マイクロフォン

I DARE SAY

近頃探偵小説が流行り出したことはどうだ。しかも短い創作にいいものがあるのは、近代人の神経が針でさすようなぴりりとしたものを求めていることを完全に示していて、面白い。どだい、通俗小説なんだから、創作にしろ翻訳にしろ、書く人間があまりジレッタントになって納まり返ってしまっては、いつのまにか肝心の公衆とは縁が薄くなってしまう。この頃少しくその傾向が見え出して来たように思うが、私はただ一介の戯作渡世、面白ければいいつもりで何でも書く。だから精々御愛読下さい、とこれは読者諸彦への自家広告だが、何事も宣伝の世の中、この余白を借りて、はははははは。

（『新青年』第七巻第一号、一九二六年一月）

一筆

新年号の「新青年」に出た創作は皆それぞれ面白いと思いました。なかでも正木不如丘氏のもの、岡本綺堂氏のもの、それから「広告人形」は如何にもアメリカふうの気のきいたものだと感心致しました。江戸川さんのには例によって怖がらされましたが、「私」という人間の地位がどうもすこし不分明のようでした。「私」はなくもがなでしょう。呵々。

（『新青年』第七巻第四号、一九二六年三月）

小酒井先生の「印象」を第一に推します。先生独特のメデカル・ストウリイですが、それだけにまた恐ろしく小じんまり纏っていて、説明のないところが大いに好きです。「眼のあおい赤ん坊」母が外交官の夫人であるところなど、そして単に最初に外交官の夫人とだけ断ってほかに何もおっしゃっていないところなど、おどろくほど用意周到で、思いつめた女の洒落気？——当人にはとても大真面目の——がよく出ていて、しかもすこしの無駄もありませぬ。じつに完全な手法でございましょう。ただ、話中話の型がいささか鼻につかないでしょうか。いきなりB氏を主人公にして客観的に行ったほうが効果が強くはなかったろうかと思います。それにもう一つ慾を申せば、女性の会話にもっと現実的なやわらかみがあってもよくはないでしょうか。これはこの御話ばかりについての不満ではございませんが、一たい先生のお写しになる女は、ときどき失礼ながら田舎の女学生のような言葉づかいをするような気がしてなりません。どうしてでしょう？　ともかく題材といい手法といい、このお作は立派な短篇と存じます。あやしくも美しい北斎の絵と近代女の神経、それを包む科学の神秘さ、今さらながら小酒井先生のまえに低頭させていただきます。

「窓」は正直に申し上げるとすこし飽っ気ないような気がしましたが、中略というのが大いに気に入って、ところどころの総勘定にも玄人らしいひらめきを感じながら進みましたものの、筋の発展には不必要な細工が眼立ち形式にもちと無理な新味があるようです。おしの女中と指紋大家は何という喜劇役者でしょう――。

「GS一一一六」の九七頁に「『なにかないでしょうかねえ』と彼は×印の上を指先で軽く叩きながら、じっと私を視据えた。『なにか秘密はないでしょうか。この人に！　この邸に！』」これだけ物凄い描写の生々しさには私もぞっとしたことです。

――妄言多謝――

（『新青年』第七巻第八号、一九二六年七月）

思ひつくまま

この頃の本誌で一ばん気持ちのいいことは表紙の素晴らしさです。見ただけで買いたくなるのは一に松野画伯のブラシュの魅力でしょう。今九月号を手にしたばかりでまだ何にも読んでいませんが、ルヴェルの短篇集が何よりも私を惹きつけています。読物のなかに特異な物の多いのも確かに本誌のほこりでしょう。山の温泉でサイフォンを振りながらいま夕立を待っています。

（『新青年』第七巻第一二号、一九二六年一〇月）

今雑誌が届いたばかりでまだ何も読んでいないんですが、マイクロを書くため急いで目次へ眼を通したのち、パノラマ島と獄門実見記をえらんで読みました。読みましたが、パノラマ島は続き物ですから何とも言われません。とてつもない着想話術の巧妙さに敬服します。そして詩的なにおいの高いところにも作者の芸術家らしい肌合いがとうとう出べくして出ているようです。つぎを待ちましょう。獄門実見記は実に面白いです。が、僕も何だか好きな蟹がきらいになりそうで、読まなければよかったとちょっと後悔しています。

(『新青年』第七巻第一三号、一九二六年一一月)

大正十五年度　探偵小説壇の総決算

本年度において発表された、創作並びに翻訳探偵小説中、貴下の印象に残っている作品

あまり広く読みませんので、私はいい作品をたくさん逃していることと思います。それに読むとすぐ忘れてしまいますから、いまあれこれと思い出そうとすると大変な骨です。その努力なしに心にうかぶのがルヴェルの短篇とＰ・Ｇ・ウォドハウスのものですが、これは探偵小説界の総決算というなかには、入れらるべきでないかも知れませんな。

（『新青年』第七巻第一四号、一九二六年一二月）

年頭句選

探偵小説壇繁昌

にぎやかに下手の書いたる須磨の景

兎にも角にも目出度し

ひろびろと塵が産み出す浜屋敷

新進大方振るわず

雪ふりて一夜は鷺になる烏

若手連亦往き詰まりの体

のびすぎた菖蒲小さし五月雨

見てくれがしの作多し

才覚なじばん帆にする花筏

小慧しき短篇物飽きらる

ちょっとした筆のあやにて午も牛

熟し切らざる筋散見

待ちかねてつぼみ見に行くさくら山

大御所巨弾連発

わきからも手に汗にぎる碁の一手
　文壇に一城確立か
埒明けて先珍重にぞんじ候

（『新青年』第八巻第一号、一九二七年一月）

偶想

探偵小説はどうしても本格物でなければならない、とこの頃つくづく思う。それもただ本格では要するに「探偵小説」で、書いているうちに莫迦莫迦しくなって自分も嫌気がさして、また機智ものや変態物に堕してしまうだろう。ではどうすればいいか、というと、色んなものを観たり考えたりして往くための低徊趣味が必要なんじゃないかしら。つまり長編である。本格物の雄大な長編を、横溝君よ、掘り出してくれ。坦々として長安の都に通ずる大道だからな。歩いて行って損はなかろう。

(『新青年』第八巻第四号、一九二七年三月)

アンケート

探偵問答

探偵小説に関係ある人々に左のような四つの質問を発して二十余通の解答を得た。甚だ愚問で恐縮だったけれど、こうして解答を比べて見るのも一興かと思う。森下氏春日野氏西田氏のは長いものだったので、別にのせた。併せ見られたい。

1 探偵小説は芸術ではないか。
2 探偵小説は将来どんな風に変わって行くであろうか、また変わることを望まれるか。
3 探偵小説目下の流行は永続するか否か。
4 お好きな探偵作家二三とその代表作。
解答の順序は不同です。

1 広義で芸術の一つだろうと思います。
2 将来心理的にそして機智の勝ったものがあらわれることを望みます。
3 当分つづくと思います。
4 ビーストンもの、マッカレーのもの、代表作はちょっと思い出せません。

（『探偵趣味』一九二五年九月）

クローズ・アップ

一、我が作品（または翻訳）のうちで、どれが一番好きで、どれが一番嫌いであるか？
二、将来、どうしたものを書き（または訳し）たいと考えているか？

一、何でも脱稿するとすぐ嫌いになる。活字になったのを見るといや気がさす。どういうものだろう。
二、面白いものが書きたい。これが僕の一心念願だ。が、探偵という字だけはちょっと困り物のような気がしないでもない。

（『探偵趣味』一九二六年一二月）

一、本年度（一月―十一月）において、貴下の印象に刻まれたる創作探偵小説、及び翻訳作品。
二、ある作家に向かって来年度希望する点。

この頃は身辺雑事に追われがちであり多くを読んで居りませんので、印象にのこっている作も、ちょっと思い出せませんし、諸家の傾向なども不案内でこれと申し御答えできませんのを遺憾に存じます、何卒あしからず思し召して下さい。

（『探偵趣味』第三年第一二号、一九二七年一二月）

解題

横井司

戦前の探偵小説界を俯瞰した江戸川乱歩の「日本の探偵小説」（春秋社『日本探偵小説傑作集』序文、一九三五・九。以下、引用は光文社文庫版『江戸川乱歩全集』第25巻、二〇〇五から）では、牧逸馬は、大下宇陀児、横溝正史、松本泰、橋本五郎、山下利三郎、西尾正らと共に、「傾向として『文学派』に属する主だった作家」の一人に数えられている。にもかかわらず、牧逸馬単独では立項されておらず、わずかに「時代ものの探偵小説」として「『釘抜藤吉捕物帳《ママ》』」に言及されているだけであった。乱歩の文章が発表された一九三五（昭和一〇）年九月は、牧逸馬が急逝してほぼ二ヶ月後にあたるが、おそらく当時の乱歩の意識としては、牧逸馬は丹下左膳の作者・林不忘として認識されており、初期の探偵小説的作品に言及する意味が認められなかったのではないかと思われる。それに、「傾向として『文学派』に属する」といわれても、『新青年』作家を中心として形成された戦前探偵小説についてのイメージからはほど遠く、牧自身の経歴を反映したと評されることの多い「上海された男」ばかりが突出して読まれてきたために、結果的に、日本探偵小説史の周辺作家へと追いやることになってしまった。近年では、『テキサス無宿』（二九）や『踊る地平線』（同）にまとめられた仕事が再評価されており、そのことが、牧を探偵小説周辺作家として認識させることに与っているとも、いえるかもしれない。

また、乱歩が牧について立項しなかった理由のひとつとして、牧の探偵小説的作品のテーマとなるコン・ゲームに対して、おそらくは当時、興味を持てなかったということも、影響していると考えられる。現在の探偵小説の読者は、『エラリイ・クイーンズ・ミステリ・マガジン』や『ヒッチコック・マガジン』、『マンハント』などの海外ミステリ専門誌の日本語版を経由して、アメリカ製クライム・ストーリーに親しんでいるであろうから、コン・ゲームの面白さや機智とウィットに主眼を据えた牧逸馬の作風に対して、さほど違和感を持たないに違いない。

牧の探偵小説作品の世界は、右に述べたクライム・ストーリーの他、ミスティックなものへの関心を示した怪奇幻想小説、〈世界怪奇実話〉シリーズで示された犯罪を取り巻くリアリスティックなものへの関心を示した探偵小説などで形作られている。そうした多彩な世界を、ひとつの作品で代表させたり、一言で括ってしまうのは難しい。本書『牧逸馬探偵小説選』を通して、そうした牧の多彩な作品世界にふれ、怪奇幻想にとらわれない戦前探偵小説の世界に思いを馳せるようすがとなれば幸いである。

なお、牧の探偵小説作品を中心とした作品集としては、これまで次のものが刊行されている。

①『探偵名作叢書4／都会冒険』聚英閣、一九二六・六
〈収録作品〉都会冒険　あひびき他九篇　小指　神々の笑ひ　怪異を積む船

②『日本探偵小説全集19／牧逸馬・城昌幸集』改造社、一九三〇・二
〈収録作品〉釘抜藤吉物語　百日紅《さるすべり》　死三題　民さんの恋　舞馬《ぶま》　ヤトラカン・サミ博士の椅子

③『一人三人全集7・牧逸馬篇／明日の蜃気楼』新潮社、一九三五・六
〈収録作品〉金色夜叉拾遺　ポケット・ハンカチイフ　爪　一九二七年の挿話　窓の凩　百日紅　死三題　民さんの恋　舞馬　赤い縄　55　赤ん坊と半鐘　十二時半　砂　ちよつとした事で闇は予言する　碁盤池事件顛末　山口君の場合　水夫と犬　都会冒険　ジンから出た話　上海された男　ダン夫人の報告書　神々の笑ひ　湖南兇刃記　樫井君と樫井夫人　資本街東京　明日の蜃気楼　社会記事一歩前

④『一人三人全集Ⅵ・ミステリー／七時〇三分』河出書房新社、一九七〇・二
〈収録作品〉第七の天　百日紅　死三題　民さんの恋　舞馬　十二時半　砂　ちょっとした事で
闇は予言する　白仙境　上海された男　呆れたものですわね　西洋怪異談　神々の笑い　七時
〇三分　爪　窓の凧　赤ん坊と半鐘　水夫と犬　碁盤池事件顛末　ジンから出た話　七八二号
囚の告白　西洋狗張子《いぬはりこ》　樫井君と樫井夫人　都会冒険
⑤『第七の天』社会思想社・現代教養文庫、一九七五・一〇
〈収録作品〉第七の天　爪　窓の凧　死三題　闇は予言する　上海された男　ジンから出た話
七八二号囚の告白　神々の笑い　蠅を捕る浪人　紅茶と葉巻　砂　都会冒険　七時〇三分
⑥『白仙境』社会思想社・現代教養文庫、一九七五・一一
〈収録作品〉白仙境　百日紅　民さんの恋　舞馬　赤ん坊と半鐘　十二時半　ちょっとした事で
水夫と犬　碁盤池事件顛末　海へ帰る女　ギャングを語る　西洋怪異談　西洋狗張子
⑦『牧逸馬傑作選5・世界怪奇推理1／第七の天』山手書房、一九九二・二
〈収録作品〉上海された男　紅茶と葉巻　神々の笑い　死三題　窓の凧　十二時半　ちょっとし
た事で　闇は予言する　ギャングを語る　水夫と犬　百日紅　民さんの恋　赤ん坊と半鐘　砂
舞馬　爪　第七の天
⑧『牧逸馬傑作選6・世界怪奇推理2／七時〇三分』山手書房、一九九二・二
〈収録作品〉白仙境　碁盤池事件顛末　ジンから出た話　七八二号囚の告白　都会冒険　七時〇
三分
収録された単行本によって題名が異なったり、谷譲次名義の作品「上海された男」や顛市彦名義

の作品「変化往来」（『探偵文芸』二五年四月号初出。後に「小指」、さらに「窓の凩」と改題された）が牧名義の著書に収められたりと、細かい異動がある。①の「あひびき他九篇」は「短編集」（『新青年』二六・二）。「深夜」「悲しき別離」「窓の女」「死を賭して」「赤い刃」「あひゞき」「愛すればこそ」「白日」「狭い道」の九編で構成）と「或る夕ぐれ」（同）を含めた掌編集。③の「ポケット・ハンカチイフ」は、右の十編に加え、さらに『女性』や『苦楽』に発表した掌編（「春宵譜」「戦塵」「処刑」「笑ふ三角形」など）を足した、二十五編からなる掌編集である。二種類の『一人三人全集』には、もちろん非ミステリ作品も収録されている。また、第一著書でもある『都会冒険』に収められた「怪異を積む船」は、創作ではなく、フレデリック・デエヴィス Frederick C. Davis（一九〇二～七七、米）作品の翻訳（原題不詳）で、『新青年』二五（大正一四）年九～一二月号に連載された。ただし、同書のどこにもデエヴィスの名は記されていない。

河出書房新社から刊行された『一人三人全集』以降のテクストは、すべて同書を底本とする系統だと思われるが、その河出版全集は新潮社版『一人三人全集』を基としており、初出紙誌から起こしたテクストは意外と少ないと思われる。今回は可能な限り初出紙誌をあたり、底本として採用した。

以下、本書収録の各編について、簡単に解題を付しておく。作品によっては内容に踏み込んでいる場合もあるので、未読の方はご注意されたい。

〈創作篇〉

「都会冒険」は、様々な掲載紙誌に発表された掌編をまとめて、『探偵名作叢書』第四巻（聚英閣、一九二六）の表題作として収録された。その後、『現代ユウモア全集』第十二巻（現代ユウモア全集刊行会、二八）および先の③④⑤⑧に収録されている。収録作品中「夜汽車」のみ、ミステリー文学資料館編『幻の探偵雑誌⑤／「探偵文藝」傑作選』（光文社文庫、二〇〇一）に採録されている。
以下に、現在までに判明している各編の初出年月日を示しておく。

「一五三八七四号」『夕刊時事新報』二五年二月一三～一五日
「昼興行《マチネー》」『夕刊時事新報』二五年二月一七～一九日
「コン・マンといふ職業」『夕刊時事新報』二五年二月二〇～二二日
「夜汽車」『探偵文芸』二五年五月号（一巻三号）
「ネクタイ・ピン」『新青年』二五年六月号（六巻七号）
「トムとサム」『新青年』二五年六月号（六巻七号）
「靴と財布」『新青年』二五年九月号（六巻一一号）
「島の人々」『新青年』二五年九月号（六巻一一号）
「襯衣《しゃつ》」『探偵趣味』二六年二月号（二年二号、第五輯）
「うめぐさ」掲載紙誌不詳
「首から下げる時計」掲載紙誌不詳

これらの掌編は、『都会冒険』収録の際に、「一五三八七四号」は「153874」、「ネクタイ・ピン」は「ねくたい・ぴん」、「トムとサム」は「Tom と Sam」、「靴と財布」は「靴」、「島の人々」は「島の人人」と、それぞれ改題・改表記された。「靴と財布」については、新潮社版『一人三人全集』に再録された際、原題に戻されている。ただし河出書房新社版『一人三人全集』では再び

「靴」に戻され、以下のテキストもそれに従っている。「昼興行」については、「マチネー」というルビが付いていたのは初出のみで、新潮社版『一人三人全集』では「昼興業」という表記になっていた。また、『現代ユウモア全集』に収録の際、「１５３８７４」のみ巻頭に回され、残りは初刊本の順序のままになっており、河出版『一人三人全集』系統のテキストは、この順序を踏襲している。理由は不明である。論創ミステリ叢書は、基本的に初出紙誌を底本としているので、題名は初出時のものを採用し、全ての初出年月が判明していないことを鑑みて、掲載順は初刊本に従った。なお、次に掲げる松本泰の回想から、全作品が最初から完成していたとも想像され、最後の二編は単行本初出とも考えられるのだが、ここでは初出不詳作品のままにしておく。

　松本泰は、牧逸馬に対する追悼文「毀された家――世に出初めた頃の牧逸馬」（『報知新聞』三五・七／一～二）の中で、初めて会った時の牧の様子を述べた箇所で、次のように述べている。

　彼は歯切れのい、早口で、しかし、実に慎ましやかな態度で、小説家志望を述べた後、
『恐入りますが、お手すきの時、何卒目を通して下さい。』
といつて、差出したのは赤罫紙に整然と清書した『都会の冒険《ママ》』といふ短篇数篇であつた。（略）その時の原稿の中『夜汽車』は私の主幹してゐた月刊雑誌探偵文芸の第三号に掲載し、その他は私の三田の同窓生伊藤正徳氏に依頼して、時事新報の夕刊に連載して貰つた。それは大正十四年の夏であつた。

　松本は、もうひとつの追悼文「牧逸馬の思ひ出／繭を破る前」（『婦人公論』三五・八）の中でも同じく出会いについてふれ、「その日、帰りしなに、お願ひしますといつて置いていつた彼の処女

作『都会の冒険《ママ》』には既に将来を予測させるやうな才気の閃きがあつた」と書いている。実際に『夕刊報知新聞』に『都会冒険』の第一話「一五三八七四号」が掲載されたのは、一九二五年の二月十三日から十五日にかけてなので、「毀された家」での松本の記述とは若干の齟齬はあるのだが、いずれにせよ『都会冒険』は、確認できた限りでは、谷譲次名義の「上海された男」や、林不忘名義の「のの字の刀痕《かたなきず》」に先立って発表された、牧逸馬の探偵小説分野におけるデビュー作といえる（牧名義では、これ以前に「藍より出でし青」という作品が『旬刊写真報知』二四年一二月五日号に掲載されたことが、浅子逸男の調査で判明しているが［「人と作品　牧逸馬」『世界怪奇実話』講談社・大衆文学館、九七・八］、初出誌を確認できなかったため、探偵小説か否か、内容については不詳である）。「一五三八七四号」が掲載された際には「はしがき」として以下の文章が付されていた。

　放浪の私が在米中の見聞から取材した創作でして、あちらの生活に、泡のやうに浮いては消える探偵小品的興味をヘンリイ《ママ》、フリントといふ私の仮想《ブレイン》児《チャイルド》に取扱はせた短篇集でございます。ですから、このフリント君が時時日本人になるのは致し方がありません。

また「夜汽車」掲載の際も、「はしがき」とは記されていないものの、それに相当する以下の文章が冒頭に掲げられていた。ほとんど同じだが、以下に引用しておく。

　私が在米中の見聞から取材した創作でして、あちらの生活に泡のやうに浮んでは消える探偵小品的興味を、私の仮想児ヘンリイ・フリント君に取扱はせた短篇の一つでございます。

なお、ヘンリイ・フリントの名は「女ところどころ」（『夕刊報知新聞』二五・四／二九～五／八）の「はしがき」にも見られる。

またしても例のヘンリイ・フリント君です。右の眼が日本人、左の眼が亜米利加人のフリント君が、五大湖遊覧船の給仕を振出しに、太平洋に沿ふ国々へ航海して行くその先々、所変れば様かはる女の姿の諸種相です。まづおくにぶりのメリケンから――。

ただし「女ところどころ」自体は、「僕」という一人称で書かれた自伝的作品と思しく、また内容も探偵小説とはいいがたい。『都会冒険』としてまとめられた十一編がヘンリイ・フリントもののすべてと見ていいだろう。

エッセイ「米国の作家三四」（『新成年』二五・八増）の中で牧は、「実はわたしの好きなのはあつさりした詐欺なんです。詐欺が大好きなんです。（略）頭のい、詐欺のはなしほど、わたしのなかにひそむ横着な『都会の近代人』性をよろこばせるものはありません」と書いているが、そうした嗜好をよくうかがわせる作品群である。中島河太郎は本シリーズについて「アメリカ式ショート・ストーリーが肌身について、陽性の笑いを発散させている」（「解説」『第七の天』現代教養文庫、七五・一〇）と述べている。また浅子逸男は、〈世界犯罪実話〉シリーズ中の「詐欺的犯罪《コン・ゲーム》」をテーマとする作品にふれた際、「この分野に手を染める作家などほとんどいない時期」に、『都会冒険』や「こん・げいむ」（『中央公論』二六・三）を執筆していたことにふれ、「だます人間、だまされる人間の描写には、牧逸馬の本領が発揮されていると言ってよい」と述べている（前掲「人と作品牧逸馬」）。

尾崎秀樹《ほつき》は「アメリカのミステリー作家、ジョン・マッカレーの庶民的な軽妙さを思わせる」（「解説」『一人三人全集Ⅵ』河出書房新社、七〇・二）と評価しているが、実際にマッカレー Johnston McCulley（一八八三〜一九五八）が創造した地下鉄サム Thubway Tham が登場するパロディ的作品も含まれているのが、珍しいといえば珍しい。また、『都会冒険』というシリーズ名が、主人公のヘンリイ・フリントが連載しているコラムのタイトルであるという仕掛けも楽しい。

ちなみに、地下鉄サムを Tham と表記するのは、ニューヨーカーなまりを反映させているためで、従って Sam と表記したのは、牧の方がうっかりしていたものだろう。

なお、「ネクタイ・ピン」の最後で、ヘンリイ・フリントが、「バアネイ、《ママ》グウグル、競馬《レイス》があつた時、スパアク、《ママ》プラグが三番で、此奴がバアネイの持馬で——」と、「其頃流行《はやっ》たあれ」を口笛で吹く場面がある。ここでいわれている「あれ」とは、ビリー・デベック Billy De Beck（一八九〇〜一九四二、米）によって描かれた『バーニー・グーグル』*Barney Google* という新聞漫画にインスパイアされて作られた流行歌である。一九一九年に連載が始まり、スパーク・プラグは二二年に登場した。その翌年に、ビリー・ローズ Billy Rose（一八九九〜一九六六、米）作詞、コン・コンラッド Con Conrad（一八九一〜一九三八、米）作曲によるレコードが、競作のかたちなのだろうか、何枚か発売されている。

ついでながら、『バーニー・グーグル』は別の牧作品（というより谷譲次作品）でも言及されている。のちに『もだん・でかめろん』（二九）としてまとめられる、谷名義の連作の一編「キキ」（『中央公論』二七・八）の冒頭で、アメリカ市民の家庭の客間に置かれたピアノの上に載っている「只今流行の小唄の楽譜」のひとつとして、次のように紹介されている（引用は『テキサス無宿・キキ』みすず書房、二〇〇三から）。

ばあね、ぐうぐる
ぐぎ、ぐぎ、あい
バネイ・グウグルは漫画に出て来る競馬用の悪馬である。

人間の主人公を競馬馬と紹介しているのは御愛嬌だが、曲の歌詞としてはこちらの方が正確なようだ。

「上海された男」は、『新青年』一九二五年四月号（六巻五号）に谷譲次名義で掲載されたのち、探偵趣味の会編『創作探偵小説選集』（春陽堂書店、二六）に採録された。その後、③④⑤⑦に収録された。また、『日本推理小説大系6／昭和前期集』（東都書房、六一）、中島河太郎編『新青年傑作選2』（立風書房、七〇／七四／九一）、長谷部史親・縄田一男編『日本ミステリーの一世紀（上）』（廣済堂出版、九五）、『日本探偵小説全集11』（創元推理文庫、九六）、出口裕弘編『テキサス無宿／キキ』（みすず書房、二〇〇三。作者表記は谷譲次）といったアンソロジーに採録されており、名実ともに牧逸馬の代表作といえよう。

体験に基づいたとされる内容ばかりが強調されがちだが、死体なき殺人事件の意外な真相など、探偵小説的趣向も決して劣っているわけではない。殊に、本当に殺していないにも関わらず、告発されたことで次第に殺したかのような気分になっていく為吉の心理の動きは、のちの「舞馬」や「十二時半」などにもつながっていくモチーフといえよう。

「神々の笑ひ」は、『女性』一九二六年四月号（九巻四号）に掲載されたのち、前掲『探偵名作叢書4／都会冒険』に収録された。その後、前掲『現代ユウモア全集』第十二巻および③④⑤⑦に収められた。

コン・ゲーム・テーマの一編。なお、本作品は「ラジオ探偵小説」という特集名の下に掲載されたが、その意味するところは不詳。

「死三題」は、『新青年』一九二六年六月号（七巻七号）に掲載されたのち、『日本探偵小説全集19／牧逸馬・城昌幸集』（改造社、三〇）に収録された。その後、③④⑤⑦に収められた。

牧の怪奇幻想趣味をうかがわせるショート・ショート集。さきにふれた「変化往来」や「短編集」（二六）、「幽明」（同）、そして本作品など、この時期の牧には超短編ともいえそうな掌編をまとめて発表することが多かった。ちなみに「ある作家の死」は後出の「真夜中の煙草」にまで、また「二つの死」は後出の「山口君の場合」にまでつながっているともいえそうだ。

「百日紅」は、『新青年』一九二六年七月号（七巻八号）に掲載されたのち、探偵趣味の会編『創作探偵小説選集』第二輯（春陽堂書店、二七）に採録された。その後、前掲『現代ユウモア全集』第十二巻および②③④⑥⑦に収められた。

本作品は、ある種の叙述トリックものとしても読める作品（アンフェアのそしりを受けるかもしれないが）で、冒頭で紹介される「Sさん」とは誰かということをめぐって、単なる二者択一で落とすのではなく、コン・ゲーム的なサブ・プロットを絡めている点が効果をあげている。

「ジンから出た話」は、『女性』一九二六年一二月号（一〇巻六号）に掲載されたのち、『一人三人全集』第七巻（新潮社、三五）に収録された。その後、④⑤⑧に収められた。

まるでマトリョーシカ人形のような入れ子を重ねる語りが独特の雰囲気を生み出しているほかに、プロバビリティーの犯罪という趣向をさりげなく盛り込んでいる点にも注目されたい。

「助五郎余罪」は、『探偵趣味』一九二六年一二月号（二年一一号、第一四輯）に掲載された。その後、ミステリー文学資料館編『幻の探偵雑誌2／「探偵趣味」傑作選』（光文社文庫、二〇〇〇）に採録された。

助五郎という無頼ものが、自らの利益を得るために探偵まがいの行動をとるというストーリーが、題名に謳われている「余罪」とは何か、という謎をめぐるどんでん返しにつながる点に注目されたい。説明不足ではないかという印象を受ける語り口が、独特のうっちゃり的効果をあげている点も見のがせない。

「民さんの恋」は、『新青年』一九二六年一二月号（七巻一四号）に掲載されたのち、前掲『日本探偵小説全集19』に収録された。その後、③④⑥⑦に収められた。

猟奇趣味の作品かと思って読み進めると、意外なトリック趣味が最後に呈示される。そこに、いちばんの驚きを覚えさせられる一編。こうした点を、ジャンル黎明期独特の歪みと見るか、魅力と見るかで、作品に対する印象は変ってくる。

「山口君の場合」は、『苦楽』一九二六年一二月号（五巻一二号）に掲載されたのち、前掲『一人三人全集』第七巻に収録された。

初出誌の目次には「諷刺探偵」と記されており、当時の探偵小説ジャンルのレンジをよく示しているといえよう。

「東京G街怪事件」は、『苦楽』一九二七年三月号（六巻三号）に掲載された。単行本に収められるのは、今回が初めてである。

牧には珍しい本格もので、おまけに読者への挑戦スタイルを取っている。ただし、トリック自体は有名なもので（あるいは翻案か）、現在の読者には、簡単過ぎる問題かもしれない。

「砂」は、『サンデー毎日』一九二七年四月一日号（六年一五号）に掲載されたのち、前掲『一人三人全集』第七巻に収録された。その後、④⑤⑦に収められた。
実話風のスタイルで書かれた創作のひとつ。足跡トリック自体は素朴なものだが、「人生のことすべてしかりであらうが、ことに犯罪では、事後の小細工は往々にして矛盾と破綻を示し、そこから予期しない破滅を来す場合が多い」という、人生論と探偵法を重ね合わせた語り口が、独特の雰囲気を形成している。

「爪」は、『苦楽』一九二七年四月号（六巻四号）に掲載されたのち、前掲『現代ユウモア全集』第十二巻に採録された。その後、③④⑤⑦に収録された。

海外の探偵雑誌にでも掲載されていそうな、ユーモラスなケイパー小説。

「赤んぼと半鐘」は、『サンデー毎日』一九二七年七月一七日号（六年三二号）に掲載されたのち、前掲『一人三人全集』第七巻に「赤ん坊と半鐘」と改題されて収録された。その後、④⑥⑦に収められた。

山下利三郎の作品のような、貧困ゆえの悲劇を扱った、牧の作風としては珍しい部類の一編。

「舞馬」は、『新青年』一九二七年一〇月号（八巻一二号）に掲載されたのち、前掲『日本探偵小説全集19』に収録された。その後、③④⑥⑦に収められた他、『日本探偵小説全集11』（創元推理文庫、九六）にも採録された。

本作品について北村薫は「いかにも多作の人らしい速度を感じさせる文章であり、その、どこか熱にうかされたような調子が、読者の不安をかきたてる」と述べた（「解説」『日本探偵小説全集11』創元推理文庫、前掲）。殺したのかどうか宙づりのまま、会話の流れで追いつめられていくあたりを指しているものと思われるが、それと同時に、不倫の子を孕んだのかどうかという問題が宙づりのまま、そうした噂に影響されて不義の子を孕んだかのような気持ちになるというお八重の奇妙な心理などにも注目され、「上海された男」でも描かれた牧作品の主要モチーフを見ることができる。また、帰ってきた峰吉の姿が、あたかも超自然現象であるかのように読めるあたりも、読み手の不安を醸成することに与っている。

「一九二七年度の挿話」は、『婦人公論』一九二七年一〇月号（一二巻一〇号）に掲載されたのち、探偵趣味の会編『創作探偵小説選集』第三輯（春陽堂書店、一八）に採録された。その後、前掲『現代ユウモア全集』第十二巻および③に収録された。

芸術家の夫とその妻のやりとりが楽しい一編。アウキペンコ Alexander Archipenko（一八八七〜一九六四）は、ロシアに生まれ、のちにアメリカに移住し、キュビズムのグループにも関わった、実在の彫刻家である。

「十二時半」は、『講談倶楽部』一九二八年三月号（一八巻三号）に掲載されたのち、前掲『一人三人全集』第七巻に収録された。その後、④⑥⑦に収められた。

アリバイが問題になるが、現在からすればトリックともいえないくらい素朴な設定。ただし、風俗小説家として絶大な人気を誇った牧のスタイルの一端をうかがわせるあたりは、興味深い。

「ヤトラカン・サミ博士の椅子」は、『新青年』一九二九年一〇月号（一〇巻一二号）に掲載されたのち、前掲『日本探偵小説全集19』に収録された。その後、『一人三人全集』第十四巻・谷譲次篇（新潮社、三五）、中島河太郎編『新青年傑作選集４／怪奇編・ひとりで夜読むな』（角川文庫、七七／角川ホラー文庫、二〇〇一）にも収められている。

インドを舞台とした異国情緒ファンタジー。小栗虫太郎や中村美与子が書きそうなタイプの作品は、牧にしては珍しいといえよう。江戸川乱歩の「人間椅子」（二五）を発展させたような最後の幻想も興味深い。

「碁盤池事件顚末」は、『週刊朝日特別号』一九三〇年一月一日号（一七巻一号）に掲載されたのち、前掲『一人三人全集』第七巻に収録された。その後、④⑥⑧に収められた。

先の「砂」と同様、あるいはそれ以上に実話的スタイルが印象的な一編。尾崎秀樹は本作品について「推理ものとしての骨格は弱く、大厄の女から年齢を推測するなどといった岡っ引きまがいの推論もあって、本格好みの読者にはやや不満かもしれない」（「ナンセンスの味――『白仙境』について」『白仙境』現代教養文庫、七五・一一）と述べており、これはこれで妥当な評価ではある。探偵小説ジャンルにおけるかつての受容の枠組からすれば、一種の社会派推理あるいは風俗推理に分類されただろう。ただ、実際は現実世界のロジックというのはこのような思いつきと偶然の連鎖によって形成されているということを忘れてはならず、こうした不安定なロジックによるアクロバチックな面白さが、近年の本格ミステリでも志向されていることを鑑みれば、むしろ今こそ読み直されていくべき秀作といえるかもしれない。〈世界怪奇実話〉シリーズを書き継ぐうちに身に付いてきたテクニックが遺憾なく発揮されている点も見逃せまい。

「真夜中の煙草」シリーズは、谷譲次名義で『改造』の（創作欄ではなく）読物欄に連載された。**「舶来百物語」**は、**「或る殺人事件」**と**「恐怖の窓」**の二編で構成されており、「真夜中の煙草」の総題の下、『改造』一九三三年二月号（一五巻二号）に掲載された。**「競馬の怪談」**は、「真夜中の煙草2」という副題を添えて、『改造』一九三三年三月号（一五巻三号）に掲載された。**「西洋怪異談」**は、**「夏祭草照月《なつまつりくさにてるつき》」「白い家」「境界線」**の三編で構成されており、「（真夜中の煙草）」と副題を添えて、『改造』一九三四年七月号（一六巻八号）に掲載された。

その後、『一人三人全集Ⅵ』（河出書房新社、七〇）に収録され、その際、「競馬の怪談」を除く残り五編が「西洋怪異談」の題名の下、まとめられ、「夏祭草照月」は「夏夜祭《なつのよまつり》」と改題された。同じテキストが⑥に収められた。

なお、「恐怖の窓」は、サキ Saki（一八七〇～一九一六、英）「開いた窓」The Open Window の、「競馬の怪談」は、H・ホーン Holloway Horn（一八八六～?、英）「老人」The Old Man の、それぞれ翻訳である。したがって他の作品も海外作品の翻訳である可能性は高い。ちなみに両作品ともドロシー・L・セイヤーズ Dorothy L. Sayers（一八九三～一九五七、英）の有名なアンソロジー *Great Short Stories of Detective, Mystery and Horror* に収録されている（サキは、一九二八年に刊行された第一集に、ホーンは、一九三一年に刊行された第二集に収録）。

「七時〇三分」は、『日の出』一九三五年九月号（四巻九号）に掲載されたのち、前掲『一人三人全集Ⅵ』および⑤⑧に収録された。そのほか、石川喬司編『世界SF全集／日本のSF・古典篇』（早川書房、七一）、石川喬司編『本命／競馬ミステリー傑作選』（光文社カッパ・ノベルス、七六／徳間文庫、八五）、『恐怖小説コレクション1／魔』（新芸術社、八九）などのアンソロジーに採録されている。

「競馬の怪談」のプロットを、ユーモアあふれる語り口で再話し直した作品。なお、本文中の註記でも明らかなように、本作品の執筆途中で牧が急逝したため、続きを当時編集部にいた和田芳恵が書き足す形で完結させられている。当時のことを和田は以下のように回想している。

「七時〇三分」は、私が書いてもらった作品だが、こちらから頼んだものではない。長谷川さんが、「あちらの種だが」と前置きして、この梗概を話してくれた、一種の売り込み原稿であった。私は、この原稿を貰うために泊まり込みもした。

「七時〇三分」は、長谷川さんの急死で中絶した。私は、あらすじをたよりに、書きたして完結した形で雑誌にのせた。「文芸雑誌」なら、長谷川さんのからだの重みがかかったような形で、最後の文字が原稿用紙にぷっつり食い込んだまま、発表すべきだが、大部数を追いかける大衆雑誌の場合、筋を追う読者が多いことだから、仕方なかった。（「絶筆・七時〇三分」『一人三人全集Ⅵ／月報4』河出書房新社、七〇・二）

「競馬の怪談」として二年前に発表したストーリーを、「一種の売り込み」の形で再話しようとした意図は不明だが、執筆途上に書き手が急逝したことで、ドラマチックなアウラが作品に付与されたためだろうか、牧の作品としては比較的知られている一編であるといえる。尾崎秀樹は「私は絶筆となった『七時〇三分』の冗舌体の表現よりは、この『競馬の怪談』の方を好む」（「解説」『一人三人全集Ⅵ』河出書房新社、七〇・二）と述べているが、「冗舌体」のスタイルは〈めりけんじゃっぷ〉ものを書いていたころの谷譲次の特質でもあったことを鑑みれば、やや軽薄に流れているとはいえ、牧の創作スタイルを考える上で重要な作品といえるかもしれない。掲載誌の『日の出』に作中でふれるあたり、歌舞伎脚本のようなノリも感じられよう。ちなみに「浪子」と「武雄」の件りは、徳冨蘆花の『不如帰』（一八九八〜九九）をふまえたものだが、現在の読者にはその面白さが分かりにくいかもしれない。

なお、牧には、尾崎紅葉の『金色夜叉』（一八九七〜一九〇二）のパロディ「間寓《はざま》」（『婦人公論』二七・四。のちに「金色夜叉後日譚」と改題）という作品も存在している。

〈評論・随筆篇〉

牧逸馬の探偵小説論がまとめて読めるような機会はこれまでなかった。以下のエッセイから明らかなように、牧の持論は探偵小説マニア的な視点にとらわれていないことを特徴としている。いってみれば、いわゆる欧米流の一般小説作法の観点から探偵小説を位置づけているようにも読めるのだ。こうしたタイプの探偵小説観が忘れ去られてきたことは、探偵小説ジャンルの受容について何がしかの問題点を示唆しているともいえそうだ。また、牧の探偵小説作品を読み直していく指針として重要な資料だといえることは間違いない。

「米国の作家三四」は、『新青年』一九二五年八月増刊号（六巻一〇号）に掲載された。その後、『叢書「新青年」／谷譲次』（博文館新社、九五）に採録されている。

以下に、文章中にふれられている作家・キャラクターの原綴と、判明している限りでの生没年を示しておく。シイウエル・ライト Sewell Peaslee Write（一八九七〜一九七〇）は『新青年』に「明白な殺人」の訳がある。サイモン・トレップ Simon Trapp はロイ・ハインズ Roy W. Hinds（?〜?）のキャラクターで、『新青年』に「シモン・トラップ帰る」ほか数編が訳されている。ハンセン婆さん、大鼻《ビクノウズ》チヤアレイについては不詳。地下鉄サムについては前出。クリストフア・ブウス Christopher B. Booth（一八八七〜?）のクレックウオウセイ氏 Amos Clackworthy は、『新青年』に「クラックヲージの新設会社」の訳がある。ロウレンド・クレブス Roland Krebs（?〜?）は『新青年』に「囚人と音楽」ほかの訳がある。レオナアド・フオウクナア Leonard Falkner（一九〇〇〜七七）は『新青年』に「好過ぎる」ほかの訳がある。F・デエヴイスについては前出。H・ランドン Herman Landon（一八九二〜一九六〇）は、次のエッセイでふれられている〈灰色の幻〉The Grey Phantom シリーズで有名。G・エヴァンズ Gwyn Evans（一八九九〜一九三八、英）は『新青年』に「笑ふ髑髏」ほかが訳されている。L・J・ビーストン L. J. Beeston（一八七四〜一九六三、英）は、戦前に日本で絶大な人気を誇った短編作家。

「DSM」とあるのはDetective Story Magazineの略。小鷹信光『私のハードボイルド――固茹で玉子の戦後史』（早川書房、二〇〇六）の研究篇に掲げられた「日本ハードボイルド輸入史――戦前篇」によれば、一九一五年に創刊され、四九年に終刊なったとのこと。牧の本エッセイであげられているアメリカ作家の作品は、ほとんどそこに掲載されていたと思われる。というのも、目次の一部はウイリアム・G・コンテントWillam G. Contentoが主宰していると思しいインターネット・サイトThe FictionMags Index（http://www.philsp.com/homeville/FMI/0start.htm）で確認することができるからだ。同サイトは現在進行形で更新中なので、いつの日か、牧逸馬の読んだ作品をすべてチェックできる日が来るかもしれない。

「米国作家の作に現る〻探偵」は、『新青年』一九二六年二月増刊号（七巻三号）に掲載された。単行本に収められるのは、今回が初めてである。

〈お洒落のノエル〉については不詳。〈灰色の幻〉については前出。チョン氏はA・E・アップルA. E. Apple（?～一九三三）のキャラクターで、『新青年』に「探偵張氏」が訳されている。

「乱橋戯談」は、『探偵趣味』一九二六年四月号（二年四号、第七輯）に掲載された。その後、前掲『叢書「新青年」／谷譲次』に採録された。

「ごしつぷ」が流行って「駒が出たとは雨村大人の嘆声であるが」とあるのは、『探偵趣味』二六年一月号に載った「作家未来記」の中で、「探偵成金となり郷里に宏大なる屋敷を設け、鰻釣りの傍ら、専ら老父に孝養を尽されし」と書かれた森下雨村が、「『うなたん』漫談」（『探偵趣味』二六・二）のまえがきで「ゴシツプから駒が出たのである。探偵趣味第四輯の六号記事から臭を嗅ぎつけた甲賀三郎兄が、『鰻釣と探偵』なる難問題を出して、否応なしに何か書けといふ。厳命となつては致方なし」とあるのを受けたもの。「六号記事」とは、雑誌などで六号活字で組まれた記事のことで、雑文・雑報など埋草的なものが多かった。そこから転じて、そうした内容の記事を指すようになったものと思われる。「誰やらの探偵小説滅亡論」とは、川口松太郎の「探偵小説の滅亡近し」（同、二六・一）のこと。川口のエッセイに対する反応としては、山下利三郎「画房雀」（同、二六・二）もある。「橋爪氏の評論」とは、『読売新聞』文芸欄の連載「二月文壇評」の第七～八回（二六・二／六、二／九）を使って書かれた「芸術か大衆か通俗か」である。

ちなみに、初出時には「余滴」の章の「国枝史郎」には「氏」が落ちていたが、翌月の『探偵趣味』に牧が寄せた「一筆御免」の中で「あきらかに『国枝史郎氏の』の氏が脱けてゐるのだ」と書いてあるのに従って、「氏」の一字を補った。

「椿荘閑話」は、『探偵趣味』一九二六年五月号（二年五号、第八輯）に掲載された。単行本に収められるのは、今回が初めてである。

自身の「上海された男」に対する自作評が面白い。また、「孤児」（二四）は水谷準の作だが、その評価に伴い「探偵小説は建造《コンストラクシヨン》を主とする工芸品だと私は思ふ」と述べているのが興味を引く。探偵小説は芸術か否かという問を「文学青年の概念遊戯」（「乱橋戯談」）と切って捨てる姿勢の背景をうかがうことができよう。

「山門雨稿」は、『探偵趣味』一九二六年六月号（二年六号、第九輯）に掲載された。単行本に収められるのは、今回が初めてである。

右の「探偵小説は建造《コンストラクシヨン》を主とする工芸品」という認識をふまえると、「身辺雑記といふが如きものを小説と呼ぶこと一頃につぽんといふ国に流行りし」の皮肉の意味するところが知れよう。

「言ひ草」は、『探偵趣味』一九二七年七月号（三年七号、第二一輯）に掲載された。単行本に収められるのは、今回が初めてである。

ここでいわれる「趣向を立てること」、「思ひ付きが筋にまで生長したやつを、更に立体化」するといった方法論は、先の「探偵小説は建造《コンストラクション》を主とする工芸品」という考え方とも通底するものだろう。

「女青髯事件《ウーマン・ブルウビヤアド》――三十五人の愛人を殺害した妬婦」は、『女性』一九二八年三月号（一三巻三号）に掲載された。のちに「女王蜘蛛」と改題されたものが『世界怪奇実話全集Ⅱ』（桃源社、六九）に収められた。そこでは初出不詳となっていることから、同書刊行以前の収録単行本があると想像されるのだが、寡聞にして知らない。その後、『一人三人全集Ⅳ・世界旅行記／踊る地平線』（河出書房新社、七〇）にも収録されたが、以後は〈世界怪奇実話〉シリーズの一編として、『世界怪奇実話4／親分お眠り』（社会思想社・現代教養文庫、七五）、『牧逸馬傑作選4・世界怪奇実話4／女王蜘蛛』（山手書房、九三）、島田荘司編『牧逸馬の世界怪奇実話』（光文社文庫、二〇〇三）に再録され続けてきている。本作品が発表された二八年三月に、牧は、中央公論社の支援を受けて海外に旅立った。ただし雑誌発行の慣例として、該当月の一月前に店頭に並ぶから、以前に書かれたことは明らか。

「実話の書方」は、『サンデー毎日・臨時増刊／新作大衆文芸』一九三一年一一月一〇日号（一〇巻五一号）に掲載された。単行本に収められるのは、今回が初めてである。

『中央公論』一九二九年一〇〜一一月号に掲載された「女肉を料理する男」から始まった〈世界怪奇実話〉シリーズも二〇作目に迫ろうかという頃に書かれたエッセイ。小説と読物の違いを述べているのが興味深く、「三つの要素」の章で書かれていることは、探偵小説の創作にもあてはまりそうだ。

「振り返る小径」は、新潮社版『一人三人全集』の付録である『一人三人全集月報』に連載されたエッセイで、本叢書には第十五号（一九三五年五月一〇日発行）に掲載された分のみを収録した。単行本に収められるのは、今回が初めてである。

底本が入手難であるため、部分収録にとどまってしまった点が残念だが、牧の探偵小説観の軌跡が最終的に（結果的に、だが）どういうところに落ちついたのかを追うのに重要な一編である。

「マイクロフォン」は『新青年』の投稿欄の総題で、確認できた牧の投稿をすべて収録した。いずれも、単行本に収録されるのは今回がはじめてである。初出は以下の通り。

「I DARE SAY」『新青年』一九二六年一月号（七巻一号）

「一筆」『新青年』一九二六年三月号（七巻四号）

『新青年』一二六年一月号に対する感想で、正木不如丘の作品は「赤いレッテル」、岡本綺堂の作品は〈半七捕物帳〉の一編である「三つの声」、「広告人形」は横溝正史の作で、最後にふれた江戸川乱歩の作品は「踊る一寸法師」である。

「読後の感」『新青年』一九二六年七月号（七巻八号）

『新青年』一二六年六月号に対する感想で、「小酒井先生」は小酒井不木のこと。「窓」は山本禾太郎のデビュー作。「GS一二一六」は匿名作家の作品として掲載された。

「思ひつくまま」『新青年』一九二六年一〇月号（七巻一二号）

ルヴエル Maurice Level（一八七五〜一九二六）は作品集『夜鳥』で知られるフランス作家。

「（無題）」『新青年』一九二六年一一月号（七巻一三号）

「獄門実見記」は江見水蔭の作。

「大正十五年度探偵小説壇の総決算」『新青年』一九二六年一二月号（七巻一四号）

「年頭句選」『新青年』一九二七年一月号（八巻一号）

「偶想」『新青年』一九二七年三月号（八巻四号）

ここでいわれる「本格物」とは、具体的にどのような作品を指すのかは、よく分からないのだが、「ただ本格では要するに『探偵小説』で、書いてゐるうちに莫迦莫迦しくなつて」とあるから、いわゆるシャーロック・ホームズ・スタイルのものを指すものか。「色んなものを観たり考へたりして往くための低徊趣味が必要」で、そうした「低徊趣味」を盛ったものが「長編」だというあたり、卓見である。

「アンケート」は、『探偵趣味』に掲載された各種アンケートの回答をまとめたもので、いずれも、単行本に収録されるのは今回がはじめてである。初出は以下の通り。

「探偵問答」『探偵趣味』一九二五年九月号（第一輯）

この、探偵小説は芸術か否か、というお題を出したのは江戸川乱歩であった。

「クローズ・アップ」『探偵趣味』一九二六年一二月号（二年一二号、第一四輯）

いわゆる探偵小説離れの傾向がうかがえるが、ここで「探偵といふ字」が「困り物」と見なされている理由は、最終的に「振り返る小径」で示されたものにつながっていくのであろう。

「（無題）」『探偵趣味』一九二七年一二月号（三年一二号、第二六輯）

以上のほかに、『探偵趣味』第三輯（二五・一一）に掲載されたアンケート回答が存在するが、底本が入手できず、今回は収録を見送った。諒とされたい。

〈お詫び〉『林不忘探偵小説選』解題中において、林不忘が江戸川乱歩に送った書簡を、一九二六（大正一五）年一〇月二六日付と記しましたが、すでに七月の段階で『苦楽』に作品が掲載されているにも関わらず、その後に紹介の労を請う手紙を出すのはおかしいのではないかという指摘を、新保博久氏からいただきました。『探偵小説四十年』では二六年ではなく二五年に改められているとのことであり、ご教示に感謝すると共に、ここに記して訂正しておきます。

［解題］**横井 司**（よこい つかさ）
1962年、石川県金沢市に生まれる。大東文化大学文学部日本文学科卒業。専修大学大学院文学研究科博士後期課程修了。95年、戦前の探偵小説に関する論考で、博士（文学）学位取得。『小説宝石』で書評を担当。共著に『本格ミステリ・ベスト100』（東京創元社、1997年）、『日本ミステリー事典』（新潮社、2000年）など。現在、専修大学人文科学研究所特別研究員。日本推理作家協会・日本近代文学会会員。

牧逸馬探偵小説選　〔論創ミステリ叢書30〕

2007年9月20日　初版第1刷印刷
2007年9月30日　初版第1刷発行

著者　牧逸馬
装訂　栗原裕孝
発行人　森下紀夫
発行所　論創社
〒101-0051 東京都千代田区神田神保町2-23 北井ビル
電話 03-3264-5254　振替口座 00160-1-155266
http://www.ronso.co.jp/

印刷・製本　中央精版印刷

Printed in Japan　ISBN978-4-8460-0718-8